José A. Pérez Ledo

DIES IST *K*EINE LIEBESGESCHICHTE

JOSÉ A. PÉREZ LEDO

DIES IST *K*EINE LIEBES-GESCHICHTE

Roman

Aus dem Spanischen
von Johanna Schwering

PIPER
München Berlin Zürich

Mehr über unsere Autoren und Bücher:
www.piper.de
Aktuelle Neuigkeiten finden Sie auch
auf Facebook, Twitter und YouTube.

Die Zitate auf den S. 184 und 205 entstammen folgenden Quellen:
Lope de Vega Carpio: Arkadien. Ein Schäferroman.
Aus dem Spanischen von Carl Richard, Leipzig 1827.
Lord Byron's Poesien. Übersetzt von Karl Ludwig Kannegießer. Zwickau, 1827.
Der Dialog auf S. 410–411 beruht auf folgendem Film:
Alfred Hitchcock: Vertigo – aus dem Reich der Toten. Paramount Pictures 1958.

Die spanische Originalausgabe erschien 2016 unter dem Titel »Esto no es una historia de amor« bei Editorial Planeta, Barcelona.

FSC®
www.fsc.org
MIX
Papier aus verantwortungsvollen Quellen
FSC® C083411

ISBN 978-3-492-06063-9

Satz: Satz für Satz, Wangen im Allgäu
Gesetzt aus der Whitman
Druck und Bindung: CPI books GmbH, Leck
Printed in Germany

Für meine Eltern, für (wirklich) alles

Kapitel 1

Dies ist keine Liebesgeschichte.

Besser, Sie wissen es von vornherein – nicht, dass Sie mich am Ende noch für Ihren Frust verantwortlich machen. Das Leben birgt schon genug Enttäuschungen, es wäre einfach absurd, sich noch eine weitere aufzubürden – erst recht aus einem so dämlichen Grund. Falls Sie also eine dieser Personen sind, die von zärtlichen Blicken unter Sternenhimmeln träumen, ewiger Treue etc., sind Sie hier falsch. Was soll ich sagen – sorry.

Wenn Sie mich fragen – und glauben Sie mir, ich habe die Sache wirklich ziemlich gut durchdacht –, ist die romantische Liebe die größte kollektive Illusion der Geschichte; ein mehr oder minder geschickt eingefädelter Betrug, dem alle Menschen ohne Ausnahme unfreiwillig aufsitzen. Und ich rede hier nicht vom Pärchendasein. Ich meine das idealisierte Konzept der romantischen Liebe und das ganze Tamtam, das darum veranstaltet wird. Mann lernt Frau kennen (oder umgekehrt), Mann und Frau verlieben sich, streiten, trennen sich, versöhnen sich wieder, Kuss, Musik, Abspann. Man hat das tausendmal gesehen. Jeder von uns ist damit aufgewachsen.

Falls Sie nicht zufällig als Baby im Dschungel ausgesetzt wurden und zwischen Pavianen aufgewachsen sind, dann sind diese Bilder auch Teil Ihrer emotionalen Bildung. Und wissen Sie was? Es gibt nichts, das man tun könnte, um diese

Bilder aus seinem Unterbewusstsein zu löschen. Sie sind da, so tief verwurzelt im Hippocampus wie das kleine Einmaleins oder der Name der französischen Hauptstadt.

Die Schuld daran, oder einen Großteil der Schuld, trägt diese Traumfabrik namens Hollywood. Obwohl das nicht immer so war. Ursprünglich beschränkte sich die Filmindustrie auf Geschichten, die so einfach gestrickt waren, dass sie beinahe als schwachsinnig durchgehen konnten: Gärtner, die sich mit ihren eigenen Gartenschläuchen nass spritzten, Arbeiter, die von ihren Baugerüsten stürzten … Doch dann kam der Ton. Von einem Tag auf den anderen sollten die Charaktere plötzlich sprechen, und das war wirklich eine Herausforderung, denn kein Mensch wusste, was sie zueinander sagen könnten.

»Hallo, Liebling, wie war dein Tag?«

»Ganz gut, und deiner?«

»Auch ganz gut, alles wie immer.«

»Schön.«

»Ja.«

Wer sollte für solchen Quatsch Geld bezahlen? Die Realität interessiert niemanden, davon haben wir selbst alle genug. Nein, die Leute im Film sollten Dinge sagen, die das Publikum nicht alltäglich zu hören bekommt, etwas Originelles – ungewöhnlich, aber nicht exzentrisch, auffällig und doch glaubwürdig. Etwas Wunderschönes sollten sie sagen.

Und so kam es zur Entstehung der Wortkombination, die der Unterhaltungsindustrie im 20. und 21. Jahrhundert den größten Umsatz einbringen sollte. Ein Satz, der zum meistzitierten der Filmgeschichte werden sollte, ja vielleicht sogar der Menschheitsgeschichte:

I love you.

Das war der Hammer. Die Leute drängten sich an den Toren der Filmstudios, um ihre Lieblingsschauspieler die magischen drei Worte sagen zu hören, in genau dieser Reihenfolge, ein ums andere Mal. Egal, wie oft sie es hörten, sie bekamen nie genug. Das Publikum in aller Welt war zu einer Armee Junkies mutiert, die an ihrer wöchentlichen Dosis Romantik hing.

Ungefähr zur selben Zeit wurde der Kuss neu erfunden. Bis dato beschränkten sich die Leute darauf, ihre Lippen zu vereinen und für ein paar Sekunden in dieser Position zu verharren. Die Mutigsten wagten die Mundhöhlenerforschung, Zunge an Zunge, abwechselnd oder gleichzeitig. Bis Hollywood beschloss, dass das nicht mehr ausreichte. Es war zu subtil, zu klein für die riesige Kinoleinwand. Dem Alltagskuss musste eine gute Prise Epik hinzugefügt werden, eine neue Kussdimension musste her. Der Kuss war in die Jahre gekommen und musste den Anforderungen der zeitgenössischen Konsumenten angepasst werden.

Also begannen die Schauspieler und Schauspielerinnen, sich auf eine absurd barocke Art und Weise zu küssen, fast choreografiert, die Hand im Nacken des Partners und den Kopf verdreht. Entgegen aller Wahrscheinlichkeit kam diese unnatürliche Verrenkung beim Publikum äußerst gut an. Sie kam sogar so gut an, dass Jugendliche aller Herren Länder diese Kusstechnik noch immer nachahmen, ohne zu wissen, dass die menschliche Physiognomie einfach nicht darauf ausgelegt ist, eine solche Haltung einzunehmen – geschweige denn, sie zu genießen.

Jetzt stelle man sich noch eine Geige dazu vor, oder zwei, oder zweihundert, eine schummrige Kulisse und, warum nicht, ein bisschen Regen zum Höhepunkt. Alles verrühren und voilà: Schon hat man eine wunderschöne Liebesgeschichte, identisch mit allen anderen auf diesem Planeten.

In gewisser Weise ist es normal, dass wir davon träumen. Wie könnte man sich so etwas auch verwehren? Man steht um sieben Uhr in der Früh auf, es ist keine Milch im Haus, man entdeckt ein neues graues Haar, der Chef ist immer noch ein Idiot und das Zehnuhrmeeting war schon um neun. Wie sollte man da nicht von Geigen und Küssen in exotischen Gefilden träumen? Ist uns das der Kosmos nicht etwa schuldig? Nicht die Liebe bewegt die Welt, sondern unsere Illusion, die große Liebe wie eine Hollywoodfigur zu erfahren.

Das kann natürlich nur Enttäuschung erzeugen, aber wir leben schließlich in der westlichen Welt, wo ein jeder das Recht auf die Enttäuschung seiner Wahl hat. Alle wissen, dass diese Geschichten irreal sind, wir wissen es genau und ignorieren es zugleich, denn nur so kann das Placebo wirken. Wir wachsen und altern mit einer romantischen Fantasie als Fixpunkt, weil wir daran glauben müssen, dass es mehr gibt als Outlook und den nächsten Milchkaffee. Etwas Besseres und Schöneres als die langen, grauen Gesichter der Menschen, die man tagtäglich in der U-Bahn sieht, Monat für Monat, Jahr für Jahr, und die man nicht grüßt, weil sie einen auch nicht grüßen. Etwas Aufregenderes als das Brathähnchen mit Salat und die wöchentliche Pilatesstunde.

Es gibt keinen einzigen Menschen, der gegen diese Fantasie gefeit wäre. Aber die Zeit vergeht, die Haare werden grauer, das Fleisch wird schlaff, und früher oder später muss ein jeder sich die Frage stellen: Wie lange will ich noch auf das Geigenkonzert warten? Oder auch: Wie lange will ich noch an Märchen glauben, bevor ich mir eingestehe, dass das Leben sehr viel prosaischer und langweiliger ist als dieser romantische Quark, den ich seit meiner Kindheit serviert bekomme? Mit zwanzig denkst du, du hast das Leben noch vor dir. Mit dreißig kommen dir langsam Zweifel. Mit vierzig schluckst du Pillen gegen Schlafstörungen.

Du beginnst dich zu fragen, ob du vielleicht zu anspruchsvoll bist, ob du deine romantischen Vorstellungen etwas runterfahren solltest, ein bisschen realistischer sein. Du probierst mal so ein Onlineportal aus, verabredest dich mit ein paar Kandidaten, aber alle wirken entweder sehr traurig oder regelrecht psychopathisch, also löschst du die App wieder vom Smartphone. Und dann, eines Morgens, bleibt dein Blick an dieser Person aus dem Büro hängen, und du denkst: Mal sehen, vielleicht könnte ich mit diesem Menschen alt werden. Na ja, warum auch nicht? Es ertönen zwar keine Geigen, wenn du sie ansiehst, aber das Leben währt schließlich nicht ewig, und sie (oder er) ist nun wirklich nicht übel. Sie raucht nicht, und manchmal bringt sie dich zum Lachen. Vielleicht nur ein wenig, aber du suchst schließlich keinen Comedian, sondern etwas halbwegs Warmes zum Ankuscheln in der Nacht. Jemanden, der dich zum Arzt begleitet, wenn du die Ergebnisse der Routineuntersuchung bekommst, der dir sagt, dass es noch andere Arbeitsplätze gibt, wenn du deinen verlierst, der an dich glaubt oder zumindest glaubhaft vorgibt, es zu tun, wenn du selbst nicht mehr an dich glaubst.

Verglichen mit der Romantik Hollywoods sind Liebesgeschichten aus dem echten Leben in etwa die Hügel in der Skihalle verglichen mit dem Mount Everest. Natürlich würdest du gerne den höchsten Berg der Welt bezwingen, wer träumt nicht von so einer Erfahrung? Aber der Mount Everest ist echt weit weg, du hast viel zu tun, und, was soll's, der Kunstschnee erfüllt seinen Zweck auch ganz gut. So groß wird der Unterschied schon nicht sein.

Oder?

Ich will nicht behaupten, dass Hollywood die Schuld an all den emotionalen Sorgen der Weltbevölkerung trägt. So naiv bin ich nun auch nicht. Aber man kann festhalten, dass das Kino eine Fantasie demokratisiert hat, die wir seit … keine Ahnung, schon immer mit uns herumschleppen, nehme ich an.

Wenn man mal einen Blick auf die Geschichte wirft, die Weltgeschichte, meine ich, stolpert man über einen Haufen Menschen, und darunter sehr schlaue, die gegen diese Mauer der Irrealität gestoßen sind. Beethoven zum Beispiel, den man doch wohl für eine ernsthafte Persönlichkeit halten kann, hat sein berühmtestes Stück, *Für Elise*, einer Frau gewidmet. Er hoffte vermutlich, wenn er ihr ein Meisterwerk widmet, lädt sie ihn vielleicht mal auf einen Kaffee oder ein Bier ein, oder was auch immer die Leute im Wien des 19. Jahrhunderts so tranken.

Da täuschte er sich natürlich. Sie hat ihn überhaupt nicht beachtet. Stellen Sie sich das mal vor: Sie komponieren eines der schönsten Stücke der Musikgeschichte, widmen es einer Dame, und was macht sie? Heiratet einen Staatsdiener.

»Aber Elise, ich habe dir die entzückendste Bagatelle für Klavier gewidmet, die je geschrieben wurde!«

»Mein Gott, Ludwig, wer hat dich schon darum gebeten?«

»Niemand, aber …«

»Eben, niemand. Also hör auf, dich lächerlich zu machen. Ich hab dir oft genug gesagt, dass du nicht mein Typ bist. Ich kann mit kreativen Genies echt nichts anfangen, ich steh mehr auf Beamte.«

Ich vermute, dass Elise eine gewisse Stabilität anstrebte, die sie an der Seite eines langhaarigen Musikers nicht erwarten konnte. In dieser Hinsicht sind wir heute auch nicht viel weiter.

Egal, ob man in der hohen oder der niederen Kultur sucht, in elitären oder in Massenmedien, wenn man nur ein bisschen gräbt, wird man einen ziemlichen Batzen triefenden und inkongruenten Romantizismus aufstöbern. Sogar in etwas so Profanem wie einem Computerspiel. Ich meine, ist es wirklich nötig, dass Super Mario mit allem, was er tut, die Rettung einer Prinzessin anstrebt? Braucht ein Klempner, der Mauern mit dem Kopf durchstoßen kann und gegen anthropomorphe Pilze kämpft, ernsthaft eine romantisch motivierte Daseinsberechtigung?

Wir sind umzingelt, und es gibt kein Entkommen. Gucken Sie sich nur mal die Bestsellerlisten an: eine Liebesgeschichte aus dem Zweiten Weltkrieg, eine Liebesgeschichte aus der Nachkriegszeit, eine Liebesgeschichte aus dem letzten Monat … Immer das gleiche Schema, ein ums andere Mal:

1. Mann lebt gewöhnliches Leben und träumt von der Liebe, ohne sie zu finden.
2. Mann lernt Frau kennen, als er es am wenigsten erwartet, und – verwirrt von all den romantischen Filmen und Liedern und Computerspielen, in denen ein Klempner Mauern mit dem Kopf einreißt, um eine Prinzessin zu retten – wirft sich ihr zu Füßen.
3. Küsse, Schmetterlinge etc.
4. Frau bemerkt, dass Mann ein Idiot ist, was wiederum zum scheinbar endgültigen Bruch führt, aber jeder weiß, dass das nicht sein kann, weil man erst bei der Hälfte des Romans angekommen ist.
5. Mann versinkt in Melancholie, als er feststellt, dass er nicht ohne die Frau leben kann, was ihn nach einer Phase schmerzhaften Selbstmitleids dazu bringt, für die Rückeroberung seiner Liebe zu kämpfen.
6. Frau verzeiht Mann, auch wenn er ein Vollidiot ist, vermutlich, weil es Schlimmeres gibt als Idiotie. Unnatürliche Nackenverrenkung, Violinencrescendo und Abspann.

Man vergleiche dieses Schema mit jedweder Liebesgeschichte, die man gesehen oder gelesen hat.

Und jetzt vergleichen Sie es mit Ihrem Leben.

Die romantische Liebe ist und bleibt eine Form der Flucht. Ein Zeitvertreib, wie Fernsehshows oder Sudokus, nur viel komplexer und eben deshalb auch viel unterhaltsamer. Wir schlagen die Zeit tot, indem wir uns verlieben und trennen, im Liebeskummer versinken und neue Hoffnung schöpfen, nur um der enormen Menge an realen Problemen zu entkommen, die da draußen auf uns warten. Wir lieben einander, um uns nicht dem komplett Unbegreiflichen zu widmen, das uns sonst umgibt.

Beethoven ist übrigens in Altersarmut gestorben.
Und allein.

Kapitel 2

Ich heiße Daniel wie mein Vater und wie sein Vater vor ihm. Unschwer zu erkennen, dass ich aus einer Familie ohne Einfallsreichtum in der Namensgebung komme.

Ich bin fünfunddreißig Jahre und einen Monat alt: zu alt für kindliche Fantasien und zu jung, um sie aufzugeben. Außerdem bin ich Absolvent eines Journalismusstudiums, wobei ich zu meiner Verteidigung sagen kann, dass ich nie praktiziert habe.

Die vier Jahre meines Studiums habe ich schwarz gekleidet und mit einer Zigarette im Mundwinkel verbracht. Das schien mir der direkteste Weg, Schriftsteller zu werden, was meine kindliche Fantasie war und auch meine erwachsene geblieben ist. Wie alle Jugendlichen dachte ich, Schein ist der erste Schritt zum Sein. Zum Glück habe ich das mit der Zeit überwunden. Das kann nicht jeder von sich behaupten. Manch einer läuft mit vierzig noch als sein Wunschtraum verkleidet herum. Das ist wirklich armselig.

Seit ich denken kann, schreibe ich alles auf, was mir in den Sinn kommt. Alles: Gedanken, Gefühle, Eindrücke. Man könnte sagen, das hilft mir dabei, die Welt zu verstehen. Manche zeichnen, laufen ständig mit einem Notizbuch herum und skizzieren alles, was sie sehen. Ich mache das auch, nur mit Worten. Das ist meine spezielle Therapie, günstiger als ein Psychologe und genauso effektiv (ergo: völlig ineffektiv). Bis heute ist die einzig messbare Konsequenz dieser Praxis ein gutes Dutzend Notizbücher, die ich bei jedem Umzug mitschleppe, ohne zu wissen, warum oder wie lange noch.

Müsste ich einen Moment in meinem Leben benennen, der mich als die Person charakterisiert, die ich heute bin, würde ich zweifelsfrei den Tag wählen, an dem ich mein erstes blaues Hemd kaufte. Ein Hemd, das niemandem auffällt, die Art Kleidungsstück, die jeglicher Persönlichkeit entbehrt. Ein durch und durch gewöhnliches Hemd, von gewöhnlichem Schnitt, mit gewöhnlichem Kragen und völlig gewöhnlichen weißen Knöpfen.

Jemand, der den psychologischen Gehalt verkennt, welcher den Details unserer Existenz innewohnt, könnte das als nebensächlich abtun, als unwürdig, ein Menschenleben in seiner ganzen Komplexität abzubilden. Aber er irrte, natürlich. Für mich war der Kauf dieses Hemdes vor nunmehr gut zwei Jahren ein wirklich existenzieller Meilenstein. Die Spartaner ließen ihre Kinder eine Nacht lang allein unter freiem Himmel schlafen. Jene, die überlebten, kehrten als Erwachsene ins Dorf zurück. Ich verließ eines Tages das Haus in einem Shirt mit »Stay Cool«-Aufdruck und kehrte mit einem nichtssagenden blauen Hemd zurück.

Für einen Mann geht das Tragen eines solchen Hemdes mit dem Eingeständnis der eigenen Bedeutungslosigkeit einher, mit der Bekenntnis zur eigenen Irrelevanz unter den sieben Milliarden Menschen, die diesen Planeten bevölkern. Dieses vollkommen gewöhnliche Hemd, ununterscheidbar von anderen Hemden, ist das große Symbol der männlichen Selbstakzeptanz, eine Flagge, die in die Welt posaunt: »Ich bin nichts Besonderes, und weißt du was? Ich habe es akzeptiert.« Vertrauen Sie nie einem Mann über dreißig, der nicht wenigstens ein blaues Hemd im Schrank hat.

Am Anfang fühlte ich mich verkleidet. Sogar ein bisschen niedergeschlagen. Das ist ganz normal, niemand geht gerne mit seiner eigenen Nichtigkeit hausieren. Ich betrachtete mich im Spiegel und fragte mich, wer dieser traurige und ausdruckslose Typ war, dessen Antlitz mir entgegenblickte. Ich dachte: »Was für ein ungeeignetes Kleidungsstück für einen Schriftsteller, der doch ein Mensch mit gehaltvollem Inneren ist, ein komplexes Knäuel aus Gedanken und Ideen über die Welt, überaus eigensinnig, analytisch, brillant …« Heute besitze ich vier blaue Hemden und ziehe kaum noch etwas anderes an.

So sieht es aus: Das bin ich. Einer dieser Typen in blauen Hemden, die einem tagtäglich begegnen. Weder besonders gut aussehend noch besonders unansehnlich, Größe eins vierundachtzig, Haare dunkelbraunfastschwarz. Ein fünfunddreißgjähriger Typ im fortgeschrittenen Selbstakzeptanzstadium. Soll das heißen, dass ich die Vorstellung aufgegeben habe, meinen Namen auf ein Buch gedruckt und in den Händen von Literaturstudenten zu sehen? Natürlich nicht. Aber ich habe gelernt, die Dinge langsam anzugehen. Sie zu nehmen, wie sie kommen. Außerdem habe ich noch keine Geschichte aufgetan, die es wert wäre,

Mein erster Roman
(Arbeitstitel)

zu werden.

Für all die Schriftsteller, die eine traumatische Kindheit hinter sich haben oder einen Krieg oder eine Hungersnot, ist das natürlich wesentlich einfacher. Sie brauchen nur die Leere, die aufgrund des Erlebten in den Tiefen ihrer Seele schlummert, hervorzulocken und sie auf ein *Punkt doc* zu bannen. Ich bin leider nicht so gesegnet. Meine Kindheit war ziemlich glücklich. Na ja, auch nicht übermäßig. Gewöhnlich, nehme ich an. Als ich mir ein Fahrrad wünschte, kauften meine Eltern mir eines. Später wollte ich eine Gitarre und bekam eine (ich spielte darauf exakt eine Woche lang, wobei *spielen* als relativ maßloses Verb für die beschriebene Tätigkeit gelten kann). Ich wollte Karate machen und tat es, bis mein Vater verstand, dass er dafür bezahlte, dass die Jungs aus der sechsten Klasse seinen Sohn zweimal wöchentlich vermöbelten. Also wechselte ich zur Theater-AG, wo zumindest kein Blut floss. In der siebten Klasse spielte ich Hamlet, und meine Mutter fand mich sehr witzig. Ja, das sagte sie: »sehr witzig«. Was, zum Teufel, soll jemand wie ich schon schreiben?

Der aufregendste Moment meines Lebens lässt sich auf die Silvesternacht 2008 datieren, als ich bis fünf Uhr morgens sternhagelvoll bei mir zu Hause im Fahrstuhl feststeckte und mich schließlich unsere Nachbarin rettete. Nicht gerade *Krieg und Frieden*.

Aber ich gebe nicht auf. Ich glaube daran, dass ich eines Tages eine Geschichte entdecken werde, die es wert ist, mein Erstlingswerk zu werden. Dieses unerschütterliche Vertrauen in meine Zukunft vermag allerdings nicht meinen Vermieter zu überzeugen, weshalb ich einen provisorischen Plan B austüfteln musste. Und so kam es, dass ich meinen Lebensunterhalt mit Biografien bestreite.

Ich nenne sie *Biografien*, weil das ernsthaft und respektabel klingt, aber ehrlicher wäre es, sie *Firmengeschenke* zu nennen. Es handelt sich um einen dieser albernen Trends »made in USA«, so wie Halloween, Muffins oder die Atombombe. Man denke sich eine große Firma, deren zu gleichen Teilen geliebter wie gefürchteter Big Boss in Rente geht. Der Vorstand versammelt sich, denn dazu ist der Vorstand da, und beschließt einstimmig, dass der Big Boss zum Zeichen der Anerkennung für seine selbstlosen Verdienste ein Geschenk erhalten soll. In alten Zeiten hätte die Sekretärin eine goldene Armbanduhr mit Gravur besorgt und fertig. Doch eines Tages dachte sich ein US-Amerikaner: »Hey, wie wär's, wenn wir einen Journalisten bitten, eine Biografie des großen Mannes zu schreiben? Das wäre doch ein fantastisches Geschenk! Und so viel persönlicher als eine goldene Rolex! Bestimmt auch wesentlich günstiger!«

Es handelt sich jedoch aus einem triftigen Grund nicht um authentische Biografien. Die Wahrheit hat immer ein hässliches Gesicht, und dieses Gesicht will niemand sehen. Schon gar nicht der Beschenkte. Demzufolge ist es das alleinige Ziel, es dem vorgeblich Biografierten zu ermöglichen, sich zwei oder drei Tage lang in seiner vermeintlichen Größe zu baden, während er sich auf dem Sonnendeck seiner Jacht aalt und sich allmählich mit seinem neuen, beschäftigungslosen Lebensabschnitt vertraut macht.

All das habe ich vor ungefähr vier Jahren entdeckt, in einem Blog für gescheiterte Schriftsteller, den ich regelmäßig lese. Zu jener Zeit lebte ich mehr schlecht als recht davon, Werbemüll zu produzieren, also schien mir die Prostitution meiner Feder im Dienste großer Unternehmen eine exzellente Möglichkeit zu sein, meinem Konto ein wenig Luft zum Atmen zu verschaffen, während ich auf den schriftstellerischen Geistesblitz wartete. Ich erstellte ein *Dossier*, um meine Dienste mit einigen Schriftproben anzubieten, ließ es binden und klapperte die Presseabteilungen von fünf Dutzend Unternehmen ab. Zu meiner Überraschung schrieb ich bereits einen Monat später Leben und Wundertaten des Besitzers einer Juwelierkette nieder.

Ob das ein toller Job ist? Ganz sicher nicht. Es ist langweilig, undankbar und kreativitätskastrierend, aber immerhin habe ich keine Vorgesetzten (zumindest nicht im herkömmlichen Sinn des Wortes) und bin Herr meiner Zeit. Im Klartext heißt das: Ich kann mehr Stunden im Pyjama als in Jeans verbringen und muss niemandem Rechenschaft ablegen, wenn ich Lust habe, ausgerechnet an einem Mittwochvormittag spazieren zu gehen.

Der Arbeitsprozess ist immer der gleiche. Das Unternehmen lässt mir Informationen über seinen Chef zukommen: Interviews, Briefe, Fotos – alles, was sie haben. Dem füge ich Details hinzu, die ich im Internet finde, sowie fünf oder sechs Interviews, die ich selbst mit Mitarbeitern, Geschäftspartnern, Freunden und Verwandten des Porträtierten führe. Die Interviews sind wichtig, weil sie mir ermöglichen, sechzig Prozent des Buches mit *copy and paste* zu füllen. Sobald ich das Material beisammenhabe, schließe ich mich eine Woche lang mit ein paar Kilo Kaffee und zwei Dutzend Tütensuppen in meiner Wohnung ein. Der gesamte Dokumentations- und Redaktionsprozess nimmt in der Regel zwei bis drei Monate in Anspruch, wobei ich vorgebe, sechs zu brauchen, um mein Honorar zu rechtfertigen. Ich schätze, wenn ich wirklich ambitioniert wäre, könnte ich den Arbeitsprozess noch straffen und eine Pseudobiografie pro Woche schreiben (wobei natürlich zu bezweifeln ist, dass irgendjemand sehr lange von Kaffee und Tütensuppe allein leben kann).

Lope de Vega, einer der großen spanischen Dichter und Dramaturgen des Goldenen Zeitalters, schrieb sieben Romane, neun Heldengedichte, dreitausend Sonette und, Achtung, eintausendachthundert Theaterstücke. Das klingt ja so schon sehr beeindruckend, aber noch beeindruckender wird es, wenn man seine Produktivität berechnet. Lope hat dreiundsiebzig Jahre lang gelebt. Nehmen wir einmal an, er habe mit zwanzig zu schreiben begonnen und mit siebzig aufgehört. Macht fünfzig Jahre literarischer Produktion, was bedeutet, dass der Mann sechsunddreißig Theaterstücke im Jahr schrieb. Also fast ein Stück pro Woche. Und noch immer blieb ihm genug Zeit, zwischendrin ein paar Heldengedichte, Romane und Sonette aus dem Ärmel zu schütteln. Wenn meine Kunden das wüssten, würden sie mir eine Woche geben und die Biografien in Versform verlangen.

Glücklicherweise interessiert sich der prototypische PR-Manager eines großen Unternehmens nicht im Geringsten für Lope de Vega. Das Einzige, was diese Leute wollen, ist, dass ihr beinahe Exchef als der große Mann porträtiert wird, der er glaubt zu sein. Das ist natürlich nicht immer einfach. Manchmal muss man sich wirkliche Korkenziehersätze aus den Rippen schneiden, um über diese oder jene Episode hinwegzukommen. Wenn zum Beispiel der Porträtierte in den Neunzigerjahren die Hälfte der Belegschaft entlassen hat (seinerzeit durchaus üblich), schreibe ich, dass er »sich gezwungen sah, Umstrukturierungen vorzunehmen, um die Firma wettbewerbsfähig zu halten«. Nichts, was Journalisten nicht genauso täten, um es uns tagtäglich als Information zu verhökern. Der Unterschied ist, dass in meinem Fall der einzig Betrogene der Protagonist selbst ist. Es gefällt mir zu denken, dass ich ein neues literarisches Genre erschaffen habe, eine personalisierte Form des Ratgebers. Ich nenne es *Selbstbetrugsliteratur*.

Diese Geschichte beginnt ausgerechnet in der Empfangshalle eines solchen Unternehmens: Immobilien Monteis mit Sitz in der Gran Vía in der Madrider Innenstadt. An einem Montag um fünf nach acht sitze ich hier und blättere eine Zeitschrift mit dem Titel *Zement und Glas* durch, als eine Sekretärin zwischen fünfzig und hundertzwanzig Jahren mich bittet, ihr ins Büro des Herrn Portabella zu folgen.

»Wenn Sie so freundlich wären«, sagt sie, und ich bin so freundlich, selbstredend.

Mit dem Herrn Portabella, dessen Vorname Albert ist, habe ich bisher zweimal telefoniert und sechs E-Mails ausgetauscht. Er ist der PR-Manager der Firma, und das Treffen heute ist reine Formsache, davon gehe ich jedenfalls aus. Ein paar Details klären, Vertrag unterschreiben, Händedruck, fertig.

Ich folge der Sekretärin durch die fünf Stockwerke des Firmengebäudes. Hier steckt viel Geld drin, und das soll man sehen. Auf dem Weg in die Chefetage kreuzen wir die niederen

Ränge, wo die Mitarbeiter mit schlafverklebten Augen gerade ihre Computer hochfahren. Vielstimmig ertönt die Windows-Startmelodie, die Hymne unserer Zeit. Ein Gähnen, ein Telefonklingeln, Gesprächsfetzen zwischen Kollegen. Fast alle verfolgen mich mit Blicken. Sobald ich außer Sichtweite bin, werden sie sich gegenseitig fragen, wer wohl dieser Typ in dem ordinären blauen Hemd war und was er hier zu suchen hat zu dieser unchristlichen Uhrzeit.

Die Frau undefinierbaren Alters öffnet eine Tür und verkündet: »Albert, der Herr Durán ist hier.«

Der Herr Durán bin natürlich ich, und ich gebe mich zu erkennen, indem ich ihm die Hand entgegenstrecke und »Guten Morgen, sehr erfreut« sage, was er mit exakt denselben Worten beantwortet. Dann schickt er ein Lächeln hinterher, das eine blitzblank polierte Zahnreihe zum Vorschein bringt. Es ist nicht das erste Mal, dass ich ein derart weißes Gebiss zu Gesicht bekomme, und jedes Mal frage ich mich, wie diese Leute solche Makellosigkeit zustande bringen. Die Sekretärin schließt die Tür hinter sich und lässt mich mit dem PR-Manager allein.

Portabellas Büro ist einer dieser kühlen und hässlichen Räume, wo jegliche Persönlichkeit, die man ihm unterjubeln will, nichts ausrichten kann, er wird immer kühl und hässlich bleiben. Mit schnellem Blick erfasse ich: eine Kinderzeichnung von Mama und Papa, ein paar Pokale und eine Reihe Zeitschriften, vermutlich die gesammelten Ausgaben von *Zement und Glas*. Auf dem beinahe leeren Schreibtisch: ein Bildschirm, ein Blatt Papier (richtig: eines!), ein paar Briefumschläge und eine Antistresskugel, die ziemlich unbenutzt aussieht. Portabella ist entweder ein sehr relaxter Typ, oder er hat andere Sublimierungstechniken.

»Schönes Büro!«, lüge ich.

»Finden Sie? Ich kann es nicht ausstehen«, sagt er. »Früher saßen wir in Serrano, in einem spektakulären Palais aus dem 19. Jahrhundert. Dann kam die Krise und – na ja, das Übliche.«

Ich bestätige, ja, sicher, das Übliche.

»Also dann«, sagt Portabella, »ans Werk.« Er klopft einmal kurz auf den Tisch. »Wir sind uns einig über Honorar und Abgabetermin, nicht wahr?«

»Absolut, ja.«

»Sechs Monate reichen?«

»Ja, das ist kein Problem«, sage ich und denke an Lope de Vega. »Vielleicht geht es auch schneller, aber …«

»Nein«, unterbricht er mich, »sechs Monate sind in Ordnung. Im Januar also. Eduardo … also, Herr Monteis geht im März in Rente, aber wir hätten das Buch gerne mit etwas Puffer. In so einem großen Unternehmen will ja jeder seinen Senf dazugeben, und wenn es nur ist, um zu sagen, man hätte auch seinen Senf dazugegeben.«

Ich grinse, weil ich verstanden habe, dass das ein Witz sein sollte. Dann nimmt Portabella *das* Blatt Papier vom Tisch und betrachtet es ein paar Sekunden lang mit verlorenem Blick, als würde er über etwas sehr Tiefgründiges nachdenken, den Kosmos, die Unendlichkeit, Gott, so etwas. Als er aus der Trance erwacht, reicht er mir das Blatt.

»Die Liste der Interviewpartner. Es sind fünf, nicht sechs – Sie wollten sechs, oder?«

»Richtig.«

»Nun, es sind nur fünf geworden. Mehr habe ich nicht aufgetan. Ich habe Ihnen die Namen, Durchwahl und Mail-Adressen aufgeschrieben. Alle wissen Bescheid.«

Ich werfe einen Blick auf die Liste, die außerdem noch die Posten der Bezeichneten im Unternehmen vermerkt, etwa »Leiterin des Departments für Internationalisierung« oder »Mitglied der Aktionärsversammlung«. Sieht aus, als hätte dieser Monteis außerhalb der eigenen Firma nicht besonders viele Freunde.

»Gut«, sage ich, denn Kritik sollte man immer mit einer positiven Bemerkung einleiten. »Aber ich müsste auch mit jemandem aus der Familie sprechen. Und nach Möglichkeit auch mit einem Freund.«

»Ja, das sagten Sie schon, aber das ist wirklich alles, was ich erreichen konnte. Und das war nicht gerade leicht. Damit werden Sie auskommen müssen. Ist das ein Problem?«

»Nein, es wird schon reichen. Aber die Familie bringt einfach immer eine andere Perspektive mit rein. Persönliche Anekdoten, Ferienerlebnisse, solche Sachen.«

»Verstehe«, sagt er und setzt dieses Gesicht auf, das viele Leute haben, wenn sie sehr stark nachdenken: die Unterlippe zwischen die (wirklich übertrieben weißen) Zähne geklemmt, die Augen zusammengezogen. Ich warte ein paar Sekunden ab, dann entschließe ich, ihm zur Hilfe zu kommen, bevor ihm die große Denkanstrengung noch die Gefäße verstopft.

»Hat der Herr Monteis denn keine Familie?«

»Nein. Seine Frau ist schon vor Jahren gestorben. Er hat eine Tochter, Eva, aber sie haben keinen Kontakt.«

»Oh.«

Pause. Er sieht ins Leere, ich warte.

»Na ja«, sagt er, »ich könnte es versuchen … Ist es sehr wichtig?«

»Es wäre nicht schlecht«, sage ich und präzisiere umgehend: »Es ist sehr wichtig, ja.«

Vor allem für mich. Ich weiß aus Erfahrung, dass die Familie immer das meiste und das beste Material liefert. Die Partner, Mitarbeiter und Untergebenen beschränken sich auf das Herunterleiern von Gemeinplätzen, wenig Verwertbares, was mich dann zwingt, die Löcher zu stopfen (ergo, mehr Arbeit). Aber gib mir nur ein Familienmitglied, und ich fülle im Handumdrehen zwanzig Seiten.

»Um ehrlich zu sein, habe ich sie nicht mal angerufen«,

sagt Portabella. »Ich bin von vornherein davon ausgegangen, dass sie Nein sagen würde, aber ... Na ja, das Thema Tochter ist ein ziemliches Tabu für Monteis. Ich kann Ihnen nichts versprechen. Wie lang würde dieses Interview dauern?«

»Eine Stunde.«

»So lang?« Er sieht mich verzweifelt an.

»Halbe Stunde. Vierzig Minuten«, lenke ich ein, obwohl ich nicht wirklich verstehe, warum ich mit diesem Typen verhandele, es könnte ihm herzlich egal sein.

»Okay, folgender Vorschlag.« Er zieht einen USB-Stick aus seiner Hemdtasche. »Nehmen Sie das mit. Ich hab Ihnen alle Interviews mit Monteis draufgezogen, die ich finden konnte, plus ein paar Reportagen aus dem Archiv. Das Material geht bis in die Neunziger zurück, da sollten Sie genug Stoff haben.« Das würde ich lieber selbst beurteilen, aber ich halte den Mund. »Ich kümmere mich um seine Tochter und melde mich so bald wie möglich bei Ihnen.«

Dann unterschreibe ich einen dreiseitigen Vertrag, dessen Vertraulichkeitsklausel allein eineinhalb Seiten umfasst, und stecke mein Exemplar ein.

»Gut«, sagt Portabella und erhebt sich, »das wär's dann.«

Er besteht darauf, mich zum Fahrstuhl zu geleiten, obwohl ich ihm sage, dass das nicht nötig sei. Auf dem Weg kommentiert er die angenehmen Temperaturen; besser als der letzte Sommer, in dem es so furchtbar heiß war. Ich: »ja«, er: »uff«. Und die Leute, die mich auf dem Hinweg angestarrt haben, starren jetzt wieder.

Am Fahrstuhl angekommen, reicht Portabella mir die Hand, und ich ergreife sie mit dem hoffentlich letzten forcierten Lächeln des Tages.

»Das wird bestimmt ein großartiges Buch«, sagt er.

»Ja«, sage ich.

Lope de Vega, ich komme!

Kapitel 3

Lassen Sie mich über Frauen sprechen.

Ich habe keine Schwestern. Natürlich habe ich eine Mutter, aber Mütter sind, wie jeder weiß, keine Frauen.

Ich bin auf eine katholische Schule gegangen, die von Koedukation nichts hielt, sodass das Mysterium Weiblichkeit für mich weit über meine Jugend hinaus ein Mysterium blieb. Als ich mit neunzehn an die Uni kam, hielt ich Frauen für beinahe mythische Wesen, wie Einhörner oder den Minotaurus. Es dürfte also für jedermann nachvollziehbar sein, dass ich im ersten Jahr an der Uni eine regelrechte hormonelle Odyssee erlebte.

Ich freundete mich mit ein paar Frauen an, meine ersten Freundinnen, die allerdings alle aufhörten, es zu sein, sobald meine sexuellen Impulse sich bemerkbar machten. Heute weiß ich, dass das nicht an mir lag, sondern an der primitiven Natur, die in jedem postadoleszenten männlichen Wesen schlummert, dem jahrelang die Koedukation vorenthalten wurde. Ich brauchte Monate, um zu verstehen, dass Freundschaft die schlechteste Flirtstrategie überhaupt ist. Und genau dann traf ich Sara.

Ich wollte Schriftsteller werden, und sie wollte Steuerfahnderin werden. Was für ein Typ Mensch, werden Sie sich fragen, will sein Leben der detaillierten Rechnungsprüfung widmen? Ein sehr spezieller, das steht fest. Für mich war Buchführung eine der langweiligsten Tätigkeiten, die ich mir vorstellen konnte, in dieser Hinsicht halte ich mich für ziemlich gewöhnlich, aber Sara war fasziniert davon. Es war Berufung, reine Liebe. Mit vierzehn machte sie zum ersten Mal die Steuererklärung ihrer Eltern und leckte Blut. Als wir uns kennenlernten, kümmerte sie sich bereits um die Buchführung ihrer gesamten Familie.

Wir machten das, was im Jahr 2000 alle jungen Leute diesseits des Äquators machten: spazieren gehen, einen Film ausleihen, uns auf offener Straße betrinken, auf Konzerte gehen und, ab und zu, auch ins Kino. Wir hatten beide keinen Nebenjob, weshalb wir unsere Freizeitaktivitäten gut auf die knapp bemessenen Unterhaltszahlungen unserer Eltern abstimmen mussten. Wobei das Beste gratis war: im Park auf einer Wiese zu liegen und uns die Zukunft auszumalen. Wir waren auf eine Art und Weise befreundet, die nur in diesem Alter möglich ist. Wir erzählten uns alles, wir lachten über alles, mit oder ohne Grund, und, wie könnte es anders sein, eines Tages landeten wir gemeinsam im Bett. Es war für uns beide das erste Mal, somit kann man sich die Dimension des Desasters wohl vorstellen. Ich war so nervös, dass ich mich nicht mal daran erinnern kann. Das passiert manchmal bei sehr stressigen Erlebnissen, die Psychologen nennen das *Dissoziation*. Das Gehirn hält den Druck nicht aus und vernichtet – *Bang!* – die Erinnerung. Ich weiß noch, dass es in ihrem Bett geschah, bei ihren Eltern zu Hause, an einem Samstagnachmittag. Und ich weiß, dass im Fernsehen *Big* lief, der Film mit Tom Hanks. Bis heute denke ich immer, wenn ich ihn in einem Film sehe: Dieser Typ war die Hintergrundstimme zu meinem ersten Orgasmus.

Das Erlebnis mutierte uns zu so etwas wie einem Pärchen, obwohl wir das nie aussprachen. Wir waren nur Freunde, die manchmal … Sie wissen schon. Das Arrangement behielten wir eineinhalb Jahre lang bei, eineinhalb ganz prächtige Jahre, bis Sara eines Abends Fito Ramírez abschleppte.

Ramírez war ein Vollidiot, Filmstudent im achten Semester, der rumlief wie Jean-Luc Godard und sich mit seinen »intensiven Schwarz-Weiß-Kurzfilmen« brüstete. Ich erinnere mich insbesondere an einen ziemlich grottigen, der sich als tiefgründig in dem Sinne verstand, wie ein postadoleszenter Junge aus gutem Hause die Tiefgründigkeit definiert. Er hieß *Die unablässige Suche des jungen Niemand*. Ich meine, wie albern ist das denn?

Das Ganze hat mich übel mitgenommen. Was bescheuert war, denn wir waren uns ja einig, dass wir uns weder Treue noch sonst etwas schuldeten. So war der Deal. Was ich aber echt daneben fand, war, dass sie es mir nicht erzählte. Ich musste es durch Dritte erfahren! Also fuhr ich folgendes Geschütz auf:

»Ich kann nicht fassen, dass du auf diesen Volltrottel hereinfällst.«

Dämliche Idee, ich weiß. Wir stritten zwei Stunden lang, nie wieder habe ich so lange mit jemandem gestritten. In zwei Stunden kann man ziemlich viele Sachen sagen, die man später bereuen kann. Wir warfen uns Dinge an den Kopf, über die wir uns noch am Tag zuvor totgelacht hätten. Sie weinte zum ersten Mal in meiner Gegenwart, was mich ein bisschen entwaffnete, aber ich gab nicht nach, und die Sache endete mit den Worten:

»Besser, wir sehen uns nicht mehr.«

Ich war es, der den Satz aussprach, aber sie war einverstanden.

Gesagt, getan, wir sahen uns nicht mehr und telefonierten auch nicht. Und dann? Na ja, ich beendete mein Studium, ging mit anderen Frauen aus, verknallte mich in ein paar von ihnen, und ab und zu dachte ich an Sara und fragte mich, was wohl aus ihr geworden war. Ob sie ihren Traumberuf als Steuerfahnderin tatsächlich ergriffen hatte? Ob sie das glücklich machte?

Und dann, an irgendeinem gewöhnlichen Mittwoch, lief ich ihr irgendwo in Madrid über den Weg. Sie war so hübsch und strahlend wie immer. Nur der Rollstuhl war neu. Ich lud sie auf einen Kaffee ein, und sie erzählte mir von ihrem Unfall. Bei der Rückfahrt von einem Vorstellungsgespräch in Barcelona hatte sich ihr Wagen zweimal überschlagen. Sie überlebte wie durch ein Wunder, verbrachte allerdings fast drei Jahre in der Reha. Und ebenda, in der Reha, lernte sie einen gut aussehenden und sympathischen Zahnarzt namens Germán kennen, in den sie sich verliebte. Und ja, sie war Steuerfahnderin geworden.

Wir lachten gemeinsam über den Idioten, der sich in seiner wilden Jugend als Godard verkleidet hatte. Sara hatte ihn ein paar Jahre zuvor getroffen. Er war jetzt Kameramann bei *Big Brother* und hatte eine Tochter. Er verkleidete sich nicht mehr, und das freute mich zu hören.

Es war nichts Bewusstes, nicht dass ich gedacht hätte: Ich will die Freundschaft mit dieser Frau wieder aufleben lassen. Jeder weiß, dass das Leben so nicht funktioniert, aber tatsächlich ist Sara heute meine beste Freundin. Meine einzige Freundin, um ehrlich zu sein. Das Leben ist einfach ein wundersamer Ort.

»Im Ernst«, sage ich zu Sara, »das waren die weißesten Zähne, die ich je bei einem PR-Menschen gesehen habe. Ich konnte einfach nicht aufhören, diese Zähne anzustarren. Ich frage mich, wie er das macht.«

»Vielleicht schmiert er sich jeden Morgen Tipp-Ex drauf«, sagt Sara.

Wenn wir zusammen spazieren gehen, und das machen wir fast täglich, dann lässt sie den elektrischen Rollstuhl zu Hause und nimmt den manuellen. Aus pragmatischen Gründen. Madrid ist generell keine einfache Stadt, aber noch viel weniger für jemanden, der nicht laufen kann.

»Und«, fragt Sara, »wie ist das Meeting abgesehen von den weißen Zähnen gelaufen?«

»Gut. Na ja, ganz o. k. Die Interviewpartner-Liste ist ein Trauerspiel. Dieser Typ, der ausscheidende Chef, hat keinen einzigen Freund. Stell dir das mal vor, mit einem Imperium in Rente zu gehen und nicht einen einzigen Freund an deiner Seite.«

»Und die Familie?«

»Er ist Witwer.«

»Oje.«

»Der PR-Mann hat gesagt, er hat eine Tochter, aber sie reden nicht miteinander.«

»Was für ein Scheißleben. Übrigens. Wir müssen über die Sitzordnung sprechen.«

»Welche Sitzordnung?«

»Die der Hochzeit natürlich.«

Sara und Germán heiraten in einem halben Jahr. Ungefähr zu dem Zeitpunkt, wenn das Buch fertig sein muss. Und jetzt raten Sie mal, wer der Trauzeuge ist.

Heutzutage zu heiraten scheint mir ein heroischer Akt – im dämlichen Sinne des Ausdrucks. Ich meine dieses idiotische Heldentum, das die Leute dazu verleitet, einen Arm in den Löwenkäfig zu stecken oder mit Haien zu schwimmen. Dieses leere Heldentum ohne Sinn und Zweck. Einmal habe ich ein YouTube-Video von einem Typen gesehen, der sich einfach so angezündet hat, grundlos, eine bessere Metapher für das Heiraten will mir nicht einfallen. Sara und Germán haben nicht mal familiären Druck, was ich noch als Grund durchgehen lassen würde. Aber als ich Sara gefragt habe, warum sie heiraten, war ihre Antwort:

»Aus Liebe, du Depp, weshalb denn sonst?«

Ich hab nicht noch mal gefragt.

»Was ist das Problem mit der Sitzordnung?«, frage ich jetzt.

»Germán und ich haben sie gestern gemacht und haben keine Ahnung, wo wir dich hinsetzen sollen. Vielleicht machen wir einen Singletisch.«

»Bitte nicht.«

»Wieso, das ist super! Du sitzt neben Loreto, erinnerst du dich an Loreto?«

»Die Verrückte mit der Katze?«

»Sie ist nicht verrückt, sie liebt ihre Katze nur sehr.«

»Willst du mich verarschen? Ich will nicht neben ihr sitzen.«

»Warum nicht?«

»Weil sie verrückt ist, darum nicht. Ich habe sie dreimal gesehen, und jedes Mal hat sie mir von der Operation ihrer Katze erzählt, wobei die Versionen nicht einmal übereinstimmten.«

»Das hat sie sehr mitgenommen.«

»Ernsthaft, ich will nicht neben ihr sitzen, bitte nicht.«

»Vielleicht müsst ihr euch einfach besser kennenlernen. Wir können doch mal zu viert essen gehen.«

Das verdient eine Erklärung. Es ist so, dass es seit ein paar Jahren Saras entschiedenes Ziel ist, eine Freundin für mich zu finden. Sie verfolgt es mit Eifer, um nicht zu sagen, mit erdrückender Beharrlichkeit. Sicher, als gute Freundin, die sie ist, will sie nur, dass ich glücklich bin. Sie fürchtet, ich könnte mich in einen dieser verbitterten Typen verwandeln, die alles scheiße finden, nur weil sie seit zehn Jahren nicht mehr neben einer anderen Person aufgewacht sind. Jeder kennt solche Leute, aber an dem Punkt bin ich noch nicht. Glaube ich zumindest. Das würde ich doch merken, oder?

Und außerdem, ich wache sehr wohl hin und wieder neben jemand anderem auf. Dass ich nie über diese Phase hinauskomme, steht auf einem anderen Blatt. Aber Sara hat schon allen Grund, sich zu sorgen. Eine aktive Sexualität zu wahren ist so wichtig wie tägliches Zähneputzen. Sonst kann man zum Einsiedler werden, so ein Typ wie Mr Scrooge, der mit missmutigen Blicken für jedermann durchs Leben wandelt. Ich hab mal jemanden kennengelernt, der alle Filme, alle Romane und alle Musikalben hasste. Er fand alles seit ungefähr der Renaissance komplett scheiße. Eine Zeit lang hielt ich ihn für ein Genie, einen Menschen mit überwältigender Kritikfähigkeit, jemanden mit so hohen intellektuellen Ansprüchen, dass er unmöglich zufriedenzustellen war. Dann erfuhr ich, dass er mit einunddreißig Jahren noch Jungfrau war.

Als Germán um exakt zwanzig Uhr aus der Praxis nach Hause kommt, diskutieren Sara und ich noch immer meinen Sitzplatz auf der Hochzeitsgesellschaft.

»Was ist denn mit euch los?«, fragt er. »Man hört euer Geschrei bis in den ersten Stock.«

»Deine zukünftige Exfrau will mich mit Loreto verkuppeln.«

»Die Verrückte mit der Katze?«

»Siehst du!?«

Obwohl er Zahnarzt ist, ist Germán ein großartiger Kerl, eine jener seltenen Personen, die von jedermann gemocht werden. Als würde das nicht genügen, ist er auch noch gut aussehend und muskulös. Wenn er im alten Rom gelebt hätte, hätten sich die Bildhauer um ihn geprügelt. Außerdem hat er diesen Haarschnitt, den außer ihm nur noch englische Schauspieler tragen, lässig mit einer Hand locker nach hinten gekämmt, und alles sitzt perfekt – bis auf eine einzelne rebellische Strähne, die ihm verwegen in die Stirn fällt.

Sara und er passen zusammen. Ich kann gar nicht sagen, wieso. Es gibt einfach Leute, die zusammengehören, so wie Barbie und Ken oder Donald Duck und wie auch immer die Ente heißt, mit der er zusammen ist. Du kannst sie dir schlicht mit niemand anderem vorstellen.

»Verstehe«, sagt Germán zu mir. »Die Idee vom Singletisch hat dich also nicht überzeugt.«

»Ich finde sie beschissen, um genau zu sein.«

»Wenn es um die Frau mit der Katze geht …«

»Loreto«, wirft Sara ein.

»Wenn es um Loreto geht, mach dir keine Sorgen. Ihr seid ja zu acht am Tisch, du wirst nicht mit ihr allein sein.«

»Darum geht es doch überhaupt nicht.«

»Sondern?«

»Ich bin euer bester Freund. Mehr noch, ich bin euer Trauzeuge. Es wäre eine ziemliche Katastrophe, wenn ich mich am Tag eurer Hochzeit aus dem Fenster stürze. Ich meine, was würden die Leute sagen?«

»Aber wir machen das doch für dich!«, ruft Sara aus. »Du sagst doch ständig, dass du Leute kennenlernen musst.«

Das ist leicht übertrieben. Ich sage das nicht *ständig*. Ich sage es manchmal, o. k., aber das heißt ja nicht, dass ich *irgendwen* kennenlernen will. Ich will interessante Menschen kennenlernen, lustige, originelle. Und Loreto passt in keine einzige dieser Kategorien.

Wir vertiefen das Thema noch ein wenig und erörtern andere, noch weniger erbauliche Optionen, wie zum Beispiel die, mich inmitten einer Handvoll jüngerer Cousins und Cousinen zu platzieren. Ich versuche ihnen klarzumachen, wie erniedrigend das wäre. Worüber, bitte schön, soll ich mit Zwanzigjährigen reden? Ich weiß schon seit einer Dekade nicht mehr, was cool ist. Ich weiß noch nicht mal, ob man noch cool sagt oder ob das schon so ein Wort geworden ist, das einen als alten Knacker outet, wenn man mit jungen Leuten spricht.

Als ich Kind war, hat ein Onkel von mir ständig den Ausdruck *endgeil* benutzt. Soweit ich weiß, hat er ihn nur im Umgang mit mir benutzt, niemals hörte ich es, wenn andere Leute mit im Zimmer waren. Endgeiles Lied, endgeiles Auto … Ich spürte eine Mischung aus Angst und Mitleid und fragte mich, warum er nicht normal sprechen könne. Aus diesem Grund halte ich es für das Beste, zu vermeiden, dass ein halbes Dutzend Twens so etwas von mir denken könnte, und willige ergeben in die Platzierung am Singletisch ein. Was bleibt mir anderes übrig?

In der nächsten halben Stunde sprechen wir über Dinge, die meine Würde nicht tangieren: ein Video, das im Netz kursiert und das Sara und Germán sehr witzig finden (ich habe es nicht gesehen), und die beste Art, Käse zu lagern, damit er nicht schimmelt. Und dann reden wir über Urlaub. Sara und Germán fahren eigentlich immer für ein paar Wochen weg, aber dieses Jahr, so eröffnen sie mir, werden sie in Madrid bleiben. Sparen für die Hochzeit und für die Flitterwochen. Das freut mich zu hören, denn es bedeutet, dass jemand da sein wird, bei dem ich mich persönlich beklagen kann, wenn diese Stadt vor Hitze unerträglich wird.

Dann, als ich mein Pensum an sozialem Miteinander erfüllt habe (ich erwarte nicht allzu viel in dieser Hinsicht), schwöre ich Rache wegen der Sache mit der Sitzordnung und trolle mich heim.

Es ist nicht besonders heiß, was verwunderlich ist. Immerhin ist schon Juli, wir sollten alle bereits in Hass auf die Stadt entflammt sein, zumindest die Einheimischen. Die Touristen funktionieren umgekehrt: Je weniger Luft zum Atmen, desto mehr freuen sie sich. Da laufen sie schwitzend mit ihren Stadtplänen und Schirmmützen und Eisbechern und fragen nach dem Weg zum Prado oder zur Puerta del Sol und rempeln einen mit ihren Rucksäcken an, als wäre ganz Madrid ein einziger Vergnügungspark.

Dafür habe ich jetzt keinen Nerv und wähle den Weg durch Lavapiés, das normalerweise von Touristenscharen verschont bleibt. Fehler. Ausgerechnet heute ist das Viertel überschwemmt von Menschen. Ich versuche gerade, eine Gruppe von bestimmt vierzig Japanern zu überholen, als mein Telefon in der Tasche vibriert. Es ist Portabella.

»… von der Immobiliengesellschaft …«

»Monteis«, unterbreche ich ihn, »ich weiß schon.«

Die Japaner bleiben alle im selben Moment stehen, um einen Schinken in einem Schaufenster zu bewundern, was mich zwingt, ebenfalls mitten im Pulk stehen zu bleiben.

»Ich habe mit Eduardos Tochter gesprochen«, sagt er. »Fehlanzeige, wie ich befürchtet hatte.«

»Entschuldigung.«

»Wie bitte?«

»Nein, ich habe mit einem Japaner gesprochen.«

»Schlechter Moment zum Telefonieren?«

»Nein, geht schon.«

Die Japaner zücken ihre Smartphones und Tablets und beginnen, reihum mit dem Schinken zu posieren. Manche machen das Victoryzeichen, als wäre die Zusammenkunft mit einem mumifizierten Schweineschenkel der Höhepunkt einer schwierigen Heldentat.

»Sie will von dem Buch nichts wissen«, sagt Portabella. »Ich habe ihr alles erklärt; dass Sie nur einen Moment mit ihr sprechen wollen, aber nichts, mein Lieber, sie hat es strikt abgelehnt.«

Manchmal treffen wir alle Entscheidungen, von denen wir genau wissen, dass sie unser Leben ändern werden. In die Tschechische Republik ziehen. Ein Kind bekommen. Einsiedler werden. Du weißt genau, dass diese Entscheidung deine Existenz auf den Kopf stellen wird, aber du triffst sie trotzdem, weil das Leben schließlich nicht nur Vorwärtsgang und Internet und leichtes Essen sein kann.

Natürlich gibt es auch eine andere Sorte Entscheidungen. Die trivialen. Diese trifft man, ohne auch nur darüber nachzudenken, weil man nicht davon ausgeht, dass sie großartig Einfluss auf unsere Zukunft haben könnten. Die Telefongesellschaft wechseln. Eine neue Kaffeemaschine kaufen. Fragen:

»Wäre es Ihnen recht, wenn ich selbst noch mal versuche, sie zu überzeugen?«

Es kommt vor, dass die unwichtigen Entscheidungen sich als die wichtigsten herausstellen.

»Aber sicher«, sagt Portabella. »Ich habe ihre Telefonnummer und die berufliche Adresse. Schicke ich Ihnen beides später per Mail.«

Und plötzlich brechen die Japaner in begeisterten Applaus über den Schinken aus.

Kapitel 4

Ich bin in meinem Leben ein einziges Mal Auto gefahren, und eigentlich bin ich nicht mal richtig gefahren. Ich habe lediglich das Lenkrad bewegt. Ich war achtzehn Jahre alt, und meine Eltern hatten entschieden, einen traditionellen Initiationsritus zu vollziehen: Sie wollten die Fahrstunden ihres Sprösslings finanzieren.

Im Gegensatz zu den allermeisten Männern habe ich mich nie zu Autos hingezogen gefühlt. In der Schule gab es Jungs, die Stunden damit verbringen konnten, über dieses oder jenes Modell zu fachsimpeln, Turbo hier und Spoiler da (die Verwendung der Begriffe Turbo und Spoiler dürfte meine komplette Unkenntnis des Themas bereits offenlegen). Es gab einen, der die gesamte Mittelstufenzeit über einen mit Lkws beklebten Ordner benutzte. Ich konnte den Sinn darin nie verstehen: Welche Art ästhetisches Vergnügen kann jemand an mörderisch lauten Maschinen empfinden, die dafür gemacht sind, Kisten von einem Ort zum anderen zu transportieren? Ich meine, wenn jemand seinen Ordner mit schönen Frauen oder Superhelden beklebte, konnte ich das nachvollziehen, vielleicht sogar Flugzeuge – aber Lkws?

Jedenfalls meinte ich, als ich achtzehn wurde, das Autofahren lernen zu müssen. Ich dachte das vor allem, weil der Führerschein ja den Eintritt ins Erwachsenenalter markiert. Der Führerschein und der erste Sex, aber das Fahrenlernen erschien mir damals wesentlich realistischer. In jener Zeit schien es mir sogar realistischer, einen Jagdbomber zu fliegen, als meine Jungfräulichkeit zu verlieren.

Es ging schief. Das mit dem Auto, meine ich. Die ersten Minuten waren ziemlich monoton: Ich bewegte das Lenkrad, und der Fahrlehrer, ein sympathischer Glatzkopf, kümmerte sich um die Pedale und die Kupplung. Nach einer halben Stunde begann ich zu schwitzen. Aus irgendeinem Grund fragte ich mich: Was, wenn ich sterbe? Wenn ich etwas falsch mache und jemanden überfahre? Oder noch schlimmer, wenn ich alles richtig mache, aber irgendein Trottel in einem anderen Auto etwas falsch macht und mich totfährt? Ich schwitzte so sehr, dass der Fahrlehrer mir ein Taschentuch reichte.

Als ich nach Hause kam, sagte ich meinem Vater, dass ich nicht fürs Autofahren gemacht sei, wenigstens nicht im Moment, und dass er das Geld, das für meine fahrtechnische Bildung eingeplant war, lieber in etwas wirklich Praktisches investieren sollte, zum Beispiel einen größeren Fernseher oder einen Gabelstapler. Niemandem gefällt es, einen exzentrischen Sohn zu haben, und mein Vater empfand meine Geringschätzung gegenüber dem Autofahren beinahe als pathologisch. Mit meinen schwarzen Mänteln und meinen seltsamen Hobbys steuerte ich nicht nur direkt auf den Abgrund des Scheiterns zu, sondern musste mich diesem auch noch zu Fuß nähern.

Es stellte sich heraus, dass meine Störung einen Namen hat: *Amaxophobie*, von *amaxos*, griechisch für »Wagen«. 0,03 Prozent der Bevölkerung leiden darunter. Eine ähnliche Zahl Menschen leidet an Caligynephobie, der Angst, Achtung, vor schönen Frauen. Das ist nun wirklich ein Problem. Wer an Caligynephobie leidet, kann ja nicht mal Filme gucken, weil der bloße Anblick einer schönen Frau, und sei es nur auf der Leinwand, ihm schon unsägliche Qualen bereitet.

So gesehen bin ich bei der Verteilung der Ängste noch gut

weggekommen. Außerdem habe ich durch meine Fahrangst quasi enzyklopädisches Wissen über den öffentlichen Nahverkehr entwickelt. Und das ist nicht zu verachten. In Madrid gibt es Bus, U-Bahn, Stadtbahn, Regionalzugverkehr und sogar die Möglichkeit, ein Boot zu mieten (das fällt vielleicht nicht in die Kategorie öffentlicher Nahverkehr, aber symbolisch gesprochen ist es doch eine Fortbewegungsmöglichkeit).

Hier bin ich also: unter der Erde, in der grünen Linie, auf dem Weg zu Eva Monteis' Arbeitsplatz. Ich hätte sie natürlich anrufen können, aber das habe ich mir gespart, weil es nichts genützt hätte. Das bringt nie etwas. Meine einzige Chance auf Erfolg sehe ich in einem Überraschungsbesuch. Ich muss sie überlisten. Die Leute erschrecken grundsätzlich vor dem Begriff *Interview*. Was, *mich* wollen Sie interviewen? Aber ich hab doch gar nichts zu erzählen! Man muss den Blickkontakt suchen, ihnen helfen, sich zu entspannen und zu verstehen, man muss ihr Vertrauen erlangen. Mein Face-to-Face-Erfolg liegt bei neunzig Prozent. Am Telefon komme ich nicht mal auf fünf.

Die Señorita oder Señora Monteis arbeitet in einem Kindergarten in Vallecas – einem dieser Viertel im Speckgürtel von Madrid, die Volk und Arbeiterkampf atmen, mit ihren schmutzigen grünen Markisen, ihren alten Kneipen und politischen Wandgemälden. In genau so einem Viertel bin ich aufgewachsen. Dass die einzige Tochter eines Millionärs an so einem Ort arbeitet, ist mindestens verdächtig. Ich brüte während der gesamten eineinhalb Stunden Weg (Metro: dreimal umsteigen; Bus: fünf Stationen) darüber, aber ich komme zu keiner Lösung. Zumindest entwickle ich drei Hypothesen:

Hypothese 1: Die Touristin
Eva wollte Malerin, Bildhauerin oder Videokünstlerin werden, während ihr Vater ihr eine Zukunft als Anwältin, Ärztin

oder Diplomatin wünschte. Diese Uneinigkeit führte dazu, dass sie ihn zum Teufel schickte und eine Rundreise durch die Welt der Arbeiterklasse begann, selbstredend in dem Wissen, dass die Seidenlaken ihres Bettes frisch gewaschen auf sie warten würden, sobald sie Heimweh bekäme (was mit Sicherheit früher oder später geschehen würde).

Hypothese 2: Die Erscheinung
Während Eva vor der Küste Mallorcas auf dem Deck ihrer Jacht ein Sonnenbad nahm, erschien ihr der Gott der Reichen und sagte: »Arbeiten ist gut gegen Cellulitis.« Diese Erfahrung, die ihr Vater und ihr Therapeut auf einen Sonnenstich zurückführten, hat sie so geprägt, dass sie jetzt ehrenamtlich einen Kindergarten unterstützt. Außer samstags, wenn sie zum Shoppen nach Paris düst.

Hypothese 3: Die Liebe
Während ihres Sabbatjahrs, das sie der Entwicklung der humanitären Hilfe im Kongo widmete, lernte Eva einen Freiwilligen kennen, der zwar nicht besonders gut aussehend, aber doch sehr verschwitzt war und einen Dreitagebart trug. Das Abenteuer war heißer als heiß, und das nicht nur wegen des Klimas. Nach der Rückkehr in die Nordhemisphäre präsentierte Eva ihn ihrem Vater, der der Vereinigung nicht zustimmte, weil er bereits einen Manager als Schwiegersohn auserkoren hatte. Eva türmte erbost mit ihrem Liebsten, und nun leben sie allein von ihrer Liebe und dem gesetzlichen Mindestlohn.

Ich erreiche den Kindergarten um Viertel nach elf. Die Straße bietet das gewohnte akustische Spektakel dieser Stadt: Ein Autofahrer hupt ohne ersichtlichen Grund, ein anderer reagiert darauf ebenfalls mit Hupen, eine Bande zukünftiger Kleinkrimineller wackelt zum Rhythmus eines systemkritischen Songs aus der Produktion eines multinationalen Plattenlabels mit den Köpfen, und ein von der Menschheit genervter Taxifahrer brüllt einen Eislieferanten an.

Kindergarten Wolke, so heißt er, wobei das Logo eine Sonne ist, was mich zu der Annahme verleitet, dass der Grafiker entweder Analphabet oder überkreativ ist.

Ich will gerade klingeln, als ein Typ mich durch die Eisenstäbe der vergitterten Tür hindurch ansieht.

»Kann ich helfen?«

Er wirkt jünger als dreißig und pflegt ein auffällig exzessives Lächeln. Was meine Aufmerksamkeit erregt, ist allerdings nicht sein Lächeln, sondern der übertriebene Singsang seiner Stimme.

»Ähm … ja. Ich wollte mit Eva Monteis sprechen«, sage ich in Verwendung dieses dämlichen Höflichkeitspräteritums, bei dem ich immer fürchte, irgendwann fragt mich mal jemand: »Und was willst du *jetzt*?«

»Wen darf ich melden?«

Ich nenne ihm meinen Namen und füge hinzu, ich käme wegen ihres Vaters. Adios, Grinsekatze. Der Typ runzelt die Stirn und legt den Kopf auf die Seite, wie ein Hund, der einen Befehl nicht deuten kann.

»Weiß sie, dass du kommst?«

Adios, Singsang. Ich verneine, und er kann sich nicht entschließen, ob er mich reinlassen soll oder nicht. Aber dann öffnet er mir doch und winkt mich in die Eingangshalle.

»Warte hier.«

Das Gebäude ist wesentlich größer als gedacht. Es gibt mehrere Türen, jede in einer anderen grellen Farbe lackiert. Überall Kindergeschrei. An der Wand befinden sich mehrere Dutzend mit Rucksäcken und Jacken behängte Kleiderhaken und darunter ein Haufen winziger Turnschuhe.

Der Typ verschwindet in den Flur, und ich bemerke seine abgenutzten Jeans, die am Hintern unnötig eng anliegen; es sei denn, es wäre seine Absicht, die heimliche Fantasie aller Kindergartenmütter zu sein. Knackarsch – so taufe ich ihn – verschwindet hinter einer knallgelben Tür, und ich gucke mir die Bilder an der Wand an. Fast alle zeigen Mama und Papa, außer eines, das Papa und Papa zeigt, und ein anderes, das eine als Torwart verkleidete Puppe zeigt und mit »Iker Casillas« betitelt ist.

»Ja, bitte?«

Ich drehe mich um und sehe eine Frau etwas über dreißig, die durch den Flur auf mich zukommt.

Erste Beobachtung: Sie trägt einen bodenlangen weißen Rock, der über und über mit Farbe bekleckst ist.
Zweite Beobachtung: Sie hält den Rock mit einer Hand gerafft, um bequemer gehen zu können, was mich erkennen lässt, dass sie barfuß ist.
Dritte Beobachtung: Sie trägt ein Fußkettchen um den linken Knöchel.
Vierte Beobachtung: Ein roter Buntstift hält ihr sehr schwarzes Haar zu einem Knoten auf dem Kopf, der sich in jedem Moment zu lösen droht.
Fünfte Beobachtung: ein Ring in einem Nasenflügel (dem rechten); und daneben, auf der Wange, ein blauer Farbklecks.

»Guten Hallo Tag«, sage ich in eindeutiger Missachtung einfachster syntaktischer Regeln. »Daniel Durán.«

Ich strecke ihr die Hand entgegen, aber sie erwidert die Geste nicht. Stattdessen zeigt sie mir eine pistaziengrüne Handfläche und sagt:

»Sorry, ich bin voller Farbe.«

Ich ziehe meine Hand mit leicht angekratzter Würde zurück. Nicht gerade das, was ich einen guten Start nennen würde.

»Iker hat gesagt, du arbeitest für meinen Vater.«

Ich denke an Iker Casillas, aber den kann sie nicht meinen, denn ich kenne ihn leider nicht persönlich. Ich interessiere mich nicht mal für Fußball, was hier aber auch wirklich nichts zur Sache tut, also schlussfolgere ich, dass sie sich auf Knackarsch bezieht.

»Ja, also, nein.«

Sie hebt die Augenbrauen.

»Ich meine, nicht wirklich. Ich arbeite für seine Firma, mehr oder weniger.« Mehr oder weniger? Mann, Dani, das kannst du ja wohl besser. Und nachdem sie mich vorhin geduzt hat, mache ich das jetzt einfach auch. »Hast du vielleicht eine Minute?«

»Eine Minute.«

Sie bleibt auf Distanz, bestimmt zwei Meter Abstand. Ich bin kein Experte in Sachen Körpersprache, aber ich würde schätzen, ihre Haltung ist nur minimal weniger feindselig als die von Charles Manson an einem seiner schlechten Tage.

»Also«, beginne ich und räuspere mich. »Ich schreibe ein Buch, das ...«

»Du bist der Typ mit dem Buch?«, unterbricht sie mich mit dem Anflug eines Lächelns.

Ich erwidere ihr Lächeln. »Ja, ich schätze schon.«

»Ich hab einen Anruf aus der Firma meines Vaters bekommen. Ein Typ mit katalanischem Nachnamen.«

»Portabella.«

»Dann bist du der, der mich interviewen will?«

»Ja.«

»Ich habe Nein gesagt.« Ihr Lächeln verschwindet.

»Hm«, zeige ich meine unbestechlichen rhetorischen Fähigkeiten.

»Ich habe sehr deutlich gesagt, dass ich nicht zur Verfügung stehe.«

»Hm, hm«, verstärke ich meine Argumentationslinie.

Selbst die Person mit der geringsten Empathiefähigkeit der Welt verstünde, dass ich hier nicht willkommen bin und wohl besser schleunigst den Rückzug antreten sollte. Das Problem ist, dass ich am Linoleumboden festklebe, unfähig, mich zu bewegen, durch meine erstarrten Beine an Ort und Stelle verdammt. Dieses Phänomen, das den Forschungsstand der Wissenschaft übersteigt, kann zwei Ursachen haben. Erstens, dass ich nicht eineinhalb Stunden Weg auf mich genommen habe, um so schnell aufzugeben. Schließlich geht es hier um meine Arbeit, mein Einkommen und ein bisschen auch um meine Würde, und all das verdient ein wenig Anstrengung. Die zweite mögliche Erklärung, sehr viel profaner, wäre die Tatsache, dass Eva Monteis eine überaus gut aussehende und attraktive Frau ist und dass gut aussehende und attraktive Frauen in meinen Extremitäten diese verblüffende vorübergehende Inaktivität erzeugen. Umgekehrte Caligynephobie. Anticaligynephobie.

»Ich weiß nicht, was Portabella dir erzählt hat, aber es dauert höchstens eine halbe Stunde. Es geht nur um …«

Sie zeigt mir erneut ihre pistaziengrüne Handfläche, um meine Rede zu stoppen.

»Ehrlich, du verschwendest deine Zeit. Ich will nichts von meinem Vater, seiner Firma oder seinem Buch wissen.«

Knackarsch, der wahrscheinlich die ganze Unterhaltung verfolgt hat, erscheint mit einem Plüschhasen in der Hand im Flur und fragt:

»Alles o. k.?«

»Ja«, antworte ich mit Eva im Chor, obwohl die Frage eindeutig nicht an mich gerichtet war.

Unsere Synchronizität scheint ihn nicht zu überzeugen, und er bleibt dort stehen, im Flur, mit dem Hasen in der Hand und dem Blick auf mich gerichtet, als würde er mich analysieren oder (wahrscheinlicher) den Gesamtwert meiner Kleidung schätzen.

»Hör mal«, sage ich zu Eva, »du hast natürlich jedes Recht, die Teilnahme zu verweigern, aber …«

»Danke«, sagt sie lächelnd.

»Ja, sicher, aber ich würde dir gerne vorher erläutern, worum es geht.«

»Mein Vater geht in Rente, und seine Lakaien haben beschlossen, seinem Ego ein Denkmal zu setzen. Eine Skulptur wäre etwas zu kostspielig, aber ein Buch, hey, was für eine Superidee. Eine Biografie, nur dass wir die Schattenseiten aussparen, logisch, soll ja ein Geschenk sein. Eine Art Postkarte, wie ein Glückwunschschreiben von einem Haufen Leute: Mitarbeiter, Aktionäre und, warte mal, hat er nicht eine Tochter? Was ist denn mit der? Ich glaube, sie wechseln seit Jahren kein Wort, aber weißt du was, versuch's doch mal, vielleicht kriegst du sie rum.« Sie macht eine Pause und sieht mich an. »So in etwa?«

Scheiße.

Ich habe keine Ahnung, was ich dazu sagen soll, also haue ich das Erste raus, was mir in den Sinn kommt.

»Du hast da ein bisschen Farbe im Gesicht.«

Knackarsch ist näher gekommen, Hase in der Hand, und baut sich ein paar Schritte hinter Eva auf. Jetzt betrachtet er nicht mehr meine Gesamterscheinung, sondern sieht mir fest und herausfordernd in die Augen.

»Sag meinem Vater, er soll mich in Ruhe lassen.«

Mit anderen Worten: Ende der Diskussion.

»O. k.«, sage ich. »Entschuldige die Störung.«

Meine Beine haben ihren Dienst wieder angetreten, Gott sei Dank. Ich bewege sie ungelenk eines nach dem anderen, bis sie mich aus dem Kindergarten herausgetragen haben. Knackarsch schließt ohne ein Wort des Abschieds die Tür hinter mir, kein Schimmer des psychotischen Grinsens mehr in Sicht.

Auf der Straße verflucht der Taxifahrer immer noch den

Eislieferanten, während sich einer der zukünftigen Kleinkriminellen mittlerweile das Shirt ausgezogen hat, damit alle Welt weiß, dass er täglich das Fitnessstudio besucht. Als ich an der Bushaltestelle ankomme, drehe ich mich noch mal zum Kindergarten um und sehe Eva, die mich durch die Gitterstäbe der Tür beobachtet. Sie wischt sich mit dem Handrücken die Farbe von der Wange und verschwindet.

Eine Stunde und vierzig Minuten später komme ich bei meinem Haus an, das weder meines ist noch im eigentlichen Sinne ein Haus. Es ist eine Wohnung, die mir ein Mann für monatlich sechshundertzwanzig Euro Warmmiete überlässt. Ich schiebe eine Pizza in den Ofen und öffne mein aktuelles Tagebuch. Ich weiß immer noch nicht, welche der drei Hypothesen über Eva die richtige war, wobei ich schon ahne, dass keine von ihnen die Wahrheit trifft. Die Begegnung war wunderlich, und so schreibe ich es auch auf: verwundert. Ich schreibe, was mir in den Sinn kommt, ohne Filter oder Ordnung. Ich brauche zwei Absätze, um zu verstehen, dass Eva mir trotz allem nicht unsympathisch war, und einen weiteren, um zu schlussfolgern, dass sie mir eigentlich ziemlich gut gefallen hat. Ich frage mich, was für einen Eindruck sie wohl von mir gewonnen hat. Keinen besonders guten, fürchte ich. Letztlich habe ich doch den Herold ihres Vaters gegeben, zumindest musste sie das schlussfolgern, wenn es auch nicht ganz der Wahrheit entspricht. Na ja, egal.

Zum Essen gucke ich eine Fernsehdebatte, in der vier Männer um die sechzig das »Szenario des vorsichtigen wirtschaftlichen Aufschwungs« analysieren. Ich verstehe kein Wort, und nach einer Weile beschleicht mich der Verdacht, dass sie selbst auch kein Wort verstehen. Ich frage mich, ob diese Männer vom wahren Leben sprechen oder ob ihr Gegenstand nur eine sehr willkommene Ausrede ist, um sich nicht mit dem wahren Leben auseinandersetzen zu müssen.

Kapitel 5

Wahre Liebe. Mal ehrlich: Den Begriff haben wir so oft gehört, dass wir nicht überzeugt davon sind, dass er irgendeinen Sinn hat. O.k., er hat auch keinen. Erstens ist er linguistisch gesehen ein klarer Bluff. Wie zum Beispiel *absolute Ehrlichkeit* oder *totale Hingabe*. Gibt es etwa eine annähernde Ehrlichkeit? Oder halbe Hingabe?

»Ich gebe mich dir hin, aber nur ein bisschen.« (Subtext: Ich gebe mich dir nicht hin.) »Ich bin ehrlich, teilweise.« (Subtext: Ich lüge dich an.)

Wenn die Liebe nicht wahr ist, kann man dann von Liebe sprechen? Es wird Zuneigung oder Freundschaft sein oder ein Zwischenstadium. Und genau da liegt das Problem, in diesen namenlosen Zwischenstadien. Unser ganzes Leben lang haben wir für andere Menschen Gefühle, die wir nicht benennen können.

Zu Homers Zeiten hatten die Griechen noch kein Wort für die Farbe Blau. Das hat ein Engländer namens William Gladstone herausgefunden, der später britischer Premierminister wurde. Gladstone war ein Mann mit exzentrischen Hobbys und beschäftigte sich mit der Präsenz der Farben in der klassischen Literatur. Er entdeckte, dass weder in der *Odyssee* noch in der *Ilias* die Farbe Blau erwähnt wird. Grün und Gelb und Rot kommen vor, nicht aber Blau. Kein einziges Mal. Wenn Homer vom Meer spricht, verwendet er vage chromatische Beschreibungen à la »Farbe dunklen Weins«. Bedeutet das womöglich, dass die alten Griechen kein Blau sehen konnten? Mitnichten. Sie sahen es ebenso, wie wir es sehen. Sie hatten bloß kein Wort dafür, und das hatte zur Folge, dass es für sie nicht existierte.

Wenn all diese Gefühle zwischen Freundschaft und Liebe Namen hätten, würden sie beginnen, für uns zu existieren, und alles würde einfacher werden. Wir müssten nicht mehr sagen, diese und jene Person sind ein Paar, sondern wir könnten konkretisieren, welcher Grad der Zuneigung sie eint. Wir könnten das exakte Level ihrer emotionalen Bindung mit einem einzigen Wort benennen. Dann müssten wir den Begriff Liebe nicht mehr vulgarisieren, indem wir ihn auf Beziehungen anwenden, die ihn offensichtlich nicht zu tragen verdienen.

Außer meiner Geschichte mit Sara während unserer Studienzeit habe ich noch zwei weitere Male solche Gefühle ohne Namen für jemanden gehabt.

Zuerst für Ana. Wir lernten uns im Fernbus kennen, auf der Strecke Tarifa–Madrid. Ich war für eine Woche mit Freunden in Tarifa gewesen. Sieben Tage saufen, kiffen und in der Sonne brutzeln. Sara und ich hatten uns ein paar Monate zuvor getrennt, und seitdem hatte ich ziemlich über die Stränge geschlagen. Am Tag meiner Rückkehr nach Madrid war ich so müde und verkatert, dass ich noch nicht mal meinen Sitzplatz im Bus fand. Ich ließ mich einfach irgendwo fallen und ahnte, dass früher oder später jemand den Sitz als seinen beanspruchen würde. Ich hatte Glück. Der Platz gehörte einem rothaarigen Mädchen, Ultrahippie, selbst nach Tarifa-Maßstäben, das in mein Leben trat mit einem Strohhut in der Hand und einem Satz auf den Lippen:

»Musst du kotzen?«

Ich beteuerte, dass das nicht der Fall sei, und das war der Beginn einer schönen Beziehung ohne Bezeichnung, die sie gebührend definieren würde.

Der Bus war fast leer, weil kein normaler Mensch mitten im August von der Küste nach Madrid reist. Sie setzte sich neben mich, und wir verbrachten den Rest der Fahrt plaudernd.

»Du bist Stier«, sagte sie.

»Woher weißt du das?«

»Ich weiß solche Dinge einfach. Ihr Stiere seid so … Hast du jemals einen Vulkanausbruch gesehen?«

»Im Fernsehen, zählt das?«

»Ja. Siehst du, ihr Stiere seid genauso. Brodelnde Lava. Wetten, dass du abends schlecht einschlafen kannst?«

Ich sagte Ja, obwohl das gar nicht stimmte. Manchmal steht einem die Wahrheit doch nur im Weg.

»Die Leute«, erzählte sie mir, »haben ein furchtbares Bild von Vulkanen. Als wären sie etwas Schreckliches, das alles um sich herum zerstört. Dabei sind Vulkane in Wirklichkeit die Möglichkeit der Berge, noch höher hinaus zu kommen.«

Ihre Logik war bestechend.

Sie kam aus Tarifa, dort war sie geboren und aufgewachsen. Sie hatte gerade ihr Kunststudium beendet und wollte jetzt ihr Glück in der Hauptstadt versuchen. Sie würde bei einer Freundin einziehen und wollte Yogaunterricht geben.

Sie erzählte mir, dass die Körperhaltung Spiegel der Seele sei, und ich sagte, dass ich nicht an die Seele glaube, aber schon an Körperhaltung, weil ich quasi täglich Rückenschmerzen hatte.

Als wir in Madrid ankamen, hatten wir uns bereits gegenseitig unser gesamtes Leben erzählt, Lügen inklusive. Zum Abschied gab sie mir die Adresse ihrer Freundin. »Komm morgen vorbei, und ich zeige dir, wie du richtig sitzt«, sagte sie, und am nächsten Tag stand ich auf der Matte, zwischen einem Siddhartaposter und einer Lavalampe, die sie von zu Hause mitgebracht hatte. Ich lernte, richtig zu sitzen, und anschließend liebten wir uns zu Kerzenschein und Räucherstäbchen und indianischen Klängen vermischt mit Vogelgezwitscher und Wasserfallrauschen.

Ich konnte mein Glück kaum fassen. Ich hatte die Aufmerksamkeit eines unglaublich attraktiven Mädchens erweckt, und dann waren wir sogar beim ersten Date miteinander ins Bett gegangen. Ich war nicht der Einzige, den das überraschte. Auch meine Freunde waren perplex angesichts dieser unter ästhetischen Gesichtspunkten überaus asymmetrischen Beziehung. Nicht, dass jetzt ein falscher Eindruck entsteht – ich bin kein Monster oder so, manche finden mich sogar richtig attraktiv. Aber Ana war wirklich eine andere Liga. Sie war der Typ Frau, den man an der Seite eines Gitarristen oder eines professionellen Surfers erwartet. Eines kleinen, das schon, denn Ana war gerade mal ein Meter fünfzig groß.

Sie zeigte mir die Chakrenpunkte, und ich schaffte es sogar, die Anwendungsgebiete von gut zwanzig Heilkräutern auswendig zu lernen. Ich war nie wieder auf so vielen Mittelaltermärkten wie zu jener Zeit. Eines Tages sagte sie mir, sie wolle nicht mehr Ana genannt werden, sondern Chandra, und mir schien das nur folgerichtig.

Ich kann allerdings nicht behaupten, dass es eine einfache Beziehung gewesen wäre. Das lag mitunter daran, dass Chandra sich nicht von den gemeinhin in unserer Gesellschaft akzeptierten jüdisch-christlichen Normen leiten ließ. In anderen Worten: Sie traf noch andere Männer. Viele andere Männer. Ich habe von fünf erfahren, aber vielleicht waren es noch mehr. Und ich spreche nicht von Sex. Oder nicht nur von Sex. Das Problem war nicht, dass sie mit anderen Kerlen ins Bett ging (das fand ich natürlich auch nicht lustig), sondern dass sie mit allen ernsthafte Beziehungen pflegte.

»Ich vergöttere Pablo«, sagte sie mir zum Beispiel. »Wir haben die Nacht miteinander verbracht, und ich glaube, er ist der sensibelste Mann, den ich kenne.«

Und ich dachte: *Wir haben die Nacht zusammen verbracht?* Was soll das heißen? Und wer, zum Henker, ist Pablo?

Wer denkt, es gäbe nichts Schlimmeres als unerwiderte Liebe, der sollte es mal mit geteilter Liebe versuchen. Man muss ein Herz aus Granit haben, um das auszuhalten. Nicht mein Fall.

Eines war offensichtlich: Chandra würde sich nicht ändern. Sie war einfach so. Sie war voller Liebe und verteilte sie ohne Rücksicht auf Verluste. Ich hatte zwei Möglichkeiten: das Weite suchen oder sie so akzeptieren, wie sie war. Also kaufte ich Räucherstäbchen, Kerzen, ein Poster mit einem großen Tiger darauf und vier CDs mit »Naturklängen« und akzeptierte, einer von vielen sensiblen Typen in Chandras Leben zu sein.

War es das wert? Ich schätze schon, auch wenn mir das heute unglaublich erscheint. Es war einfach komplett anders als alles, was ich sonst erlebt habe. Mit ihr war alles intensiv und exotisch, und das gefiel mir. Sie sagte Sachen wie: »Ich bin mit dem Universum verbunden«, und ich antwortete: »Super.« Beim Sex bat sie mich manchmal, sie zu umarmen, bis unsere Herzschläge sich synchronisierten, was sich unausweichlich immer erst dann einstellte, wenn einer von uns beiden einschlief.

So viel zur spirituellen Seite der Geschichte. Jetzt zur prosaischen.

Zu der Zeit verdiente ich meinen Lebensunterhalt mit Versicherungsverkäufen per Telefon. Halbtags. Auf der Liste der schlimmsten Jobs, die ich in meinem Leben gemacht habe, rangiert dieser als einsame Spitze auf Platz eins. Ich verbrachte vier Stunden täglich damit, willkürliche Anrufe zu tätigen: Selbstständige, Angestellte, Hausfrauen, whatever. Wenn es gut lief, verkaufte ich ein paar Versicherungen im Monat. Und besser, man verkaufte welche, denn wenn nicht, dann verdiente man auch nichts. Bis dahin hatte ich nicht viel Geld gebraucht. Ich wohnte noch zu Hause, Vollpension, und meine Süchte waren nicht sehr kostspielig: Kino, Bücher, ein bisschen Musik, ab und zu ausgehen, hin und wieder eine Reise.

Das Problem war Chandra.

Ihr Plan, vom Yoga zu leben, war gut, aber der Chakrenmarkt war im Jahr 2000 offenbar bereits gesättigt. Keine Yogaschule wollte sie anstellen, und wenn sie Freunden Unterricht gab, verweigerte sie jede Bezahlung. Schließlich nahm sie einen Job an, bei dem sie auf der Straße Befragungen durchführen sollte, schmiss ihn aber schon am zweiten Tag.

»Das Materielle interessiert mich nicht«, sagte sie. »Und es gibt echt nichts Materielleres als statistische Umfragen.«

Tatsächlich war das Einzige, was sie wirklich wollte, zu fließen. Und sie floss, dank mir und ihren anderen Freunden, die wir alle ihre Kosten deckten. Ich weiß schon, dass es nicht schwer ist zu schlussfolgern, dass diese kleine Rothaarige uns alle ausnutzte. Tat sie das? Schon möglich, aber um ehrlich zu sein, habe ich mich nie manipuliert gefühlt. Wahrscheinlich war ich von Räucherstäbchen benebelt.

An einem Samstag (so steht es jedenfalls in meinem Tagebuch) ging ich sie besuchen, und ihre Mitbewohnerin weigerte sich, mich reinzulassen.

»Es passt gerade nicht«, schnurrte sie in die Gegensprechanlage.

»Was?«

»Sie ruft dich an, o. k.?«

»Aber wieso, was ist denn los?«

Sie legte einfach auf. Ich klingelte noch mal, aber diesmal meldete sich niemand. Ich verstand gar nichts, am Abend zuvor waren wir noch zusammen gewesen, Chandra und ich, hatten über die Beziehung von Blumen und Sternen philosophiert (es gab eine Verbindung, so schien es mir zumindest in jenem Moment), und jetzt wollte sie mich plötzlich nicht mehr sehen?

Ich wartete am Tor, bis sie runterkam, das war eine Stunde später. Sie schleppte denselben Koffer, mit dem sie aus Tarifa gekommen war, was augenblicklich mein karmisches Gleichgewicht zerstörte.

»Hey, was ist denn hier los?«

Chandra erschrak ein bisschen, als sie mich sah. Sie hatte geweint, ihre Augen waren ganz gerötet, und als ich mich gerade für meinen Ton entschuldigen wollte, bemerkte ich, dass wir nicht allein waren. Hinter ihr war ein Mann von ungefähr fünfzig Jahren aus dem Haus gekommen. Rothaarig. Er warf mir einen verachtenden Blick zu. Dann sah er Chandra an, die nicht mehr Chandra war, sondern wieder Ana, griff nach ihrem Koffer, und sagte mit andalusischem Akzent zu ihr:

»Ich warte im Auto, beeil dich.«

Ich sah ihm hinterher. Es war offensichtlich, dass er ihr Vater war, und trotzdem konnte ich in dem Moment nur fragen:

»Wer ist das denn?«

Ana antwortete nicht. Stattdessen legte sie mir eine Hand aufs Herz und sagte:

»Es war toll.«

Und dann folgte sie dem Mann. Sie gab mir nicht mal mehr einen Kuss. Keine Tränen. Keine Umarmung. Nach fast einem gemeinsamen Jahr, nach elf Monaten gewissenhaften Studiums der richtigen Körperhaltung, des kosmischen Gleichgewichts und der Verbrüderung mit der Natur, ging alles mit diesem beknackten Satz zu Ende: »Es war toll.«

Weit weniger traumatisch war die Sache mit Maika, meiner anderen Fast-Liebe-aber-nicht-wirklich-Liebe. Eigentlich war das alles andere als Liebe, aber man kann nun auch nicht behaupten, dass es nur Freundschaft gewesen wäre.

Sie war fünfzehn Jahre älter als ich. Wir lernten uns in einer kleinen Werbeagentur kennen, wo ich eine Zeit lang als

Texter arbeitete. Ein schrecklicher Job, wenn auch nicht ganz so schlimm wie der bei der Versicherung. Zumindest musste ich dort nur die anonyme Masse verarschen und keine Individuen. »Möbel Parador. Fast wie zu Hause.« – Ja, das ist tatsächlich auf meinem Mist gewachsen. Nicht gerade originell, schon klar, aber ich will zu Protokoll geben, dass ich mich seinerzeit gerade aus dem Nest begeben hatte und nur wählen konnte zwischen Schwachsinn verzapfen und zurück ins Hotel Mama.

Hier ist noch einer: »Das ganze Wissen der Natur – nur für dein Haar.« Der war natürlich für ein Shampoo und hat ziemlich gut funktioniert, dabei weiß nicht einmal ich, was das eigentlich heißen soll. Aber die Natur macht sich einfach immer gut.

Maika war in der Firma für die Kundenbetreuung zuständig, also das Bindeglied zwischen dem Unternehmer, der einen Slogan braucht, und dem Idioten, der ihn sich ausdenkt. Sie war nicht direkt meine Vorgesetzte, stand in der komplexen Hierarchie einer Werbeagentur aber schon über mir. Wir Texter, fünf Twens auf halbem Wege zwischen großen Hoffnungen und kompletter Desillusionierung, trafen uns einmal pro Woche mit ihr, damit sie uns über die neuen Aufträge ins Bild setzte. Perspektivmeeting, nannten wir es.

Das zwischen uns begann während eines dieser Meetings, aus irgendeinem Grund waren wir dieses Mal nur zu zweit. Wahrscheinlich ein eiliger Auftrag, über den sich meine Kollegen allesamt ihre kreativen Köpfe zerbrachen. Wie auch immer. Das Ding ist, dass Maika mitten in der Aufzählung der Brandingmerkmale einer Matratzenfirma stockte, schluckte, sich räusperte, wieder schluckte und ohne Vorwarnung hemmungslos zu weinen anfing.

»Die weiße Farbgebung wollen sie beibehalten«, schluchzte sie. »Diese Grundidee wollen sie stärken und sie vielleicht, schnief, sorry, mit Reinheit und Klarheit verbinden. Schnief, schluck. Und mit Schlichtheit«, sie zog die Rotze hoch, »obwohl sie das selbst noch nicht so genau wissen.«

Ich hielt es eine ganze Weile lang aus, gar nichts zu sagen, bis die Situation unerträglich wurde.

»Maika, entschuldige.«

»Hm?«

»Geht es dir gut?«

Sie sah mich einen Moment lang an und sagte dann:

»Nein.«

»Soll ich dir ein Glas Wasser holen?«

Das war alles, was mir einfiel. Ich weiß nicht, warum man den Leuten immer Wasser anbietet, wenn sie sich komisch verhalten. Als würde die Feuchtigkeitszufuhr alles richten. Sie schüttelte den Kopf und wischte sich die Tränen mit einem Taschentuch weg.

»Was für eine Szene, bitte entschuldige.«

»Kein Problem. Meinetwegen brauchst du … Soll ich mal vor die Tür gehen?«

»Nein, schon gut, ist schon vorbei.«

Ich sehe sie an. Sie sieht mich an. Es vergehen gefühlte fünf Minuten, bis sie schließlich einen tiefen Seufzer ausstößt und sagt:

»Mein Vater …« – zittrige Pause. »Mein Vater ist letzte Woche gestorben.«

»Oh. Das tut mir sehr leid.«

»Und vor zwei Wochen ist mein Mann mit einer anderen durchgebrannt.«

Tja, und was sagst du dann? »Das tut mir auch sehr leid«? »Das tut mir leid, aber nicht so sehr wie das mit deinem Vater, denn immerhin lebt dein Mann noch«? Vor lauter Unsicherheit sagte ich lieber gar nichts dazu.

»Da siehst du, was für ein Scheißdesaster. Im April werde ich vierzig, und alles geht den verdammten Bach runter.

Und diese dämliche Arbeit macht mir auch keinen Spaß. Wen interessiert schon die Botschaft von irgendwelchen Matratzen?«

Ich zuckte mit den Schultern. Mich jedenfalls nicht, so viel stand fest.

»Egal. Egal, tut mir leid.«

»Alles gut.«

»Wir machen morgen weiter, o. k.?«

Dagegen hatte ich gar nichts. Ich verdrängte die Episode schleunigst aus meinem Bewusstsein, und beim Meeting am nächsten Tag – wieder nur sie und ich – gab es keinen Zwischenfall. Wir schlossen die Matratzengeschichte ab, ich erzählte ihr von ein paar Ideen, die ich für ein anderes Projekt hatte, sie suchte einige aus und verwarf die meisten, und als wir fertig waren, fragte sie mich:

»Sag mal, magst du Basketball?«

»Schon. Ja, warum nicht?«

»Ich habe zwei Karten für das Länderspiel am Samstag. Ich hab sie vor Monaten gekauft. Ich wollte mit meinem Mann hin, und jetzt weiß ich nicht, wem ich sie geben soll. Willst du sie haben und mit deiner Freundin gehen oder mit einem Freund?«

»Ich hab keine Freundin«, sagte ich, ohne zu wissen, ob das wichtig war oder nicht. »Aber Freunde schon. Bist du sicher, dass du sie nicht jemand anderem geben willst?«

»Bin ich.«

Das war am Vormittag, und den ganzen Tag lang dachte ich über die Sache nach und versuchte, die Geste richtig einzuordnen. Wollte sie mir etwas sagen? Gab es da einen Subtext, oder war ich schlicht der Einzige, der noch zwischen ihrer Handtasche und dem Papierkorb stand? Aber warum ich? Weil ich am Tag zuvor Zeuge ihres Tränenausbruchs gewesen war? Weil ich ihr Wasser angeboten hatte?

Es gibt ja dieses weitverbreitete kulturelle Klischee, demzufolge wir Männer die Frauen nicht verstehen. Es heißt, dass die weiblichen Gedanken uns undurchsichtig erscheinen, unverständlich, übertrieben verworren. Kann ja alles sein, obwohl ich behaupten würde, dass ich diesbezüglich immer ganz gut klargekommen bin. Bis auf jenen Tag. An dem Tag verstand ich wirklich gar nichts.

Am Feierabend traf ich Maika im Fahrstuhl wieder, ich weiß nicht, ob das ein Streich war, den mir das Schicksal spielte, oder – wahrscheinlicher – ob sie gewartet hatte, bis sie mich aufbrechen sah. Nachdem ich das Wetter als zu abgedroschenes Gesprächsthema ausgeschlossen hatte, blieben vier mögliche übrig: die Arbeit, ihr Ehemann, ihr verstorbener Vater und die Tickets für das Basketballspiel. Ich wählte das harmloseste.

»Willst du die Tickets wirklich nicht behalten?«

»Nein. Ich bin gar nicht in der Stimmung, und ich wüsste auch nicht, mit wem ich hingehen soll.«

»Wir können doch zusammen gehen.«

Beiläufiger Tonfall. Ein als Kommentar verkleideter Flirtversuch.

»Es war als Geschenk gemeint«, sagte sie lächelnd, »nicht als Strafe. Geh, mit wem du magst.«

»Im Ernst, lass uns gemeinsam gehen!«

Mein Enthusiasmus überraschte sie genauso sehr wie mich selbst. Ich nehme an, dass sie deshalb ein paar Stockwerke zögerte, bevor sie zusagte.

Es wurde ein großartiger Abend. Dabei ist gar nichts Aufregendes passiert, wir sind nicht mal miteinander ins Bett gegangen. Wir sahen das Spiel (Spanien gewann haarscharf) und gingen dann noch was essen. Wir landeten in einem dieser Burgerrestaurants, die so tun, als kämen sie direkt aus den USA der Fünfzigerjahre, und dann Pommes mit Aioli und Calamares-Sandwiches servieren. Wir redeten über die Arbeit, die wir beide hassten, und über arme Leute wie uns, die ihr

Leben in Großraumbüros verbrachten, obwohl sie Büros doch hassten.

Nach dem Essen wollten wir noch ein Bier trinken, aber wir wussten nicht, wo, und liefen ziellos herum. So verbrachten wir den Rest des Abends, wir liefen einfach durch die Gegend. Sie erzählte mir von ihrer Ehe, wie es den Bach runtergegangen war bis zur »Atemnot«. Sie wollte Kinder, und er war sich nicht sicher.

»Die alte Geschichte«, meinte sie, obwohl ich sie zum ersten Mal hörte.

Ihr Mann hatte die Entscheidung immer wieder hinausgezögert, was den Ärger über sechs Jahre ausdehnte, die Maika als »schrecklich« klassifizierte. Sie konsultierte sogar einen Psychologen, weil sie, wie sie sagte, gar nicht mehr wusste, was sie wollte. Es war dann aber auch nicht mehr so wichtig, denn während sie sich mit ihrer Psyche beschäftigte, widmete ihr Mann sich einer Kellnerin, die er bei einem Arbeitsessen kennengelernt hatte.

Ich hatte nichts Vergleichbares zu bieten, also erzählte ich ihr von meiner Geschichte mit Ana/Chandra, die sich neben ihrem Ehedrama ziemlich banal und infantil ausnahm. Maika täuschte allerdings durchweg Interesse vor und lachte nicht mal, als ich ihr gestand, dass ich seitdem keine Lavalampe mehr sehen kann, ohne eine gewisse innere Unruhe zu verspüren.

Das mit uns hielt keine fünf Monate. Wir sahen uns immer nur am Wochenende, nur samstags eigentlich, denn sonntags hatte sie »was anderes vor«. Wir schliefen miteinander, obwohl klar war, dass der Sex für keinen von uns Priorität hatte. Was wir suchten, war ein bisschen Gesellschaft, weiter nichts. Sie quälte sich manchmal, halb scherzhaft, halb ernsthaft, und sagte Dinge wie: »Was mache ich hier bloß mit so einem Jungspund?« Oder: »Ich komme mir vor wie die Mrs Robinson des 21. Jahrhunderts!«

Ich hatte keine großen Erwartungen. Ich wusste, dass das zwischen uns nur provisorisch war, dass es nur einen, sagen wir, therapeutischen Zweck erfüllte. Besser ich als Psychopharmaka. Besser sie als noch ein Abend allein zu Haus mit Pizza und Milan Kundera.

An einem dieser Samstage sagte sie mir, dass sie entschieden hatte, unseren gemeinsamen Arbeitgeber und mich zu verlassen. Ich protestierte nicht einmal. Wir machten einen langen Spaziergang und wünschten uns nach einer Umarmung alles Gute und viel Glück im Leben. Es war einer dieser merkwürdigen Abschiede, bei denen sich Traurigkeit und Freude derart verquicken, dass sie Platz für etwas Neues schaffen. Dieses Gefühl, das dir die Lungen ausfüllt und deine Augen ein wenig schimmern lässt und dich sicher sein lässt, dass du dich an diesen Moment für den Rest deines Lebens erinnern wirst.

Drei Jahre später traf ich Maika wieder. Sie trug das Haar sehr kurz, und an ihrer Seite schob ein glatzköpfiger Typ einen Kinderwagen. Sie sah mich auch, von Weitem, und winkte mir zum Gruß. Ich winkte zurück, und wir lächelten uns an. Der Mann sah zu mir hinüber und fragte Maika etwas. Wer ich denn sei, bestimmt. Ich wüsste zu gerne, was sie antwortete. Da es kein besseres Wort gibt, hat sie vermutlich gesagt:

»Ein Freund.«

Aber wir waren mehr als das.

Kapitel 6

In einer unserer Stammkneipen warte ich auf Sara. Der Kellner heißt Juan, ist klein, etwas über vierzig und trägt sein Schwulsein ebenso stolz vor sich her wie seine Unhöflichkeit. Für eine moderne und jugendliche Bar wie diese hier also die perfekte Besetzung. Sara, Germán und mir ist er von Anfang an wohlgesinnt gewesen, was uns in den erlesenen Kreis derer erhoben hat, die er mit relativer Gleichgültigkeit behandelt.

Ich stehe schon eine Weile mit einem Bier in der Hand an der Bar und gucke auf dem Telefon die Schlagzeilen durch, bis eine der Nachrichten mich über die Maßen deprimiert und ich entscheide, lieber die Leute zu beobachten. Es ist ziemlich voll für einen Mittwoch, vielleicht weil der Monat noch jung ist. Ein etwa zwanzigjähriger Typ kommt an die Bar und grüßt besagten Juan, worauf der antwortet:

»Was« – die größtmögliche Ökonomisierung des Satzes »Was wünscht der Herr?«.

»Was für Säfte habt ihr denn?«, fragt der Junge, der den schlechten Umgang nach Jahren der Frequentierung moderner und jugendlicher Bars sicher schon gewohnt ist.

»Mango, Ananas und Multifrucht.«

»Keinen frisch gepressten O-Saft?«, fragt die unschuldige Seele und zeigt schüchtern auf die Saftpresse.

»Doch, ja, haben wir auch.« Juan verdreht die Augen.

»Dann einen Milchkaffee und einen O-Saft, bitte.«

»Pf. Kaffee und Saft um diese Uhrzeit«, grummelt Juan und quält sich zur Kaffeemaschine.

Genau in dem Moment sehe ich Eva. Sie sitzt allein an einem Tisch, schaut auf ihr Handy, und da sie mit dem Rücken zu mir sitzt, sehe ich nur ihren Hals unter dem sehr schwarzen Haarknoten. Der Zufall scheint mir erstaunlich, aber ich zweifle nicht an meiner Wahrnehmung. Ich meine, wenn man seinem eigenen Hirn nicht mehr trauen kann, wem oder was soll man dann noch trauen? Ich beschränke mich darauf, »so ein Zufall« zu denken, gehe mit untypischem Elan zu ihr hin und sage:

»Hey! Erinnerst du dich an mich?«

Eva sieht mich an, und es ist gar nicht Eva, sondern eine Frau mit ungefähr ihrer Frisur und ungefähr ihrer Statur. Sehr ernsthaft antwortet sie: »Nein.«

Genau genommen sieht sie Eva überhaupt nicht ähnlich.

»Sorry«, sage ich. »Ich hab dich verwechselt.«

Sie schnaubt ein ungläubiges »Sicher« heraus. Ich weiß nicht, warum ich nicht einfach wieder gehe, aber ich setze nach:

»Im Ernst, ich hab dich verwechselt.«

»Wenn du das sagst.«

Sie rotzt mir die Worte regelrecht hin, mit einer moralischen Überlegenheit, die mich komplett auf die Palme bringt. Was glaubt die Tussi denn, wer sie ist!

»Das war keine Anmache«, erkläre ich ihr knapp.

»Ja, offensichtlich.«

»Ich habe dich mit jemand anderem verwechselt.«

»Kannst du mich jetzt bitte in Ruhe lassen?«

Beschämt und entnervt kehre ich zurück an die Bar. Ein bisschen errötet ebenfalls, was mich noch mehr beschämt und entnervt. Ich versuche, die Angelegenheit zu rationalisieren, und denke: »Ein paar Neurotransmitter in meinem Gehirn haben durch vermehrte Blutzufuhr die Ausdehnung der

Venen in meinen Wangen ausgelöst und eine Errötung meines Gesichts hervorgerufen, weiter nichts.« Angeblich hilft Rationalisierung, damit es weggeht. Das habe ich im Internet gelesen, funktioniert aber natürlich nicht. Im Internet steht nur Unsinn, und ich bin immer noch rot.

»Wer ist das?«

Sara, die ich nicht habe kommen sehen, sieht mich aufmerksam an.

»Wer ist wer?« Ich stelle mich lieber doof.

»Diese Frau.« Sara zeigt in ihre Richtung.

Ich drehe mich um und sehe, dass die Frau sich wieder ihrem Telefon zugewandt hat, wieder mit dem Rücken zur Welt.

»Keine Ahnung«, sage ich, und jetzt lüge ich nicht einmal.

»Ich hab dich mit ihr reden sehen.«

»Ich hatte sie mit jemandem verwechselt.«

»Mit wem denn?«

»Egal.«

»Ach, komm schon, mit wem?«

»Weißwein?«, fragt der Kellner Sara. Die Kaffee- und Safttrinker sind offenbar versorgt.

»Ja, bitte.«

»Bring ich dir zum Tisch«, sagt er, und es könnte glatt das Netteste sein, was er je gesagt hat. Ich leite Sara zu einem Tisch, was mir den Augenkontakt erspart, während sie sagt:

»Ich *verlange*«, und sie betont das Wort sehr, »zu wissen, mit wem du diese Frau verwechselt hast.«

»Wieso?«

»Ich hab dich beobachtet, du bist rot geworden.«

»Sie ähnelt einer Frau, die ich vor ein paar Tagen kennengelernt habe, o. k.?«

Ich setze mich Sara gegenüber, die dieses bestimmte Lächeln aufgelegt hat.

»Jetzt wird's interessant. Einzelheiten, bitte«, fordert sie grinsend.

»Es gibt keine Einzelheiten.«

»Hallo?! Du lernst doch sonst keine Frauen kennen, du hockst doch immer zu Hause! Wo ist das gewesen?«

»Ich wollte sie für ein Buch interviewen.«

»Und?«

»Hast du schon mal was von Monteis gehört, dem Bauunternehmen?«

»Nee.«

»Sie ist die Tochter des Chefs.«

»Und hat keinen Bock auf Interviews.«

»Genau.«

»Aber du hast nicht lockergelassen.«

»Ihre Perspektive ist wichtig.«

»Sagte Columbo. Ist sie hübsch?«

»Was tut das denn jetzt zur Sache?«

»Also ja.«

»Das hast du gesagt.«

»Hat sie auch einen Namen?«

»Eva.«

»Schau an. Wie diese Lady, die Gott geschaffen hat.«

Juan stellt mit einem Grunzen den Wein auf dem Tisch ab.

»Danke«, sagt Sara, und Juan antwortet nicht, was vermutlich ein gutes Zeichen ist. »Gefällt sie dir?«

»Wer?«

»Na, Eva.«

Ich muss mich noch nicht mal anstrengen, um zu lügen. Es kommt mir wie von selbst über die Lippen:

»Wenn ich jemanden kennenlerne, der mir gefällt, bist du garantiert die Erste, die es erfährt.«

Gefühle zeigen war noch nie meine Stärke. Weder die positiven noch die negativen. Erbe der alten Schule, oder meiner katholischen Erziehung, was weiß ich. Glauben Sie mir, das ist nichts, worauf ich stolz wäre. Ich wünschte, ich wäre fähig, Sara jetzt ganz offen anzusehen und einfach zu sagen:

»Ja, Eva gefällt mir. Vor drei Tagen habe ich sie kennengelernt, und seit drei Tagen denke ich an sie. Nicht ständig. Ab und zu. Und ich habe auch gar nicht an die ganze Eva gedacht. Ich habe Fragmente erinnert. Zum Beispiel ihre nackten Füße. Ihr Fußkettchen. Den Ring in ihrer Nase. Und manchmal, wenn auch weniger häufig, die Träger ihres Tops, ihren Haarknoten und die Geste, mit der sie sich hinter den Gittern die blaue Farbe von der Wange gestrichen hat.«

Man darf doch annehmen, dass der moderne Mann, frei von atavistischen Macho-Vorurteilen, so etwas sagen kann, ohne ins Stottern zu geraten. Kann ich aber nicht.

»Lass uns das Thema wechseln«, sagt Sara, und ich könnte einverstandener nicht sein. »Wir müssen über Loreto sprechen.«

»Die Verrückte mit der Katze?!«

»Ich hab da eine Idee.«

»Sara, was hab ich dir denn getan?«

»Jetzt hör mir doch erst mal zu.«

»Ernsthaft, hab ich dir was getan? Willst du mir eins auswischen?«

»Du hast sie doch erst zweimal getroffen.«

»Genug für ein ganzes Leben.«

»Du musst ihr eine Chance geben, sie steht echt auf dich.«

»Oh, bitte, sag doch nicht so was.«

»Aber es stimmt!«

»Hat sie dir das gesagt?«

»Nein, aber ich weiß es. Sie fragt mich jede Woche nach dir. *Und, wie geht's Dani?*«

»Die ist doch nicht ganz dicht.«

»Sie ist nur ein bisschen verkrampft. Und sie ist noch verkrampfter, wenn du in der Nähe bist. Jetzt gib ihr eine Chance, ich bin mir sicher, ihr würdet gut zusammenpassen.«

»Was soll das denn heißen?«

Ich hasse diesen Ausdruck. *Zusammenpassen*. Ich muss mit

niemandem zusammenpassen. Will ich auch nicht, ich bin kein Stück von etwas Größerem.

»Vertrau mir«, flötet Sara. »Ein Essen.«

»Nein.«

»Jetzt komm schon.«

»Ich werde nicht mit ihr essen gehen.«

»Nicht mit ihr allein. Lass uns zu viert gehen.«

Unter normalen Umständen wäre ich hier unbeugsam. Keine Zeit, kein Interesse, vielleicht später mal. Aber die Umstände sind nicht normal. Das merke ich daran, dass ich, während Sara redet, immerzu denke: Nacken, Haarknoten, Nasenring und Fußkettchen. Und wenn ich noch mal beim Kindergarten vorbeifahre und versuche, sie zu überreden?

»Bist du noch hier?«, fragt Sara mich.

»Ja, sicher, wo soll ich sonst sein?«

Das Interessante ist nicht, dass ich daran denke, sondern, warum ich daran denke. Jede Beziehung beginnt mit der bloßen Fantasie einer möglichen, hypothetischen Annäherung. Ein Blick, ein Lächeln, eine Mail mit einer zweideutigen Message. Solche Dinge. Allein dieser Flirt ist schon so aufregend, so anregend, dass er einen Selbstzweck entwickeln kann. Passiert mir gerade so etwas? Langweilt mich mein Leben so sehr, dass ich den ersten Strohhalm ergreife, der nach Abenteuer riecht?

George Leigh Mallory war einer der ersten Bergsteiger, der sich vornahm, den Mount Everest zu bezwingen, und zwar in den 1920er-Jahren. Er scheiterte mehrere Male, versuchte es aber immer wieder. Die Öffentlichkeit hatte dafür natürlich kein Verständnis. Welcher Idiot riskiert ein ums andere Mal sein Leben für eine Bergspitze? Da oben ist doch nichts weiter! Bis ihn eines Tages ein Journalist geradeheraus fragte: »Woher dieses große Interesse, den Mount Everest zu besteigen?«

Wissen Sie, was er antwortete?

»Weil er nun mal da ist.«

Sonst nichts.

Weil er nun mal da ist.

Ich kenne ein paar Leute, die komplett in dieser Logik aufgehen. Männer, die Eroberungen sammeln wie Briefmarken oder Comics oder Überbleibsel der Titanic in praktischen Wochenlieferungen. Ob ihnen all die Frauen gefallen, die in ihren Betten landen? Ich meine: Gefallen sie ihnen *wirklich*? Natürlich nicht. Aber sie haben trotzdem dieses Bedürfnis zu »gipfeln«, *weil sie nun mal da sind.*

Nicht, dass ich diesem Typus Mann angehöre. Ich war noch nie ein Sammler, aber ich glaube doch, dass wir Männer, alle, diesen Eroberungsimpuls im Tiefsten unserer Hirne eingeprägt haben. Vielleicht ist das ein Relikt unserer Zeit als Jäger und Sammler. Ein vollkommen unnützes Erbe, so wie der Schluckauf oder der kleine Zeh. Schlussendlich ist der einzige Zweck unserer Existenz, unter biologischen Gesichtspunkten, die Fortpflanzung. Wir leben, um die Spezies zu erhalten. Jede unserer Zellen ist in ihrem Kern programmiert auf Kopulieren bis zum Umfallen. Dagegen anzukämpfen impliziert den Kampf gegen die eigene Natur.

Deshalb denke ich an Eva, an ihren Hals und ihren Knöchel und den Ring in ihrem Nasenflügel. Es ist der Geist der Eroberung, die Anziehungskraft des Unbekannten, und jede einzelne meiner Körperzellen befiehlt es mir. Ein Typ wie George Leigh Mallory hätte das sicher ohne Umstände akzeptiert und sich mit Verve an den Gipfel gemacht. Leider bin ich kein Abenteurer.

»Du hast gewonnen«, sage ich zu Sara. »Dann organisier halt dieses Essen.«

Kapitel 7

Im Museum der ästhetischen Gräuel des 21. Jahrhunderts werden die Restaurants mit ihren quadratischen Tellern, ihren asymmetrischen Tellern, ihren unverputzten Wänden und ihren zur Schau gestellten Dunstabzugshauben ein eigenes Stockwerk füllen können. Germán hat in einem reserviert, das über all diese Merkmale verfügt und außerdem eine weitere Überraschung bereithält: statt Stühlen gibt es Schaukeln, weshalb Loreto, Germán selbst und ich uns gezwungen sehen, mit dem Hinterteil auf wackeligen weißen Brettern balancierend zu essen.

»Alle Zeitschriften haben es empfohlen!«

Das sagt natürlich Germán, der sich wohl gezwungen sieht, seine Auswahl zu rechtfertigen, als ich zum ersten Mal beinahe hinunterfalle, circa sieben Sekunden nachdem ich mich gesetzt habe. Loreto findet mein Ungeschick offenbar komisch.

»Sei vorsichtig«, sagt sie lächelnd und hält eines der Seile fest, an denen meine Sitzgelegenheit hängt.

Ich möchte antworten, dass ich das versuche und eigentlich keinen Wirbelbruch geplant hatte, aber dann entscheide ich mich lieber für ein sehr höfliches: »Danke. Germán, waren alle Restaurants mit Stühlen ausgebucht?«

Sara, die Einzige, der die Schaukel aus offenkundigen Gründen erspart bleibt, wirft mir einen durchdringenden Blick zu. Ich weiß schon, wieso. Weil ich ein Spielverderber bin und ihr erst vor einer Stunde am Telefon versprochen habe, heute keiner zu sein.

»Du wirst doch wohl kein Spielverderber sein, oder?«

»Was, ich, nein, wann bitte bin ich denn ein Spielverderber?«

»Immer, wenn dir etwas nicht passt.«

»Stimmt doch gar nicht!«

»Aber sicher. Immer, wenn es dir nicht gut geht, du dich langweilst oder genervt bist, lässt du es überdeutlich raushängen, wie gerne du an irgendeinem anderen Ort der Welt wärest.«

Das mag korrekt sein, aber ich war einfach nicht auf eine solche Packung Selbstreflexion vorbereitet, schon gar nicht am Telefon.

»Das stimmt überhaupt nicht!«

»Na gut, wie du meinst, aber versprich mir, dass du dich benimmst.«

»Ja, ich versprech's dir.«

Also lächle ich Sara an, deren Blick mich weiterhin durchbohrt, schiebe meinen Hintern so weit wie möglich auf die Schaukel und sage: »Das war ein Scherz. Ihr kennt mich doch: Ich liebe Schaukeln!«

Loreto bricht in ein abruptes und ziemlich übertriebenes Lachen aus, als hätte ich gerade den Witz des Jahres gemacht.

»Du bist saukomisch.«

Ich bin saukomisch. Ich frage mich, warum mir diese Frau nicht gefällt. Sie ist mehr oder weniger intelligent, sagt Sara zumindest, und es ist offensichtlich, dass sie sich Mühe gibt, einen guten Eindruck zu hinterlassen, was immer gut ankommt in einer Welt, in der so viele Leute sich dermaßen anstrengen, unangenehm aufzufallen.

Sie hat mir nicht gefallen, als ich sie zum ersten Mal getroffen habe, und auch nicht beim zweiten oder dritten Mal, mit diesem sinnfreien Geplapper, das sie heute wenigstens im

Zaum hält. Ich mag es nicht, dass sie so laut und immer im falschen Moment lacht. Ich mag es nicht, dass sie ständig wie aufgesetzt lächelt, und ich mag auch nicht, dass sie mich *saukomisch* nennt. Jedoch habe ich positiv vermerkt, dass wir bereits seit einer Viertelstunde zusammensitzen und sie ihre Katze noch nicht erwähnt hat.

»Leute«, sagt der Kellner in Schwarz, »hier ist unsere Karte. Wollt ihr schon was trinken?«

Alles inbegriffen: die quadratischen Teller, die Schaukeln, und die Gäste »Leute« zu nennen. Grundsätzlich habe ich nichts dagegen, wenn die Leute mich so ansprechen. Neulich hat ein Jugendlicher mich »Señor« genannt. »Señor, können Sie mir sagen, wo die nächste U-Bahn-Station ist?« *Señor* ist tausendmal schlimmer als *Leute*, das ist mal klar.

Mein eigentliches Problem mit dem Kellner ist allerdings die Lautstärke. Der Mann spricht unfassbar leise, ein beinahe stummes Flüstern, sodass wir alle vier den Atem anhalten, um irgendetwas zu verstehen. Ich höre: *Leute*, *Karte* und *trinken*, was zum Glück die drei Schlüsselbegriffe sind, um mir alles andere zusammenreimen zu können. Als der Kellner sich trollt, sagt erstaunlicherweise niemand etwas zu seiner leisen Stimme. Hab ich vielleicht ein Problem, das die anderen nicht haben? Ist es vielleicht gerade *in*, dem Kellner von den Lippen abzulesen, und ich weiß nur noch nicht Bescheid? Ich beschließe, meine Zweifel für mich zu behalten, um kein Spielverderber zu sein.

Wir einigen uns auf einen Weißwein. Dann entdecke ich, dass es hier nur Teigtaschen gibt. O. k., sehr viele verschiedene Teigtaschen. Herzlich, beinahe überschwänglich, damit mich auch ja keiner der Sauertöpfigkeit bezichtigen kann, frage ich:

»Gibt es hier nur Empanadillas?«

»Ja«, sagt Sara, »deshalb heißt es auch La Casa de la Empanadilla.«

»Ach, da hab ich gar nicht drauf geachtet. Wie originell.«

»Ich bin Veganerin«, sagt Loreto mit verlorenem Blick auf die Karte und einem Tick in der Unterlippe, auf und ab, auf und ab, der eine Panikattacke einzuleiten scheint. Sie beginnt, sie selbst zu sein.

»Seit wann das denn?«, fragt Sara.

»Seit einem Monat.«

»Seit einem Monat lebst du vegan?«, vergewissere ich mich.

»Seit siebenunddreißig Tagen.«

»Und warum?«, frage ich mit aufrichtigem Interesse.

»Ich habe eine Doku über die Herstellung von Gänseleber gesehen«, erklärt Loreto.

»Vor einem Monat? Ich glaube, die habe ich auch gesehen«, sage ich, und das entspricht der Wahrheit. Im Zweiten, an einem Sonntagabend.

»Und trotzdem isst du noch Tiere?«, fragt Loreto mit tellergroßen Augen und einer immer zittrigeren Unterlippe.

»Na ja«, weiche ich aus, »um ehrlich zu sein, habe ich vor dem Ende umgeschaltet.«

Das stimmt nicht. Ich habe sie komplett gesehen und gedacht: »Mein Gott, die armen Viecher«, aber nicht eine Sekunde lang kam es mir in den Sinn, Veganer zu werden, genauso wenig wie ich mir vornehme, meine Klamotten selbst zu schneidern, wenn ich eine chinesische Fabrik in den Nachrichten sehe. Konsum ist eine ethische Frage, weiß ich, und wir alle tragen Mitschuld an einem Haufen Scheiß und Ungerechtigkeit, weil wir essen, was wir essen, und uns kleiden, wie wir uns kleiden. Kann ich daran irgendwas ändern? Sicher. Das können wir alle. Machen Sie es? Na also. Außerdem liebe ich Leber!

Germán entdeckt eine Sparte in der Karte, ganz unten auf Seite vier, wo eine Reihe rein pflanzlicher Teigtaschen aufgeführt ist. Alle tragen Namen von Paulo-Coelho-Romanen, warum auch immer. Loreto entscheidet sich für eine *Hexe von*

Portabello (Hummus mit Möhre) und einen *Alchimisten* (Tofu und Spinat).

Insgesamt entwickelt sich der Abend in einer halbwegs angenehmen Atmosphäre. Die Empanadillas sind gut, der Wein ist noch besser, und wir plaudern über die Dinge, über die Mittdreißiger eben so plaudern, wenn sie an einem Donnerstagabend ausgehen. Zum Beispiel: Wie läuft alles so im Moment?, Habt ihr das mit (Schlagzeile der Woche) gehört?, Wirklich unglaublich ist ja (Klatsch der Woche), Ich denke darüber nach, aufs Land zu ziehen, Nachtisch und Kaffee.

Irgendwann, nachdem wir alle unserer Entschlossenheit Ausdruck verliehen haben, früher oder später ein Urban-Gardening-Projekt zu starten, führen die stets unvorhersehbaren und steinigen Wege der Konversation uns in zwei parallele Dialoge. So finde ich mich unbeabsichtigt in einem Gespräch über die Geschmacklosigkeit von Supermarkttomaten mit Loreto wieder. Ich sage ihr, dass ich keine Tomaten esse, und sie reagiert, als hätte ich verkündet, jeden Morgen Pandabären zum Frühstück zu vertilgen. Aber wie kann das denn sein, fragt sie, und ob ich eine Allergie hätte. Nicht, dass ich wüsste, sage ich, und dass mir Tomaten einfach nicht schmecken. Dann rudere ich zurück und sage, dass ich sie nur deshalb nicht mag, weil ich finde, dass sie einfach nach nichts schmecken. Der erwartete Effekt lässt nicht auf sich warten: Mit dieser Aussage höre ich auf, in Loretos Augen ein herzloses Monster zu sein (Gänse und Tomaten hassen war einfach zu viel für eine einzige Person), und schuld an meiner Anomalie sind die Gefriertechnik und die gesamte globale Lebensmittelindustrie.

»Mein Vater hat einen Gemüsegarten«, erzählt Loreto, und ich sage etwas wie *Ach, wirklich?*. »Ich gebe Sara mal ein paar Tomaten für dich mit. Wenn du die nicht magst, esse ich ein Kilo Stopfleber.«

Sie sagt es lächelnd, aber ich kann nicht umhin, einen gewissen Ekel zu verspüren angesichts der Vorstellung, wie sie ein Kilo Stopfleber verschlingt.

»Mach dir keine Umstände«, wehre ich ab.

»Das sind keine Umstände. Mein Vater beliefert halb Madrid mit Tomaten.«

»Echt?«

»Nein.«

Und sie lacht wieder zu laut.

»Nee, klar«, sage ich, »schon verstanden.«

»Ich meine, er hat wirklich sehr viele Tomaten.«

»Ja, schon verstanden«, wiederhole ich, um nicht wie ein Idiot dazustehen, obwohl ich befürchte, dass ich genau dadurch eher wie einer erscheine.

Dann sehe ich den verstohlenen Blick, den Sara mir zuwirft. Und ich sehe nicht nur den Blick, sondern auch das leichte Lächeln, den Knuff ins Knie ihres Ehemannes und ihre siegessichere Miene, die man mit »Siehst du, ich hab's doch gesagt« übersetzen könnte.

»Übrigens«, erobert Loreto mit einem Schlag meine Aufmerksamkeit zurück, »ich habe dir doch von Snoopy erzählt?«

»Snoopy?«

»Meine Katze.«

Oh je.

»Äh, nein«, sage ich, »nicht, dass ich wüsste.«

Ich erwäge ihr zu sagen, dass Snoopy ein echt bescheuerter Name für eine Katze ist, aber ich lasse es lieber.

»Ich habe dir von seiner OP erzählt.«

»Ach ja, stimmt!«, sage ich und bete darum, dass ein Riesenzufall mich vor dem Folgenden bewahrt. Dass eine Schaukel zusammenkracht, dass die Küche in Flammen aufgeht, dass jemand sich an einem Bissen Alchimist verschluckt und jemand anderes aufspringt und ruft: »Lassen Sie mich durch, ich bin Arzt!«

»Jedenfalls musste er noch mal operiert werden.«

Und dann folgen zehn Minuten, die mir wie zehn Jahre vorkommen, in denen ich über die Gesundheit einer Katze aufgeklärt werde, die ich nicht kenne und vermutlich nie kennenlernen werde. Loreto berichtet minutiös von vier verschiedenen Operationen, verwendet den Begriff »Fellknäuel« mindestens zwanzigmal und ist den Tränen nahe. Ich weiß nicht, was ich dazu sagen soll, ich habe nicht die leiseste Ahnung von Katzen, offensichtlich sind sie oft krank und kotzen ständig ihr eigenes Fell aus. Ich beschränke mich darauf, jedes Mal, wenn ich es für angemessen halte, »aha«, »krass« oder »oh nein« zu sagen. Ich beginne, vor lauter Langeweile auf meiner Schaukel vor- und zurückzuschaukeln. Als mir das bewusst wird, habe ich schon so viel Schwung, dass die Hälfte der Restaurantbesucher mich erwartungsvoll ansieht.

»Ich glaube nicht, dass das so gedacht ist«, sagt Germán mit beinahe britischem Benimm.

Ich ergreife die Chance der Unterbrechung und wage einen verzweifelten Versuch, die vierstimmige Unterhaltung wieder aufzunehmen, während ich die Schaukel sanft abstoppe.

»Also«, frage ich an Sara und Germán gerichtet, »wie läuft's mit den Hochzeitsvorbereitungen?«

Loreto, die sich gerade gewappnet hatte, um mich über die Vorteile der homöopathischen Behandlung bei Tieren zu unterrichten, akzeptiert den Themenwechsel, ohne mit der Wimper zu zucken. Germán und vor allem Sara lieben es, über ihre Hochzeit zu sprechen, sodass der Trick wunderbar funktioniert. Sara erzählt, dass ihre Schwester aus Deutschland kommen und eine ganze Woche bleiben wird und dass sie sie seit Jahren nicht mehr so lange am Stück gesehen hat. Sie wird ein bisschen rührselig, aber Germán durchbricht die emotionale Spannung mit dem exorbitant hohen Verleihpreis für Eventzelte und dem grottenschlechten Geschmack der Floristen. Der Rest des Essens verläuft reibungslos, was man als Erfolg im militärischen Sinne verbuchen kann: keine Todesopfer. Wir teilen die Rechnung durch vier, ohne dass jemand protestiert, und dann, gleich nachdem wir uns erhoben haben, sehe ich Eva. Schon wieder. Sie sitzt in der Nähe des Eingangs, zusammen mit einer blonden Frau. Bloß, dass es nicht Eva ist. Natürlich nicht. Ich kann ihr Gesicht nicht sehen, aber das ist nicht nötig, um zu wissen, dass sie es nicht sein kann. Sie sieht ihr ähnlich, schon, aber weder ihre Figur noch die Frisur, nicht mal die Form ihres Nackens stimmen mit der Figur, der Frisur oder dem Nacken überein, die ich in Erinnerung habe (was wirklich erstaunlich ist, da ich ihren Nacken noch nie gesehen habe).

Diesmal lasse ich mir von meinem Hirn keinen Bären aufbinden. Mein mentaler Widerstand kann aber dennoch nicht verhindern, dass ich sie anstarre, während ich Sara, Germán und Loreto in Richtung Ausgang folge.

Ich bin kurz davor, das Restaurant zu verlassen, als die blonde Frau, die mich seit ein paar Sekunden ansieht, den Blick senkt und ihrer Begleitung etwas sagt. Vermutlich etwas wie »da ist ein komischer Typ, der die ganze Zeit auf deinen Nacken starrt«. Und die Frau, die nicht Eva sein kann, dreht sich um und sieht mich an und ist doch Eva.

»Hey«, sagt sie mit einem Lächeln.

Ich sage nichts vor lauter Verblüffung, und als ich gerade antworten will, steh ich schon draußen auf dem Bürgersteig, und Sara sagt:

»Ist ja richtig frisch geworden.«

»Was war das denn?«, sage ich zu mir selbst.

»Wie bitte?«, fragt Sara.

»Nichts, ich … Scheiße.«

»Was?«

»Nichts, nichts.«

»Du bist ganz rot.«

»Ich bin rot? Quatsch.« Ein paar Neurotransmitter in meinem Gehirn haben durch vermehrte Blutzufuhr die Ausdehnung der Venen in meinen Wangen ausgelöst und eine Errötung meines Gesichts hervorgerufen. »Bin ich echt rot?«

Loreto nickt mit besorgter Miene, und Germán fragt, ob es mir gut geht.

»Ja«, sage ich, »das ist nur der Wein. Ich hab zu viel getrunken.«

Was für eine peinliche Szene. Germán sagt, ich solle mich lieber setzen, aber alles, was ich will, ist abhauen.

»Ich muss morgen früh raus.«

»Und was hat das damit zu tun, dass du dich kurz setzen sollst?«

»Ich will gehen. Nach Hause, meine ich.«

Sara durchdringt mich erneut mit ihrem Blick, aber mich rettet, dass Loreto einlenkt.

»Ja«, sagt sie, »ich muss auch früh raus.«

Was folgt, ist eine dieser unnötig ausgedehnten Verabschiedungen. Küsschen hier und Küsschen da. Loreto verspricht, Sara Tomaten für mich vorbeizubringen. Ich bedanke mich, »obwohl das wirklich nicht nötig ist«, wünsche ihrer Katze eine baldige Genesung und sie mir. Sara formt mit den Lippen die lautlosen Worte »Was ist los mit dir?«, und ich sage: »Nichts«, Küsschen, »Wir reden morgen«.

Ich sitze noch keine Minute im Taxi, als das Handy klingelt.

»Geht es dir gut?«, fragt Sara.

»Ja.«

»Sicher?«

»Ja, wirklich, alles in Ordnung.«

»Du bist knallrot geworden.«

»Das liegt am Wein. Ich vertrage nichts, wenn es heiß ist, das weißt du doch.«

Der Taxifahrer sieht durch den Rückspiegel zu mir. Er ist so ein borstiger Typ mit Haaren überall. Ich weiß, was er denkt: Wenn du mir meinen Wagen vollkotzt, wird es der letzte Ort sein, den du in deinem Leben vollkotzt. Unglaublich, diese Fähigkeit der Taxifahrer, komplexe Botschaften mit einem einzigen Blick zu übermitteln.

»Ihr habt euch doch gut verstanden, oder?«

»Wer?«

»Mann, Dani …«

»Ich war nur höflich.«

»Am Ende hast du es fast verkackt, aber im Großen und Ganzen ist es gut gelaufen.«

»Besten Dank für deine Einschätzung.«

»Wir setzen euch bei der Hochzeit nebeneinander.«

»Nein, bitte nicht.«

»Ich muss auflegen.«

»Sara …«

Bevor sie auflegt, höre ich noch Germáns Lachen im Hintergrund.

Um Mitternacht bin ich zu Hause. Ich lasse mich in den Ikea-Sessel fallen, der nicht bequemer werden will, und wenn ich ihm noch so viele Gelegenheiten gebe. Ich bleibe trotzdem sitzen und denke an Evas Gesicht, an ihr Lächeln und an dieses *Hey*.

Denn, wenn auch *Hey* komplett banal ist, so wäre es doch absurd zu leugnen, dass es ein Wörtchen voller Bedeutung ist. Es heißt zunächst einmal »Oh, was für eine Überraschung!«, aber vielleicht auch »Welche Freude!«.

Und was sagt mir das? Keine Ahnung. Aber eins ist klar: Ich habe mich wie der letzte Volltrottel benommen. Wenn das nur kein so vertrautes Gefühl wäre.

Kapitel 8

Einmal saß ich in der U-Bahn und dachte, ich sehe meinen Vater, dabei war es nur mein eigenes Spiegelbild in der Scheibe. Das hätte mich freilich zu einer tief gehenden Erörterung von Identität, Familie oder sogar der menschlichen Existenz und ihrer Beziehung zur Unendlichkeit bringen können, aber tatsächlich beschäftigten mich nur die Tränensäcke. »Werde ich mit solchen Tränensäcken enden wie mein Vater? Ob das genetisch ist? Ob man die entfernen kann, ohne unters Messer zu müssen?«

Meinem Vater sind die Tränensäcke ganz plötzlich gewachsen, als er in Rente ging, als hätte die angesammelte Erschöpfung aus vierzig Jahren über Nacht ihren Platz gefunden. Vierzig Jahre lang hatte er hinter einem Tresen gestanden und Hemden verkauft, und er hatte nicht einmal Augenringe gehabt. Dann kam die Rente, und – zack – verwandelten sich seine Augen in zwei Eier Größe L. Da steckt bestimmt irgendeine Moral dahinter, aber ich komm nicht drauf.

Der gewiefte Leser wird jetzt denken: Ha, hab ich dich. Daher also die Neurose mit dem blauen Hemd, wegen des Berufs deines Vaters. Und, ja, kann sein, dass ein Psychoanalytiker zu dem Schluss käme, ich sublimierte mit dem Kauf von langweiligen Hemden irgendetwas, um dem väterlichen Ideal zu entsprechen, oder versuche womöglich, ihn symbolisch um die Ecke zu bringen, was weiß ich. Ich habe Freud nie gelesen, ich weiß nur, dass mir die Hemden ein erwachsenes Gefühl geben. Würde ich Eiscreme mögen, wenn mein Vater vierzig Jahre lang eine Eisdiele geführt hätte? Keine Ahnung. Nicht umsonst wird der Psychoanalyse die Wissenschaft abgesprochen.

Um noch einmal auf die Tränensäcke zurückzukommen – da gibt es ein noch faszinierenderes Detail als die Tatsache, dass sie meinem Vater am Tag nach seiner Pensionierung gewachsen sind. Und zwar den Umstand, dass die meiner Mutter am selben Tag verschwunden sind. Schon klar, das ist kaum zu glauben, aber es stimmt wirklich. Als wären die Tränensäcke in der Nacht von ihr zu ihm gewandert.

»Es gibt Salat«, sagt meine Mutter, kaum dass ich zur Tür herein bin. »Warum hast du mir nicht gesagt, dass du kommst? Ich hätte was anderes gemacht.«

»Warum denn? Ich mag Salat.«

»Ich mach dir ein paar Nudeln.«

»Du brauchst gar nichts machen, Salat ist super.«

»Isst du auch genug?«

»Ja, Mama.«

»Regelmäßig?«

»Mama, ich bin fünfunddreißig.«

»Du bist zu dünn. Warum hast du mir nicht gesagt, dass du kommst? Ich hätte was anderes gemacht.«

Dies ist, was ich *Strudelgespräch* nenne. Wenn es nach meiner Mutter ginge, könnte es ewig so weitergehen, immer schneller und schneller, und immer näher auf ein Zentrum zu, das wir niemals erreichten, denn dann, so stelle ich mir vor, müsste sie verstummen, und das würde sie nicht aushalten.

Meine Eltern sind seit vierundvierzig Jahren verheiratet. Das kann man drehen und wenden, es ist definitiv sehr lang. Fast ein halbes Jahrhundert Seite an Seite, vierundvierzig Jahre Guten Morgen, Gute Nacht, Wie war's bei der Arbeit und Was willst du zum Nachtisch. Alle Filme, die sie erinnern, haben sie gemeinsam gesehen und alle Orte gemeinsam besucht. Manche finden das romantisch.

»Wo ist Papa?«, frage ich.

»Hmpf.« Barsch zeigt sie in Richtung Wohnzimmer und marschiert in die Küche zurück.

Vor seiner Pensionierung war mein Vater neben seiner Tätigkeit als Hemdenverkäufer süchtig nach Lexika. Ein Großteil meiner Kindheitserinnerungen besteht aus Momenten, in denen ich hinfalle, während mein Vater irgendwo sitzt und in einem seiner alten Laroussebände liest. Ich kann mit Sicherheit behaupten, dass mein Vater die einzige Person ist, die ich im Park ein Wörterbuch habe lesen sehen. Und am Strand.

Als ich klein war, verbrachten wir die Sommerferien in Conil, immer im selben Hotel, immer im August. Und ausnahmslos jedes Jahr nahm mein Vater zwei Bände seines Lexikons mit, um sie am Strand zu lesen. Ich wette, davon erzählt man sich in Conil heute noch.

Mein Vater hat sich nie darum geschert, was die Leute von seinen exzentrischen Lesegewohnheiten halten. Das sagt sicher viel über seine starke Persönlichkeit aus. Er setzte sich unter den Sonnenschirm und las die Seiten sehr langsam, manchmal mehrfach hintereinander. Und abends, wenn wir zu dritt im Hotel zu Abend aßen, teilte er meiner Mutter und mir mit, was er am Tag gelernt hatte. Dabei gab er vor, all das schon immer gewusst zu haben. Völlig zusammenhangslos begann er zum Beispiel von der Französischen Revolution oder vom Handball zu erzählen. Als wäre es das gewöhnlichste Gesprächsthema überhaupt, legte er los:

»Wusstet ihr, dass Handball in der *Odyssee* vorkommt?«

Ich liebte dieses Ritual, bis ich als Jugendlicher auf den Trichter kam, dass mein Vater ein wenig durchgeknallt war (ein Eindruck, der sich bis heute nicht verflüchtigt hat).

Ein Anhänger der Psychoanalyse könnte nun sicher auch

für dieses Lexikon-Ding viele erhellende Erklärungen finden. Er könnte zum Beispiel behaupten, mein Vater wollte auf diese extravagante Weise seine mangelhafte Bildung kompensieren (er hatte nur die Grundschule besucht). Vielleicht stimmt das sogar, aber mir ist es egal. Jedenfalls hat mein Vater seine vergilbten und sandgespickten Lexikonseiten wieder und wieder studiert, bis ich ihm vor drei Jahren meinen alten Laptop schenkte. Jetzt ist er Feuer und Flamme für Wikipedia, was er für die beste Erfindung der Menschheit hält.

Und da sitzt er also, vor seinem Bildschirm.

»Hallo, Papa.«

»Wusstest du, dass das Taxi von einem Deutschen erfunden wurde, der Taxis hieß?«, fragt er mich, ohne den Blick vom PC zu lösen.

»Nein, Papa, das wusste ich nicht.«

»Franz von Taxis.«

»Echt jetzt?«

»Sein Geschäft ging so gut, dass er zum Grafen ernannt wurde, stell dir vor!«

»Das ist ja schön.«

Er bewegt die Lippen, als er etwas auf dem Bildschirm liest, und dann fragt er mich, ohne mich anzusehen:

»Und du?«

Ich tue so, als wüsste ich nicht, was er meint, dabei weiß ich es genau. Aber da ich nicht antworte, fügt er hinzu:

»Hast du Arbeit gefunden?«

»Ich habe Arbeit«, antworte ich. »Ich schreibe.«

»Ich meine, eine richtige Arbeit.«

»Es ist eine richtige Arbeit.«

»Warum kaufst du dir dann keine Wohnung?«

»Ich will mir keine kaufen, ich finde es gut, zur Miete zu wohnen.«

»Du findest es gut, zur Miete zu wohnen …«, murmelt er

und sagt dann: »Am Montag habe ich Miguel getroffen. Erinnerst du dich an ihn?«

Ich zucke mit den Schultern. Das soll heißen »Ist mir egal«, aber mein Vater versteht offenbar »Oh, spannend, erzähl weiter«.

»Er wohnte im dritten Stock, dann ist er nach Móstoles gezogen. Du musst dich doch an ihn erinnern.«

»Ach ja, stimmt.« Ich erinnere mich natürlich nicht. »Was ist mit ihm?«

»Er hat gesagt, er sucht Lehrlinge für seine Bar.«

»Ja, und?«

»Was, und?«

»Ich kann nicht in einer Bar arbeiten, Papa.«

»Wieso nicht?«

»Kann ich einfach nicht.«

An diesem Punkt habe ich all seine Aufmerksamkeit.

»Ach! Der feine Herr kann nicht in einer Bar arbeiten!«

»Nein, Papa, darum geht es nicht.« Ganz ruhig. Tief durchatmen. »Ich gehe mal Mama helfen.«

Er beschränkt sich auf ein Schnauben, und ich spüre seine Augen in meinem Rücken, als ich das Zimmer verlasse. Der Duft der Pasta erreicht mich schon im Flur.

»Mama, ich hab doch gesagt, Salat reicht!«

»Ach, das geht doch ruckzuck.«

Diskussion sinnlos, also hole ich eine Tischdecke aus dem Schrank und decke den Tisch.

»Gehst du manchmal aus?«, fragt mich meine Mutter.

»Wohin?«

»Wohin schon. Aus halt, mit deinen Freunden!«

»Schon, manchmal.«

»Du bist ganz schön blass. Du solltest mehr ausgehen. Du lernst doch nie jemanden kennen, wenn du immer zu Hause sitzt! Sicher, Arbeit ist wichtig, aber ein bisschen leben muss man auch.«

Meine Mutter wünscht sich Enkel. Und zwar schnell. Wenn ich einen Bruder hätte, wäre alles einfacher. Selbst wenn mein Bruder so ein Idiot wäre wie ich und keine Kinder wollen würde oder bekommen könnte, wäre es einfacher, weil meine Mutter ihren Frust wenigstens auf zwei verteilen könnte.

»Nimm dir ein Beispiel an deiner Cousine. Sie ist ein Jahr jünger als du und schon schwanger mit dem zweiten Kind. Hast du sie angerufen, um ihr zu gratulieren?«

Meine Cousine ist eine arme Sau, und das sage ich mit aller Liebe, die der Begriff hergibt. Sie hat drei verschiedene Studiengänge begonnen und keinen einzigen abgeschlossen. Sie hat noch nicht mal das erste Semester von irgendeinem abgeschlossen. Dann ist sie auf die Friseurschule gegangen und hat einen Typen geheiratet, an dessen Namen ich mich beim besten Willen nicht erinnern kann. Ich tröste mich damit, dass er meinen offenbar auch nicht weiß, was ich glaube, weil er mich immer nur »Champ« nennt. »Wie läuft's, Champ? Mal jemanden kennengelernt, Champ?«

»Warum sollte ich ihr gratulieren?«

»Warum wohl? Weil sie schwanger ist.«

»Nein.«

»Was soll das heißen, nein?«

»Ich weiß nicht, wie man jemandem zu einer Schwangerschaft gratuliert.«

Und das stimmt. So halb. In Wahrheit telefoniere ich überhaupt nicht gern, vor allem dann nicht, wenn ich keinen klaren Grund habe. Ich habe kein Problem damit, jemanden anzurufen, um zu sagen: »Wir sehen uns um acht« oder »Ich schicke Ihnen den Text am Donnerstag«. Nicht, dass das meinen Enthusiasmus wecken könnte, aber es ist kein Problem, das zu tun. Aber ich war noch nie gut darin, Anrufe zu tätigen, weil irgendjemand das von mir verlangte, wie es etwa zu Geburten, Geburtstagen und Todesfällen Usus ist.

»Das habe ich mir schon gedacht, dass du sie nicht anrufst.«

»Ich rufe sie an, wenn das Baby da ist.«

»Wenn das Baby da ist, gehst du sie gefälligst besuchen. Du kennst wahrscheinlich nicht mal den Namen ihres Großen, oder?«

»Fällt mir gerade nicht ein.«

»Pedro. Er heißt Pedro, wie sein Vater. Wie unaufmerksam du bist. Kein Wunder, dass du allein bist, wer würde es auch mit dir aushalten? Am Ende wirst du dir einen Wellensittich zur Unterhaltung zulegen, wie der Typ aus dem zweiten Stock. Sag deinem Vater, dass das Essen fertig ist.«

Unsere Gespräche sind nicht immer so gewesen. Es gab eine Zeit, in der meine Mutter und ich ohne die geringste Feindlichkeit miteinander auskamen. Mit Zuneigung. Wenn Sie die Dutzende Fotos sehen könnten, die hier in der Wohnung hängen, würden Sie verstehen, dass ich tatsächlich ein relativ glückliches Kind war. Seltsam, aber glücklich. Man sagt ja, dass jeder Mensch seltsam ist. Das ist eines dieser politisch korrekten Klischees, aber stimmen tut es nicht. Wir Seltsamen können ein Lied davon singen. Es gibt dabei, wie bei allem, Abstufungen. Ich war in der Tat seltsam, glauben Sie mir, und es ist mir nicht peinlich, das zuzugeben.

Erster Beweis: Ich habe nie Fußball gespielt. Und damit meine ich nicht, dass ich wenig gespielt hätte. Ich habe in meinem gesamten Leben an keinem Fußballspiel teilgenommen. Ich hielt Fußball schon immer für einen absurden und maßlosen Sport. Warum einen Ball treten, wenn man ihn auch tragen kann? Ich weiß schon, dass kein normaler Mensch den Sport rationalisiert, weil keine Sportart irgendeinen Sinn ergibt, aber Fußball fand ich einfach schon immer ganz besonders lächerlich. Natürlich hat mich das nicht gerade zum beliebtesten Kerl der Schule gemacht. Aber wer will schon beliebt sein, wenn er auch seltsam sein kann? Ich verbrachte meine Freizeit mit Fernsehen und Musikhören und Zeichnen und Bilderausschneiden. Frag mich nicht, warum, aber ich liebte es, Fotos aus Zeitschriften auszuschneiden. Ich schnitt ein Auto aus, einen Dinosaurier, einen Mann und einen Eiffelturm und baute mir aus meinen Bildern eine Stadt, in der Dinge geschahen, von denen nur ich wusste.

Moderne pädagogische Theorien gehen davon aus, dass es verschiedene Intelligenzen gibt, dass ein jeder seine eigene hat und dass das genau so gut ist. Es gibt sportbegabte Kinder und andere mit, was weiß ich, Farbsortierungstalent. In meiner Kindheit war das Einzige, worauf es ankam, die Norm. Einmal, in der dritten Klasse, beraumte die Schulpsychologin ein Gespräch mit meinen Eltern an (zu dem meine Mutter allein erschien, weil mein Vater Hemden verkaufte) und sagte, wenngleich ich nicht verrückt sei, so zeige ich doch gewisse Auffälligkeiten. Es machte ihr Sorgen, dass ich nicht mit den anderen Kindern spielte, nicht mal in der Pause. Meine Mutter verteidigte mich, natürlich. »Es kann ja nicht jeder eine Quasselstrippe sein«, sagte sie.

Ich glaube, dass sie es manchmal bereut, nicht auf diese Psychologin gehört zu haben.

Die Spaghetti sind wie immer köstlich, und ich sage es meiner Mutter. Sie wischt sich den Mund mit einer rosa Stoffserviette ab, die seit Jahrhunderten Teil ihres Haushalts ist, und sagt:

»Erinnerst du dich an Miguel, der den Fischladen im Viertel führte?«

Keinen Schimmer.

»Na klar.«

»Gestern haben wir ihn getroffen, nicht wahr?« Mein Vater nickt, während er mit ein paar Spaghetti kämpft, die an seinem Kinn kleben. »Weißt du, was er uns gefragt hat?«

Ich zucke mit den Schultern.

»Er fragte uns, wann du uns zu Großeltern machen wirst.«

Meine Mutter sieht mich an. Vermutlich erwartet sie, dass ich etwas sage. Ich könnte es ignorieren und einfach weiteressen. Ich weiß, dass das funktionieren würde, so kommunizieren Mütter und Söhne seit Anbeginn aller Zeiten – aber dann mischt mein Vater sich ein.

»Und wovon sollte das arme Kind bitte ernährt werden? Etwa von den Büchern, die der da produziert?« Er zielt mit seiner Gabel auf mich.

»Was ist aus dieser Frau geworden?«, fragt mich meine Mutter.

Ich habe keine Ahnung, wen sie meint.

»Von wem sprichst du?«

»Einmal habe ich dich angerufen und du hast gesagt, du wärst mit einer Frau zusammen.«

»Wirklich?«

»Ja.«

»Das war bestimmt Sara.«

»Unsinn. Hältst du mich für senil? Du sagtest, du wärst mit einer Frau zusammen. Wenn es Sara gewesen wäre, hättest du *Sara* gesagt, nicht *eine Frau*.«

Stimmt. Dann nehme ich also an, dass sie die Frau meint, die ich immer dann treffe, wenn mir zu Hause die Decke auf den Kopf fällt. Wir treffen uns, trinken was, schlafen miteinander und *Arrivederci!* – bis zur nächsten Panikattacke. *Panikknopf*, nenne ich sie. Ich will gar nicht wissen, wie sie mich nennt.

»Das ist nur eine Freundin«, sage ich meiner Mutter und werde ein bisschen rot. »Wir sehen uns ein paarmal im Jahr.«

»Ein paarmal im Jahr?« Meine Mutter sagt das in etwa so entsetzt, als hätte ich ihr gesagt, dass ich nach Nebraska ziehe.

Dann mischt sich wieder mein Vater ein: »Mir ist es wurscht, mit wem du dich triffst und wie häufig. Ich war schließlich auch mal jung und bin mit Frauen ausgegangen. Sex ist gesund.«

Er sieht mich sehr direkt an, als er das sagt, und ich habe das Gefühl, dass alle meine Organe simultan schrumpfen und ganz viel Hohlraum in mir drin freigeben, durch den fröhlich die Luft zirkuliert. Mein Vater hat noch nie mit mir über Sex gesprochen, nicht einmal, als es Zeit dafür gewesen wäre.

»Sex ist gut«, wiederholt er.

»O. k., Papa, danke.« Bitte, hör jetzt auf!

»Ich war auch ein wilder Kerl, bevor ich deine Mutter kennenlernte.«

Meine Mutter dreht sich zu ihm um, ich glaube, so schnell habe ich sie noch nie in Bewegung gesehen.

»Du warst ein wilder Kerl?«, fragt sie und bricht in gekünsteltes Gelächter aus. »Von wegen!«

Vierundvierzig Jahre Ehe.

»Weißt du, was der Unterschied ist zwischen mir damals und dir heute?«, fragt mein Vater mich und legt eine Kunstpause ein. »Ich hatte Arbeit. Das ist der Unterschied. Weißt du, wie alt ich war, als ich anfing zu arbeiten?«

»Sechzehn«, sage ich.

»Ganz genau. Sechzehn.«

»Ja, Papa, ich weiß, das erzählst du mir jedes Mal, wenn ich vorbeikomme.«

»Und dennoch hinterlässt es keine Wirkung.«

Meine Mutter steht auf und bringt ihren Teller zur Spüle.

»Ihr macht mich wahnsinnig«, sagt sie. »Ich werde wahnsinnig und enkellos verenden.«

Damit verlässt sie die Küche.

»Wo gehst du hin?«, fragt mein Vater mit erhobener Stimme.

»Einen Wellensittich kaufen!«

Nach nicht einmal zwei Stunden bei meinen Eltern gehe ich wie immer mit dem Gefühl, den ganzen Tag im Schleudergang in einer Waschmaschine verbracht zu haben. Und das ist noch die gute Nachricht. Die schlechte ist, dass ich an einem Samstagabend ohne Plan dastehe. Wenn deine beste Option für das Wochenende ein Western auf dem Sofa deiner Eltern ist, dann hast du echt ein Problem.

Gibt es jemanden, den ich anrufen könnte? Sicher. Sara und Germán natürlich, allerdings weiß ich, dass sie den Samstag lieber zu zweit verbringen, was ihnen als Pärchen ja auch zusteht. Dann ist da noch der Panikknopf, aber den spare ich mir lieber für absolute Notfalltage auf. Und dann gibt es noch ein paar Kumpels, Exkommilitonen, mit denen ich mich manchmal treffe, aber ich habe keine Lust, jemanden von denen anzurufen. Ich beschließe, nach Hause zu laufen, so langsam wie möglich, vielleicht vergeht die Zeit dann schneller. Ich glaube, dass Einstein über dieses Phänomen geschrieben hat.

Samstag ist einfach scheiße. Ich bin viel zu alt, um daran zu glauben, dass der Samstag etwas Besonderes ist, aber auch noch viel zu jung, um so zu tun, als sei es ein stinknormaler Tag. Wenn es nach mir ginge, würde der Samstag komplett eliminiert und ein zweiter Mittwoch eingeführt. Zwiemittwoch. Ein nichtssagender Tag nach dem Freitag, der unbemerkt in den Sonntag übergeht, welcher als Tag der faulen Leere seinen Zweck allerdings weiterhin erfüllen dürfte.

Kapitel 9

Den Montag verbringe ich damit, ein leeres Dokument auf dem Bildschirm meines PCs anzustarren, bis sich mein Wimpernschlag mit dem Puls des Cursors synchronisiert. Es ist der Versuch, an der Monteis-Biografie zu arbeiten: eine Skizze, eine Zusammenfassung, eine Seite, irgendwas. Aber es kommt nichts. Ich kann mich nicht konzentrieren, also fange ich an zu wandern, das funktioniert meistens. Ich drehe meine Runden in den siebenundvierzig Quadratmetern meiner Wohnung und spiele mit einem Tennisschläger, meinem Denkschläger. Eine Runde und noch eine Runde und noch eine mehr.

Um Viertel nach zwei am Nachmittag, etwas schwindelig und schlapp vor lauter Inaktivität, kommt mir eine Idee. Ich öffne meinen Internet Explorer und logge mich bei Facebook ein. Ich benutze es kaum, und der beste Beweis dafür ist, dass ich das Passwort dreimal falsch eingebe (einmal mehr und Mark Zuckerberg verkauft all meine Fotos an Coca-Cola). Ich schließe die Augen, konzentriere mich erst auf mein Yin und dann auf mein Yang, und da, plötzlich, kommt es mir in den Sinn. Ich tippe *dreigelberosen*, und drin bin ich. Eine kleine Weltkugel informiert mich darüber, dass ich sechzehn unbeantwortete Freundschaftsanfragen habe. Natürlich klicke ich sie gleich an, wer könnte dieser Versuchung widerstehen? Darum geht's doch im sozialen Netzwerk, um Solipsismus, Selbstverherrlichung, krankhafte Egozentrik.

Ich kenne nur fünf von den sechzehn Personen. Eine Cousine aus Sevilla, die ich immer dann sehe, wenn irgendein Verwandter stirbt, ein ehemaliger Schulkamerad (der offenbar irgendwann zwischen Oberstufe und jetzt kahl geworden ist), eine Frau, die ich irgendwann mal kennengelernt habe, vor bestimmt einem Jahr, die sagte, ich sei sehr süß, aber sie sei noch nicht so weit, mein Vermieter (wieso will mein Vermieter mein Freund sein?) und Loreto.

Ich akzeptiere meine Cousine aus Höflichkeit und Loreto auch, aus einem ähnlichen Grund. Erstere interessiert mich nicht im Geringsten, aber der Versuchung, die Fotos von Loreto durchzuklicken, kann ich nicht widerstehen. Enttäuscht stelle ich fest, dass sie nur zwei hochgeladen hat. Eines zeigt ihren Kater, Snoopy, der sich auf einem Sofa lümmelt und frech in die Kamera glotzt. Das andere ist von ihr, Loreto, aufgenommen mit der Webcam. Sie lächelt auf diese gequälte Art der Einsamen, denen nichts anderes übrig bleibt, als sich für ihr Facebookprofil in den eigenen vier Wänden selbst zu fotografieren. Ich sehe mir das Bild eine ganze Weile lang an, es hat etwas ansprechend Trauriges. Der dunkle Hintergrund, das zarte Karminrosa auf den Lippen, die Spiegelung des Bildschirms in den Augen.

Dann widme ich mich meinem ursprünglichen Plan. Ich gebe in das Suchfeld »Eva Monteis« ein und bin so ziemlich auf alles gefasst, nur nicht darauf: Der Algorithmus hat nicht einen einzigen Treffer zu bieten. Unzählige ähnlich klingende Namen, aber keine Eva Monteis! Offenbar ist sie eine der wenigen Personen, die kein Facebookprofil besitzen (ich meine, sogar ich hab ja eins!).

Wie im Nu vergeht eine halbe Stunde bei der Durchsicht der vorgeschlagenen Profile. Deshalb hasse ich diese Plattformen, sie stehlen einem das Leben. Es ist fast drei, und ich bin komplett erledigt vom Nichtstun. Ich lege mich aufs Sofa, verliere mich in der Betrachtung der Zimmerdecke und bin plötzlich zurück in dem Schaukelrestaurant. Ich weiß schon, dass es ein Traum ist, weil Eva da ist und mich ansieht, und der blaue Fleck wieder auf ihrer Wange ist. Wir sind ganz allein, nur sie und ich.

Eva: Und, war's das?

Ich: Wie, war's das?

Eva: Na, du suchst mich auf Facebook, findest mich nicht und fertig?

Ich: Was soll ich denn sonst machen?

Eva: Na ja, mir fallen da diverse Optionen ein, aber … Hör mal, kann ich dir was sagen?

Ich: Nur zu.

Eva: Ich glaube, dass du zu den Leuten gehörst, die sich durchs Leben jammern und, wenn es drauf ankommt, nichts auf die Reihe kriegen.

Ich: Wie kommst du denn darauf?

Eva: Ist einfach mein Eindruck.

Ich: Dein Eindruck? Du kennst mich doch überhaupt nicht!

Eva: Jetzt werd doch nicht gleich sauer.

Ich: Ich bin nicht sauer.

Eva: Dann hör auf zu schreien.

Ich: Verzeihung, ich wollte nicht … Ich verstehe einfach nicht, wie du darauf kommst.

Eva: Ich hab ja extra vorher gefragt, ob ich dir was sagen kann, und du hast gesagt: »Nur zu.«

Ich: Schon, aber ich dachte, du fragst, ob ich mit dir schlafen will.

Eva: Was? Warum sollte ich das denn machen?

Ich: Äh, na ja, das ist ja hier eine Träumerei.

Eva: Na und?

Ich: Tja, also … In der Fantasie sollten solche Sachen doch passieren dürfen.

Eva: Du beleidigst mich. Beleidige mich nicht, o. k.?

Ich: Entschuldige, ich dachte … Das war ein Missverständnis.

Eva: Ich werde nicht mit dir ins Bett gehen.

Ich: Verstanden. Entschuldige.

Eva: So, wirst du nun etwas unternehmen oder nicht?

Ich: Was denn unternehmen?

Eva: Boah, vergiss es.

Schlagartig wache ich auf, ungefähr so, wie die Leute im Film aus Albträumen erwachen. Bloß dass ich nicht mal sicher bin, dass das hier ein Albtraum war. Angenehm war er allerdings nicht. Offenbar findet mein Unterbewusstsein es ziemlich eindeutig, dass ich etwas unternehmen sollte, und zwar sofort. Und obwohl ich noch zögere, während ich richtig wach werde, gebe ich ziemlich schnell nach. Ich ziehe Jeans an (ich war noch im Schlafanzug) und verlasse das Haus, direkt in Richtung Metrostation. So wie ich das sehe, habe ich jetzt zwei Optionen. Option 1: Ich verlängere diesen Zustand der Dumpfheit für Tage oder Wochen, höchstwahrscheinlich unfähig, ein Wort zu Papier zu bringen, und lege bei der wiederholten Umrundung meines Sofas zunehmend nervös und frustriert unzählige Kilometer zurück. Option 2, potenziell traumatischer, aber auch viel pragmatischer: Ich suche den Kindergarten auf, frage nach Eva und … Und was? Bitte ich sie, mit mir auszugehen, wie ein Teenager? Sage ich ihr, dass sie mich ablenkt und dass sie doch bitte ihre Präsenz in meinem Kopf etwas mäßigen möge?

Und was soll ich machen, wenn sie mich, wie anzunehmen ist, danach fragt, warum ich sie im Restaurant nicht gegrüßt habe? Da könnte ich ihr natürlich auch die Wahrheit sagen, wobei ich selbst nicht mal genau weiß, warum ich sie nicht gegrüßt habe.

Na ja, weißt du, manchmal mache ich solche Sachen, die nicht viel Sinn ergeben, aber … Also, in der Schule fand eine Psychologin, dass ich verrückt bin.

Wahrscheinlich empfiehlt sich eher der indirekte Weg. Ich denke, das ist es, was die meisten Leute machen: andeuten, zu verstehen geben, durchblicken lassen. Ja und nein. Ich könnte noch mal um das Interview bitten, was allerdings auf sture Dummheit hindeuten könnte, denn wenn ich etwas über sie weiß, dann, dass sie mir kein Interview geben will.

Auf dem Weg wälze ich die Gedanken weiter hin und her und bin überzeugt, dass alles besser ist, als weiterhin mit dem Tennisschläger in der Hand durch meine Wohnung zu tigern. Um Viertel nach fünf verlasse ich die Metro, und kaum dass ich die Sonne auf dem Schild des Kindergartens sehe, will ich wieder umdrehen. Aber dann kommt mir George Leigh Mallory in den Sinn. Er und all die großen Entdecker der Geschichte, die nie aufgaben und sich weder für Geld noch Ruhm ins Unbekannte stürzten, sondern allein, weil sie nichts Besseres zu tun hatten.

Die Tür der Kita ist auch diesmal geschlossen, aber ich habe Glück und finde den vorgeschobenen Riegel, der die Tür sichert, auf Anhieb. Er befindet sich in Kopfhöhe – wahrscheinlich, damit keine Kinder ausbüchsen können. Ich zögere einen Moment, vielleicht sollte ich besser klingeln, eine besonnene Person würde das sicher tun. Ich entscheide mich dafür, den Kopf in den Flur zu stecken und zu rufen.

»Hallo?«

Keine Antwort.

Die Garderobe ist leer bis auf einen einzelnen kleinen Rucksack und daneben ein Jäckchen in Zwergenform. Kein Vergleich mit dem Rummel vom letzten Mal. Klar, es ist ja auch schon spät, denke ich. Wenn ich Pech habe, ist nur noch Knackarsch hier. Das hatte ich nicht bedacht, wie hatte mir bei aller Überlegung diese Möglichkeit durch die Lappen gehen können? Ich beschließe, einmal noch zu rufen, bevor ich gehe.

»Hallo?«

»Hier sind wir!«

Das ist Evas Stimme, und sie kommt vom Ende des Flurs. Ich gehe langsam, etwas befangen, mit einem Respekt vor ich-weiß-gar-nicht-was. Ich fühle mich ein bisschen wie in einer dieser Gruselgeschichten von Stephen King. Ich bin die typische naive Nebenfigur, die dem Monster, das hinter der Ecke wartet, den Kopf hinhält. Aber dann biege ich um die Ecke, und da ist gar nichts Schlimmes. Zumindest nicht, soweit ich sehen kann. Vor mir befindet sich eine Tür und dahinter ein Hof voller Schaukeln und anderen Spielgeräten. Auf die Außenwände ist ein blauer Himmel mit weißen Wolken gemalt und darüber eine gelbe Sonne. Eva sitzt im Sandkasten neben einem ungefähr vierjährigen Jungen, der kopfüber von einer grünen Rutsche rutscht.

»Du bist das!«, sagt sie überrascht.

Ich deute mit dem Finger hinter mich.

»Die Tür war quasi offen«, versuche ich mich zu rechtfertigen.

Der Junge inspiziert mich einige Sekunden lang und kommt zu dem Schluss, dass ich ihn nicht im Geringsten interessiere.

»Ich dachte, du wärst jemand anderes«, sagt Eva und steht auf. Sie ist barfuß. Zieht diese Frau denn niemals Schuhe an?

»Störe ich?«

Die Frage scheint ihr so absurd vorzukommen, dass sie sie noch nicht mal beantwortet.

»Wir warten auf Frans Papa.« Sie schaut den Jungen an. »Schon seit einer halben Stunde.«

Sie will sich unterhalten? Wahnsinn!

»Wieso kommt er denn nicht?«, frage ich mit einem Enthusiasmus, der eindeutig übertrieben rüberkommt.

»Ich weiß es nicht. Er geht nicht ans Handy«, sagt sie und betrachtet das Telefon in ihrer Hand. Dann pustet sie sich eine Strähne aus dem Gesicht. »Das passiert leider nicht zum ersten Mal.«

»Dass er zu spät kommt?«

Sie ignoriert meine Frage erneut, zeigt auf die Tür und sagt: »Lass uns reingehen.«

Als wir im Flur sind, fragt sie mich: »Was willst du hier? Und erzähl mir bitte nicht, dass du ganz zufällig vorbei gekommen bist.«

Nein, das werde ich nicht sagen. Oder doch? Nein, besser nicht. Ich sage: »Also …«

Das gibt mir etwas Zeit. Dann füge ich hinzu:

»Ich …«

Und ich mache eine Pause, die mir weitere Sekunden einbringt. Zu dem Zeitpunkt sieht Eva mich bereits mit sehr weit geöffneten Augen an, was mir zeigt, dass ich mich erneut seltsam verhalte. Ich sammle Mut und frage:

»Hast du zu dem Interview Ja oder Nein gesagt?«

Eva lächelt und ich bemerke die Fältchen, Dutzende kleine Fältchen um ihre Augen herum und auch ein paar zarte auf ihrer Stirn.

»Raus mit der Sprache«, sagt sie. »Warum hast du mich neulich im Restaurant nicht gegrüßt?«

»Natürlich habe ich dich gegrüßt«, lüge ich.

»Nein, hast du nicht.«

»Doch, habe ich, ich habe dich nur so spät gesehen und … Nein, du hast recht, ich habe dich nicht gegrüßt.«

»Du hast mich nicht gegrüßt.«

»Nein.«

»Warum nicht?«

»Das passiert mir manchmal.«

»Das ist aber sehr unhöflich.«

»Nein, das ist es nicht. Es ist …« – Schüchternheit, Hysterie, mentale Apokalypse. »Bitte entschuldige, ich wollte nicht unhöflich sein.«

»Ernsthaft, was gibt's? Du siehst ja, es passt nicht so richtig gerade.«

Es ist albern, das noch weiter hinauszuzögern. Genug herumgestottert, jetzt muss ich mit der Wahrheit rausrücken. Ein kleiner Prolog täte mir gut, ein Kaffee oder zwei, dann ein paar Gin Tonics und vielleicht eine Flasche Wein. Aber jetzt heißt es eindeutig Jetzt oder Nie, also hole ich tief Luft und sage:

Boing.

Nein, warte mal, das habe ich nicht gesagt. Das kam aus dem Hof; ein dumpfes Geräusch, als wäre eine Kokosnuss von einer Palme gefallen. Allerdings gibt es keine Palmen im Hof.

Bis ich verstehe, was gerade passiert ist, ist Eva längst draußen und kniet neben dem weinenden Kind vor der Schaukel. Ein Blutrinnsal läuft ihm das Gesicht entlang und durchtränkt SpongeBobs Freund, der das T-Shirt ziert.

»Ganz ruhig«, sagt Eva und untersucht die Wunde am Kopf des Jungen. Dann dreht sie sich zu mir um, während ich noch immer wie festgewachsen an Ort und Stelle stehe, vielleicht etwas blasser als vor ein paar Sekunden.

»Wo steht dein Wagen?«, fragt Eva bestimmt. Keine Spur Panik in ihrer Stimme, den Part habe ja stattdessen ich übernommen.

»Ich hab kein Auto.«

»Oh, Mann«, schimpft sie, als hätte ich gerade etwas wirklich Unpassendes von mir gegeben. »O. k., dann bleib mal kurz bei Fran.«

Ich gehe in den Hof und hocke mich neben das Kind, während Eva ins Haus läuft. Kinder und Blut kann ich schon getrennt voneinander nicht gut aushalten. Wie soll ich jetzt mit beidem zusammen klarkommen?

»Okay, ganz ruhig, Kumpel«, sage ich, obwohl ich fürchte, dass die Unruhe in meiner Stimme nicht zu überhören ist.

Ich nehme seine Hand, aber er zieht sie wieder weg, ohne mich anzusehen oder mit dem Weinen aufzuhören. Der Freund von SpongeBob ist schon total rot, und ich hab keine Ahnung, was ich tun soll. Mein T-Shirt ausziehen und ihm um die Wunde binden? Das würde bedeuten, dass Eva meinen nackten Oberkörper sieht, was nicht gerade der Plan war, aber der arme Junge kann ja nicht hier unter meinen Augen verrecken. Ich entscheide, es zu tun, und will mich gerade aus meinem Shirt schälen, als Eva zurückkommt und mir ein Handtuch zuwirft.

»Drück das auf die Wunde, und los geht's.« Sie redet so kontrolliert, als wäre sie auf Notsituationen wie diese spezialisiert.

Ich drücke das Handtuch gegen die Wunde, und der Junge schreit und windet sich. Er versucht, mich wegzuschieben, aber diesmal lasse ich es nicht zu. Ob es dir passt oder nicht, Kleiner, der Erwachsene bin hier immer noch ich.

»Das muss sein«, sage ich und bitte ihn, das Handtuch selbst zu halten.

Er schreit und windet sich weiter, also muss ich meinen Tonfall etwas strenger gestalten: »Fran, halt jetzt das Handtuch hier fest.«

Er guckt mich ganz ernst an, und diesmal hört er auf mich. Ich hebe ihn hoch. Entweder ist er ein Fliegengewicht, oder ich bin adrenalingetränkt. Ich folge Eva mit eiligen Schritten. Wir verlassen die Kita, und sie sagt:

»Komm, hier entlang.«

Wir kreuzen zwei Querstraßen.

»Wo gehen wir hin?«, frage ich.

»Zu meinem Auto. Drei Straßen weiter. Tut es sehr weh?«

Der Junge nickt, zieht die Rotze hoch und heult weiter. Alle starren uns an. Eine Frau fragt mich, ob es dem Kind gut geht, und ich sage: »Nein, es geht ihm nicht gut, sehen Sie das nicht?«

Drei Straßen weiter entpuppt sich Evas Auto als gelber und etwas ramponierter Twingo. Ich setze mich mit dem Kind auf die Rückbank.

»Später lachen wir darüber, wart's ab.«

Er scheint sich das nicht recht vorstellen zu können. Eva startet den Wagen und rast los. Immer, wenn wir an einer roten Ampel anhalten müssen, dreht sie sich um, streichelt Fran das Knie und sagt: »Wirst schon sehen, das ist halb so schlimm, es blutet schon fast gar nicht mehr.« Das stimmt zwar, aber es beruhigt weder den Jungen noch mich. Zweimal bitte ich Eva, langsamer zu fahren, mir scheint, dass dieser Wagen wirklich nicht für Autorennen gedacht ist.

Nach fünfzehn Minuten Amateurralley stoppt Eva den Wagen vor der Notaufnahme des Infanta-Leonor-Krankenhauses und hebt das Kind aus dem Auto. Die Schlüssel lässt sie stecken, und zu mir sagt sie:

»Park du.«

Und da sitze ich mit meinen sechzig Minuten Fahrschulerfahrung. Für einen Moment erwäge ich, tatsächlich selbst das Auto zu bewegen. Ich denke an die Riesenmenge Idioten mit Führerschein, die ich kenne. So schwer kann das nicht sein. Ich habe schon in tausend Filmen Leute Auto fahren sehen, irgendwas wird wohl hängen geblieben sein. Aber dann komme ich zur Vernunft und beschließe, an das Gute im Menschen zu appellieren, sofern das denn existiert. Ich spreche einen weißhaarigen Mann an, der aussieht wie ein Arzt (weil nur Ärzte so locker und unbeschwert durch eine Notaufnahme-Tür gehen können).

»Verzeihung«, sage ich, »wissen Sie, wo ich das Auto abstellen kann?«

»Da drüben ist der Parkplatz«, sagt er und deutet in die gegenüberliegende Richtung.

»Und könnten Sie vielleicht ... Könnten Sie das bitte für mich machen?«

Der Mann sieht mich gründlich an, und sein Blick erinnert mich daran, dass mein Hemd voller Blut ist.

»Sicher«, sagt er sehr ernsthaft.

Als ich ein paar Minuten später das Krankenhaus betrete, bin ich schon etwas ruhiger. Ich frage an der Rezeption nach einem Jungen mit Kopfwunde und einer Frau mit zusammengebundenen Haaren. Ein Typ im lindgrünen Kittel schickt mich geradeaus, dann rechts, noch ein bisschen geradeaus und noch mal rechts.

Die Flure sind voller bestürzter Menschen, deren Gesichter entweder sehr blass oder sehr rot sind. Manche haben blutverschmierte Kleidung, so wie ich selbst. Verlorene Blicke, getrocknete Tränen. Ich hasse Notaufnahmen.

Meiner eigenen Sterblichkeit wurde ich im Alter von fünf Jahren gewahr. Ich war in Conil, am Strand, mit meiner Mutter. Keine Ahnung, wo mein Vater war. Vielleicht machte er sein Mittagsschläfchen im Hotelzimmer oder lag in der Hängematte und las in seinem Lexikon.

Es geschah auf die denkbar dämlichste Weise: ein Windstoß, ein wehender Sonnenschirm und, zack, alles war schwarz. Das Nächste, woran ich mich erinnern kann, sind die unerträgliche Hitze in einem Taxi und die rot gefärbten Hände meiner Mutter. Sie weinte Rotz und Wasser. Ich hatte meine Mutter noch nie weinen sehen.

Auf dieser Fahrt ins Krankenhaus, stumm neben meiner Mutter, die sich die Tränen mit einem WM-82-Handtuch abwischte, begriff ich zum ersten Mal, dass eines Tages all dies verpufft sein würde. Das Taxi, das Handtuch, meine Mutter und, was wirklich verblüffend war, ich selbst. Wie in einer Eingebung verstand ich, dass alles, absolut alles, was man ist und im Leben anstrebt zu sein, von so banalen Dingen wie einem Windstoß und einem schlecht befestigten Sonnenschirm abhängt. Das war nicht gerade eine angenehme Lektion.

Ich brauche zehn Minuten, um Eva und Fran zu finden. Ich entdecke sie in einem kleinen Raum, der aussieht, als hätte er noch vor Kurzem als Abstellkammer gedient. Bei ihnen sind ein Arzt, der die Wunde des Jungen näht, und eine Krankenschwester, die sich zu mir umdreht.

»Ich gehöre dazu«, murmele ich, und sie nickt.

Der Junge sieht mich mit zusammengebissenen Zähnen an, und ich zwinkere ihm zu.

»Gleich geschafft«, sage ich.

Und das stimmt sogar, denn genau in dem Moment schneidet der Arzt den Faden durch und sagt: »Fertig! Siehst du, das war doch gar nichts.« Er zieht die Handschuhe aus und wendet sich an Eva. »Bleiben Sie noch eine Weile hier. Der Junge soll ein bisschen still sitzen. Falls ihm schwindelig wird, kaufen Sie ihm einen Kakao oder eine Limo.«

Wir machen es uns auf den grünen Stühlen gemütlich, die von irgendeiner rücksichtslosen Person designt wurden, damit man nicht eine Sekunde lang vergessen kann, dass man a) in einem Krankenhaus ist und dass b) Krankenhäuser schreckliche Orte sind.

Dann klingelt Evas Telefon.

»Das ist dein Vater«, sagt sie dem Kind, das ihren Blick sehr ernsthaft erwidert.

Eva steht auf und geht ein Stückchen den Flur herunter, bevor sie abhebt. Ich frage mich, wie Fran dies alles in dreißig Jahren erinnern wird. Wenn er in meinem Alter ist, werden wir nicht weniger als das Jahr 2045 schreiben. Die Autos werden fliegen, jeder wird einen eigenen Roboter besitzen, der die Hausarbeit erledigt, und ich werde gelangweilt zu Hause rumsitzen und überlegen, wen ich wohl anrufen könnte, um ein Bierchen zu zischen. Sofern es 2045 überhaupt noch Bier gibt.

»Wie geht's dir?«, frage ich Fran.

»Gut«, sagt er mit dünnem Stimmchen und ohne mich anzusehen.

»Ganz schöner Schreck, oder?«

Er zuckt mit den Schultern.

»Weißt du, dass mir mal fast das Gleiche passiert ist?«

Er sieht schüchtern auf. »Echt?«

»Ja. Ich war ein bisschen älter als du, aber nur ein bisschen. Ein Sonnenschirm ist mir ins Gesicht geflogen, und ich hatte auch eine Platzwunde, genau wie du.«

»Ist sie genäht worden?«

»Na klar.«

»Wie viele Stiche?«

»Fünf.«

»Ich habe acht.«

»Dann hast du gewonnen.«

Er lächelt. Es ist das erste Mal, dass ich ihn lächeln sehe.

»Hat es wehgetan?«, fragt er mich.

»Aber hallo.«

»Und hast du geweint?«

»Mehr als du.«

Eva betrachtet uns aus ein paar Metern Entfernung mit ernster Miene.

»Mein Papa sagt, man soll nicht weinen.«

»Warum das denn?«

»Er sagt, das ändert nichts.«

»Na ja, also, ich glaube nicht, dass man weint, um etwas zu ändern.«

»Nein?«

»Nein. Ich glaube, man weint, um ...« – denk, denk, denk – »um sich besser zu fühlen. Meinst du nicht?«

»Weiß nicht.«

Hm. Ich auch nicht.

Frans Vater taucht eine halbe Stunde später auf. Er kann kaum älter als fünfundzwanzig sein. Er ist schlaksig und ungelenk, und ich würde meinen, ein unverantwortliches Arschloch obendrein, wenn auch Letzteres ein wenig subjektiv sein mag. Tatsache Nummer eins: Er riecht schon auf zehn Meter Entfernung nach Alkohol. Tatsache Nummer zwei: Nach einigen weiteren Metern riecht er nach Alkohol und Marihuana. Das scheint Fran allerdings nicht zu kümmern, der auf ihn zurennt, sobald er ihn entdeckt.

»Entschuldigung«, sagt der Junge zum Vater.

»Wofür?«, fragt dieser.

»Fürs Weinen.«

»Ach, Quatsch«, sagt der unverantwortliche Vater, der nun selbst gegen die Tränen ankämpft, denn Weinen ändert schließlich gar nichts. »Dafür musst du dich doch nicht entschuldigen.«

O. k., das reicht. Ich hatte genug Aufregung für einen Monat, Zeit, zu meinem routinierten und vorhersehbaren Alltag zurückzukehren. Ich frage Eva, ob sie alles unter Kontrolle hat, und sie bejaht mit einem müden Lächeln.

»Das Auto steht auf dem Parkplatz«, sage ich und gebe ihr den Schlüssel zurück. »Platz 42, kannst du dir das merken?«

»42«, nickt sie.

Keine Ahnung, wie man sich in solchen Situationen verabschiedet, also beschränke ich mich auf ein vages »Bis dann«.

Sie nickt noch einmal.

Ich verabschiede mich von Fran, der mich vom Arm seines Vaters aus anlächelt, und schlurfe zum Ausgang. Gerade, als ich bei der Tür angelangt bin, ruft Eva mir hinterher:

»Daniel!«

Na, wie klingt das? Sie erinnert sich an meinen Namen!

»Du kannst Dani sagen.«

»Dani. Hör mal, danke für alles.« Und als sie das sagt, legt sie eine Hand auf meine Brust, auf das Blut auf meinem gewöhnlichen blauen Hemd.

»Kein Problem.«

»Echt, das war supernett von dir.«

»Du erlebst so was wahrscheinlich täglich!«

»Nein.« Sie lächelt. »Höchstens einmal in der Woche.«

Dann verfallen wir in unangenehmes Schweigen, sehen uns an, lächeln müde. Vielleicht erwartet sie, dass ich etwas sage, irgendwie Initiative ergreife, aber die Wahrheit ist, dass mir absolut nichts einfällt. Ich bin drauf und dran, auf das altbewährte »Na dann« und das ebenso bewährte Punkt, Punkt, Punkt zurückzugreifen, als sie sagt: »Wart mal kurz«, und zum Empfangstresen geht.

Sie wechselt ein paar Worte mit einem Mann im lindgrünen Kittel, der ihr Zettel und Stift gibt. Eva schreibt etwas auf und kommt mit dem Zettel in der Hand auf mich zu. Es ist eine Adresse.

»Komm morgen Nachmittag um fünf vorbei, dann machen wir dieses Interview.«

Und ohne eine Antwort abzuwarten, dreht sie sich um und geht zurück zu Fran und seinem Vater.

Kapitel 10

Vor vier Jahren habe ich meine Wohnung bezogen. In diesen vier Jahren habe ich zweimal die Heizung repariert, einen ganzen Sommer lang die Invasion einer furchtbaren Insektenarmee geduldet und eine traumatische Fassadenrenovierung überlebt. Außerdem war ich unfreiwilliger Zeuge des Zerfalls einer Ehe. Oder zumindest beinahe. Sie ist noch nicht komplett zerstört, allerdings kann, den Schreien nach zu urteilen, nicht mehr viel fehlen.

Ich weiß noch nicht mal, wie die beiden heißen, was natürlich unverzeihlich ist. Ich bräuchte nur einmal einen Blick auf ihren Briefkasten zu werfen, aber so etwas mache ich nicht. Ich bin zufrieden mit meinem trägen Desinteresse. Für mich sind es die Blonden von oben. Der Blonde und die Blonde.

Sie hätten sie mal sehen sollen, als ich hier eingezogen bin. Sie waren der Inbegriff der Liebe, die Art Pärchen, die man sich noch mit achtzig Hand in Hand beim gemeinsamen Strandspaziergang vorstellt.

Und was ist dann passiert? Keine Ahnung. Eines Tages fiel mir auf, dass ich sie schon ewig nicht mehr zusammen gesehen hatte. Ich begegnete ihnen schon noch, aber immer einzeln, dem Blonden hier und der Blonden dort. Bewusst wurde mir das aber erst, als das große Getöse erschallte.

Die Decken in unserem Haus sind wirklich von der schlechtesten Qualität, denn sie lassen zwar jeden Streit durch, aber kein verstehbares Wort. Jenes erste Gewitter dauerte ungefähr eine Stunde, und ich würde sagen, die gegenseitigen Vorwürfe hielten sich die Waage; eine ganz ausgewogene Zankerei.

Dann hörte ich wochenlang gar nichts, bis es eines Nachts etwas lauter wurde und auch etwas länger laut blieb, und seitdem haben sie überhaupt nicht mehr aufgehört zu streiten. Um ehrlich zu sein, kann man von Streit gar nicht mehr sprechen, weil nicht erkennbar ist, wo einer aufhört und der andere anfängt. Es ist eher ein vor sich hin mäanderndes Getöse mit Kurven und Abzweigungen, mit Gefälle und Stocken.

Ich stehe jetzt seit fünf Minuten im Bad und schrubbe mein Hemd im Waschbecken, ohne die Blutflecken herauszubekommen.

Oben:

Die Blonde: … deine Mutter … zu Hause … Rock.

Der Blonde: … Manuel … am Freitag … dumme Kuh.

In achtzehn Stunden soll das Interview mit Eva stattfinden, was fantastisch ist, abgesehen von dem nicht unbedeutenden Detail, dass ich keinen Schimmer habe, was ich sie fragen soll. Ich beschließe, das Hemd einzuweichen, und mache mir einen Kaffee. In der Hoffnung, dass es sich nicht um einen typischen Werbetrick handelt, wähle ich eine Kapsel mit dem Namen Erwachen, denn ich muss wirklich mal wach werden. Auf dem Stick, den Portabella mir mitgegeben hat, finden sich sage und schreibe achtundvierzig Dateien; Reportagen, Interviews, biografische Profile.

Und dies ist der Protagonist meines nächsten bescheidenen und doch ernährenden literarischen Werks:

Señor Monteis, der Eduardo heißt, aber von seinen Freunden und Bekannten Edu genannt wird, ist einer der herausragendsten Bauunternehmer des Landes. Im Gegensatz zu anderen Unternehmern seiner Branche ist die Immobilienblase nicht vor seiner Nase zerplatzt, weil er entweder schlau, besonnen, ehrlich oder eine unwahrscheinliche Mischung aus alldem war.

Monteis hat sein Business auf den Norden Spaniens konzentriert, wo es zwar auch eine Immobilienblase gab, aber keine so große, weshalb der Knall beim Platzen auch nicht so laut war. Die Hälfte der neuen Indoor-Sportarenen (wie heutzutage die Turnhallen genannt werden) wurden von seiner Firma entworfen und erbaut. Wie auch vier Museen, sechzehn Wohnkomplexe, zwei Flughäfen, sieben Busbahnhöfe, vier Bahnhöfe, ein Fußballstadion, zwei Golfplätze und ein Kunst-und-Kultur-Zentrum.

Interview bei einem unabhängigen TV-Sender, März 2010. Quelle: YouTube.

Reporter: »In den Neunzigern haben sämtliche Bauunternehmen des Landes Hotels im Süden gebaut und …«
Monteis unterbricht: »Das ist richtig.«
»Nur Sie nicht.«
»Ich habe im Gegensatz zur Regierung überhaupt kein Problem mit diesen Hotels. (Er lacht.) Wissen Sie, wenn ich da nicht mitgezogen bin, dann schlicht, weil dies ein Familienunternehmen ist.«
»Es ist doch ein sehr großes Unternehmen.«
»Ja, das ist richtig, wir beschäftigen viele Menschen. Aber unsere Unternehmensstruktur hat sich dadurch nicht verändert. Das ist der Schlüssel zu unserem Erfolg. Wir widmen uns immer nur einem Projekt und bündeln all unsere Aufmerksamkeit dahin gehend. Wir haben Museen und Flughäfen und große Kulturzentren errichtet, und jedes dieser Projekte war einzigartig und besonders für uns. Jedes. Wir wollen nicht an die Börse, das ist nicht unsere Liga. Es gibt Menschen, die das nicht verstehen. Es gibt Unternehmer, Freunde, die irgendwann den

internationalen Markt erobern wollten, nach Lateinamerika oder in die USA expandieren. Das ist wunderbar, natürlich, aber es war nicht unser Weg. Unser Antrieb ist nicht das Geld, ist es nie gewesen.«

Nun darf man sich von all dem Rhabarber nicht blenden lassen. Hier spricht einer der reichsten Männer Spaniens, und seine Visage lässt keinen Zweifel daran. Wenn man bei ihm klingeln wollte, müsste man eine ganze Menge Security überwältigen, und sollte das gelingen (was weiß ich, vielleicht weil man eine Ausbildung bei der CIA genossen hat?), würde man am Ende feststellen, dass Leute wie er gar keine Klingel haben.

Ich lese fünf Interviews quer und lerne einen seltsamen Patriarchen kennen. Das Wort familiär wiederholt er ein ums andere Mal, was erstaunlich ist aus dem Munde eines Mannes, der von seiner Tochter aufrichtig gehasst wird.

Oben:

Der Blonde: … Scheidung … Manuel … Schlange.

Die Blonde: … Sommer … allein … Arbeit.

Türengeknalle.

Hier ist noch etwas Ungewöhnliches: Ich finde nichts über Evas Mutter. Nur ihr Name, Noelia, wird in einer der Reportagen erwähnt. Offenbar erlag sie 1987 einem Krebsleiden, kurz bevor ihr Mann die Firma gründete, die ihn reich machte. Eva war sieben Jahre alt.

Falls Monteis in der Folge eine Partnerin hatte und/oder derzeit eine hat, so scheint es ein gut gehütetes Geheimnis zu sein. Ich mache eine Googlebildsuche. Es gibt nicht viele Fotos von ihm, und die wenigen, die ich finde, zeigen ihn zusammen mit Politikern und Unternehmern. Auf einem posiert er zwischen zwei Exministern von konkurrierenden Parteien; auf einem anderen schüttelt er die Hand von König Felipe am Tage der Krönung.

Interview in El Dominical, September 1993:

Ich hatte keinen blassen Schimmer vom Immobilienbusiness. Ich bin in Lugo aufgewachsen, mein Vater war Schuster und meine Mutter Hausfrau. Mit siebzehn bin ich nach Madrid gekommen und habe jeden Job gemacht, den Sie sich vorstellen können. Jeden! Ich landete in der Immobilienbranche, wie ich in jeder anderen hätte landen können. [...] Ich habe ganz unten angefangen, habe Häuser verkauft. Und es stellte sich heraus, dass ich gut darin war. Ich machte Geld mit dem Verkauf von Häusern, und eines Tages dachte ich: Wenn das so gut funktioniert, warum nicht den gesamten Apparat managen, angefangen mit dem Grundstückskauf? Ich nahm einen Kredit auf, kaufte Betonmischer, und – wie Sie sehen, es hat funktioniert.

Es klingelt.

Ist das meine Klingel?

Kann ja gar nicht sein. Ich sehe auf die Uhr: Es ist kurz vor Mitternacht.

Es klingelt noch mal, und, doch, das ist meine Klingel.

Ich gucke durch den Spion und sehe die Blonde von oben, ziemlich derangiert und verheult.

»Hallo«, sagt sie durch den Türspion.

Ich öffne und antworte: »Hallo.«

Sie zieht mit einem Seufzen den Rotz hoch, ohne mich aus den Augen zu lassen.

»Alles o. k.?«, frage ich.

»Nein. Um ehrlich zu sein, nein.«

Stille. Ich weiß nicht, was ich machen soll. Sie auch nicht. Was für ein Scheißtag, im Ernst.

»Hör mal«, sagt sie dann hastig. »Ich weiß, dass wir uns nicht so gut kennen, aber ... ich weiß nicht, wo ich hinsoll.«

»Ach so«, antworte ich ebenso hastig. »Komm rein, klar.«

Die Blonde betritt meine Wohnung, die sie noch nie betreten hat, und ich verfluche mich dafür, dass ich ihren Namen nie auf dem Briefkasten abgelesen habe. Was für eine Gesellschaft ist das, in der wir noch nicht einmal die Namen unserer Nachbarn kennen?

Mit verstörter Miene bleibt sie mitten im Wohnzimmer stehen. Ich bitte sie, sich zu setzen. Als sie es tut, sieht sie meinen Tennisschläger auf dem Sofa.

»Du spielst Tennis?«

»Nein«, sage ich. »Den benutze ich nur zum Denken.«

»Ach so. Würde mir auch guttun, ich meine … Glaub nicht, ich könnte gerade irgendeinen klaren Gedanken fassen.«

»Tu dir keinen Zwang an«, sage ich und reiche ihr den Schläger.

Sie nimmt ihn, starrt ihn einen Moment lang an und beginnt zu weinen. Falls da oben jemand ist, im Kosmos oder einer parallelen Dimension, dann treibt er es heute wirklich auf die Spitze mit mir. Ich bin so ausgelaugt, so was von fertig mit diesem unendlich langen Tag, dass ich nicht einmal auf ihr Weinen reagiere. Ich sehe sie einfach nur an, mit einer Clint Eastwood würdigen Gesichtslähmung, bis sie mich plötzlich für ihren Tränenausbruch um Verzeihung bittet.

»Kein Problem«, sage ich. »Heul dich ruhig aus.«

Ich nehme einen Schluck Erwachen, während sie fragt, ob sie das Bad benutzen darf.

»Aber sicher«, sage ich. »Gleich hier vorne.«

Die Blonde geht also ins Bad, doch als sie die Tür schließt, erinnere ich mich an das Hemd im Waschbecken.

»Das ist nicht mein Blut!«, rufe ich. »Es ist von einem Kind.«

Kaum gesagt, wird mir bewusst, dass das nicht gerade eine beruhigende Information ist, also entschließe ich mich zu einer Lüge.

»Es stammt von dem Sohn einer Freundin. Er hatte heute einen Unfall.«

»Aha«, sagt sie so desinteressiert, als hätte sie gerade wirklich größere Sorgen, als im Heim eines Psychopathen gestrandet zu sein.

Fünf Minuten später kommt sie wieder aus dem Bad, und ich stelle ihr einen heißen Kakao hin. Wo mir die Empathie abgeht, behelfe ich mir mit Klassikern. Sie bedankt sich für die Aufmerksamkeit und lächelt sogar ein wenig.

»Wenn ich den getrunken habe, gehe ich«, sagt sie.

»Und wohin?«

Sie zuckt mit den Schultern und hält ihren Kakao mit beiden Händen fest. Im Raum ist es nicht kalt, aber sie zittert.

»Du kannst hier schlafen, wenn du willst«, sage ich. Was bleibt mir anderes übrig? »Das Sofa ist zwar potthässlich, aber echt bequem.«

Ihr Blick verliert sich zwischen den Kakaoklumpen, und sie sagt: »Weißt du, was mich echt nervt?«

Ich schüttele den Kopf.

»Dass er mir nicht hinterhergekommen ist. Ich bin gegangen, weil ich dachte, er kommt mir hinterher.«

Und dann fängt sie wieder an zu weinen. Ich frage mich, ob der Blonde uns wohl hören kann in der Wohnung über uns. Ich schätze, eher nein, denn wir flüstern, aber falls doch, flüstere ich lieber noch ein bisschen leiser.

»Ist ja gut«, sage ich und streichele etwas unbeholfen ihre Schulter, beinahe, ohne sie zu berühren, als fürchtete ich einen Stromschlag.

Die Blonde erzählt mir die ganze Geschichte, ohne dass ich sie darum bitte. Oder fast die ganze, denn besagter Manuel kommt an keiner Stelle ihrer Erzählung vor. Sie sagt, dass ihr Mann und sie sich ähnlich waren, so ähnlich, wie zwei verschiedene Menschen einander nur sein können. Dass sie über die gleichen Dinge gelacht haben und sich über die gleichen freuten. Dass sie sich jahrelang dieser Anhäufung von Situationen, die wir *Leben* nennen, gemeinsam entgegengestellt haben und erfolgreich und noch vereinter aus jeder Begegnung hervorgingen. Bis sie eines Tages plötzlich begannen, sich voneinander zu distanzieren.

Ich frage, warum.

»Wenn ich das wüsste«, sagt sie.

Sie erzählt weiter davon, was die Zeit mit Liebespaaren anstellt, kein Gebiet, auf dem ich Expertise hätte. Wenn du mit jemandem zusammenlebst, fragt sie mich, bist du dann wirklich frei, um dich zu verändern, wie es dir gefällt? Es ist kurz nach Mitternacht, und ich habe keine Antwort auf diese Frage. Gut, auch um zehn Uhr morgens wäre ich nicht schlauer, aber jetzt gerade bin ich nicht mal sicher, die Frage richtig verstanden zu haben. Ich ziehe die Schultern hoch, und sie stellt fest:

»Ich langweile dich.«

Ich sage, nein, Quatsch, überhaupt nicht, aber ein Gähnen verrät mich.

»Ich hatte einen echt anstrengenden Tag«, entschuldige ich mich.

Ich hole ein sauberes Laken (*das* saubere Laken) und ein frisches Handtuch für sie.

»Hier ist der Kaffee, Zucker hier. Und ich leg dir eine saubere Zahnbürste raus, die ich für verzweifelte Nachbarn immer parat habe, die mitten in der Nacht vorbeikommen.«

Sie lächelt und bedankt sich für alles. »Bitte entschuldige die Störung. Echt peinlich.«

»Alles gut. Jetzt ruh dich ein bisschen aus.«

»Geht es dem Sohn deiner Freundin gut?«

»Ja«, sage ich nach kurzem Zögern. »Ja, es war nicht so schlimm.«

Ich gehe in mein Schlafzimmer, lasse mich aufs Bett fallen und merke, dass ich keine einzige Frage für das Interview mit

Eva aufgeschrieben habe. Ich will gerade anfangen, mir Gedanken zu machen, als mich die Müdigkeit überfällt und der Tag endlich in Nebelschwaden versinkt.

Kapitel 11

Danke für alles. Andrea

Das hat sie auf eine kleine Tafel geschrieben, die am Kühlschrank hängt und deren Funktion sich bis heute darauf beschränkt, mich daran zu erinnern, Milch und Eier zu kaufen (ohne Erfolg, denn ich habe nie Milch und Eier im Haus).

Andrea, die also endlich einen Namen hat, ist irgendwann in der Früh gegangen und hat, soweit ich erkennen kann, weder geduscht noch gefrühstückt. Sie hat mich auch nicht geweckt, wofür ich ihr dankbar bin, weil ich keine Ahnung habe, was wir zueinander hätten sagen sollen. Es gibt Dinge, die einfach nur nachts Sinn machen. Eine unbekannte Nachbarin nach einem kolossalen Streit mit ihrem Mann aufzunehmen gehört sicherlich dazu.

All diese Gedanken mache ich mir um Viertel nach drei am Nachmittag, da ich angesichts der Überdosis Emotionalität gestern Abend vergessen hatte, den Wecker zu stellen. Ich habe so lange geschlafen, dass ich schon wieder müde bin. Der Rücken tut mir weh und der Nacken und der Kopf auch ein bisschen. *Allgemeines Unwohlsein* würde das ein Arzt nennen. Faulheit, würde meine Mutter sagen.

Ich nutze das Frühstück Schrägstrich Mittagessen (trockene Cornflakes und eine Dose Thunfisch), um in meinem Notizbuch ein paar Fragen für Eva aufzuschreiben. Nichts Pulitzerverdächtiges, aber ich kann schließlich nicht mit leeren Händen bei ihr ankommen.

Wissen Sie, was man über Blut und Baumwolle sagt? Es ist leider wahr. Ich schmeiße das Hemd weg und putze das Waschbecken. Dann, beim Zähneputzen mit der Zahnbürste, die Andrea verschmäht hat, lese ich mir die Fragen an Eva noch mal durch und muss feststellen, dass sie völlig nutzlos sind. Kaum zu glauben, dass ich Journalismus studiert habe. Nicht, dass sie langweilig oder dumm oder unpräzise wären. Es ist nur, dass man mit einem Blick erkennen kann, dass mich Evas Vater kein bisschen interessiert. Es scheint peinlich offensichtlich, dass es eigentlich *sie* ist, die mich interessiert. Wie würdest du deine Kindheit beschreiben? Was hast du studiert? Seit wann arbeitest du im Kindergarten? Fehlt nur noch: Was machst du am Samstag? Ich kann nicht gegen mein Unterbewusstsein ankämpfen, aber ich kann es doch ein wenig tarnen. Ich streiche alle Fragen durch und notiere neue. Als ich fertig bin und auf die Uhr sehe, stelle ich fest, dass ich bereits zu spät dran bin. Das Universum ist offenbar noch immer gegen mich verschworen, damit ich endlich Autofahren lerne. Da kann es sich allerdings die Zähne ausbeißen.

Eva lebt im selben Viertel, in dem sie arbeitet, was für oder gegen Hypothese eins (Millionärin auf Entdeckertour durch die Arbeiterklasse) sprechen kann. Vielleicht wäre ich auch neugierig auf die Problembezirke, wenn mein Vater ein millionenschwerer Bauunternehmer statt einfacher Hemdenverkäufer wäre.

In Sachen Tourismus gehen die Geschmäcker ja bekanntlich auseinander. Bevor Germán Sara kennenlernte, machte er Urlaub in Madagaskar. Er wollte keiner von den Idioten der reicheren Hälfte der Weltbevölkerung sein, die die Welt bereisen, nur um der ärmeren Bevölkerungshälfte vom Hotelbalkon aus zuzuwinken, weshalb er mit ziemlich leichtem Gepäck reiste. Am zweiten Tag hat er sich irgendeine Krankheit eingefangen und ist in einem billigen Hotel im Süden des

Landes beinahe abgekratzt. Vielleicht sucht Eva genau so eine Erfahrung. Sie will die Armen nicht durchs Fenster angucken. Sie will Armut *erleben*.

Vor ihrer graffitibesprayten Haustür bleibe ich stehen. Als eventuell irrelevantes, aber gewiss aussagekräftiges Detail nehme ich den riesigen Penis wahr, der in Augenhöhe auf die Tür gemalt ist. Die Klingel scheint kaputt zu sein, was aber egal ist, weil das Türschloss ebenfalls kaputt ist. Ich erklimme drei Stockwerke (der Fahrstuhl ist außer Betrieb) und bin überrascht, dass die Klingel an der Wohnungstür funktioniert.

Eva öffnet mit einer Tasse Tee in der Hand (und das verrät sie schon, denn wir echten Armen, die wir eine Jacht nur von Weitem kennen, trinken niemals Tee, wenn wir nicht krank sind oder Bürgerkrieg herrscht und es sonst nichts ins Wasser zu mischen gibt). Ihre Kleidung besteht aus Hemd und knöchellangem Rock, die sie wie eine Piratenbraut der Achtzigerjahre aussehen lässt.

»Hey«, sagt sie.

»Sorry für die Verspätung.«

»Alles gut, ich bin selbst gerade erst aus der Kita gekommen.« Sie bittet mich herein. »Parkplatzprobleme?«

»Nein«, sage ich, und das stimmt ja auch irgendwie. »Ich bin mit der U-Bahn gekommen«, erkläre ich dann.

»Cool. Magst du einen Tee? Ist gerade frisch aufgebrüht.«

»Oh, gerne, ich liebe Tee.«

Alles sehr höflich, als würden wir eine Szene aus Jane Austens *Verstand und Gefühl* nachspielen. Eva geht in die Küche, während ich mich aufs Sofa setze, das sich als ebenso unbequem entpuppt wie meins. Die Wohnung ist ziemlich heruntergekommen, wenn auch nicht besorgniserregend. Sagen wir, ein frischer Anstrich würde ihr guttun, und wenn man schon dabei ist, könnte man vielleicht auch gleich neuen Fußboden verlegen.

Sie ist sparsam möbliert, fast alles alte Möbel (bestimmt hat Eva sie mit der Wohnung übernommen), aber es gibt kaum persönliche Dinge – es fehlt all der Kram, den man im Laufe der Jahre so ansammelt: Bücher, CDs, Notizhefte, Aschenbecher, Kissen, Kabel. Dinge eben.

Es gibt vier liebevoll gehegte Zimmerpflanzen, diverse Bestseller mit abgegriffenem Umschlag, eine Handvoll grottige DVDs (Ausnahme: *Der Pate* I–III), ein gerahmtes Filmplakat von *Ein Herz und eine Krone* (Gregory Peck und Audrey Hepburn auf einer Vespa, im Hintergrund der Stadtplan von Rom), einen Laptop auf einem Tisch, einen Drucker, einen blinkenden Router und eine Pinnwand voller Fotos. Ich meine, wirklich voll. Da hängen bestimmt hundert Fotos, eins über dem anderen, ohne Ordnung oder System. So sieht es zumindest aus. Ich würde gerne näher treten und sie angucken, aber das wäre sicher sehr unhöflich und könnte die vornehme englische Landhaus-Atmosphäre, die uns so hübsch gelingt, kaputt machen.

»Wie ist es gestern zu Ende gegangen?«, rufe ich in Richtung Küche. »Geht es Fran gut?«

»Ja!«, antwortet Eva. »Er wird ein paar Tage zu Hause bleiben. Zucker?«

»Zwei Löffel, bitte.«

Sie kommt mit einer großen Tasse in jeder Hand aus der Küche zurück.

»Du hast seinen Vater ja gesehen«, sagt sie und reicht mir den Tee. »Sie werden ihm das Kind noch wegnehmen. Die Leute sollten keine Kinder bekommen, wenn sie mit der Verantwortung nicht klarkommen.«

Ich nicke, starre auf die Tasse in meinen Händen und versuche mir nicht anmerken zu lassen, dass ich die Anspielung auf ihren eigenen Vater sehr wohl verstanden habe.

»Was ist mit seiner Mutter?«

Eva setzt sich im Schneidersitz auf den Flickenteppich.

»Sie ist drogenabhängig. Immer wieder im Entzug. In den letzten zwei Jahren hat sie zwei Rückfälle erlitten.« Sie pustet sanft auf ihren Tee und ergänzt: »Vorsicht, ist noch sehr heiß!«

»Alles klar.«

»Ich würde dir die Wohnung zeigen, aber das hier ist schon alles. Die Küche willst du echt nicht sehen, das Schlafzimmer ist völlig verwüstet und das Bad – na ja, auch nicht spannend.«

»Ist doch ganz schön hier.«

»Ein Loch ist diese Wohnung!«

»Okay, vielleicht ein bisschen verwohnt. Aber schön hell!«

»Das stimmt. Hier scheint den ganzen Tag lang die Sonne rein, deshalb habe ich sie auch gemietet.«

Ich trinke einen Schluck Tee und verbrühe mir Zunge und Gaumen, aber ich überspiele es mit einem Hüsteln.

»Ich hab dich gewarnt.«

»Alles gut. Sehr lecker.«

Sie nickt mit einem Lächeln und pustet noch mal in ihre Tasse. Sie hat ihren Rock umgeschlagen und zeigt Bein bis zum Oberschenkel. Ich hüstele erneut.

»Wie lange wohnst du schon hier?«

»Drei Jahre. Ist praktisch, weil es so nah an der Kita ist. Zehn Minuten Fußweg.«

»Übrigens«, sage ich. »Ich kann nicht Auto fahren.«

Das scheint sie zu überraschen, denn sie sieht mich mit erhobenen Brauen an. Sie überlegt einen Moment und fragt: »Wie hast du dann mein Auto geparkt?«

»Habe ich gar nicht. Ich habe einen Mann gebeten, der gerade vorbeikam.«

»Einen Mann?«

»Ja. Netter Kerl. Ein Chirurg.«

Eva bricht in Gelächter aus.

»Alles klar«, sagt sie. »Du konntest es nicht abwarten, das loszuwerden, oder?«

Ich zucke mit den Schultern und mache ein Gesicht wie ein braver Junge – oder wie ein Volltrottel, ich bin nicht sicher.

»Ich wette, du hast gedacht: Ich muss ihr sagen, dass ich nicht Auto fahren kann, bevor noch mehr Zeit vergeht. Sonst rutscht mir das irgendwann raus, und sie hält mich für bescheuert.«

Ich blinzle zweimal und frage: »Woher weißt du das?«

»Bekanntes Muster.« Ich will etwas Unbedarftes antworten, aber sie lässt mir keine Zeit. »Kann ich dich was fragen?«

»Sicher«, sage ich zweifelnd.

»Wie kommt man dazu, Biografien reicher Leute zu schreiben?«

Darauf kann ich antworten. Ich lehne mich mit der Tasse in einer Hand zurück und gebe ihr eine Kurzfassung meines Ausflugs in die Werbung. Ich erzähle ihr, wie ich das mit den Biografien in einem Blog entdeckt habe und wie ich mir einen Namen, einen bescheidenen Namen, in diesem Business gemacht habe. Sie hört interessiert zu, sagt in jeder Pause »Aha« und lacht ein paarmal auf, denn ich kann witzig sein, wenn ich's drauf anlege.

»Und hättest du nicht Lust, mal einen Roman zu schreiben?«, fragt sie.

»Nein«, sage ich mit absoluter Bestimmtheit. »Na ja, doch, klar.«

»Warum schreibst du keinen?«

»Ach, das ist schwer zu erklären …«

»Versuch doch mal.«

»Ich hab noch keine Geschichte gefunden.«

»Echt jetzt?«, fragt sie mich, und ich nicke. »Das ist das Problem? Dass dir keine Geschichte einfällt?«

»Na ja, mir fallen tausend Geschichten ein, aber keine ist ausreichend …« Ich mache eine Geste, die Kraft und Solidität ausdrücken soll, so als würde ich einen Apfel am Baum festhalten, was vermutlich überhaupt keinen Sinn ergibt.

»Erzähl mir eine.«

»Was?«

»Eine Geschichte. Du hast gesagt, du hast tausend, erzähl mir eine.«

Ich wehre ab. Sie bettelt. Ich: nein. Sie: bittebitte. Also gebe ich mich geschlagen. Wenn ich mich noch weiter ziere, könnte ich den Eindruck erwecken, mich nur interessant machen zu wollen, und das würde die Erwartungen ins Unermessliche steigern.

»Also gut.« Ich räuspere mich. »Wie du weißt, behaupten einige Wissenschaftler, dass es Paralleluniversen gibt.«

»Hm, ja.«

»Diese Universen sind auf einer anderen Realitätsebene angesiedelt. Wir können sie weder sehen noch hören. Eigentlich wissen wir nicht mal, ob sie existieren, weil sie außerhalb unserer Raum-Zeit-Sphäre liegen, aber es gibt mathematische Formeln, die ihre mögliche Existenz belegen wollen.«

»*Okay* ...«

»Gut, und jetzt stell dir mal vor ...« Kunstpause. »Dass es ein Universum gibt, mit seinen Menschen und seiner Geschichte und allem anderen, das sich hier auf unserer Erdoberfläche abspielt, hier, auf unserem Planeten – nur sehr, sehr schnell.«

Eva sieht mich eine Weile lang verhalten an.

»Wie jetzt?«

»Stell dir vor, dass in nur einer unserer Sekunden, genau jetzt, zwischen diesem«, ich schnipse mit den Fingern, »und diesem Moment«, ich schnipse noch einmal, »das Äquivalent zu unserer Erde entstanden ist. Genau hier. Etliche Zivilisationen sind auferstanden und gestorben, genau jetzt, während ich es erzähle. Wir können diese Menschen nie sehen, aber sie können uns sehen, und das ist der Witz an der Sache.

Für sie sind wir unbeweglich, so wie für uns die Sterne oder die Galaxien. Stell dir das mal vor, in einer Welt voller unbeweglicher Personen zu leben, zwischen eingefrorenen Autos, in der Luft stehenden Flugzeugen etc.«

Ich weiß nicht, wie ich das skizzierte *Crescendo* noch verstärken kann. Eva sieht mich beunruhigt an.

»Und das ist … ich meine, das ist deine Geschichte? Fertig?«

So, spätestens jetzt dürfte klar sein, warum ich nie Geschichten erzähle.

»Na ja, also das wäre der Background«, rechtfertige ich mich. »Die Handlung steht noch nicht.«

»Ach so«, sagt sie und blickt auf ihre Teetasse.

Ich lasse mich ins Sofa sinken und versuche, nicht beleidigt zu sein, wobei sich meine Arme automatisch vor der Brust verschränken.

»Es hat dir nicht gefallen.« Ich klinge, als wäre ich fünf Jahre alt und hätte gerade erfahren, dass die Reise ins Disneyland sich auf unbestimmte Zeit verschiebt.

»Doch, schon, ich meine nur … ist das nicht ein bisschen verworren?«

»Na ja, verworren würde ich das nicht gerade nennen, das Ding ist, dass …« Ach, scheiß drauf. »Ja, doch, total verworren. Und deshalb schreibe ich auch keinen Roman.«

»Aber nun wirf doch nicht gleich das Handtuch! Ich hab doch keine Ahnung, du siehst ja, was für Zeugs ich lese.« Ohne hinzugucken, zeigt sie auf den Stapel Taschenbücher in der Ecke. »Jetzt verteidige mal deine Arbeit!«

Ich zucke mit den Schultern. »Das Ding ist, dass du recht hast.«

»Also, mit *der* Haltung wirst du für den Rest deines Lebens Millionärstöchter interviewen.«

»So schlecht finde ich den Plan nicht.«

Das sollte ein Kompliment sein. Ein sehr dezentes zwar,

aber Eva scheint es zu bemerken, denn sie lächelt und blickt auf ihren Tee und dann wieder mich an.

»Weißt du, dass ich Gedanken lesen kann?« Sie macht Scherze. Glaube ich.

»Im Ernst?«

»Ich schwöre.« Ja, sie macht Scherze.

»Wow. Und was denke ich gerade?«

»Jetzt gerade?«

»Ja.«

»Lass mal sehen.« Sie stellt ihre Tasse auf dem Boden ab und kniet sich direkt vor mir auf den Teppich. »Ich muss mich konzentrieren. Komm näher.«

Ich komme näher, bis unsere Gesichter nur noch zwei Handbreit voneinander entfernt sind. Eva sieht mich unter halb geschlossenen Lidern intensiv an. Ich halte ihrem Blick stand, aber einfach ist das nicht. Sie hat so tiefschwarze Augen, dass es schwer ist, die Iris von der Pupille zu unterscheiden, sogar aus dieser Nähe. Solche Augen verwirren mich schon seit je, also versuche ich mich abzulenken, an etwas anderes zu denken. Zum Beispiel: der einäugige Mann, den ich in der U-Bahn gesehen habe. Die armen Gänse und die arme Leber. Die ultraweißen Zähne von Portabella, der letzte Batman-Film, der vorletzte, die Wunde von Fran und die Japaner, die vor ein paar Tagen dem Schinken applaudiert haben. So unwahrscheinlich das klingen mag; eins führt mich zum anderen, sehr fließend, bis ich bei den Japanern und dem Schinken hängen bleibe. Das führt mich zu nichts mehr und ich werde mir wieder dieser sehr schwarzen Augen bewusst, die mich so intensiv anblicken. Ich bin kurz vorm Zusammenbruch, einen Lidschlag vom Gnadengesuch entfernt, als Eva sagt:

»Okay, ich hab's.« Und sie setzt sich wieder mit entblößten Oberschenkeln in den Schneidersitz. »Du denkst: Warum wohnt die Tochter eines Millionärs in diesem abgefuckten

Haus und arbeitet in einem Kindergarten für ... wie viel, achthundert, tausend Euro im Monat?«

»Wow«, sage ich, »du bist echt gut.«

»Sag ich doch.«

»Und?«

»Was, und?«

»Warum wohnt die Tochter eines Millionärs in diesem abgefuckten Haus und arbeitet in einem Kindergarten für ... achthundert oder tausend Euro im Monat?«

Lächelnd sieht sie mich an und fragt: »Wollten wir nicht über meinen Vater reden?«

Wenn ich ehrlich bin, so habe ich nicht die leiseste Ahnung davon, was hier gerade passiert. Flirtet sie mit mir, oder macht sie sich über mich lustig? Flirtet sie mit mir, während sie sich über mich lustig macht? Ich hole das Handy aus der Tasche, und sie sieht mich neugierig an. Auch ich kann geheimnisvoll sein, wenn ich will. Ich starte die Tonaufnahme und lege das Telefon vor Eva auf den Fußboden.

»Na, dann los.«

»Was willst du wissen?«

»Erzähl mir von deinem Vater.«

»So ganz allgemein?«

»Ganz allgemein.«

»Läuft das Band schon?«

»Ja.«

»Weil, wenn du mich zitieren willst, möchte ich, dass du genau bist.«

»Das Band läuft.«

»Gut. Mein Vater ist ein egoistisches Arschloch.«

Stille.

Ich frage: »War's das schon?«

»Ich hab dir gesagt, dass ich nicht viel beizusteuern habe.«

Was, zum Geier, mache ich dann hier?

»Ich mache dir einen Vorschlag«, sagt sie, und auf meine

Frage, welchen: »Du stellst mir eine Frage, und dann stell ich dir eine.«

»Das ist aber kein richtiges Interview.«

»So wie dein Buch keine richtige Biografie ist.«

Treffer.

»Na gut«, sage ich. »Ich fange an.« Ich überfliege die Fragen, die ich heute Morgen aufgeschrieben habe, und suche die fünfte aus, nämlich: »Warum sprichst du nicht mehr mit deinem Vater?«

Eva schnaubt.

»Also. Die Kurzfassung ist, dass ich seinen Lebenswandel nicht gutheiße. Für ihn gibt es nur Arbeit. Seine Arbeit steht über allem; über der Freundschaft, der Familie, über sämtlichen Werten … So ist es, seit ich ein Kind war, es gibt nichts für ihn außer Arbeit. Er und seine Firma sind eins – der Rest der Welt interessiert ihn einen Scheißdreck. Meine Mutter starb, als ich sieben war, und er war nie zu Hause. Ich wuchs mit Leuten auf, die er dafür bezahlte, mich zu erziehen. Das hat mir schon ziemlich bald gestunken, aber ein Kind erträgt ja so einiges. Dann wurde ich älter und hörte auf, es zu ertragen. Und er hörte auf, mich zu ertragen.« Sie fällt in ein nachdenkliches Schweigen und sagt dann plötzlich: »O. k., ich bin dran.«

»Schieß los.«

»Warum bist du gestern in die Kita gekommen?«

Ich schlucke. Einmal bin ich schon um diese Frage herumgekommen, allerdings war der Preis dafür die Platzwunde am Kopf eines Kindes. Es ist unwahrscheinlich, dass ich noch mal so viel Glück habe, also versuche ich, die professionelle Distanz des erfahrenen Journalisten auf elegante Weise mit einer kleinen Schmeichelei zu verbinden.

»Ich wollte dir Tschüss sagen.«

»Ach, komm!«, lacht sie.

»Im Ernst. Es hat mir furchtbar leidgetan, dass ich dir im

Restaurant nicht Tschüss gesagt habe und … keine Ahnung. Ich dachte, ich wäre es dir schuldig.«

»Du dachtest, du wärest mir einen Gruß schuldig?«

»Ja.«

»Du bist gekommen, um mir Tschüss zu sagen?«

»Ja. Verrückt, oder?«

»Hör mal, das hier macht aber nur Sinn, wenn wir beide ehrlich sind.«

»Willst du damit andeuten, dass ich lüge?«

»Ich deute es nicht an, ich weiß es. Denk dran, dass ich Gedanken lesen kann.«

»Na, dann lies sie doch. Lies meine Gedanken und sag mir, warum ich zur Kita gekommen bin.«

Ich bin ein erbärmlicher Feigling, ich weiß!

Aber es funktioniert. Sie kniet sich wieder hin, und ich komme ihr wieder näher. Diesmal berühren sich unsere Nasen beinahe. Wir sind uns näher, als ich jemals einer vollkommen Fremden gekommen bin (wenn man die U-Bahn in der Rushhour außen vor lässt). Und das Schlimmste ist, dass ich fast alle Themen, mit denen ich meinen Geist ablenken kann, schon verschossen habe, sodass ich diesmal schutzlos in ihre Augen sehen muss. Ohne Rücksicht auf Verluste.

Auf der Richterskala wäre Evas Blick eine Neun: Vulkanausbrüche, Tsunamis, Erdbeben. Diese Augen durchdringen alles. Ich spreize die Zehen in meinen Converse-Turnschuhen, das hilft mir in schwierigen Momenten.

Ich halte es, keine Ahnung, vielleicht zwanzig Sekunden lang aus, so lang wie eine Fernsehwerbung, so lange, wie Audi braucht, um dir zu sagen, wie großartig sein neuer Wagen ist, ja, genau der, den du dir nie im Leben wirst leisten können. Es erscheint kurz, aber in zwanzig Sekunden kann man einen Schwangerschaftstest machen und feststellen, dass man ein Baby bekommt, man kann aufhören zu rauchen, wieder anfangen zu rauchen, mit seinem Partner Schluss machen, einen Präsidenten ermorden oder sogar mehrere, man kann lernen, wie die Hauptstadt von Tschetschenien heißt (Grosny) und mit einem Blick ins Internet feststellen, was in der Welt los ist. In zwanzig Sekunden kann man wirklich viele Dinge tun, und ich verbringe sie einzig und allein damit, Eva in die Augen zu sehen, bis sie mich in der einundzwanzigsten anlächelt und in einer Geste der Überraschung beide Augenbrauen zusammenzieht, als hätte sie gerade etwas entdeckt. Als hätte sie wirklich meine Gedanken gelesen.

Von allen möglichen Reaktionen sucht mein Gehirn die indiskreteste aus: Ich werde so rot wie eine dieser Tomaten, die nach nichts schmecken. Eva sieht es und lächelt noch ein bisschen mehr, ein Lächeln über dem anderen, zwei übereinanderliegende Lächeln. Das potenziert meine Röte noch einmal. Um Gottes willen. Wenn ich diese Spirale nicht stoppe, wird all mein Blut sich in meinen Wangen versammeln. Das wäre ein wirklich peinlicher Tod. Schüchterner Mann stirbt mitten im Flirt, wird die Schlagzeile lauten, vielleicht mit einem Foto von mir und der Klage meines Vaters: »Wenn er sich wenigstens Arbeit gesucht hätte!«

Abrupt springe ich auf, was sicher sehr albern aussieht, aber was soll ich machen? Es ist, was der Körper verlangt, Schluss mit dem Rede-und-Antwort-Stehen. Ich gehe zum Fenster, wenn auch nicht gerade zielstrebig, und höre, wie Eva ein Kichern entwischt. Das glaube ich zumindest, denn meine Schläfen hämmern so, dass ich nicht besonders gut hören kann.

»Sag mal«, sage ich, weil klar ist, dass ich irgendetwas sagen muss. »Hast du vielleicht ein Foto, irgendein Foto«, wiederhole ich dämlich, »von deinem Vater? Das, hm, ich glaube, das würde mir helfen. Hast du ein Foto?«

»Geht es dir gut?«, fragt sie mich vom Fußboden aus. Ich blicke versehentlich auf ihre Schenkel, die mich noch ein bisschen mehr aus der Fassung bringen, wenn das überhaupt möglich ist.

»Ja. Warum?«

»Ich weiß nicht. Du wirkst so … Egal. Fotos, ja, habe ich.«

Ich fühle mich wie ein Vollidiot. Ungefähr so, wie wenn du auf der Straße in die falsche Richtung läufst und die Hand in die Tasche steckst und so tust, als hättest du etwas vergessen, nur um zu rechtfertigen, dass du die Richtung wechselst. (Das macht doch jeder, oder?) Eva steht auf und geht zur Pinnwand. Ich komme ebenfalls näher, aber nicht zu nah. Mann, warum sind diese Dinge bloß so kompliziert? Oder mache ich sie nur kompliziert? Ja, so wird es wohl sein. Mein Leben lang waren diese Dinge kompliziert für mich. Humphrey Bogart würde sie jetzt einfach bei der Hüfte packen, umdrehen und sagen:

»Baby, jetzt zier dich nicht und küss mich endlich.«

Leider gehöre ich nicht zu dem Menschenschlag, der »Baby« oder »Zier dich nicht« sagt. Ich bin eher von dem Schlag, der sagt:

»Wow, echt viele Fotos«, wenn er viele Fotos sieht. Mehr so der transparente Typ.

»Die Pinnwand ist das Einzige, was ich mitgenommen habe, als ich bei meinem Vater ausgezogen bin.«

Aus der Nähe betrachtet, ergeben die Fotos eine chaotische Collage mit Eva als einzigem Motiv. Als Erwachsene, als Kind, alleine, mit Freunden, mit ihrer Mutter. Ich sage ihr, dass sie ihr sehr ähnlich sieht.

»Wie war ihr Name?«

»Noelia«, sagt sie ernst.

Ich betrachte Eva auf dem Fahrrad, in New York, in Paris, Eva mit Jungs und Mädchen, mit und ohne Nasenring, im Kommunionskleid und im Vampirkostüm, im Trainingsanzug auf dem Basketballfeld und zu Pferde mit langem Zopf. Eva in Rom, wie Audrey Hepburn, und in Barcelona. Eva in blond, mit Garçonschnitt, mit raspelkurzen Haaren. Eva in der Kita, mit Kindern, mit einem Schäferhund und mit Germán.

Stopp mal kurz. Was macht Germán an Evas Pinnwand?

Ich gehe näher an das Foto heran. Eine zwanzigjährige Eva posiert mit drei Jungs auf einem Bahnhof. Alle liegen in Sommerkleidung auf dem Boden, riesige Rucksäcke um sich herum gruppiert. Der athletische Oberkörper von Germán im Boca-Juniors-Trikot sticht im Mittelpunkt des Bildes hervor.

»Was hast du?«, fragt Eva.

»Germán«, sage ich und deute auf das Foto.

»Du kennst ihn?«, fragt sie überrascht.

»Er ist mein bester Freund.«

»Echt?«

»Ja. Und mein Zahnarzt außerdem.«

»Er ist Zahnarzt geworden?« Sie lacht, was ihr hervorragend steht, denn sie hat wunderhübsche, weiße Zähne. »Das war vor hundert Jahren«, sagt sie mit Blick auf das Foto, »bei einer Interrail-Reise durch Europa. Wie geht es ihm?«

»Gut, ich denke gut. Er sieht gut aus, ist verliebt und Zahnarzt; da geht es einem wohl gut, oder?«

»Bestimmt.«

»Du kennst Germán«, wiederhole ich perplex.

»Ja!«

Eva lacht und sieht mit zärtlichem Blick das Foto an, und mir kommt eine Idee, von der ich nicht weiß, ob sie brillant oder beknackt ist. Und da Vorsicht nicht zu meinen Stärken gehört, haue ich sie einfach ungefiltert raus.

»Hey, wieso machen wir nicht mal was zu viert?«

»Welche vier?«

»Na, Germán, seine Freundin Sara, du und ich. Er würde sich bestimmt freuen!«

»Meinst du?« Sie schaut noch mal das Foto an. »Ich weiß nicht. Wahrscheinlich erinnert er sich nicht mal an mich.«

»Wie könnte er jemanden wie dich vergessen?«, frage ich, und auch das soll natürlich ein Kompliment sein.

Sie sagt: »Und wenn …« – aber der verheißungsvolle Ansatz wird vom dumpfen Ton eines Schiffshorns unterbrochen. Evas Klingelton.

Sie springt auf und geht in die Küche. »Da muss ich rangehen«, sagt sie zwei Sekunden später mit dem Handy in der Hand. »Arbeit.«

»Klar, kein Problem«, sage ich.

»Iker, hi.« Knackarsch. Was der wohl will? Bestimmt weiß er, dass ich gerade hier bin, und ist besorgt. Vielleicht ist er schon seit Jahren heimlich in Eva verliebt. Das wäre tragisch: all die Jahre enger Hosen für die Katz. »Moment«, sagt Eva ins Telefon. Und dann zu mir: »Können wir wann anders weitermachen? Das wird etwas dauern.«

»Kein Problem!«, säusele ich und laufe schon wieder rot an, diesmal vor Wut auf diesen Iker. »Überhaupt kein Problem.«

»Organisierst du das Date mit Germán?«

»Echt?«, frage ich überrascht. Aber dann korrigiere ich schnell den Kurs: »Ja, logo. Ich ruf ihn gleich nachher an.«

»Super.«

»Wie kann ich dich erreichen?« Ich habe ihre Telefonnummer, Portabella hat sie mir gegeben, aber es scheint mir wenig vorteilhaft, ihr das zu sagen.

»Iker«, sagt sie ins Telefon. »Sekunde noch.«

Dann stellt sie das Mikrofon stumm, eine Funktion, die ich noch nie benutzt habe, und nimmt einen Stift vom Tisch. Ohne noch etwas zu sagen, ergreift sie meine rechte Hand und schreibt ihre Telefonnummer darauf.

»Am besten freitags oder samstags, ich kann nicht verkatert zur Arbeit gehen.« Mit einem Lächeln fügt sie hinzu: »Warte mal.«

Sie geht in ihr Schlafzimmer und kehrt mit einer vergilbten Zeitschrift zurück. Auf dem Cover ein Foto von Eduardo Monteis, Überschrift: *Radiografie eines Selfmade-Man*.

»Das ist alles, was ich beitragen kann. Vielleicht nützt es dir ja.«

Als ich mein Handy vom Boden aufsammle, wird mir klar, dass ich alles auf Band habe: das Rede-und-Antwort-Spiel, die 20-Sekunden-Stille und unsere Kommentare zu den Fotos. Ich schließe die App, während Eva ihr Telefonat aufnimmt, dessen Tonfall mit jedem Satz ernster klingt. Soweit ich verstehe, wird Frans Vater diesmal echten Stress kriegen. Jemand hat angerufen, um »wegen gestern« nachzufragen, und Knackarsch, der der Oberchef in der Kita zu sein scheint, musste Rapport geben. Eva sagt zweimal: »Das arme Kind«, und das zweite Mal ist es nur noch ein Flüstern.

Ich verabschiede mich mit einem stummen Winken, um sie nicht zu unterbrechen. Eva zwinkert mir zu und formt mit den Lippen ein Tschüss.

Als ich aus der Haustür trete, bin ich so nervös, dass ich mich in der Richtung vertue. Ich stecke die Hand in die Tasche, gebe vor, etwas vergessen zu haben, und drehe um.

Kapitel 12

Germán erinnert sich an Eva, und ein gemeinsames Abendessen scheint ihm eine fabelhafte Idee. Sara ist allerdings noch begeisterter.

»Die verkappte Bonze?«, fragt sie mich.

»Sie ist keine Bonze …«

»Ha! Wusst ich's doch. Lüg mich nie wieder an!«

Um die Reservierung kümmere ich mich, Germán traue ich da nicht mehr; ich will mich beim Essen nicht um meine Physis sorgen müssen.

Wir treffen uns in einer Bar neben dem Restaurant. Für Eva und Germán ist es ein Wiedersehen nach sechzehn Jahren. »Ich fasse es nicht!«, »Was für ein Zufall!« und so weiter. Sie sind sich beide einig, dass sie sich überhaupt nicht verändert haben und dass das alles wirklich unglaublich ist. Ich war so vorausschauend, die Verabredung auf eine Stunde vor der Tischreservierung zu legen, damit die Nostalgie bis zum Essen erschöpft ist. In der Bar wird natürlich von nichts anderem gesprochen.

August 1999. Ricky Martin führt weltweit die Charts mit einem Song namens *Livin' la vida loca*, der das Schlimmste der lateinamerikanischen Populärkultur mit dem Schlimmsten der angloamerikanischen verbindet. Eva, die soeben ihr erstes Studienjahr in Psychologie mit Bestnoten abgeschlossen hat, beschließt, als alleinreisende Backpackerin eine Europareise per Zug zu machen. Und auf einem Bahnhof, nämlich dem Mailänder Hauptbahnhof, lernt sie Germán und seine zwei Freunde, einen gewissen Carlos und einen gewissen Miguel, kennen. Sie sind sich sympathisch, klauen gemeinsam Obst von Straßenständen und tanzen zu Ricky Martin in den letzten Kaschemmen. Alles super. Europa ist ein Vergnügungsparadies, und sie sind kaum zwanzig Jahre alt. Sie verbringen den Rest ihrer Reise gemeinsam, bis sie nach Madrid zurückkehren und sich für immer verabschieden, denn das Leben war auch 1999 einfach nur das Leben.

Das Gespräch zwischen Eva und Germán ist voller Insider (dieser Penner in Prag, jene Bardame in Berlin), was bei Sara und mir ausgeprägte und gut vertuschte Langeweile hervorruft.

Beim Essen sind wir aber alle wieder in fröhlicher Plauderlaune, es gibt keine einzige unangenehme Pause, kein »Soso« oder »Und sonst?«. Wir essen und trinken und sind bester Dinge. Sara kommt auf mein Buch zu sprechen, was Eva mit einem Themenwechsel sofort gekonnt abwehrt, so ein schönes Restaurant, und Sara versteht die Botschaft. Eva ist eine dieser Personen, die selbst unter Menschen, die sie kaum kennen, eine angenehme Atmosphäre schaffen können. Ganz im Gegensatz zu mir.

Erwähnenswerter Dialog I:

»Ist es nicht unglaublich«, fragt Germán mit strahlendem Lächeln, »dass wir uns nach so vielen Jahren auf diese Weise wiedersehen?«

»So unglaublich auch wieder nicht«, sagt Eva.

»Nein?«, fragt Sara.

»Aber sicher ist das unglaublich!«, sagt Germán und ergänzt: »Wie wahrscheinlich war es denn, dass wir uns wiedersehen?«

»Keine Ahnung, aber – wisst ihr, was die Illusion der Kontrolle ist?«

Allgemeines Kopfschütteln.

»Ein Schnitt, eine Fehlstelle in unserer Wahrnehmung«, sagt Eva, die Psychologin. »Unser Gehirn ist darauf programmiert, die Bedeutung des Zufalls für unser Leben klein zu halten. Wir wollen Zufällen keine Bedeutung beimessen. Wir löschen sie aus, als würden sie nicht existieren, weil wir daran glauben müssen, dass wir über die Dinge, die uns geschehen, die Kontrolle haben. Also versieht unser Hirn sämtliche Zufälle mit immenser Bedeutung, auch wenn gar keine da ist. Könnt ihr mir folgen?«

Sara und ich schütteln die Köpfe, Germán wagt ein »So lala«.

Eva zeigt auf Germán und Sara.

»Ihr beide, zum Beispiel. Wie habt ihr euch kennengelernt?«

»Nach meinem Unfall«, sagt Sara. »Ich musste zum Zahnarzt, weil mehrere Zähne angeschlagen waren. Die Schneidezähne sind neu.« Sie zeigt ihre Zähne.

»Sieht gar nicht so aus«, sagt Eva.

»Er hat sie angepasst«, sagt Sara und zeigt auf Germán, der das Victoryzeichen macht.

»Und ihr habt euch verliebt«, schlussfolgert Eva. »Aber erst, nachdem der Zufall euch zusammengeführt hat. Habt ihr euch das ausgesucht? Sicher, aber nur zu einem gewissen Grad.«

»Aber das ist doch völlig klar«, werfe ich ein, um irgendetwas beizusteuern. »Wir wählen aus den Optionen, die sich uns bieten. Wenn wir alle Menschen der Welt kennen würden, wäre niemand mehr mit seinem Partner zusammen, weil jeder jemanden finden würde, der besser zu ihm passt.«

»Die bessere Hälfte«, sagt Sara.

»Ja, aber darum geht es nicht«, sagt Eva. »Es geht darum, dass wir psychologisch gesehen darauf angewiesen sind, zu verneinen, dass das Leben eine Anhäufung von Zufällen ist, an die wir uns anpassen. Wir sind darauf angewiesen, zu glauben, dass wir für unser Leben verantwortlich sind, obwohl es eigentlich nicht so ist. Überhaupt nicht. Niemand ist verantwortlich. Wir sind rationale Wesen, die zufällig aufeinanderprallen und sich permanent selbst davon überzeugen müssen, dass jeder Zusammenstoß bewusst gewählt ist.«

Erwähnenswerter Dialog II, anderthalb Flaschen Wein später:

»Kennt Eva schon deine Theorie über die Liebe?«, fragt Sara mich.

»Was für eine Theorie?«, will Eva wissen und sieht Sara an, dann mich und dann wieder Sara.

»Dani«, erklärt Sara, »hat ein ganzes Theoriegebäude um die romantische Liebe errichtet.«

»Ja«, ergänzt Germán, »er hält sie für eine weltweite Verschwörung.«

Um meinen Ruf zu retten, oder was immer zu diesem Zeitpunkt noch von ihm übrig ist, muss ich eingreifen:

»Das ist nicht wahr«, sage ich. »Ich betrachte sie nicht als weltweite Verschwörung. Und es ist auch keine Theorie.«

»Erzähl mal«, bittet Eva mich.

»Nein.«

»Ach, komm schon, ich rede schon den ganzen Abend lang Quatsch, jetzt steuere doch auch mal was bei!«

Germán sieht mich mit einem halben Grinsen an, und Sara übernimmt die andere Hälfte. Sie sind ein so perfektes Paar, dass sie sogar zu einer Einheit verschmelzen, wenn sie ihren besten Freund ärgern wollen. Mit feierlicher Geste nehme ich die Serviette von meinem Schoß und erhöhe so bloß die Erwartungen.

»Also gut. Aber es ist keine Theorie.« Ich räuspere mich. »Es ist bloß, dass ich die Romantik« – Eva kneift konzentriert die Augen zusammen – »so, wie die Mehrheit der Menschen sie begreift, für …«

Ich mache eine Pause. Alle sehen mich an.

»... für eine kollektive Illusion halte.«

Pause. Sara und Germán beobachten die Reaktion von Eva.

»Aha«, sagt sie schließlich. »So wie eine Halluzination.«

»Ja, genau. Eine allgemeine Halluzination, die ganz wesentlich vom Kino genährt wird, und von der Literatur. Ein bisschen auch von der Musik.«

»Wow«, sagt Eva mit einem kleinen Lächeln.

»Wart's ab«, sagt Sara zu ihr, »er läuft gerade erst warm.«

Ich nehme einen Schluck Wein und fahre fort.

»Nun, in meinen Augen ist die Romantik bloß ein Aushängeschild. Mehr nicht. Ein Konzept der Marketingabteilungen, um Filme, Bonbons und Wochenendtrips zu verhökern. An das die Leute glauben sollen, damit ... Wie soll ich sagen?«

»Damit sie weitermachen?«, fragt Eva.

»Richtig. Damit sie weitermachen. Es ist wie eine Art Placebo.«

Eva nickt langsam, nachdenklich, den Blick zwischen den Krümeln auf der Tischdecke versenkt. Sara und Germán beobachten sie erwartungsvoll, doch Eva sagt nur:

»Aber das Placebo funktioniert.«

»Was?«

»Das Placebo führt dazu, dass sich die Menschen besser fühlen. Es mag eine Illusion sein, aber es wirkt. Was macht es schon, wenn etwas nicht echt ist, seine Effekte aber doch?«

Ich fasse es nicht. Kann es sein, dass diese Frau gerade mit einem Dutzend Wörter eine meiner elaboriertesten Grundüberzeugungen zum Einsturz gebracht hat? Nein, das kann nicht sein. Das muss am Wein liegen. Ja, genau, der Wein verwirrt mich, er verzögert meine Reflexe.

»Was ich sagen will«, fährt Eva fort, »ist: Selbst wenn du recht hast und das, was wir für Romantik halten, nur ein ausgebufftes Marketingprodukt ist – was macht das schon, solange die Suche danach uns glücklich macht?«

Germán und Sara sehen mich an, wie das Tennispublikum beim Tiebreak.

»Sie macht uns vielleicht eine Zeit lang glücklich«, sage ich. »Aber früher oder später enden wir alle frustriert. Man kann ja nicht ein Leben lang ein Trugbild verfolgen.«

»Ach so«, sagt Eva, und es ist klar, dass sie an ihrem Gegenargument arbeitet, als handele es sich hier nicht um eine harmlose abendliche Unterhaltung, sondern um einen wirklich wichtigen Gegenstand, dessen Erörterung dringend zu Ende geführt werden muss. Germán und Sara erwarten mit Spannung den nächsten Aufschlag.

»Weißt du, was ich glaube?«, fragt Eva mich und legt die Arme hinter die Lehne ihres Stuhls, ganz wie ein Westernheld. »Ich glaube, du hast in einer Sache recht: Das ist keine Theorie. Das ist ein Verteidigungsmechanismus, den du dir zurechtgelegt hast, sicherlich mit einigem intellektuellem Einsatz, um nicht vor Entsetzen zusammenzubrechen angesichts der erschreckenden Möglichkeit, niemals in deinem Leben etwas ansatzweise Ähnliches zu fühlen wie die Menschen, die von sich behaupten, verliebt zu sein.«

Wenn der Stolz Geräusche machen würde, hätte Evas in diesem Moment im gesamten Restaurant widergehallt.

»Derlei Andeutungen kannst du dir sparen«, sage ich.

»Ich meine das ganz ernst«, sagt sie, stützt ihre Ellenbogen an der Tischkante auf und löst die Revolverheld-Position. »Nach deiner Logik soll niemand nach Glück streben, weil es vielleicht gar nicht erreichbar ist. Lasst uns also traurig und gebeugten Hauptes vor uns hin leben, denn das Leben wird nie so sein, wie wir es uns erhoffen! Diesen Ansatz teile ich nicht. Hoffnung kann man nicht rationalisieren.«

»Dani kann das«, wirft Sara ein.

»Der Quijote!«, schreie ich plötzlich, und mehrere Restaurantgäste drehen sich konsterniert zu mir um.

»Was ist mit dem Quijote?«, fragt Eva, ebenfalls irritiert.

»Großes literarisches Meisterwerk, erster Roman der Weltliteratur, o. k.?«

»Ja, ich kenne *Don Quijote*.«

»Ja, und worum geht's? Um die Liebe!« Die Leute am Nachbartisch drehen sich erneut zu mir um, aber ich bin unfähig, die Lautstärke zu drosseln, ich bin zu sehr damit beschäftigt, meine These zu verteidigen. »Es geht um einen komplett durchgeknallten Typen. Alle Welt durchschaut das, genauso wie man die Sache mit den Windmühlen und den Rittergeschichten durchschaut, aber die Leute vergessen, dass Don Quijote all das nur wegen Dulcinea macht, all seine Entscheidungen trifft er ihretwegen. Der wichtigste Roman der Weltliteratur handelt davon, wie ein Mann vor lauter Liebe durchdreht! Was sagt das denn über unsere Kultur?«

»Es lässt sie sehr gut dastehen«, sagt Eva und hebt ihr Glas. »Auf Don Quijote de la Mancha!«

Sara und Germán beeilen sich, ihre Geste mit einem Lächeln zu imitieren. Ich ziere mich ein wenig, erhebe aber schließlich ebenfalls mein Glas.

»Auf Don Quijote«, wiederhole ich ergeben.

Nach dem Essen gehen wir noch in eine Bar, aber kaum, dass wir drin sind, überkommt Sara eine unbändige Müdigkeit, beinahe übernatürlich plötzlich. Sie gähnt dreimal hintereinander und sagt dann:

»Also, Leute, wir verabschieden uns.«

Natürlich will ich, dass sie gehen, aber trotzdem protestiere ich. Die Heuchelei ist gesellschaftlich schließlich akzeptiert, wenn nicht sogar erwünscht. Man nennt sie auch *Höflichkeit*.

»Echt?«, frage ich also leicht zerknirscht. »Aber es ist doch noch total früh!« Und ich zähle die Sekunden, bis sie endlich weg sind.

Germán und Eva tauschen Telefonnummern aus – »Klingel demnächst mal bei mir durch«, »So eine Freude, dich wiederzusehen«, »Das müssen wir unbedingt mal wiederholen« – und Sara telepathiert mir währenddessen: »Ruf mich morgen an!«

Ich nicke, und sie grinst.

Als sie endlich weg sind, suchen Eva und ich uns einen Tisch. Sie sagt, dass sie alle beide bezaubernd sind und dass ich mich glücklich schätzen kann, sie an meiner Seite zu haben. Ich sage ihr, dass ich das weiß, und genau dann kommt diese erste unangenehme Stille des Abends. Um sie zu überspielen, schauen wir beide ein bisschen in der Gegend umher. Wir sind in einem Irish Pub gelandet. Ich nehme einen Schluck von meinem Schwarzbier und finde, dass das Gejaule von Bruce Springsteen etwas zu laut ist. Ich suche nach einem unverfänglichen Gesprächsthema, nicht zu seicht und nicht zu komplex, etwas, das mir erlaubt, meine Intelligenz sprühen zu lassen und zugleich meine nicht zynische humanistische Ader zu zeigen, mein Interesse an allerlei menschlichen Belangen. Der Klimawandel kommt mir in den Sinn, keine Ahnung, warum. Macht auf jeden Fall was her als Thema, keine Frage, eine der großen Herausforderungen unserer Zeit, aber mir fällt nichts Gutes als Einstieg ein.

»Und, trennst du Müll?« – Nein, zu brüsk, das würde ja wie ein Verhör erscheinen. Außerdem würde ich sie in eine unschöne Situation bringen, wenn sie keinen Müll trennt. Ich würde sie nötigen, zu lügen oder sich zu rechtfertigen. Sie würde sagen, dass sie nur Platz für einen einzelnen Mülleimer hat oder dass sie immer nicht weiß, was nun alles »Bio« ist und was »Rest«, irgendeine blöde Ausrede, die mich zwingen würde zu sagen: »Ja, klar, sicher«, und eine neue, nur noch unangenehmere Stille provozieren würde. Andererseits – sollte ich nicht wissen, ob diese Frau die Umwelt respektiert, bevor das hier ernst wird? Was ist, wenn es zwischen uns knistert und wir zu mir gehen oder zu ihr und sich was entwickelt, wir uns verlieben und ein Kind bekommen? Welche Werte würde jemand meinen Nachkommen vermitteln, der nicht einmal Müll trennt?

Ich bin kurz davor zu sagen: »Es ist unglaublich, was wir dem Planeten antun«, weil es mir eine sanfte Einleitung in das Thema erscheint, als Eva fragt:

»Und, wie lebt es sich so als Schriftsteller?«

Na gut, o. k., auch kein schlechtes Thema.

»Nun ja, also, ich bin ja nicht wirklich Schriftsteller.«

»Aber man bezahlt dich doch fürs Schreiben.«

»Ja.«

»Dann bist du auch ein Schriftsteller, oder nicht?«

»Ähm, ja, also …« Oh mein Gott.

»Und, wie ist das so?«

»Tja. Manchmal komme ich den ganzen Tag lang nicht aus dem Schlafanzug heraus.«

»Das klingt aber nicht sehr hygienisch!«, lacht Eva.

»Doch, doch, ich bin sehr reinlich, ich dusche fast jede Woche.«

»Oh, das dachte ich mir gleich, als ich dich sah.«

»Und wie ist es so, reich zu sein?«

»Langweilig. Obwohl man auch gut den Tag im Pyjama verbringen kann.«

»Mit dem Unterschied, dass du ihn auf deiner Jacht verbringen würdest.«

»Ich habe nie eine Jacht besessen. Ich hatte einen Katamaran. Keine Ahnung, was aus dem geworden ist. Mein Vater wird ihn wohl verkauft haben«, sagt sie achselzuckend.

»Fehlt dir der Luxus nicht?«

»Kein bisschen. Ich habe mich noch nie so wohlgefühlt wie im Moment. Ich mag mein Leben, und ich mag mich selbst. Oh, Hilfe, fange ich an zu philosophieren? Wenn ich philosophiere, musst du mich stoppen!«

»Ach was«, sage ich. »Dafür ist der Alkohol doch erfunden worden. Damit man ab und zu ins Philosophieren kommt.«

Wir reden über ein paar Dinge, die man als »ernsthaft« im erwachsenen Sinne des Wortes bezeichnen könnte, zum Beispiel die Unmöglichkeit, in diesen Zeiten würdige Arbeit zu finden, unser geteiltes Misstrauen sämtlichen Politikern gegenüber und, keine Ahnung, wie wir darauf kommen, billige Arbeitskräfte in der Dritten Welt. Irgendwann landen wir bei trivialeren Themen und tauschen unsere Meinungen über den verstorbenen Kurt Cobain aus (ein großer Künstler, finde ich; ein talentierter Junkie, findet sie), unsere Vorlieben in Sachen Film (ich: unsterbliche Klassiker; sie: Blockbuster mit wenig bis keinem Anspruch); unseren literarischen Geschmack (ich: Kundera und Carver; sie: Le Carré und Grisham) und unsere gemeinsame Liebe zu chaotischen Städten (ich: Lissabon; sie: Rom).

Nach einem Bier sind wir uns einig, genug Irland für eine Nacht genossen zu haben, und machen uns auf die Suche nach einer weniger stereotypen Location. Wir müssen gar nicht groß darüber reden, was ich wunderbar finde. Niemand sagt: »Wenn ich schon mal ausgehe«, Punkt, Punkt, Punkt. Ich schaue sie einfach an und frage: »Noch eins?«, und sie sagt: »Gern, wo?«

Es heißt, dass Madrid die Partystadt der Achtzigerjahre war. Ich lernte damals gerade Mama sagen und schiss eine Windel nach der anderen voll, sodass ich nicht gerade von dem grandiosen Nightlife profitierte, das die Stadt zu jener Zeit zu bieten hatte. Wer dabei war und noch sprachmächtig ist, behauptet, es sei einmalig gewesen. Das Freiheitsgefühl und die Experimentierfreudigkeit, die in der Luft gelegen hätten. Das war vor dreißig Jahren, und ich schwöre, dass davon kein Quäntchen mehr übrig ist, auch wenn die ein oder andere Kneipe noch von ihrem guten Ruf lebt.

In einer dieser Kneipen landen wir, eine, die seit dreißig

Jahren weder Outfit noch Personal geändert hat – vermutlich wurde noch nicht einmal gefegt. Aus den Boxen wummert irgendein moderner Schrott in voller Lautstärke, eine Unterhaltung scheint zwecklos. Der Weg zum Tresen kostet uns drei Minuten vollen Ellenbogeneinsatz. Wir bestellen zwei Bier, weil Mischen nicht gut ist, und finden einen Platz ganz hinten in einer Ecke, wo die akustische Tortur zwar schwer zu ertragen, aber nicht tödlich ist.

»Ich war seit tausend Jahren nicht mehr hier!«, schreie ich.

Eva bewegt sich im Rhythmus der Musik. Ich weiß nicht, ob ich das schon Tanzen nennen würde. Sie bewegt die Hüften und auch die Beine, allerdings nur ein bisschen. Sie wackelt langsam, aber nachdrücklich mit dem Kopf und beißt sich auf die Unterlippe, was vermutlich so viel heißt wie:

»Wow!« Und noch konkreter: »Ich liebe dieses Lied!«

Ich nicht, aber ich denke, diese Information ist derzeit irrelevant.

»Tanzt du nicht?«, schreit Eva mich an.

Normalerweise nicht. Aber ich schätze, dass ich heute eine Ausnahme machen kann. Oder es zumindest versuchen. Um ehrlich zu sein, haben der Rhythmus und ich uns noch nie besonders gut verstanden. Mein armer Gitarrenlehrer hat mir gleich drei oder vier nervöse Ticks zu verdanken. Zu seiner Erleichterung und zum Wohle der Musik im Allgemeinen habe ich das Gitarrenspiel schnell wieder aufgegeben.

Diese ganze Gedankenkette runterzuleiern würde mir die Kehle aufscheuern, weshalb ich mich darauf beschränke, mich zur Antwort ein bisschen hin und her zu wiegen. Ich könnte sagen, dass ich nicht viel tanze, wenn der Tanz denn eine quantitative Angelegenheit wäre. Ich meine: Ich bewege ein bisschen die Füße und die Hüfte. Die Schultern auch, ein ganz klein wenig, beinahe unmerklich scheint mir, vor allem inmitten so vieler Menschen, die mich von allen Seiten anstoßen. Im Allgemeinen hat meine Tanztechnik viel Ähnlichkeit mit einem epileptischen Anfall, aber Eva scheint das nicht zu stören. Im Gegenteil: Ich nehme an, es amüsiert sie, denn sie beginnt, mich mit breitem Grinsen nachzuahmen, sodass wir schon zwei Epileptiker sind.

Es ist keine Neuigkeit, wenn ich auf das Paradox aufmerksam mache, dass die Masse die Einsamkeit akzentuiert. Das hat viele Nachteile, zum Beispiel, dass sich die Leute in der Großstadt Katzen zulegen und ihnen homöopathische Mittel verabreichen. Aber es hat auch Vorteile. Hier, in der hinterletzten Ecke der Kneipe, beinahe im Dunkeln und umringt von Leuten, die ihr eigenes Wort kaum verstehen, erlaubt es mir allergrößte Intimität. Als wären Eva und ich allein auf der Welt. Das, zusammen mit den drei Flaschen Wein vom Abendessen und den vier großen Bier danach, weckt in mir ein seltsames Humphrey-Bogart-Gefühl, wenn auch in unbeholfen-arhythmischer Version. Mitten in unserem epileptischen Anfall beuge ich mich zu Eva und schreie ihr ins Ohr:

»Ich habe dir neulich gar nicht geantwortet!«

»Was??«

»Ich habe dir nicht geantwortet!«

»Worauf??«

»Darauf, warum ich zur Kita gekommen bin!«

Eva geht einen halben Schritt zurück (mehr geht nicht), um mir in die Augen zu sehen. Ich brauche vor lauter Strobo und Alkohol ein paar Sekunden, um sie scharf zu stellen. Als es mir gelungen ist, sehe ich, dass sie lächelt.

»Und?«, fragt sie mich belustigt.

»Ich wollte dich sehen!«

Evas Lächeln wird breiter. Dann kommt sie wieder näher und küsst mich auf den Mund. Es ist ein schneller und kurzer Kuss, den ich vor lauter Überraschung nicht mal genießen kann. Als ich gerade reagieren will, fragt sie in mein Ohr:

»Hast du Bier zu Hause?«

Kapitel 13

Jedes Geschlecht hat seine eigenen und nicht übertragbaren Tragödien; Debakel, mit denen man leben muss, bloß weil man als Mann oder Frau zu einer bestimmten Zeit und in einem bestimmten Teil dieser Erde zur Welt gekommen ist.

Bei Frauen sind es die ungleichen Chancen im Job und die schlechteren Löhne, die tägliche Konfrontation mit Patriarchat und Machismo, die Sexualisierung des weiblichen Körpers in der Werbung, Cellulite und der gesellschaftliche Druck, Karrierefrau, liebende Mutter und Sexbombe in einem zu sein.

Wir Männer haben die Wampe.

Ohne der Menge der weiblichen Tragödien auch nur einen Funken ihrer Bedeutungsschwere absprechen zu wollen, kann ich aufgrund meiner Erfahrung sagen, dass die Wampe eine echte Bürde ist. Sie kommt um die dreißig. Gerade fragst du dich, was du mit deinem Leben anstellen willst und warum, zum Teufel, es so wenig Ähnlichkeit mit dem hat, was du dir als Student so vorgestellt hast, als du plötzlich bemerkst, dass dein Bauch doppelt so viel Fläche einnimmt wie am Tag davor. Wie ist das möglich, was ist geschehen? Sicher, du ernährst dich schlecht, aber das hast du immer schon getan, und es war nie ein Problem.

Die meisten Typen, die ich kenne, mich selbst eingeschlossen, durchlebten als Reaktion auf die Wampe zunächst eine Phase der Negierung, als sei ihr Bauch nur eine vorübergehende Halluzination, eine abdominale Fata Morgana. Man hofft einfach, dass sich das von alleine reguliert. Dass das Fett eines Morgens, wenn man aufsteht, weg ist und an seiner Stelle ein Brief von Mutter Natur, die für ihren Fehler um Verzeihung bittet und einem wünscht, dass die Hamburger und das Bier weiterhin gut schmecken mögen.

Leider ist kein Fall von einem selbstverschwindenden Bauch bekannt, schon gar nicht durch mysteriöse kosmologische Energie. Ein Durchschnittsmann ohne besondere Arroganz braucht in etwa eineinhalb Jahre, ehe er akzeptiert, dass er in der Sache selbst aktiv werden muss. Im Anschluss an diese Phase der Akzeptanz bleibt ihm nichts anderes übrig, als Mut zu sammeln, Laufschuhe zu kaufen und zu rennen, als verfolgten ihn all seine Jugendträume mit einem Messer zwischen den Zähnen.

Ich befinde mich in genau dieser Phase. Ich laufe ein- oder zweimal pro Woche, exakt vierzig Minuten lang, und versuche, mich mit Kohlenhydraten zurückzuhalten. Das hat mein Bauchvolumen beachtlich verringert, und auch wenn es nicht zu seiner jugendlichen Form zurückgefunden hat, so hat es doch würdige Ausmaße erreicht.

Es ist jedenfalls kein Anlass zur Sorge an einem beliebigen Mittwoch im März. Auch nicht an einem Montag beim Aufstehen oder an einem Donnerstag, wenn du dir ein paar Würstchen zum Abendessen brätst. Es ist allenfalls dann besorgniserregend, wenn du um zwei Uhr morgens auf dem Heimweg bist und eine Frau an deiner Seite hast.

»Da vorne ist es«, zeige ich ihr meine Haustür.

Diese Dinge sind mir noch nie leichtgefallen. Ich frage mich, ob sie irgendjemandem leichtfallen. Ob es auch nur eine Person auf der Welt gibt, die sich in dieser Situation wohlfühlt und weiß, was wann und wie zu sagen und zu tun ist.

Den Weg von der Kneipe hierher haben wir mit unverfänglichen Gesprächsthemen verbracht: das Wetter, die Sperrstunde und die Chinesen, die nachts Bier und Reis verkaufen. Jedes Thema ist willkommen, um peinliche Schweigemomente zu vermeiden.

Die vier Stockwerke im Fahrstuhl sind eher unbequem; wir können nicht nach vorne gucken, da ein Fahrstuhl bekanntlich kein »Vorne« hat. Er hat eine Tür und die Plakette mit den Zahlen darauf, und da schauen wir hin, auf die Zahlen, und wir überbrücken den unbequemen Moment mit einem Wortwechsel darüber, wie klug das Mietwohnen ist und wie beruhigend es ist, zu wissen, dass man jederzeit ausziehen kann. (Was soll ich machen, soll ich sie küssen? Und warum sollte ich das machen? Warum küsst sie mich nicht? Na gut, streng genommen bin ich jetzt dran, oder?)

Wir betreten meine Wohnung ohne Kuss, und Eva sagt: »Wow, so viele Bücher!« Ich ziehe meine Jacke aus, werfe sie auf das Sofa und empfehle Eva, dasselbe zu tun.

»Mach es dir bequem, ich hole uns ein Bier.«

Sie sagt okay und dass sie vorher noch ins Bad geht. Ich flüchte in die Küche und stecke den Kopf in das Gefrierfach. Nicht komplett, denn er passt nicht ganz rein, aber zumindest so weit, dass meine Schädeldecke etwas abkühlt. Ich kann im Kalten besser denken. In Norwegen wäre ich sicher ein Genie. Mit zwei Bier in der Hand kehre ich ins Wohnzimmer zurück und mache auf dem PC Musik an. Ich wähle eine Playlist mit dem Titel *Ruhig 2*, die noch ein bisschen ruhiger ist als *Ruhig 1*. Das erste Wispern von Carla Bruni wird von der Klospülung übertönt.

Eva kommt aus dem Bad und setzt sich aufs Sofa, ich lasse mich in den Sessel fallen, jeder ein Bier in der Hand.

»Wie seltsam das alles ist, oder?«, fragt sie mich.

Und ich sage, dass ich dem zustimmen könnte, jedoch eine Präzisierung vorziehen würde, bevor ich mich äußere.

»Das hier«, sagt sie, »dass ich hier bin. Als du in der Kita aufgetaucht bist, dachte ich, mein Vater schickt dich. Du warst mir nicht gerade auf den ersten Blick sympathisch.«

»Ja. Hab ich gemerkt. Ich dachte, dass« – ich bin kurz davor, Knackarsch zu sagen, kann mich aber gerade noch bremsen – »dein Kollege mich verprügeln will.«

»Iker?« Sie lacht auf. »So ein Quatsch, Iker würde niemanden verprügeln. Er ist ein Engel.« Mentale Notiz: Knackarsch ist ein Engel. »Und was hattest du für einen Eindruck von mir?«

Ich könnte es ihr vorlesen. Ich habe es in meinem Tagebuch festgehalten, ich sehe es von hier aus. Aber ich fürchte, was da steht, ist nicht, was sie hören will.

»Ich weiß nicht«, sage ich.

»Ach, komm. Natürlich weißt du das.«

Carla Bruni füllt die Stille in schönstem Französisch. Nicolas Sarkozy kommt mir in den Sinn, aber ich verdränge ihn sofort aus meinem Kopf.

»Also«, sage ich und bereite mich auf eine Improvisation vor. »Ich hatte den Eindruck … dass ich nicht ganz schlau aus dir werde.«

»Was soll das denn heißen?«

»Ich bin es gewöhnt, die Leute auf Stereotypen zu reduzieren. So wie alle das machen, nur dass die meisten es nicht zugeben. Im Gegensatz zu mir.«

»Stereotypen«, wiederholt Eva.

»Ja. Da gibt es den erbarmungslosen Aufsteiger, den erfolglosen Dummen, den komplexbehafteten Fiesling, den sensiblen Klugen, den versteckten Egozentriker … und so weiter, du weißt schon.«

»Und welchem Stereotyp entspreche ich?«

»Das ist ja das Problem, du passt in kein Stereotyp.«

»Wow.«

»Was?«

»Du bist ein ganz schöner Spinner!«

»Hm«, mache ich und zucke mit den Schultern.

»Das ist alles, was du an dem Tag gedacht hast?«

»Ja. Nein. Ich habe auch über deine Füße nachgedacht.«

»Meine Füße.« Sie schaut auf ihre Sandalen. »Was ist mit meinen Füßen?«

»Nichts. Sie sind schön.«

»Hast du einen Fußfetisch?«

»Nicht, dass ich wüsste. Wenn ich ehrlich bin, habe ich nie zuvor auf die Füße von jemandem geachtet. Das lag an deinem Fußkettchen. Das hat mir gefallen.«

Eva streift die Sandalen ab und streckt mir den linken Fuß entgegen, den mit dem Fußkettchen, genau auf Höhe meiner Augen.

»Du kannst ihn dir gerne genauer angucken, wenn du möchtest.«

Ich nehme ihren Fuß in die Hände, aber um ehrlich zu sein, habe ich keine Ahnung, was ich mit ihm anstellen soll. Was macht ein fünfunddreißigjähriger Kerl mit einem fremden Fuß an einem Freitagabend? Nach einer raschen Vergegenwärtigung der naheliegendsten Optionen entscheide ich, dass es das Kohärenteste ist, ihn zu küssen, und das tue ich. Ich entscheide mich für den Rist, und Eva schließt die Augen. Carla Bruni beendet ihr Lied, und ein Fado erklingt. *Lágrimas do céu*, Tränen des Himmels. Eva zieht ihren Fuß zurück und steht auf.

»Lass uns tanzen.«

Das ist ein Befehl, und ich akzeptiere ihn. Es ist klar, dass ich mich werde anstrengen müssen, meine Epilepsie hat diesmal keine Chance auf Erfolg. Ich ziehe meine Schuhe aus, um das Risiko zu verringern, und wir umarmen uns inmitten des Wohnzimmers. Eva legt ihren Kopf an meine Schulter.

»Das ist traurig«, flüstert sie.

»Was ist traurig?«, frage ich.

»Das Lied.«

»Soll ich ein anderes anmachen?«

»Nein.«

Wir tanzen zwischen dem Tisch und meinem billigen und unbequemen Sofa, zwischen der Küche und dem Bad, umgeben von Büchern und Tagebüchern und Notizheften und DVDs. Für ein paar Minuten tanzen wir beinahe bewegungslos. Dann sieht Eva mich an, und ich sehe sie an, wobei es mir nicht gelingt, sie komplett zu fokussieren. Sie ist in ein surreales Licht getaucht und wirkt ganz verschwommen, bis auf ein Paar vernebelte Augen und ein Paar halb geöffnete Lippen.

An diesem Punkt angekommen, scheine ich keine andere Wahl zu haben, als 1) die Augen zu schließen und sie 2) zu küssen. Ich handle also in dieser Reihenfolge, und die Biologie erfüllt ihren Auftrag mit wunderbarer Normalität. Ich könnte nicht sagen, ob es ein sehr langer Kuss ist oder eher eine überaus dichte Folge mehrerer kurzer Küsse. Ich weiß, dass wir bald darauf auf meinem Schreibtisch liegen und dass mein Hemd bis zum Bauch geöffnet ist, dessen Umfang mich in diesem Moment nicht weniger kümmern könnte. Ich habe keine Ahnung, wie wir hierhergekommen sind oder wie und wann sich diese Knöpfe geöffnet haben, aber bevor wir weitermachen, muss ich etwas klarstellen.

»Warte mal«, sage ich in dringlichem Ton. »Warte mal kurz.«

Sie stößt einen Seufzer der Leidenschaft aus und flüstert: »Was ist denn?«

»Ich muss dich etwas fragen, sonst kann ich nicht – ich muss etwas klarstellen.«

»Ja, was?«

»Trennst du Müll?«

Pause. Eva schaut mich mit einem ungläubigen Lächeln an.

»Ist das dein Ernst?«

»Ich weiß, das ist nicht der beste Moment, aber … Sag schon, trennst du Müll?«

»Bio, Papier, Plastik und Glas. Gut?«

»Oh, ja.«

Sie lacht, überzeugt davon, dass das ein Scherz war, und ich kläre sie nicht auf – warum auch? Besser, sie hält mich für einen lustigen Kerl als für einen Neurotiker.

Was dann geschieht, ist eine Replik dessen, was seit Anbeginn der Geschichte der Säugetiere geschieht, oder konkreter, seit die Säugetiere Bier trinken. Ein Teil unserer Kleidung landet im Wohnzimmer verstreut, der Rest im Schlafzimmer. Wir ziehen uns gegenseitig aus und schmeißen die Klamotten weg. Ich höre, wie etwas vom Regal fällt, aber da ich keine Mingvase besitze, ist es mir scheißegal.

Was den Sex angeht, so könnte ich jetzt natürlich behaupten, dass es eine übersinnliche Erfahrung war, dass wir ein halbes Dutzend simultane Orgasmen hatten und dass ich so etwas noch nie erlebt habe, aber das wäre eine Lüge. In echt ist alles ein bisschen asynchron, genauso, wie erste Male eben sind. Auf dem Weg zum Bett stößt Eva sich an der Schlafzimmertür. Ich mache das Licht aus, sobald wir im Bett liegen, aber Eva bittet mich, es wieder anzumachen.

»Ich will dich sehen«, sagt sie. »Und dass du mich siehst.«

Das ist ein bestechendes Argument, also mache ich das Licht wieder an.

Weiter gehe ich jetzt nicht ins Detail, man hat schließlich sein Schamgefühl. Ich gebe nur zu Protokoll, dass wir lachen, und das ist für mich eine erfreuliche Unbekannte. Wir führen sogar eine kleine Unterhaltung über ein Muttermal neben Evas Bauchnabel, das exakt die Form von Finnland hat.

Wir haben eine gute Stunde lang Spaß, bis wir beide total müde sind.

»Ist es o. k., wenn ich hier schlafe?«, fragt Eva. Wir liegen Schulter an Schulter nackt und k. o. im Bett.

»Ich bestehe darauf«, sage ich.

Sie lächelt und kuschelt sich an mich. Ich lege einen Arm

um sie, schaue zur Decke und lausche ihrem Atem. Dann schlafen wir in dieser Reihenfolge ein: mein Arm, Eva und ich. Als nur noch ich wach bin, frage ich mich, ob das gerade Geschehene ein Anfang oder ein Ende ist, und ich frage mich auch, was Eva wohl darüber denkt, falls sie überhaupt darüber nachdenkt.

Ich will meinen Arm vorsichtig wegziehen, aber Eva grummelt (der geschönte Ausdruck für: sie schnarcht ein bisschen) und legt eines von ihren Beinen über meine, womit sie mich komplett bewegungsunfähig gemacht hat. Ich schließe die Augen und versuche, in der unbequemsten Position einzuschlafen, in der ich jemals gelegen habe. Wider Erwarten schlafe ich sofort ein.

Es klingelt.

Mein Körper ist tonnenschwer, in meiner Stirn hämmert es, und meine Zunge schmeckt anders als gewöhnlich. So sollte eigentlich keine Zunge der Welt schmecken. Ich öffne ein Auge und sehe Eva neben mir schlafen, splitterfasernackt. Sie ist wunderschön. Gerade, als ich mich frage, ob diese Klingel in meinem Kopf geläutet hat, klingelt es erneut, und zwar nicht in meinem Kopf, sondern draußen an der Tür. Eva öffnet die Augen einen Spaltbreit. Ich könnte nicht sagen, ob sie mich ansieht.

»Wie spät ist es?«, fragt sie nuschelnd. Ich drehe mich zum Nachttisch, aber das Telefon liegt nicht da. Keine Ahnung, wo es gestern Abend gelandet ist.

»Weiß nicht«, nuschle ich.

Dann wieder das Türklingeln.

»Scheiße«, sage ich. Und dann: »Ich komme!« Der Ruf hallt in meinem Kopf wider und bestimmt auch in Evas, denn sie stöhnt laut auf.

Ich ziehe meine Boxershorts und ein T-Shirt an, das auf dem Boden liegt. Eva zieht die Decke hoch und bedeckt damit

Finnland und die angrenzenden Regionen. Es ist nicht kalt, also schreibe ich die Geste einem Schamgefühl zu, das mir nach unserer gemeinsamen Nacht unnötig scheint.

Erneutes Klingeln.

»Ich komme ja!«

Auf dem Weg zur Tür gehe ich die Personen durch, die davorstehen könnten:

1. Sara
2. Germán
3. Meine Eltern
4. Die Zeugen Jehovas

Die erste und die zweite Möglichkeit, ebenso wie die Kombination aus beiden, beunruhigen mich. Die dritte ist schlicht furchterregend. Ich bete, dass es sich um Option vier handelt.

Als ich durch den Spion schaue, sehe ich keinen Geringeren als den Blonden, meinen Nachbarn von oben, seines Zeichens Gatte der Blonden (jetzt Andrea). Er sieht aus, als hätte er seit den Neunzigerjahren kein Auge mehr zugetan.

»Mach die Scheißtür auf!«, schreit er, und ich frage mich, in welchem Moment der Nacht sich die Realität in einen Tarantino-Film verwandelt hat. Bis zu diesem Moment habe ich keine zwanzig Worte mit dem Mann gewechselt, und fast alle waren »Hallo« oder »Tschüss«.

Ich gehorche eigentlich keinen Befehlen, die nicht ein Mindestmaß an Höflichkeit einhalten, aber jetzt in diesem Moment ist meine Reaktionsfähigkeit nicht ganz auf der Höhe, also entscheide ich, die Tür zu öffnen, bevor der Blonde sich noch mehr aufregt und das ganze Haus weckt.

Der Blonde – er riecht wie eine Raucherkneipe – mustert mich von oben bis unten und zurück. Ich muss ein jämmerliches Bild abgeben, mit meinen Augenringen und meinen

Boxershorts und dem zerknitterten T-Shirt, aber er sieht noch schlimmer aus, so viel ist sicher. Ich frage:

»Was, zum Teufel, ist denn mit dir los?«

Er schubst mich, und ich taumele in Zeitlupe zur Seite, so kommt es mir zumindest vor. Es gelingt mir, nicht hinzufallen, aber der Blonde ist längst an mir vorbei in meine Wohnung gestürmt und sieht sich um wie ein Raubtier auf Beutefeldzug.

»Wo ist sie?«

Ich versuche, mich zu sammeln, überlege, was Humphrey Bogart wohl in meiner Situation tun würde, obwohl mir vermutlich ein etwas testosteronlastigeres Vorbild dienlicher wäre. Schwarzenegger vielleicht. Leider kommt mir nur der Film in den Sinn, wo er einen Polizisten spielt, der Undercover in einer Kita ermittelt.

»Wo ist wer?«, frage ich.

»Andrea!«, brüllt er und wirft mir einen cholerischen Blick zu.

Dieser Besessene ist kurz davor, mir eine reinzuhauen, und alles nur, weil ich seiner Frau einen Kakao gemacht habe.

»Hey, Mann«, sage ich, weil ich seinen Namen nicht kenne, »Andrea ist nicht hier. Sie hat hier übernachtet, ist aber früh wieder los.«

»Erzähl mir keinen Scheiß!«, schreit er mit Blick auf Evas Jeans, die am Regal hängen. »Ich hab euch die ganze Nacht vögeln gehört!«

Verdammter Billigbau.

»Das war nicht …«, setze ich an, aber der Blonde rauscht schon in Richtung Schlafzimmertür. Ich versuche, ihn aufzuhalten, aber ich stolpere über einen Haufen Klamotten und verliere das Gleichgewicht. Diesmal komme ich tatsächlich zu Fall. Schwarzenegger hätte das nicht besser machen können. Als ich wieder hochkomme, ist der Blonde bei der Tür.

»Nein!«, schreie ich.

Leider doch. Der Blonde öffnet die Tür mit einem Rumms und entdeckt Eva, die in Unterwäsche neben dem Bett steht und die Arme vor der Brust verschränkt.

»Das war doch nicht die ganze Nacht!«, sagt sie.

Der Blonde guckt Eva an, und ich gucke von einem zum anderen. Jemand muss etwas sagen, und ich bin schließlich der Hausherr, also brülle ich:

»Bist du bescheuert, oder was?!«

Der Blonde bittet um Verzeihung. Nur das sagt er, »Verzeihung«, und schließt die Schlafzimmertür wieder. Dann dreht er sich zu mir um, mit einem Gesicht, als würde ihm alles über den Kopf wachsen, und jammert:

»Bitte. Sag mir, wo sie ist.«

Am Ende frühstücken wir zu dritt bei mir in der Küche. Ich erkläre dem Blonden (und nebenbei Eva), was mit Andrea war. Ich habe die Tafel am Kühlschrank noch nicht abgewischt, sodass ich sie als Beweismittel hinzuziehen kann. Der Blonde, der Álex heißt (das lerne ich, als er sich nach zwei weiteren Entschuldigungen bei Eva vorstellt), ist völlig fertig.

»Ich hätte ihr nachlaufen sollen.«

»Und warum hast du es nicht gemacht?«, fragt Eva, und das ist genau die Art Frage, die mir nie eingefallen wäre, obwohl sie sehr naheliegt.

»Weiß nicht. Weil ich ein Idiot bin.«

Ich werde ihm in diesem Punkt sicher nicht widersprechen, aber Eva, die definitiv mitfühlender ist als ich, streichelt ihm die Schulter.

Ich will ehrlich sein: Die emotionalen Dramen meines Nachbarn interessieren mich kein bisschen. Wir leben in einer grausamen Welt, in der sich keiner darum schert, was mit dem anderen ist. Will ich das unterstützen? Eigentlich nicht. Aber will ich das *heute Morgen* unterstützen? Auf jeden Fall.

Ich schiele auf die Uhr und sehe, dass es schon elf ist – aus einem wunderschönen postkoitalen Morgen mit all seinen Peinlichkeiten und seinen Ungeschicktheiten, mit Milchkaffee und »noch ein bisschen Saft?«, wurde eine emotionale Fragestunde, deren Protagonist noch nicht mal ich bin. Also wirklich, ich habe ja noch nicht mal eine Nebenrolle!

»Gestern Nacht«, sagt der Blonde, »wäre ich beinahe runtergekommen, als ich euch hörte.«

»Da hättest du uns aber echt die Stimmung verdorben«, sagt Eva.

»Ich verstehe nicht, wieso du dachtest, ich sei mit Andrea zusammen«, sage ich.

Er nimmt einen Schluck Kaffee und sagt: »Sie liebt Fado.«

Als der Blonde sich endlich traurig ein Stockwerk nach oben schleppt, fragt Eva mich:

»Ist dein Leben immer so aufregend?«

Ich schwöre ihr, dass das nicht der Fall ist und dass ich genauso überrascht bin wie sie.

»Ich gehe jetzt auch«, sagt sie dann und gibt mir einen Kuss auf die Wange.

»Nein, warum denn!«

»Hier einzuziehen erscheint mir noch etwas früh.«

»Nein, ich meine …«

»Ich weiß schon, was du meintest«, unterbricht sie mich. »Aber ich gehe jetzt besser.« Sie nimmt ihre Tasche und checkt, ob Schlüssel und Telefon da sind, die zwei einzigen unverzichtbaren Dinge im modernen Leben, wie jedermann weiß. »Es war eine sehr schöne Nacht.«

Ich weiß nicht, was ich sagen soll, alles, was mir einfällt, klingt irgendwie abgedroschen. »Ich würde dich gerne wiedersehen, rufst du mich an?« Andererseits ist klar, dass ich ganz bestimmt nicht nichts sagen kann, also sage ich:

»Man sieht sich.«

Brillant, oder?

Kapitel 14

Zwei Tage nach dieser ersten Nacht ringe ich mich endlich dazu durch, Eva eine Nachricht zu schicken. Ich schlage ihr vor, ins Kino zu gehen. Das ist zwar nicht besonders originell, aber man ist ja ein Kind seiner Zeit. In der Zukunft verabreden sich die Leute wahrscheinlich zu einem gemeinsamen App-Aktualisieren im Park. Ich allerdings mag das Kino.

Wir sehen uns einen tschechischen Film an, den Eva empfohlen bekommen hat. Nach einer halben Stunde schleichen wir uns raus.

»Wer hat denn Gutes über *den* Quatsch erzählt?«

»Iker.«

»Du solltest ihn feuern.«

»Geht nicht. Er ist mein Chef.«

»Dann solltest du kündigen.«

Ich werde nie verstehen, warum Leute Filme machen, in denen nichts passiert. Und ich meine wirklich nichts, niente, nada; totale Abwesenheit physischer Aktion. Ich begreife, dass es Künstler gibt, die sich mit dem Verstreichen der Zeit auseinandersetzen wollen, was gnadenlos ist und außerdem gnadenlos langweilig – aber muss es gleich ein ganzer Film sein? Warum nicht Fotos machen oder eine Skulptur zum Thema? So könnte man wenigstens entscheiden, wie viel Zeit man mit der Betrachtung des Werks verbringen will, ohne den Nebenmann zu stören.

Ich schlage vor, den schlechten Film mit ein paar Burritos

und ein bisschen Kuscheln wettzumachen, zwei Dinge, die der tschechische Regisseur vermutlich als zu trivial verurteilen würde. Eva ist absolut einverstanden, bringt allerdings eine unerwartete Variable ein.

»Lass uns bei mir zu Hause essen und *Ein Herz und eine Krone* gucken. Das ist mein Lieblingsfilm!«

Mir kommt das riesige Plakat in ihrer Wohnung in den Sinn.

»Im Ernst jetzt?«

Sie nickt und lächelt so beglückt, dass es mir schwerfällt zu sagen, was ich denke:

»Den Film findest du echt gut?«

Sie bejaht, und ich bitte um Nachsicht; von der prätentiösen tschechischen Intensität zur Fünfzigerjahre-Hollywoodfrivolität überzugehen könnte meinen Organismus glatt überfordern. Ich bin ein Freund von sanften Übergängen und langsamen Prozessen. Aber dann sind da Evas Augen und ihr Lächeln, und wir kaufen Burritos, und eine Viertelstunde später sitzen wir auf ihrem Wohnzimmerteppich und starren auf das Paramount-Pictures-Logo.

Ungefähre und komplett subjektive Zusammenfassung von *Ein Herz und eine Krone*:

Eine Prinzessin unbekannter Herkunft, gespielt von Audrey Hepburn mit ihrem unnatürlich langen Hals, erkennt auf einer offiziellen Reise in Rom, dass das Snobdasein sie langweilt. Nach einem eher infantilen Nervenzusammenbruch inklusive Fußgetrampel im Bett, büxt die Prinzessin aus (erste Plotwendung) und macht sich auf, die Stadt aus der Perspektive des Bürgertums zu entdecken, was sie wahnsinnig spannend findet. (Fußnote: An diesem Punkt schiele ich zu Eva, die meinen Blick nicht bemerkt oder zumindest so tut, als bemerke sie ihn nicht. Man muss kein Psychoanalytiker sein, denke ich, um zu begreifen, warum dies ihr Lieblingsfilm ist. Weiter im Text.) Aus irgendeinem Grund erkennt niemand die Prinzessin, bis auf einen gut aussehenden, eleganten amerikanischen Journalisten und Lebemann, gespielt von Gregory Peck.

Der gewiefte Journalist erkennt in seiner zufälligen Begegnung mit der Prinzessin eine Geschäftsmöglichkeit. Er bietet sich an, ihr die Stadt zu zeigen, bevor es dunkel wird, und Hepburn akzeptiert das Angebot, sonst wäre es ja auch ein Kurzfilm geworden. Natürlich weiß die Prinzessin nicht, dass der Journalist ein Betrüger ist. Während sie die touristischen Highlights von Rom ablaufen, macht ein Paparazzo, Freund von Peck, heimlich Fotos von ihnen, die die Schufte anschließend verhökern wollen (zweite Plotwendung). Der Plan ist perfekt bis auf ein kleines Detail: Irgendwann am Nachmittag entflammt zwischen Hepburn und Peck die Liebe und lässt alle fiesen Pläne des Journalisten verpuffen (dritte Plotwendung). Zärtliche Blicke, unnatürliche Nackenverrenkung, Tusch und *The End*.

Der Film, tadellos in formeller Hinsicht, ist eine Ansammlung aller romantischen Klischees, mit denen Hollywood seit hundert Jahren Gehirne wäscht. Eine plötzliche, sanfte Liebe bar jeden körperlichen Verlangens. Hepburn und Peck verlieben sich so sehr, dass sie sich kaum berühren. Sie lieben sich auf eine hormonbefreite, antibiologische Weise, so wie zwei Cyborgs sich lieben würden, gänzlich intellektuell, lexisch, hypertextuell geprägt.

Der Film endet mit Tränen in Evas Augen. Sie stoppt die DVD, entschuldigt sich mit einem Lächeln und schlüpft auf Zehenspitzen ins Bad. Ich höre sie sich schnäuzen, während der Fernseher von alleine ins TV-Programm umschaltet, Kacktechnik, und ich mich einem Mann mit Krawatte gegenübersehe, der sagt, es reicht, Menschenskind, das hat nun wirklich nichts mehr mit Demokratie zu tun. Ich schalte gerade den Fernseher aus, als Eva zurückkommt, sich auf mich wirft und ohne ein Wort eine Liebe einfordert, von der Hollywood nur träumen kann.

Apropos: Eva legt beim Sex eine Lust an den Tag, die mich richtiggehend erschüttert. Zum Beispiel reißt sie mir meine Hemden vom Leib, als würde es darum gehen, einen Rekord aufzustellen. Das führt dazu, dass ich neuerdings mehrmals pro Woche neue Knöpfe kaufen gehe. Oder sie bittet mich, sie an den Haaren zu ziehen. Und sie beißt mich. Ja, wirklich. Sie beißt mich an Stellen, wo niemand zuvor mich je gebissen hat. Aber ich bin ja flexibel. Ich ziehe sie an den Haaren, lasse mich beißen und kaufe Nähzeug. Es fragt sich nur, was die Frau im Kurzwarenladen über mein erhöhtes Einkaufsverhalten denken mag.

In keinem Moment sagen wir etwas wie:

»Wir könnten ein Paar werden.«

Wir werden einfach eins. Wir sehen uns oft, nicht jeden Tag, aber fast. Manchmal trinken wir nur einen Kaffee zusammen (Tee für sie) und erzählen uns von unserem Tag, so wie Millionen andere Menschen das tagtäglich machen. Manchmal gehen wir in ein Konzert, eine Ausstellung oder einfach spazieren, zu zweit oder mit Sara und Germán. Eva begleitet mich in die Buchhandlung, und ich gehe mit ihr auf den Markt, und dann grillt sie uns Gemüse.

Bis auf wenige Ausnahmen schläft jeder bei sich zu Hause. Eines Tages entdecke ich in ihrem Bad eine Extrazahnbürste, die für mich bestimmt ist, sodass ich auch eine für sie kaufe. So ernst ist es schon mit uns.

An einem Montagabend um zehn nach acht frage ich sie:

»Hast du gar keine Freunde?«

Sie sieht mich ein paar Sekunden lang mit ernstem Blick an.

»Nicht viele. Die Kollegen.«

»Die meinte ich nicht.«

»Wen dann?«

»Weiß nicht, andere Leute. Von der Uni oder so?«

»Ja. Ein paar.«

Und damit endet das Gespräch.

Zwei Tage später entdecke ich eine Freundschaftsanfrage bei Facebook. Sie ist von Eva. Als Profilfoto hat sie eins eingestellt, das ich von ihr auf der Dachterrasse des Círculo de Bellas Artes gemacht habe, während sie nachdenklich über die Stadt blickt. Man sieht nur ihren Nacken, ein bisschen Haarknoten und im Hintergrund ganz Madrid. Für den Moment bin ich ihr einziger Freund.

Eva verursacht bei mir einen unerwarteten Pawlow'schen Reflex. Plötzlich erscheinen mir die Leute in der U-Bahn weniger angestrengt, Samstage beginnen, Sinn zu machen, und ich würde sogar behaupten, dass die Tütensuppe mehr nach Suppe schmeckt. Das ist das Ergebnis einer Reihe von chemischen Reaktionen in meinem Hirn, das ist mir natürlich bewusst, aber das nimmt der Sache kein bisschen von seinem Wert.

Jedes Mal, wenn ich Eva sehe, erlebe ich wahre Dopamin-Feuerwerke. Und nicht nur, wenn ich sie sehe, sondern auch, wenn ich denke, dass ich sie sehen werde, und wenn ich sie gerade gesehen habe. Sobald das Telefon klingelt, fange ich schon an zu sabbern. Manch einer mag das mit Schmetterlingen im Bauch beschreiben, aber ich finde die Vorstellung von Insekten im Verdauungstrakt eher eklig als romantisch.

Wie auch immer man es nennen will: Fakt ist, dass dieses Gefühl alle anderen Dinge des Lebens erträglicher macht. Zum Beispiel einen Anruf meines Vermieters.

»Dani, ich bin's, Yahvé.«

Ja, ich weiß. Kein besonders gewöhnlicher Name, aber so heißt er nun mal.

»Yahvé, alles klar?«

»Alles gut. Und bei dir?«

»Ja, mir geht's gut, danke.«

»Bestens.«

Yahvé ist ein seltsamer Kerl. Er ist vielleicht vierzig, wirkt aber wie fünfzig. Er geht durchs Leben mit so einem Franziskanerhaarschnitt: oben kahl und an der Seite Beatle. Als wäre das nicht schlimm genug, wiegt er ungefähr hundert Kilo und schwitzt und schnauft den ganzen Tag. Ich habe keine Ahnung, womit er seine Zeit verbringt. Vielleicht ist er wegen Untauglichkeit von der Arbeit befreit; wenn ich ehrlich bin, wirkt er nicht sehr tauglich für irgendetwas. Meine Wohnung hat er von seiner Mutter geerbt. Als ich eingezogen bin, war die Dame gerade erst eingeäschert worden und die Wände waren noch mit ihren Fotos gepflastert. Wie in einer Edgar-Allan-Poe-Story.

»Das Ding ist …«, schnauft er. »Sorry, ich bin gerade bei mir im Treppenhaus.«

»Kein Problem.«

»Der Fahrstuhl ist kaputt.«

»Scheiße.«

Ich höre, wie er stehen bleibt und tief Luft holt. Dann sagt er:

»Ich muss deine Miete erhöhen.«

»Was? Warum das denn?«

»Die Betriebskosten wurden schon seit zwei Jahren nicht angepasst.«

»Weil sie nicht gestiegen sind?!«

»Ja, schon, aber ich habe Ausgaben, und … Es sind nur dreißig Euro im Monat.«

»Mann, Yahvé, das ist aber happig.«

Er verstummt, ich höre ihn atmen, und ich könnte schwören, dass er sich gerade mit einem Stofftaschentuch über die große Stirn wischt.

Ich könnte natürlich Einspruch gegen die Mieterhöhung einlegen. Das Mietrecht ist auf meiner Seite, glaube ich zumindest, aber selbst wenn; die Vorstellung, mich mit Yahvé anzulegen, behagt mir nicht. Und ich fühle mich mental überhaupt nicht gewappnet für einen Konflikt. An Umzug nicht einmal zu denken! Dafür bin ich ganz sicher nicht gewappnet.

»Zwanzig Euro«, sage ich.

»Dani, ich hab doch nicht angerufen, um mit dir zu feilschen.«

»Mensch, Yahvé, komm schon.«

»Also gut«, schnauft er. »O. k. Fünfundzwanzig.«

»Abgemacht.«

»Ab nächstem Monat.«

»Einverstanden.«

»Und sonst, alles gut?«, fragt er, weil er außer fett und kahl und unangenehm auch noch unfähig ist, ein Gespräch zu beenden.

»Alles super. Mach's gut, Yahvé!«

»Ja, du auch. Bis dann.«

Aufgelegt.

Unter anderen Umständen hätte mich dieses Gespräch mit negativer Energie erfüllt, und ich hätte meinen Vermieter schreienderweise mit allerlei schlimmen Schimpfwörtern bedacht (nach dem Auflegen). Heute rege ich mich kein bisschen auf. Im Gegenteil, ich freue mich, dass ich ihn runterhandeln konnte. Die alberne und doch tröstliche Philosophie des halb vollen Glases. Pures Dopamin.

Sara macht mein neuer Zustand auch glücklich. Vielleicht etwas zu glücklich:

»Ich werde euch bei der Hochzeit nebeneinander platzieren!«

»Fürs Protokoll«, bremse ich sie. »Wir sind erst seit ein paar Wochen zusammen.«

»Das ist ernst zwischen euch, das weiß ich doch!«

»Nein, das weißt du nicht. Du verwechselst die Wirklichkeit mit deinen Wünschen. Das nennt man *kognitive Verzerrung*.«

Das hat Eva mir erklärt.

Als gewöhnlicher heterosexueller Mann zeigt Germán sich deutlich bedeckter in seinem Urteil. Als Sara einmal bei der Reha ist (nach so einem Unfall bekommt man Reha quasi auf Lebenszeit verschrieben, das wird man absolut nie mehr los), hänge ich mit Germán ab und frage ihn, was er von Eva hält.

»Sie ist sehr nett.«

»Ach, du kannst mich mal.«

»Wie bitte?«

»Jetzt sag mal ehrlich, du bist doch mein Freund. Wenn du sie nicht magst, möchte ich es wissen.«

»Warum sollte ich sie nicht mögen? Sie ist intelligenter als du, netter als du und sehr viel hübscher als du. Wesentlich wahrscheinlicher wäre, dass ich dich nicht mag!«

Ich hake nicht noch mal nach, weil Germáns Meinung mich plötzlich doch nicht mehr sooo sehr interessiert.

»Mann, ich hab dich schon ewig nicht mehr so fröhlich gesehen«, legt Germán ungefragt nach. »Eigentlich noch nie. Ich hab dich überhaupt noch nie so zufrieden gesehen.« Er legt mir in dieser durch und durch männlichen Geste eine Hand auf die Schulter und sagt: »Es freut mich sehr, dass ihr euch kennengelernt habt.«

»Sehr tiefgründig, Kumpel. Du solltest Gedichte rezitieren, während du Füllungen machst.«

Übrigens.

Die Tomaten von Loreto sind megalecker. Wer hätte das gedacht? Sie hatte tatsächlich recht: Ich habe ein Leben lang nur faden Abklatsch von echten, geschmacksintensiven Tomaten gegessen. Das war's dann wohl mit meinem Vertrauen in die globale Lebensmittelindustrie.

Sara bringt sie mir mit Grüßen von Loreto vorbei. Sechs Tomaten in einer Zara-Tüte. Ich schenke Sara die Hälfte und probiere eine am selben Abend, als ich die Wiederholung einer alten Folge von *Cosmos* gucke. Ich habe noch nicht mal aufgegessen, als ich schon eine SMS an Loreto schreibe.

Ich: Habe gerade die Tomaten probiert. Superlecker!
Loreto schreibt gerade …
Loreto: Wusst' ich's doch, dass sie dir schmecken würden.

Damit halte ich die Konversation für beendet, was sollte ich auch noch dazu sagen? Aber dann lese ich auf dem Display:

Loreto schreibt gerade …

Und so bleibt es minutenlang. Meine Güte, denke ich, bekomme ich gleich einen Bericht über Pestizide? Dann kommt mir der Verdacht, dass ich mit meiner Nachricht ein Tor geöffnet habe. Vielleicht fühlt sie sich jetzt ermächtigt, mich per WhatsApp über die Gesundheit ihrer Katze zu informieren, was mich quasi zwingen würde, die Nummer zu wechseln. Aber nein. Was am Ende auf dem Display erscheint, ist:

Loreto: Sara hat mir erzählt, dass du jmd. kennengelernt hast.

Oh, super, Sara, vielen Dank auch!

Ich: Ja.

Warum bloß fühle ich mich mies?

Ich: Ich habe sie bei der Arbeit kennengelernt.
Loreto schreibt gerade …
Loreto: Freut mich für dich!

Das ist gelogen. Ich will nicht eitel erscheinen, aber ich bin ziemlich sicher, dass sie sich nicht darüber freut. Niemand freut sich, wenn die Person, auf die man steht, und ich bin ziemlich sicher, dass sie auf mich steht, mit jemand anderem anbandelt.

Ich: Danke, Loreto.

Und ich weiß nicht, warum ich dieses *Loreto* schreibe, weil es echt herablassend rüberkommt. Sie wird mich für ein totales Arschloch halten, und vermutlich zu Recht.

Ich warte eine Minute, zwei, aber Loreto schreibt nicht mehr zurück. Ich esse noch eine Tomate, und die schmeckt schon nicht mehr ganz so lecker. Im Fernsehen schleudert der Urknall Materie, Zeit und Raum in den Kosmos. Himmel, wie komplex manchmal alles ist.

Kapitel 15

»Echt spektakulär ist die Sache mit den Glühwürmchen. In Asien, ich glaube, es war Asien, sind sie synchronisiert. Die Glühwürmchen! Synchronisiert! Sie gehen an und aus, wie Lichterketten, alle zugleich, stell dir das mal vor. Klick, klick, klick – alle zugleich! Das Verrückte ist, dass das nur in Asien so ist, also, ich glaube, es war Asien, und man weiß nicht, warum. Und sie leuchten so hell, dass die Fischer sie als Lampen benutzen. Als wären sie Lampen, verstehst du? Ich meine, sie brauchen keine Lampen, weil das Licht der Glühwürmchen ihnen schon ausreicht. Klick, klick, klick. Wie Lichterketten.«

Diese Information, sicher sehr interessant für einen Insektenforscher, unterbreitet uns mein Vater im Auto. Leider ist gar kein Insektenforscher an Bord. Nur meine Mutter (hinten), er (am Steuer) und ich (auf dem Beifahrersitz).

»Fahr nicht so schnell, Papa.«

»Was soll das denn heißen? Ich fahre seit fünfzig Jahren, mein Sohn. Hast du das mitgekriegt mit den Glühwürmchen?«

»Ja, Papa, ich hab dir zugehört.«

»Und, wusstest du das?«

»Nein.«

»Spektakulär!«

Mission: Küchentisch kaufen. Nicht, dass ich meine Eltern jedes Mal begleiten würde, wenn sie neue Möbel brauchen, aber dies hier ist ein besonderer Fall. Man könnte wohl sagen, dass meine Mutter eine neurotische Obsession in Sachen Möbel hat. Die Ästhetik spielt dabei keine Rolle, auch nicht die Funktionalität; was sie an einem neuen Möbelstück einzig und allein interessiert, ist eine möglichst große Ähnlichkeit mit dem alten.

Ihr Küchentisch ist vor drei Tagen kaputtgegangen, nachdem er zwei Jahre lang kurz vor dem Zusammenbruch stand. Während dieser Zeit, und ich wiederhole: zwei Jahre, haben meine Eltern alle Möbelhäuser Madrids nach genau diesem Tisch durchforstet. Das Problem ist, dass dieser Tisch, der in etwa zwanzig Jahre auf dem Buckel haben dürfte, mittlerweile nicht mehr produziert wird. Es gibt ähnliche, etwas größer oder etwas kleiner, etwas quadratischer oder etwas länglicher. Aber diesen Tisch nicht mehr.

Ich konnte das Gemecker meines Vaters – »die Tische von heute sind völlig nutzlos!« – nicht mehr hören und habe ihnen empfohlen, mal bei Ikea vorbeizufahren. »Da findet ihr bestimmt was, die haben Hunderte von Tischen!« Zwei Jahre lang haben sie abgewinkt – Ikea sei nur für junge Leute, die Möbel seien von schlechter Qualität, es sei so weit draußen. Bis der Tisch vor drei Tagen nachgab und damit auch meine Eltern.

»Wir wollen zu Ikea fahren«, sagte meine Mutter zu mir, »aber du kommst mit, wir kennen uns da nicht aus.«

»Womit kennt ihr euch nicht aus?«

»Wir kennen uns eben nicht aus.«

Angesichts so bestechender mütterlicher Logik blieb mir nichts anderes übrig, als eine Lücke in meiner nicht eben überlasteten Agenda frei zu machen. Und so finde ich mich im Seat Toledo meines Vaters wieder, der zur Stunde mit 90 km/h durch die Fünfzigerzone brettert.

»Echt jetzt, Papa, fahr bitte langsamer.«

»Du sollst still sein, verflucht!«, sagt er. Und dann bremst er etwas ab.

Den großen Fragen der Menschheit – woher kommen wir?

wohin gehen wir? wer sind wir? – könnte man folgende hinzufügen: Warum wählen zwei Rentner und ein Freiberufler ausgerechnet einen Samstagvormittag für eine Fahrt zu Ikea? Zu meiner Verteidigung kann ich vorbringen, dass ich meine Eltern gewarnt habe, dass an einem Samstag Hunderte von Leuten da sein würden, aber sie wollten mir nicht glauben.

»Wie sollen bitte so viele Leute zugleich Möbel kaufen?«, fragte mein Vater, der mich jetzt, kaum dass er geparkt und die Menschenmenge registriert hat, fragt: »Gibt's hier was umsonst?«

Meine Eltern entstammen einer Ära, in der die Läden noch den freien Willen der Menschen respektierten. Ich versuche, ihnen zu erklären, dass die Zeiten seit der Globalisierung vorbei sind und dass man hier einfach dem vorgegebenen Weg durch das Geschäft folgen muss – immer den gelben Pfeilen nach. Abkürzen oder Umkehren unerwünscht. Ich sehe die Panik in den Augen meiner Mutter aufflackern, während sie den großen Flachbau betrachtet.

»Und wenn wir gleich am Anfang einen Tisch finden?«

Ich erkläre ihnen, dass wir so oder so den gesamten Rundgang durch das Geschäft machen müssen, selbst wenn der Gott der Möbel uns auf direktem Weg zum gesuchten Tisch führt. Mein Vater betritt den Laden also schon schlecht gelaunt.

»Aber für wen halten die sich denn? Die Leute hier durchzuscheuchen wie eine Viehherde!«

»Nun«, sage ich, »ich schätze, es gibt genug Leute, denen das gefällt.«

Und mein Vater sieht mich an, als hätte ich gerade eine solch überdimensionale Ungehörigkeit von mir gegeben, dass sie noch nicht einmal eine Antwort verdient.

Meine Mutter läuft mit gesenktem Kopf einen Meter hinter mir.

»Mama, ist alles in Ordnung?«

»Ja«, lügt sie. »Ja, mein Schatz.«

»Da lang?«, fragt mein Vater, offensichtlich überwältigt von der Masse an Menschen, die sich durch die Gänge schiebt.

Ich erläutere ihnen, dass wir uns einen Bleistift und einen Zettel aus dem Plexiglasbehälter nehmen müssen, um die Artikelnummer des Tisches aufzuschreiben. Das Gesicht meines Vaters wechselt die Farbe.

»Gibt es denn keine Verkäufer?«

»Doch. Also, weiß nicht, aber man muss das hier jedenfalls selber machen.«

Für jemanden, der vierzig Jahre lang hinter einem Verkaufstresen stand, ist die Anonymisierung zeitgenössischen Einzelhandels eine enorme emotionale Herausforderung. Einmal war mein Vater auf der Suche nach einem bestimmten Buch über den Spanischen Bürgerkrieg und konnte es nirgends bekommen, woraufhin ich ihm vorschlug, es im Internet zu bestellen. Er hätte mich beinahe enterbt.

»Und die Buchhändler?«, fragte er mich, als wäre die missliche Lage der gesamten Buchbranche mindestens zu einem Großteil meine Schuld. »Was soll aus den Buchhändlern werden?«

Ich hatte keine Ahnung, was aus den Buchhändlern werden sollte, so wie ich keine Ahnung habe, was aus den Möbelverkäufern werden soll. An den allermeisten Tagen habe ich ja nicht mal eine Ahnung, was aus mir selbst werden soll.

Mit Beginn des Rundgangs fangen meine Eltern zu diskutieren an und läuten damit einen langen, qualvollen und vermutlich traumatischen Kaufprozess ein. Meine Mutter findet, jetzt, da sie nun einmal hier sind, könnten sie sich auch gleich mal nach Betten umsehen, denn ihres sei schließlich »uralt«. Meinem Vater scheint das allein deshalb keine gute Idee, weil es nicht geplant war. Er kann sich keine Betten ansehen, weil er dafür nicht gekommen ist. Wenn er dafür hergekommen wäre, wenn meine Mutter es zum Beispiel gestern oder auch nur heute früh erwähnt hätte, so könnte er durchaus Betten ansehen, aber so, ganz unvorbereitet und ungeplant, nein, das geht wirklich nicht. Die Herleitung mag überraschen, aber ich kenne den Mann mein Leben lang, und mich überrascht gar nichts mehr. Ebenso wenig wie die Reaktion meiner Mutter mich überrascht, die den Einwand meines Vaters schlicht ignoriert und dennoch Betten ansieht. Meine eigene ebenfalls vertraute Reaktion ist gründliches Fremdschämen in beide Richtungen.

Mein Vater hetzt durch das Labyrinth wie ein Versuchskaninchen, immer wieder blickt er sich unsicher und getrieben um. Meine Mutter dagegen schaut sich alles ganz genau an, nur um die angespannte Stimmung noch ein bisschen anzuheizen.

»Mama«, sage ich, als ich es nicht mehr aushalte. »Wir verlieren Papa gleich.«

»Schön wär's.«

»Was ist denn los mit dir?«, frage ich, und ohne Absicht klingt es eher vorwurfsvoll als besorgt.

»Nichts.«

»Mama …«

Sie seufzt und sieht ihrem Mann hinterher, der sich immer weiter entfernt und gleich in der Menge verschwindet. »Es ist wegen deinem Vater.«

»Was ist mit ihm?«, frage ich.

»Ich glaube, er hat eine andere.«

Jeder Mensch kann eine Sache richtig gut, oder sogar zwei, wenn er Glück hat. Alle anderen kann er in der Regel weniger gut. Es mag auch vorkommen, dass jemand absolut nichts gut kann und sich bei allen menschlichen Aktivitäten als unfähiger Idiot erweist, wobei mir das eher unwahrscheinlich erscheint. Ich zum Beispiel habe eine sehr gute Orientierung. Im Gegenzug bin ich absolut unfähig in Sachen zwischenmenschlicher Kommunikation. Und wenn es einen Menschen gibt, oder auch zwei, bei denen sich diese Unfähigkeit besonders gut zeigt, dann sind es meine Eltern.

»Was? Wie jetzt?«, frage ich.

»Er hat eine andere«, wiederholt meine Mutter, und ich sehe mich ratlos um. *Inspiration für dein Wohnzimmer.*

»Aber was redest du denn da?«, flüstere ich aus meiner Schockstarre heraus.

Meine Mutter lässt sich in einen braunen Muren-Sessel fallen, der zweihundertneunundneunzig Euro kostet, und ich gehe neben ihr in die Hocke.

»Wie kann er eine andere haben? Er ist siebzig Jahre alt!«

»Na und?«

»Na ja, also ...«

Wahrscheinlich hat sie recht, und man kann in jedem Alter eine andere haben. Schließlich hat die Pharmakologie in den letzten Jahren erhebliche Fortschritte gemacht.

»Was bringt dich auf die Idee?«

»Er verlässt jeden Morgen das Haus. Angeblich geht er spazieren, aber manchmal ist er ganze zwei Stunden weg. Wenn er wiederkommt, frage ich ihn jedes Mal, wo er gewesen ist, und er sagt immer: Nirgends. Das sagt er! Nirgends. Ist das etwa eine Antwort?«

Meine Mutter ist kurz davor, im braunen Muren, der zweihundertneunundneunzig Euro kostet, in Tränen auszubrechen, als ein Verkäufer in aller Freundlichkeit auf uns zukommt.

»Hey, Leute!«, begrüßt er uns, denn dies ist ein moderner Ort, und alle Welt wird hier geduzt. »Kann ich euch helfen?«

»Nein«, sage ich. »Meine Mutter ... probiert nur den Sessel.«

»Superbequem, oder?«, fragt er. »Die Lehne lässt sich in drei Stufen verstellen, ich zeig's euch.«

Und er zeigt es uns auf der Stelle. Er drückt einen Knopf, und die Rückenlehne bewegt sich mit einem Ruck, während zugleich die Beine meiner Mutter in die Luft gewirbelt werden. Sie liegt quasi flach – mitten in der womöglich letzten großen Gefühlskrise ihres Lebens.

»Bequem, oder?«, fragt der Verkäufer.

»Tatsächlich, sehr«, erwidert meine Mutter und lächelt ein wenig. »Aber ich suche eigentlich einen Tisch.«

»Wie bitte?«, fragt der Verkäufer verständlicherweise verwirrt.

Ich greife ein: »Wir denken drüber nach, okay?«

»Aber sicher, natürlich!«, sagt er bemüht lässig, obwohl sehr deutlich ist, dass er meine Mutter für senil hält. »Falls ihr noch was braucht, sagt Bescheid.«

Der Typ schwirrt ab, und ich sehe meine Mutter an, die den Dialog genau dort wieder aufnimmt, wo sie ihn abgebrochen hatte, bloß in horizontaler Position.

»Irgendwann habe ich mal gesagt, dass ich ihn begleiten möchte, aber er hat mich nicht gelassen. Er sagt, er geht lieber allein.«

Ich denke scharf nach.

»Er braucht vielleicht ein bisschen Zeit für sich«, sage ich, und das glaube ich ehrlich. »Das ist doch normal, ihr seid doch den ganzen Tag zusammen.«

»Am Montag hat er mich endlich mitgenommen. Eigentlich habe ich ihn dazu überredet, aber egal. Nach zwanzig Minuten Spaziergang war er kaputt. Fix und fertig war er, er musste sich hinsetzen. Da habe ich gesagt: ›Ich dachte, du gehst jeden Morgen zwei Stunden spazieren.‹ Ich meine, wenn er jeden Tag so lang spazieren geht, dann ist er doch nach zwanzig Minuten noch nicht schlapp! Und weißt du, was er da gesagt hat?«

»Nein.«

»Nichts. Er hat mir nicht geantwortet, weil er noch nicht mal ruhig atmen konnte.«

»Und?«

»Wie, und? Findest du das nicht verdächtig?«

»Mama, ich glaube, du bist ein bisschen paranoid.«

»Sprich mit ihm.«

»Ich? Was soll ich ihm denn sagen?«

»Du sollst ihn fragen.«

»Was soll ich ihn fragen?«

»Na, was schon! Ob er eine andere hat.«

»Aber das kann ich doch nicht fragen!«

Hey, Papa, wie geht's? Hör mal, legst du etwa in den Morgenstunden regelmäßig jemanden flach? Ich frag nur, weil Mama ein bisschen nervös ist.

»Ich bin sehr besorgt, Dani.«

Und mit diesem Wort, *Dani*, blockiert meine Mutter jeden möglichen Fluchtweg. Indem sie mich mit dem Namen anspricht, den sie für mich ausgesucht hat und den ich seit meiner Geburt trage, erinnert sie mich – ob mit oder ohne Absicht – daran, dass ich nur dank ihr bin, wer ich bin. Dass ich meine Identität, was auch immer das ist, ein bisschen ihr schulde, dieser siebenundsechzigjährigen Frau, die da in dem braunen Muren liegt und mich anfleht. Und wenn ich auch ziemlich unnütz für die allermeisten menschlichen Aktivitäten bin, so gelingt es mir doch ab und an, ein guter Sohn zu sein.

»Ich rede mal mit ihm«, sage ich. »Aber nicht heute.«

»Okay.«

»An einem anderen Tag.«

»Ist gut.«

Und in exakt diesem Moment kommt mein Vater freudestrahlend auf uns zu.

»Ich hab ihn gefunden!«, ruft er. »Ich habe den Tisch gefunden!«

Kapitel 16

Mundhygiene ist äußerst wichtig. Das sage ich, weil es offensichtlich nicht jedem bewusst ist. Ich kann einfach nicht verstehen, dass manche es so weit kommen lassen, keine Zähne mehr zu haben oder aber total kaputte. Schon klar, dass es Menschen gibt, die sich keine aufwendige Zahnbehandlung leisten können, die meine ich nicht. Ich rede von denen, die es sich sehr wohl leisten könnten. Leute, die einen Geländewagen besitzen und obendrein ein schwarzes Loch, wo ein Eckzahn sein sollte. Die Art von Leuten.

Immer, wenn ich im Fernsehen einen Politiker sehe, gucke ich mir seine Zähne an, das kann ich gar nicht vermeiden. Manche haben echt ekelerregende Zahnreihen, und ich frage mich jedes Mal das Gleiche: Wie soll ich darauf vertrauen, dass du dich vernünftig um das Land kümmerst, wenn du dich nicht mal vernünftig um deine Zähne kümmern kannst?

Vor Jahren habe ich mal für einen Mann gearbeitet, der grüne Zähne hatte. Das ist keine Übertreibung. Sie waren weder gelb noch grau, sie waren grün. Und der Mann war verheiratet, er musste also vermutlich regelmäßig jemanden küssen.

Ich trug als Jugendlicher vier Jahre lang eine Zahnspange, und es war die reinste Hölle. Die Zähne taten mir beinahe täglich so weh, dass ich mir schwor, sie immer gut zu pflegen. Dass Germán Zahnarzt ist, empfinde ich deshalb als sehr glücklichen Zufall. Es ist nicht so, dass mein Zahnarzt mein

Freund wäre, nein, mein Freund ist mein Zahnarzt. Ich gebe meine Zähne in die Obhut eines Menschen, der mich mag und sich um mich sorgt. Das kann nicht jeder von sich behaupten.

Ich sitze im Wartezimmer und blättere in einer dieser pseudowissenschaftlichen Zeitschriften. An einem Artikel mit der Überschrift »Zehn biblische Wunder von der Wissenschaft erklärt« bleibe ich hängen, obwohl ich das Ziel des Artikels nicht gut nachvollziehen kann. Denn wenn man wie ich nicht gläubig ist, dann braucht man überhaupt keine Erklärung für die Bibel. Es ist ja nicht so, dass man als Atheist die Zehn Plagen infrage stellen würde oder die Teilung des Roten Meeres – man glaubt einfach an nichts von alledem. Und wer gläubig ist, der interessiert sich auch nicht dafür, ob die Heuschreckenplage in Ägypten Folge eines plötzlichen Temperaturanstiegs war. Konnte Gott etwa nicht für eine Hitzewelle sorgen?

Germán kommt in seiner Zahnarztkluft ins Wartezimmer und ruft mich auf. Nichts Schlimmes, nur eine Routinezahnreinigung (Prophylaxe nennen das die Profis).

»Was treibst du denn so im Moment?«, fragt er mich, und er hat allen Grund dazu. Wir haben uns seit über einer Woche nicht gesehen, was ganz und gar untypisch ist.

»Ach, das Buch, weißt du«, lüge ich.

»Aha«, macht er in übertrieben skeptischem Tonfall. Er kennt mich. »Leg dich hin.«

Es hat etwas Seltsames, wenn ein Freund dir im Mund herumfuhrwerkt. Etwas Gewalttätiges. Ich versuche immer, seinem Blick auszuweichen, weil ich Angst habe, in so ein albernes adoleszentes Lachen auszubrechen, das für nichts und wieder nichts einfach so in einem aufbrodelt. Nicht, dass der Bohrer abrutscht, wenn ich mich bewege und mir in die Wange sticht. Ja, ich weiß, ich bin ein elender Pessimist.

»Wie geht es Sara?«, frage ich.

»Mund öffnen.« Ich öffne den Mund. »Es geht ihr gut. Ein bisschen genervt von der Arbeit, alles beim Alten.« Ich nicke vorsichtig, ja, das kennen wir schon. »Ich sage ihr schon seit Ewigkeiten, sie soll sich wegbewerben, aber sie hat da eine Hemmschwelle. Sie meint, in der Branche kennt jeder jeden. Und dass man ihr das Leben schwer machen wird in der Firma, wenn die Wind davon kriegen, dass sie wegwill. Einen Kollegen von ihr haben die fertiggemacht, der ist am Ende gegangen, bevor er einen neuen Job gefunden hatte. Hinten musst du ein bisschen besser putzen, mein Lieber.« Ich murmele Okay. »Du könntest mir eigentlich helfen. Wenn sie dir davon erzählt, und das wird sie sicher tun, bestärke sie darin. Es würde ihr so guttun, da wegzukommen.«

In Wahrheit hat Sara mir längst davon erzählt. Vor Germán. Sie meinte: »Ich weiß nicht, ob ich es Germán sagen soll, er wird immer gleich nervös, und alles, was er sagt, ist, dass ich mir einen neuen Job suchen soll.«

Ich war es, der sie ermutigte, es ihm zu erzählen, aber diese Details behalte ich lieber für mich, und nicht nur, weil ich gerade in diesem Moment nicht gut sprechen kann.

»Und Eva?«, fragt Germán, und ich nuschle: »Alles gut.«

»Ja, ihr seid ein schönes Paar. Freut mich echt für dich, Sara und ich hatten schon Angst, dass du zu einem notorischen Griesgram verkommst.«

Eine Sprechstundenhilfe kommt ins Zimmer, Germán sagt, dass er alleine klarkommt, und die Dame verlässt den Raum wieder.

Germán fährt fort: »Ich meine, du bist kein Griesgram, o.k.? Aber du hattest schon so eine Tendenz entwickelt. Du warst in letzter Zeit so … Wie soll ich das sagen?« Sag es besser nicht, denke ich. »Egal, das Wichtigste ist, dass du den Kopf nicht hängen lässt.« Hä? »Ich glaube nicht, dass man unbedingt in einer Beziehung leben muss, das weißt du ja.

Manche Leute sind glücklich allein, alles super. Aber ich glaube nicht, dass das auf dich zutrifft.« Ich frage mich, warum in letzter Zeit alle Welt über mein Glück urteilen muss. »Ich meine, zum Beispiel die Sache mit den Restaurants. Seit bestimmt einem Jahr nörgelst du an allem rum, egal wo wir hingehen. Kategorisch. Aber selbst hast du nie einen Vorschlag gemacht. Bis du Eva kennengelernt hast, und jetzt schlägst du jedes Mal etwas vor. Wirklich, sie scheint dir gutzutun.«

Ich murmele ein »Danke« und versuche, einen ironischen Ton anzuschlagen, aber die Ironie verträgt sich nicht gut mit den Wattebäuschen in meinem Mund. Also entscheide ich mich dafür, die Augen zu schließen und mich auf das Gekratze in meinem Mund zu konzentrieren, denn ich nehme an, dass Germán alles losgeworden ist, was rausmusste. Da habe ich mich allerdings gewaltig getäuscht. Der Knaller kommt erst noch.

»Hör mal. Ich wollte dir etwas sagen, was Eva betrifft, aber ich hab noch nicht den richtigen Moment gefunden.« Ich öffne die Augen und sehe ihn an, obwohl er den Blick nicht von meinen Zähnen nimmt. »Sara weiß nichts davon, und ich möchte auch nicht, dass sie es erfährt. Hm. Also. Ich habe lange überlegt, ob ich es dir erzählen soll, es hat wirklich keine Bedeutung – das heißt, wenn du ihm keine Bedeutung beimessen willst.« Ich hasse dieses hyperbolische Schüren von Erwartung, erst recht mit einer Polierbürste im Mund. »Es ist wegen etwas, das damals auf der Reise passiert ist.« Oh, oh, oh. »Als wir zwanzig waren.« Das Foto von Eva, der Bahnhof von Mailand und Ricky Martin kommen mir in den Sinn. »Die Eva von damals hatte echt nichts gemein mit der Eva von heute. Na ja, nicht, dass ich die von heute besonders gut kennen würde, du weißt schon, was ich meine, aber sie hat sich verändert, so viel ist klar. Damals war sie … wie soll ich sagen.« Er denkt nach. Ich sehe ihn an und schwitze unter der Zahnarztlampe. »Wilder. Als wäre ihr völlig egal, was andere von ihr halten. Oder vielleicht umgekehrt – als wollte sie, dass jeder sich eine Meinung von ihr macht.« Ich nuschele »Was?«, weil ich ihm absolut nicht folgen kann. »Zum Beispiel, als wir in Rom waren, da ist sie nackt in einen Brunnen gesprungen. Mitten am Tag, mitten im August, alles voller Touristen. Hat sie dir das erzählt?« Ich murmele ein überraschtes Nein. »Ihr Glück, dass es damals noch keine Smartphones gab, obwohl es bestimmt in einem Dutzend Ferienvideos von irgendwelchen Leuten verewigt ist. Die Carabinieri haben sie rausgeholt, aber sie hat im wahrsten Sinne des Wortes verrückt gespielt. Hat sich den Slip über den Kopf gezogen und auf Spanisch rumgeschrien. Ich weiß nicht mehr, was, ich glaube, den Text von irgendeinem Lied.« Germán lächelt. »Als sie sie mitnehmen wollten, haben die Leute angefangen zu applaudieren und die Polizisten beschimpft. Am Ende haben sie sie laufen lassen.«

Im Ernst jetzt? Ist es wirklich Eva, von der er mir da erzählt? Dieselbe Eva, die sich nach dem Sex so sittsam zudeckt, soll vor einem Haufen Touristen nackt in einem Brunnen gebadet haben?

»Ausspucken«, sagt Germán.

Und ich spucke aus. Mein Mund fühlt sich ganz betäubt an, aber das hindert mich nicht daran, zu stammeln:

»Warum hast du mir das erzählt?«

»Mund aufmachen, wir sind noch nicht fertig.« Ich öffne den Mund, und er kratzt und poliert weiter. »Da ist noch etwas anderes. Ich wollte es dir neulich schon sagen, als wir Sara aus der Reha abgeholt haben, aber ich habe mich nicht getraut. Es ist albern, es ist wirklich nichts Schlimmes, es ist nur – ach, nichts. Ich habe mit ihr geschlafen.«

Germán werkelt weiter in meinem Mund herum. Ich gucke ihm sehr eindringlich in die Augen, schreie ihn an mit meinem Blick, aber er weicht mir aus.

»Das ist sechzehn Jahre her, deswegen habe ich dir nichts

gesagt. Was spielt das schon für eine Rolle? Ich meine, jeder schläft mit einem Haufen Leuten in sechzehn Jahren.«

Ich stammle: »Nicht jeder.«

»Ja, o. k., nicht jeder. Aber viele. Was ich sagen will, ist, dass diese Information komplett irrelevant wäre, wenn das zwischen euch nur ein Techtelmechtel wäre, o. k.? Ich erzähle es dir, weil ich glaube, dass es ernst ist zwischen euch. Stimmt doch, oder?« Ich murmele: »Ja.« »Hat sie es dir nicht erzählt?« Und jetzt sieht er mir doch in die Augen und beantwortet sich seine Frage selbst. »Nein, natürlich nicht.«

Dann poliert er meine Zähne mit einem Zeug, das *Whitener* oder so ähnlich heißt. Während der ganzen Prozedur, die bestimmt zehn Minuten dauert, sagt er nicht ein Wort. Ich sage auch kein Wort. Es ist die vielleicht unangenehmste Erfahrung meines Lebens. Jetzt verstehe ich, warum alle Welt es hasst, zum Zahnarzt zu gehen.

Als ich endlich ausspülen darf, fragt Germán:

»Bist du sauer?«

»Nein.«

»Gut. Dein Mund wird sich während der nächsten halben Stunde etwas taub anfühlen, das kennst du ja schon.«

»Wo habt ihr es gemacht?«

Um Gottes willen. Warum habe ich das jetzt gefragt?

»Im Ernst, das willst du wissen?«

Nein, eigentlich nicht.

»Ja.«

Germán setzt sich auf seinen Behandlungsstuhl. Er hat ein bisschen Blut auf seinem Latexhandschuh. Mein Blut.

»Im Zug. Es war nur eine Nacht. Wir waren jung, im Urlaub, weit weg von zu Hause.« Er zieht die Handschuhe aus und schmeißt sie in den Müll. »Im Schlafwagen. Meine Freunde haben geschlafen, glaube ich zumindest.«

»Glaubst du.«

»Sie haben nie irgendwas gesagt.« Er zuckt mit den Schultern. »Wir hatten alle getrunken. Jeden Abend haben wir wie verrückt gesoffen, darum ging es bei Interrail.« Er denkt einen Moment nach, dann seufzt er. »Und viel mehr gibt's da nicht zu erzählen. Bist du sicher, dass du nicht sauer bist?«

»Nein, bin ich nicht«, sage ich. Und es stimmt, denn es ist keine Wut, die ich spüre. Um ehrlich zu sein, kann ich gar nicht klar sagen, was ich gerade empfinde, aber Wut kann ich beinahe mit Sicherheit ausschließen.

»Außerdem«, sagt Germán, »hast du auch mit Sara geschlafen.«

Touché.

Etwas unerwartet allerdings, denn Germán und ich haben noch nie über dieses Thema gesprochen. Nicht mal im Scherz, nicht mal mit Sara zusammen. Die anderthalb Jahre, die Sara und ich zusammen waren (was eigentlich viel mehr ist, als nur miteinander zu schlafen), sind unser absolutes Tabu. Oder zumindest waren es das bisher.

Mir kommt der plötzliche Gedanke, dass Germán mir die Indiskretion heimzahlen und mich fragen könnte, wo Sara und ich es gemacht haben. Aus dem Stehgreif, ohne großes Gedächtnisbuddeln, wäre die Antwort: in meinem Elternhaus, in ihrem Elternhaus, in der Uni, in einem Kino, in ein paar Parks und in einer Telefonzelle. Oh Gott, bitte lass ihn nicht fragen.

»Okay«, sage ich in einem eher erbärmlichen Versuch, die Spannung zu lösen. »Dann sind wir jetzt wohl quitt.«

Germán lächelt und fragt: »Ist es ernst zwischen euch?«

»Weiß nicht.«

»Das weiß man doch.«

»Ja.« Ich zucke mit den Schultern. »Es ist ernst mit uns.«

»Das freut mich. Ehrlich, das freut mich sehr.«

»Danke.«

»Lass uns mal wieder zu viert ausgehen, ja? Das ist echt ...«

»Ja«, unterbreche ich ihn. »Na klar, das machen wir.«

Wenn ich den Brocken verdaut habe.

»Wirst du mit Eva darüber reden?«

»Nein. Wenn sie mir davon erzählen will, wird sie es tun.«

»Habe ich dir wehgetan?«

»Nein. Das ist doch schon sechzehn Jahre her und …«

»Ich meinte jetzt die Zähne.«

»Ach so. Ja, ein bisschen, um ehrlich zu sein. Ein bisschen schon.«

»Denk an das Putzen. Da sammelt sich viel Zahnstein an deinen Backenzähnen.«

Also habe ich mit Sara geschlafen, Germán mit Eva, Sara mit Germán und Eva mit mir. Jeder hat mit jedem geschlafen, sogar bevor wir uns alle kannten. Ich würde gerne einen Mathematiker fragen, wie wahrscheinlich so etwas ist in einer Dreimillionenstadt.

Natürlich ist das nicht die dringendste aller Fragen, die sich mir jetzt auftun. Die dringendste ist: Warum hat Eva mir das nicht erzählt? Das frage ich mich, während ich die Praxis verlasse, auf dem Nachhauseweg, beim Kochen und beim Essen ebenfalls und auch, als ich später ins Bett gehe und John Steinbecks *Jenseits von Eden* zur Hand nehme und wieder zur Seite legen muss, weil ich nur dieses eine denken kann: Warum hat Eva es mir nicht erzählt?

Ich sehe zur Decke, und binnen einer halben Stunde habe ich drei Hypothesen entwickelt.

Hypothese 1:
Zwischen den beiden war mehr als ein One-Night-Stand. Eva und Germán vereinte so ein Zwischengefühl, für das es keinen Namen gibt, weniger als Liebe, aber mehr als Freundschaft. Was auch immer zwischen ihnen war, hat sich nach all

der Zeit für beide in eine Art idealisierte Jugendliebe verwandelt. Kann dieses vergangene Gefühl wieder aufflammen? Ist es bereits wieder aufgekeimt, und sie hat mir deshalb nichts von alldem erzählt? Schließlich hat Eva auch immer noch das gemeinsame Foto an ihrer Pinnwand hängen. Das wird wohl etwas bedeuten, oder nicht?

Hypothese 2:
Es war nur ein jugendliches Abenteuer, ein harmloser Urlaubsflirt. Eva hatte Germán komplett vergessen. Es war schön, so wie beinahe alles in diesem Alter schön ist, aber nichts Überirdisches. Deshalb ist es ihr peinlich, mir davon zu erzählen. Sie weiß, dass sie es tun sollte, natürlich, und sie sucht nach dem richtigen Moment, aber es ist nicht so einfach. Bei einem Abendessen, vor dem Zubettgehen, beim Frühstück? Was ist ein guter Moment, um deinem Freund zu sagen, dass du mit seinem Kumpel geschlafen hast?

»Es war nur ein kleines Abenteuer im Zug, mit seinen Freunden in der Koje unter uns. Gibst du mir mal das Salz? Ach so, und einmal habe ich auch nackt im Trevi-Brunnen gebadet.«

Hypothese 3:
Eva hat so viele Typen flachgelegt, dass sie sich noch nicht mal daran erinnert, dass Germán einer von ihnen war. Als ich sie auf das Foto angesprochen habe, hat sie gedacht:

»Hm, mit einem von denen hatte ich doch was, aber welcher war es noch mal?«

Mein Telefon vibriert.

Eva: Schläfst du schon?

Ich zögere einen Moment lang, starre auf das Display und spiele die drei Hypothesen erneut durch. Dann lasse ich noch ein paar Minuten verstreichen, und schließlich antworte ich:

Ja.

Und mehr haben wir uns für heute nicht zu sagen.

Kapitel 17

Ich erhalte einen Anruf von Media TV Entertainment. Der Firmenname lässt unmissverständlich erkennen, dass es sich um eine Fernsehproduktionsfirma handelt. Vor einem halben Jahr habe ich eine Biografie über ihren Big Boss geschrieben, Martín Iglesias, ein Megafernsehproduzent, der diesen Monat in Rente geht. Man sagt mir, dass sie nächste Woche in einem ihrer Studios eine Abschiedsparty für ihn schmeißen, in deren Rahmen das Buch feierlich überreicht wird. So feierlich, wie eine Party sein kann, die Fernsehleute organisieren. Es wird Livemusik und Freigetränke geben. Sie würden mich gerne dabeihaben, damit der Big Boss mich kennenlernen kann. »Er trifft gerne die Kreativen«, sagt mir die Stimme am Telefon, »er war selbst Drehbuchautor.« Ich sollte mich geehrt fühlen, nehme ich an.

Ich überlege, wie ich die Einladung möglichst elegant ausschlagen kann, so wie ich das immer tue bei diesen Gelegenheiten, aber dann denke ich, dass es vielleicht lustig werden könnte. Und ich denke an Germán, der gesagt hat, ich sei früher immer so ein Griesgram gewesen und jetzt nicht mehr. Es ist mir wirklich zuwider, wenn andere Leute meine charakterlichen Eigenschaften vor mir selbst bemerken. Ich frage nach, ob ich meine Freundin mitbringen kann, und es fühlt sich extrem seltsam an, die Kategorie *Pärchen* in Bezug auf mich selbst anzuwenden. Die Stimme am Telefon sagt; aber sicher, natürlich, selbstverständlich.

Eva hat keine besonders große Lust, denn, wie sie sagt, hasst sie Celebrity-Getue. Ich versichere ihr, dass es gar nicht möglich ist, dass sie es mehr hasst als ich. Außerdem, ergänze ich, wird das keine Party sein, wo die ganzen Deppen aus den Realityshows rumlaufen. Die Produktionsfirma macht fast nur Serien. Ich vermute, dass das ernst zu nehmendere Leute sind. Eva verspricht mir, darüber nachzudenken, und am nächsten Tag sagt sie:

»Scheiß drauf. Wenn es blöd ist, können wir ja wieder gehen.«

Am Tag der Party, einem Dienstag (denn die Fernsehleute stehen über solchen Allgemeinplätzen wie Partys am Wochenende), hole ich Eva zu Hause ab. Sie sieht toll aus. Ich habe nichts Besonderes angezogen: ein blaues Hemd, Jeans und Turnschuhe. Aber Eva, jene Eva, die Celebrity-Getue hasst, hat sich in ein hautenges grünes Sommerkleid gehüllt, das mich von den Socken haut.

»Scheiß auf die Party«, sage ich. »Lass uns ins Schlafzimmer gehen.«

»Nichts da. Es hat ewig gedauert, mich in den Fummel zu quetschen.«

Die Party steigt an einem Ort, der sich *Stadt der Bilder* nennt, was dem schwülstigen Namen zum Trotz ein Industriegebiet am Stadtrand ist. Wir fahren mit dem Twingo, weil alles andere eine halbe Ewigkeit dauern würde und keine Party der Welt es wert ist, uns so viel Zeit zu stehlen.

An einer roten Ampel in der Calle Serrano, der Hochburg der Schickeria mit ihren perlenbehangenen Damen, ihren frisierten Hunden und ihren Hermès-Taschen, zeigt Eva auf ein großes Ecklokal in einem vornehmen Gebäude.

»Siehst du die Bar da?«

Allerdings.

»Das ist die Lieblingsbar meines Vaters. Jeden Abend nach der Arbeit ist er dort hingegangen. Wahrscheinlich tut er das immer noch. Das Leben der Kellner interessierte ihn mehr als meines.«

Was für ein Trauma, denke ich und fühle mich ganz hilflos.

»Sieht teuer aus«, sage ich, um irgendetwas zu erwidern.

Ein riesiger Kerl verlässt in geleckrem Aufzug das Lokal und stellt sich mit verschränkten Händen vor die Tür, als warte er auf nichts Bestimmtes. Vermutlich der Türsteher, obwohl er auch als Calvin-Klein-Model durchgehen könnte.

»Da scheiß ich drauf«, sagt Eva, und ich habe absolut nichts dagegen.

In der Stadt der Bilder ist kein Mensch, vielleicht, weil die Fernsehcrowd am Dienstag frei macht, vielleicht auch, weil die Branche den Bach heruntergeht. Wir parken in der ersten Reihe, direkt vor dem Eingang. Bedacht, wie wir sind, sind wir erst eine halbe Stunde nach Partybeginn eingetroffen.

An der Tür empfängt uns ein junger Mensch, der ob seines Alters und seiner Nervosität leicht als Praktikant auszumachen ist und dessen einzige Aufgabe darin zu bestehen scheint, den Gästen den Weg ins Studio 4 zu weisen. Zum Glück ist er da, denn das Gebäude erweist sich als reinstes Labyrinth. Die Party steigt in der Kulisse einer historischen Serie, die Eva kennt, ich aber nicht. Ein Quotenhit, laut Eva.

Die Kulisse ist jedenfalls interessant. Ein Platz im Stil des Goldenen Zeitalters, mit Brunnen und verschnörkelten Balkonen und Wappen und einem romantischen Säulengang, den man noch aus vier Metern Entfernung für massiv halten kann. Den Bruch liefert ein kahlköpfiger DJ, der die historische Magie mit nichts Geringerem als den Jackson Five zerstört.

Ein Kellner im T-Shirt bietet uns Wein an, und wir drehen eine Runde durch die Kulisse. Die Leute stehen in Grüppchen. Die meisten der Gäste wirken dezent, obwohl auch hier und da jemand sehr laut lacht, damit jeder weiß, dass er a) da ist und b) super viel Spaß hat.

Als wir unter dem Säulengang wandeln, beuge ich mich zu Eva und flüstere ihr ins Ohr:

»Hirtin, als ich hier am Ort dich im Bild zuerst gesehen, dacht' ich, müßtest mich verstehen, weil mir träumt', ich hört' dein Wort.«

Eva öffnet die Lippen übertrieben spitz, wie eine erstaunte Comicfigur.

»Niemand sieht mich ohne Bangen, jeder mich als Thor betrachtet; doch gering mein Sinn dies achtet, weil so glühend mein Verlangen.«

»Soll ich dir eine Laute besorgen?«

»Nein, gesungen ist es weniger schön.«

»Das hast du dir jetzt aber nicht gerade ausgedacht.«

»Ha. Schön wär's. Das ist von Lope de Vega. Der hat dreitausend Sonette geschrieben.«

»Nicht schlecht.«

»Und nebenbei achthundert Theaterstücke.«

»Wirklich?«

»Wirklich.«

»Das wirst du kaum noch einholen können.«

»Ich weiß. Es ist furchtbar.«

Jemand greift zum Mikrofon und bittet den DJ, die Musik auszumachen. Ich kann den Mann nicht sehen, bis er sich auf den Rand des Brunnens in der Mitte der Kulisse schwingt. Er ist gut fünfzig Jahre alt, ein lockerer Typ mit einer noblen Brille in Himmelblau und Nike-Turnschuhen in derselben Farbe.

»Wow!«, sagt Eva.

»Kennst du den?«

»Ja. Also, nein, nicht persönlich, aber er ist total berühmt. Kennst du ihn nicht?«

»Glaube nicht.«

»Er hat eine Comedysendung zur Primetime. Wofür hast du denn einen Fernseher?«

»Damit meine Besucher nicht denken, ich sei komisch.«

Die Menge applaudiert dem Comedian, und ich stimme höflich ein.

»Ja, ja, das reicht, genug! Ihr seid ja nicht wegen mir hier. Und glaubt mir, das ist ein seltsames Gefühl für mich!« Gelächter. »Wenn ihr hier seid, dann, weil ihr für diese Firma arbeitet oder mit jemandem zusammen seid, der das tut. Falls ihr nur die Begleitung seid, was soll ich sagen – mein Beileid!« Gelächter, Szenenapplaus. »Das Fernsehen ist eine äußerst undankbare Branche und hat schon so manche Ehe zerstört. Wenn ihr mir nicht glaubt, fragt meine Exfrauen – das sind die zwanzig dahinten in der letzten Reihe.«

Noch mehr Gelächter. Ich sehe zu Eva, die den Comedian mit einem breiten Grinsen anguckt. Ich frage mich, womit ich dieses Glück verdient habe, und auch, wie lange es andauern wird. Ja, ich weiß, ich bin ein Pessimist. Ich bin unfähig, einfach bedingungslos zu genießen. Ich kann nicht glauben, dass die guten Dinge, so wie das hier, fortbestehen können. Hier stehe ich, mitten im Goldenen Zeitalter, bloß ohne Pferdescheiße und zahnlose Bauern, und trinke Wein mit einer wunderschönen und glücklichen Frau. Das kann einfach nicht von Dauer sein.

Der Comedian quasselt noch ein paar Minuten lang und sagt dann: »Heute haben wir uns hier versammelt, um dem Vater dieses Imperiums die Ehre zu erweisen. Ein Mann von beneidenswertem Werdegang: Angefangen hat er als Witzeschreiber, und nun unterschreibt er die Schecks.« Gelächter. »Los, Alter, komm hoch hier!«

Ein dreiundsechzigjähriger Typ mit Solariumbräune, beigem Anzug und lindgrünen Turnschuhen klettert ohne Schwierigkeiten auf den Brunnen und umarmt den Comedian. Er heißt Martín Iglesias, geht dreimal pro Woche ins Fitnessstudio und ist Vegetarier. Ich kenne ihn recht gut, denn ich habe sein Leben auf 136 DIN-A4-Seiten komprimiert.

»Tausend Dank an alle fürs Kommen! Ich sehe viele vertraute Gesichter. Und auch sehr viel Botox. Wenn es brennt, wird es hier kilometerweit nach verbranntem Gummi riechen.« Gelächter. »Nein, ehrlich, ich bin ganz gerührt.«

Das mag ja stimmen, aber von allem, was er im Anschluss sagt, glaube ich kein Wort. Ich habe mich schon immer gefragt, ob diese Leute, die permanent von Simulation und Täuschung umgeben sind – Schauspieler, Kostümbildner, Regisseure –, nicht irgendwann zwangsläufig die Realität mit dem Spiel verwechseln. Angeblich hat der Tarzan-Interpret Johnny Weissmüller am Ende seiner Tage in der Überzeugung gelebt, der König des Dschungels zu sein, und auf seinem Anwesen herumgebrüllt. Das habe ich natürlich aus dem Internet, also stimmt es vielleicht auch nicht.

Der Unternehmer lässt vierzig Jahre Karriere Revue passieren und streut alle zwei Sätze einen Scherz ein. Ein Showmaster. Nach fünfzehn Minuten wünscht er uns allen einen wunderbaren Abend und verspricht jedem ein persönliches Gespräch bis zum Morgengrauen. Er will gerade vom Brunnen springen, als der Comedian ihn zurückhält.

»Nicht so schnell, Opa, wir sind noch nicht fertig mit dir.« Gelächter. »Fehlt noch das Geschenk.« Applaus. »Weißt du, wir hatten überlegt, dir eine Uhr zu schenken, aber wir konnten keine finden, die zu deiner Jacht passt. Dann haben wir überlegt, dir eine zweite Jacht zu schenken, aber keine passte zu deinem Hubschrauber.« Gelächter. »Aber dann ist uns zum Glück etwas Originelleres eingefallen.«

Und dann zückt er meine *Pseudobiografie*. Aus einer gewissen Distanz sieht sie sogar aus wie ein echtes Buch, mit Einband (Foto des Unternehmers) und Titel (Name des Unternehmers). Eigentlich ist es ein richtiges Buch, mit einem Unterschied: Es trägt keinen Autorennamen.

»Dein Leben«, sagt der Comedian. »Erzählt von deiner Familie und deinen Freunden. Nimm es als Prolog zu dem, was morgen beginnt.«

Der Produzent nimmt das Pseudobuch entgegen, betrachtet es, schaut jemanden im Publikum an und ist plötzlich tatsächlich zu Tränen gerührt. Wenn er nur so tut, ist er ein wirklich guter Schauspieler. Eva dreht sich lächelnd zu mir um, und ich nicke, keine Ahnung, warum. Der Beschenkte öffnet das Buch, blättert um und ist noch gerührter. Er will etwas sagen, aber er schafft es nicht. Taschentücher werden aus Dutzenden Taschen gekramt, und eine Frau ruft: »Gott, wie bewegend!«, und die versammelte Mannschaft bricht in tosenden Applaus aus. Der Produzent drückt sich das Buch an die Brust, stammelt: »Danke, danke«, und gibt dem DJ ein Zeichen, der die Message sofort versteht und diesen Platz des 16. Jahrhunderts wieder mit den Klängen des 20. erfüllt.

Das ist eigentlich der Moment für einen würdigen Abgang, aber wir ergreifen ihn nicht. Stattdessen stromern wir durch die Kulisse, trinken Wein, essen Tapas und gucken die Gäste an. Eva erkennt einige. Einer ist ein Wetterfrosch. Ein anderer moderiert eine Kultursendung. Dann sind da noch zwei Models, ein Rapper und eine Person unbekannter Profession, die offenbar davon lebt, ihre Meinung über mehr oder minder dämliche Themen zu verbreiten.

»Dafür, dass du das Celebrity-Getue so verabscheust, kennst du dich aber erstaunlich gut aus«, sage ich zu Eva.

Sie zuckt lächelnd mit den Schultern. Ich bin schon beim dritten Glas Wein angekommen und muss mich den Bedürfnissen meiner Blase beugen.

»Ich warte genau hier auf dich«, sagt Eva unter dem romantischen Säulengang.

Ich befrage mehrere Personen nach einem geeigneten Ort für mein Vorhaben, bis mir jemand empfiehlt, das Studio zu verlassen und im Flur nach rechts abzubiegen. Am Urinal angekommen, muss ich Bekanntschaft mit einem Mann im bordeauxroten Jackett schließen, der in Plauderlaune ist.

»Gehörst du zur Braut oder zum Bräutigam?«

Ich gucke ihn verstört an.

»War ein Scherz. Bist du Drehbuchschreiber?«

Ich verneine trocken. Es gibt Männer, die ohne Weiteres pinkeln und nebenbei kohärente Sätze formulieren können. Ich gehöre nicht dazu.

»Schauspieler?«, fragt er weiter.

»Ich komme nicht aus der Branche.«

»Nein? Was hat dich dann hierher verschlagen?«

»Ich bin der Typ, der das Buch geschrieben hat.«

»Welches Buch?«

»Das, das Iglesias gerade geschenkt bekommen hat.«

»Ach, schau an! Echt? Verrückter Beruf, oder?«

»Ja.«

»Ich mache den Ton bei Live-Veranstaltungen, aber eigentlich möchte ich gerne Filmmusik machen.« Er schüttelt ab und verabschiedet sich: »Na dann, Alter, wir sehen uns.«

Und ich kann endlich pinkeln.

Als ich ins Goldene Zeitalter zurückkehre, kann ich Eva im Säulengang nicht entdecken, was blöd ist, denn die Kulisse ist echt riesig und vollgestopft mit Leuten, die zunehmende Gleichgewichtsprobleme haben. Ich bewege mich auf der Suche nach ihr über den Platz und versuche, meinen Stresspegel im Zaum zu halten. Das ist allerdings nicht leicht: viel zu viele viel zu glückliche Leute.

Jemand spricht mich an: »Hey, bist du nicht – ach, nee, sorry.«

Nach ein paar Minuten, die sich wie eine Ewigkeit anfühlen, sehe ich endlich Eva. Sie steht gar nicht weit vom verabredeten Ort entfernt und unterhält sich angeregt mit einem gut aussehenden, muskulösen und bärtigen Kerl. Auf den ersten Blick sieht er wie der Typ Mann aus, der beispielsweise sagt: »Meine Karriere geht steil bergauf«, oder: »Eigentlich sind wir doch alle ein bisschen bi.« Also genau der Typ Mann, der mir Komplexe bereitet.

Erstes Alarmsignal: Eva lacht. Sie lacht sogar sehr doll, als hätte der Typ gerade den besten Witz der Sprachgeschichte gemacht.

Zweites Alarmsignal: Während sie lacht, lächelt er bloß vor sich hin und mustert ihr grünes Kleid – und damit den Körper darunter – schnell, aber intensiv.

Gut, dass ich nicht eifersüchtig bin. Ich gehe rasch auf die beiden zu, als eine Hand sich auf meinen rechten Arm legt und daran zieht.

»Daniel! Ich wusste ja gar nicht, dass du kommst!«

Sheila Irgendwas. Sie ist die Pressefrau der Media TV Entertainment und die Person, die das Buch bei mir in Auftrag gegeben hat.

»Sheila«, sage ich und versuche zu lächeln, aber es will mir nicht ganz gelingen. »Wie geht's?«

»Komm, ich stell dir den Chef vor.«

Ich möchte das freundliche Angebot ablehnen und sagen, dass man auf mich wartet, aber der Chef steht schon neben ihr, und ich kann mich nicht mehr entziehen.

»Martín«, sagt Sheila. »Das ist Daniel Durán, der Autor des Buches.«

»Welches Buch?«, fragt er berechtigterweise.

»Das, das wir dir geschenkt haben.«

»Ah!«, ruft er aus. »Ach so! Fantastisch, freut mich.«

Wir geben uns die Hand. Aus der Nähe strahlt er noch mehr Reichtum aus. Hinter ihm sehe ich Eva erneut exaltiert lachen. Ich will nicht paranoid erscheinen, aber mit mir lacht sie nie so doll. Ich kann mir auch nicht vorstellen, dass so starke Hyperventilation gut ist für die Atemwege. Am Ende provoziert das ganze Gelache mit diesem Clown da noch einen Herzinfarkt. Sprichwörtlich vor Lachen gestorben, in den Armen eines Mannes, der Sachen sagt wie: »Am coolsten ist doch, was nicht cool erscheint.« Ich muss handeln, und zwar schleunigst.

Da bemerke ich, dass der Big Boss der Fernsehproduktionsfirma mich mit großen Augen und eingefrorenem Lächeln ansieht. Mist. Er hat mich etwas gefragt, und ich habe nicht die geringste Ahnung, was, weil ich mit der Gesundheit meiner Freundin beschäftigt war. Das ist der Grund, weshalb ich nicht auf Partys gehe. Ich sage:

»Es war mir eine Ehre, Ihre Biografie schreiben zu dürfen, Señor.«

Er sagt: »Señor?« Und lächelt, allerdings stirnrunzelnd.

Ich sage: »Jetzt muss ich allerdings ... Wenn Sie entschuldigen wollen. Bis später, Sheila.«

Ich entferne mich, ohne mich umzudrehen, weil ich mir schon vorstellen kann, dass ich sie etwas vor den Kopf gestoßen habe. Aber, o. k. – sie arbeiten beim Fernsehen, die haben jeden Tag mit seltsameren Dingen zu tun. Ich brauche genau vier Sekunden, um mich zwischen Eva und den immens witzigen Typen zu schieben.

»Hey«, sage ich, wie der absolut nicht eifersüchtige Freund, der zufällig vorbeikommt.

»Dani, hey, das ist Quim.«

Und das zwingt mich logischerweise, den Bärtigen anzusehen.

»Hallo«, sagen wir beide zur gleichen Zeit und reichen uns die Hand ohne allzu breites Grinsen oder sonstiges Getue. Eine höfliche Begrüßung, weiter nichts. Offenbar sind dem Helden die Scherze ausgegangen.

»Wir kennen uns aus Barcelona«, sagt Eva. »Er ist der Macher von *Imperio*.«

»Echt jetzt, *Imperio*! Donnerwetter! Was ist *Imperio*?«

»Die Serie, die hier gedreht wird«, sagt Eva. »Hab ich dir doch vorhin erzählt.«

Stimmt, das hat sie mir vorhin erzählt.

»Richtig, entschuldige.« Ich drehe mich zu dem lustigen bärtigen Schönling um. »Dann bist du also der Regisseur dieser Serie, ja?«

»Na ja, wir teilen uns das mit mehreren. Ich führe die Regie bei einigen *pics*.«

Leute, die alberne Abkürzungen benutzen, machen mich wahnsinnig. Ich hätte Lust, ihn zu fragen, was er gedenkt, mit der Zeit anzustellen, die er spart, wenn er *pics* statt Episoden sagt. Vielleicht ein paar Tage an der Algarve, Quim? Schönes WE in Portugal?

»Quim hat mir gerade erzählt«, sagt Eva, »dass sie eine Einschaltquote von fünf Millionen haben.«

»Na gut«, sage ich, »die Quote ist natürlich nicht alles.«

Eva und der Bärtige werfen mir überraschte Blicke zu.

Ich verurteile sie nicht, ich würde das genauso machen. Ich muss diesen Gedankengang ausbauen, zu Ende bringen, irgendwohin führen, wo er Sinn ergeben kann.

»Was ich sagen will, ist, dass Qualität auch ein wichtiges Kriterium ist. Mit dem zufrieden zu sein, was man macht. Es genießen. Ich meine, selbst ihr Fernsehleute müsst doch einen minimalen … intellektuellen Anspruch haben. Ich sage das, weil es manchmal nicht so aussieht. Also, ich kenne ja deine Serie nicht, fühl dich nicht angegriffen, ich meine das mehr so … im Allgemeinen.«

Ich sehe, dass Evas Gesichtsausdruck sich langsam, aber sicher verändert, doch jetzt bin ich nicht mehr zu stoppen.

»Und ich habe jetzt kein Problem mit dem Fernsehen, echt nicht. Ich bin sicher, dass es ein großartiges Medium sein kann. Ich glaube, es war Marshall McLuhan, der sagte … das Fernsehen ist nicht … nein, wie war das noch mal? Egal, was ich sagen will, ist, dass man verantwortlich mit dem Medium umgehen muss. Nicht so tun, als wären die Leute schwer von Begriff. Macht ihr das? Wie gesagt, ich kenne eure Serie nicht, die ist bestimmt sehr gut, aber ... Ich bin einfach ein Skeptiker. Also, wie war das noch mal, was Marshall McLuhan gesagt hat?«

Schweigen. Der Bärtige guckt Eva an, die wiederum mich ansieht, und zwar mit einem Ausdruck, den ich nun mit an Sicherheit grenzender Gewissheit als blanke Wut identifizieren kann.

»Nun, also, ich weiß nicht«, sagt der Bärtige und zuckt mit den Schultern. »Wir geben eigentlich immer unser Bestes. Ich glaube auch nicht, dass unsere fünf Millionen Zuschauer alle Idioten sind. Meine Mutter zum Beispiel liebt die Serie und ist ganz sicher keine Idiotin.«

Jetzt warte mal kurz: Warum hat er seine Mutter jetzt da reingezogen? Dieser Penner hat es gerade geschafft, dass ich seine Mutter beleidige, dabei kenne ich sie nicht einmal! Ich meine, ich kenne ja noch nicht mal ihn, warum hat er mir eine Beleidigung seiner Mutter in den Mund gelegt?

»Quim«, unterbricht Eva mit gequältem Lächeln. »Ich ruf dich nächste Woche an, o.k.?«

Quim nickt, und die beiden verabschieden sich mit Küsschen. Eva eilt auf den Ausgang zu und lässt mich einfach mit dem lustigen bärtigen Schönling stehen, der mich ernsthaft ansieht.

»Hat mich sehr gefreut«, lüge ich.

Er lügt nicht.

Die Autofahrt zurück ins 21. Jahrhundert ist ziemlich traumatisch. Ich habe Eva noch nie so wütend erlebt. Ich habe sie genervt, erschöpft, beleidigt, enttäuscht und gereizt erlebt, aber nichts davon kam auch nur in die Nähe ihres augenblicklichen Gemütszustands. Sie sieht mich nicht an, spricht nicht mit mir und rast wie eine Wahnsinnige.

»Hör mal ...«, beginne ich, aber sie lässt mich nicht aussprechen.

»Was war das denn für ein Scheiß?«

»Was jetzt genau?«

»Diese Szene als besitzergreifend-komplexbehafteter Macho!«

»Was soll das denn heißen? Ich hab mich noch nie wie ein Macho benommen!«

»Dafür war der Auftritt aber ziemlich bühnenreif.« Und dann macht sie mich nach: »Behandelt ihr die Leute etwa wie Idioten? Jetzt fühl dich aber nicht angegriffen!«

»Ich wollte nur nett sein.«

»Nett?!«

Und sie lacht, aber nicht so wie mit dem Bärtigen. Dies ist eher eine psychopathische Lache. Eine Lache à la Verrückter Wissenschaftler oder Genialer Gauner. Moriarty, der Sherlock Holmes von der Klippe stürzen sieht.

»Bullshit«, sagt Eva. »Du wolltest dein Revier markieren. Fehlte nur noch, dass du um mich herum pinkelst.«

Sie hat recht, und ich weiß es. Ich bin zwar dumm genug, um solche Fehler zu machen, aber nicht so bescheuert, dass ich es nicht merken würde, wenn ich es tue.

»Entschuldige«, sage ich.

»Lass mich in Ruhe.«

»Ich bitte dich um Verzeihung.«

»Das kannst du dir sparen.«

Warum sie das sagt? Weil sie nicht ans Verzeihen glaubt, was den Rest der Menschheit in eine wirklich schwierige Lage bringt. Laut Eva entschuldigen sich die Leute nur aus Egoismus. Um ihr Gewissen zu beruhigen. Sehr selten, fast nie gibt es wirkliche Reue. Sagt sie, und ich nehme an, dass es wahr ist. Zumindest bereue ich kein bisschen, was ich eben getan habe.

»Marshall McLuhan …«, murmelt sie. »Du bist echt richtig bescheuert, Dani.« Und sie betont *richtig*, um zu verdeutlichen, dass mein Niveau an Bescheuertheit nicht so leicht zu übertreffen ist.

»Gut, was soll ich tun? Soll ich zurückfahren und den Typen selbst um Verzeihung bitten? Oder soll ich dich lieber nächste Woche zu eurem Date begleiten?«

Mehr sage ich nicht. Kann ich auch nicht, denn Eva reißt das Steuer herum und hält an einer Bushaltestelle.

»Jetzt wollen wir mal was klarstellen. Ich bin nicht dein Eigentum, verstanden?«

»Habe ich das etwa behauptet?«

Sie unterbricht mich: »Ich muss dich nicht um Erlaubnis bitten, wenn ich mich mit jemandem verabreden will. Ich muss das auch nicht mit dir besprechen. Ich muss dich noch nicht mal darüber informieren, wenn ich keine Lust dazu habe.«

Zu Letzterem hätte ich schon einen Einspruch, aber ich spare ihn mir lieber, denn dies ist offensichtlich nicht der passende Moment, um das auszudiskutieren.

»Ja, gut, o. k. – kann ich bitte etwas sagen?«

Eva sieht mich stumm an. Das werte ich als Zustimmung.

»Dieser Typ hat dich angesehen.«

»Wie bitte?«

»Er hat dich angesehen. Also, er …« Wie sage ich das. »Als ich vom Klo zurückkam, hast du gelacht, und er hat dich angesehen … Also, deinen Körper. Er hat dich abgecheckt. Will sagen, er hat dich mit Verlangen angesehen. Sexuellem Verlangen.«

Ich muss an eine Tom-und-Jerry-Szene denken, in der Tom mitten in einer Verfolgungsjagd merkt, dass er längst keinen Boden mehr unter den Füßen hat. Da guckt er mit verzweifeltem Blick in die Kamera und fällt einfach in die Leere.

»Steig aus«, sagt Eva.

»Was?«

»Du sollst aussteigen.«

»Eva …«

»Raus jetzt, verdammt noch mal!«

Jawohl, so wütend ist sie. Und ich verstehe das nicht, schließlich habe ich nur die Realität wiedergegeben, nicht mehr und nicht weniger. Was hätte ich denn tun sollen? Schweigen?

Ich hätte Lust, ihr eine kleine Szene zu machen, damit sie mal sieht, dass sie nicht die Einzige ist, die sauer werden kann. Aber es ist ihr Auto, und da hat sie das Sagen, also beschränke ich mich darauf, »Scheiße« zu sagen und auszusteigen. Eva sieht mich nicht mal an, sie fährt einfach weg. Und ich habe keine Ahnung, wo ich bin.

Kapitel 18

Als Kind guckte ich diese Batman-Serie aus den Sechzigerjahren. Der Protagonist war ein Mann namens Adam West, der einzige Dicke, der jemals einen Superhelden gespielt hat. Ich habe alle Folgen gesehen, beinahe zwanghaft, eine nach der anderen. Ich habe sie sogar auf Video aufgenommen, um die besten Szenen noch mal sehen zu können. Unter filmischen Gesichtspunkten war das echt der letzte Schrott, und dennoch erinnere ich mich so gut daran, als wäre es gestern gewesen. Die Serie war witzig, leicht bekömmlich und grell. Sogar die Bösen waren bunt angezogen. Niemand wurde jemals getötet, wenn es hochkam, buchtete die Polizei mal jemanden ein. Allerfeinste unschädliche Unterhaltung aus dem Mekka der politischen Korrektheit.

Unter all den unrealistischen Begebenheiten der Serie fand ich am coolsten, wie uninspiriert die Drehbuchschreiber Batmans Probleme lösten. Egal, wie tief er in der Klemme steckte, er kam immer ganz leicht wieder heraus. Ich erinnere insbesondere eine Folge, in der Batman von einem Hai bedroht wird. Robin wird ganz panisch, wie immer in der Serie: »Verflixt, Batman, diese Bestie hat dein Bein mit einem Sandwich verwechselt!« Aber Batman bleibt natürlich ganz locker. Er öffnet seinen Gürtel, holt eine Dose heraus und sagt: »Ganz ruhig, Robin, hier habe ich mein Anti-Hai-Spray.«

Wahrscheinlich wollte der Drehbuchautor nur schnell fertig werden und mit seiner Freundin auf ein Beatles-Konzert gehen. Vermutlich war die Batman-Serie ein reiner Brotjob für ihn, woher sollte der Mann auch wissen, dass er gerade eine Ikone der Popkultur schuf?

Das Problem mit scheinbar harmlosen Ideen wie dem Anti-Hai-Spray ist, dass sie in den kindlichen Hirnen der Zuschauer eine etwas verzerrte Vorstellung von der Realität hinterlassen. Auch wenn man sich dagegen sträubt, etwas davon bleibt immer bis ins Erwachsenenalter haften. Dafür bin ich wohl das beste Beispiel. Hier stehe ich mit meinen fünfunddreißig Jahren und wünschte, ich hätte einen Gürtel voller verschiedener Sprays, die meine Probleme lösen.

Ich weiß schon, was Sie jetzt denken. Sie denken: Werd endlich erwachsen! Und ich schwöre, das versuche ich seit 1995, aber es will mir nicht gelingen. Niemand hat mir beigebracht, wie das geht. Ich wünschte, es gäbe ein Spray zum Erwachsenwerden.

»Du hast dich benommen wie ein Vollidiot.«

Diese dezenten Worte schleudert Sara mir entgegen, während wir eine Platte für Germán zum Geburtstag suchen (ja, Vinyl, das ist sein neuestes Hobby). Wir befinden uns im vielleicht letzten Plattenladen Madrids, und ich habe ihr gerade von meinem Zwischenfall mit Eva erzählt. Ich habe ihr auch erzählt, dass das schon drei Tage her ist und wir seitdem kein Wort mehr miteinander gewechselt haben. Eva hat weder angerufen noch geschrieben, aber – Achtung! – ich auch nicht. Ich habe ja schließlich auch meinen Stolz.

»Und was hätte ich deiner Meinung nach machen sollen? Die Klappe halten?«

»Ihr müsst lernen, miteinander zu reden«, erklärt Sara mir und guckt den Preis einer Platte von einem gewissen Charly Rich nach. »Sonst verliert ihr viel zu viel Zeit mit bescheuerten Streitereien, und das ist es echt nicht wert, glaub mir. Die Hälfte aller Streits beruht auf Missverständnissen.«

»Hast du einen Ratgeber verschluckt?«

»Soll ich dir helfen oder nicht?«

Ich verstumme.

»Du kannst Streit nicht vermeiden«, fährt sie fort. »Bisher hattest du keinen, weil du allein gelebt hast. Dann braucht man nicht streiten, außer man hat einen an der Waffel. Ich verstehe wirklich nicht, was er an Countrymusik findet.« Sie stellt die Charly-Rich-LP zurück in die Plattenkiste. »Verstehst du das?«

Ich schüttele den Kopf und folge Sara zur Bluesabteilung.

»Weißt du, was dein Problem ist? Du kannst keine Konflikte aushalten. Du verstehst ja noch nicht mal, warum sich Menschen überhaupt streiten.«

»Nee, verstehe ich auch nicht.«

»Das ist doch bescheuert.«

»Wir beide streiten uns doch auch nicht!«

»Wir haben uns sechs Jahre lang nicht gesehen wegen eines Streits!« Hm, stimmt, das hatte ich nicht bedacht. »Und alles nur, weil wir nicht gelernt hatten, richtig miteinander zu reden. Wir konnten die Dinge nicht aussprechen, die wir hätten sagen sollen. Was kostet diese B.-B.-King-Box?«

»Neunundachtzig fünfzig.«

»Bestens, kannst sie gleich da stehen lassen. Sieh Germán und mich an. Wir sind jetzt fast neun Jahre zusammen. Denkst du, wir haben keinen Streit? Aber hallo, und wie. Einmal habe ich ihm sogar eine Aubergine an den Kopf geworfen.«

»Eine Aubergine?«

»Ja.«

»Warum das denn?«

»Weil er mich wahnsinnig gemacht hat, aber egal. Was ich meine, ist, dass du nicht so tun kannst, als könntest du ein konfliktfreies Leben leben, denn die Konflikte werden dich verfolgen. Egal, was du tust, Konflikte wird es immer geben. Stell dir mal vor, das mit Eva wird ernster und irgendwann zieht ihr zusammen. Wie willst du das wuppen? Hast du irgendeine Vorstellung davon, wie es ist, mit jemandem zusammenzuleben?«

Ich habe vier Jahre lang mit einem Typen zusammengewohnt, der Rollenspiele mit sich selber machte, und mit einem anderen, der ein Bier-Blog hatte, obwohl ich schätze, das zählt jetzt nicht.

»Du hast keine Ahnung, wie das ist, wenn jemand die Hälfte deines Schrankes belegt, den letzten Rest Milch austrinkt oder deine Tagebücher wegräumt ... Deine Tagebücher! Oh, das würde ich gerne sehen. Gib mir mal die da.«

»Welche?«

»Die Blue Note.«

»Hör mal«, sage ich und reiche ihr die Platte. »Ich hab dir das eigentlich nicht erzählt, damit du auf mir rumhackst.«

»Warum denn dann?«

»Ach, vergiss es.«

»Jetzt sei nicht beleidigt. Soll ich dir einen Rat geben? Ich meine, willst du den Rat einer Frau hinsichtlich deiner Sorgen mit Eva?«

Genau das will ich, aber ich bin genervt von Saras Klugscheißerei und sage: »Nein, danke.«

»Was willst du dann?«

»Ach nichts, ich dachte bloß, dass wir Freunde sind. Nächstes Mal heule ich mich bei Facebook aus.«

Sara entscheidet sich für die Blue-Note-Collection, nicht so sehr, weil sie sie überzeugt, sondern vielmehr, weil wir beide keinen Bock mehr haben, noch weiterzusuchen.

»Er kann sie ja umtauschen, wenn sie ihm nicht gefällt.«

Ich bringe Sara nach Hause und helfe ihr, das Geschenk zu verstecken, bevor Germán von der Arbeit kommt. Nach ihren Anweisungen verstaue ich es ganz hinten im Schlafzimmerschrank, hinter einem Tetris-Turm aus leeren Kartons. Warum bloß bewahren manche Leute die Verpackungen von ihren gesammelten Haushaltsgeräten auf? Glauben sie vielleicht, das Leben sei zurückspulbar und eines Tages könnten all die Mixer, Staubsauger und Handys in die Läden zurückgebracht werden?

Bei einem Kaffee erzählt Sara mir, wie genervt sie von ihrem Job ist. Ich erwähne mit äußerster Vorsicht, dass Germán vielleicht recht haben könnte und sie sich wegbewerben sollte, aber sie macht sofort dicht. Das sei nicht so einfach, erwidert sie, und ich sage, ja, ja, ich weiß, aber vielleicht sollte sie es trotzdem mal in Erwägung ziehen.

»Wenn man vom Teufel spricht«, flüstert sie mit einem Grinsen, noch bevor ich überhaupt den Schlüssel in der Haustür höre. Wie hat sie das denn gerochen? Ist das so eine Art sechster Sinn, der nur Pärchen vorbehalten ist?

Germán und ich begrüßen uns ganz normal, keine Spur von der Spannung von neulich.

»Wie geht's deinen Zähnen?«, fragt er mich.

»Bestens. Hat an dem Nachmittag noch ein bisschen wehgetan, aber alles gut.«

Er nickt, und wir halten noch ein paar Sekunden Blickkontakt. Nicht herausfordernd, eher versichernd, so als wollte er mich fragen: »Alles o. k.?«, und ich würde antworten: »Alles gut, Kumpel.«

Sara erzählt Germán von meinem Streit mit Eva, und Germán hört sich belustigt die ganze Geschichte an – von der Party, dem Bärtigen, der Mutter des Bärtigen und dem Gebrüll im Auto. Immerhin lässt er keine guten Ratschläge vom Stapel. Stattdessen steht er auf und nimmt ein Buch aus dem Regal.

»Hier, guck da mal rein.«

Es heißt *Streiten lernen.* Untertitel: *Jeder hat das Recht auf Wut.* Auf dem Cover lehnen Rücken an Rücken ein Mann und eine Frau, beide mit gerunzelter Stirn. Der Autor ist ein gewisser Dr. John Michaels, was von vorne bis hinten nach Pseudonym riecht. So oder so – allein der Umstand, dass jemand ein Buch mit Doktortitel schmückt, verdirbt mir jede Restbereitschaft, es zu lesen.

»Was ist das, ein Standardwerk für Eheberatung?«

»Jetzt nimm es einfach mit«, sagt Germán.

»Hey! Ich bin erwachsen, behandele mich gefälligst auch so.«

»Okay«, sagt Germán, »es geht um emotionale Intelligenz.«

»Du weißt genau, dass ich dem Zeug nichts abgewinnen kann. Das ist doch billige Psychologie.«

»So billig war das nicht«, protestiert Sara. »Ich habe achtzehn Euro dafür bezahlt!«

»Uns hilft es«, sagt Germán.

Mir fallen zig Möglichkeiten ein, um dieses Argument abzuschmettern. Allerdings würde ich das sehr schnell bereuen, also lasse ich es lieber, das kann ich nicht auch noch auf mich nehmen. Stattdessen nehme ich das Buch entgegen. Aber:

»Wenn es so schlecht ist, wie es aussieht, will ich eine Wiedergutmachung für die verlorene Zeit.«

»Deal«, sagt Germán, und wir beschließen den Pakt mit einem Händedruck. »Es wird dir gefallen, wirst schon sehen.«

Ich habe natürlich nicht vor, es zu lesen. Eher plane ich, es ein paar Wochen lang im Wohnzimmer herumliegen zu lassen, um es dann zurückzugeben und zu sagen, dass es genau so ein Schrott ist wie erwartet, und ein Abendessen als Entschädigung zu fordern. Dieser perfekte Plan wird mir allerdings schon auf dem Heimweg vereitelt.

Schuld daran hat die U-Bahn. Die bleibt nämlich für eine halbe Ewigkeit im Tunnel stecken. Ich lese nie in der U-Bahn, ich kann mich nicht gut konzentrieren mit all den Leuten um mich herum, mit ihren strengen Gerüchen und lauten Stimmen. Aber diesmal habe ich keine Wahl. Alles soll mir recht sein, um mich von dem Umstand abzulenken, dass ich unter der Erde festgehalten werde. Sogar *Streiten lernen*, Untertitel: *Jeder hat das Recht auf Wut*.

Manche Menschen glauben, dass sie Konflikte umgehen oder aufschieben können, indem sie Streit umgehen oder aufschieben. Wenn Sie dieses Buch lesen, gehören Sie vielleicht zu jenen Menschen. Nun, ich muss Ihnen leider sagen, dass Sie sich irren. Allerdings wird Ihnen das wenig weiterhelfen. Sie müssen von selbst zu diesem Schluss kommen. Versuchen Sie, sich an eine Situation zu erinnern, in der Sie Streit aus dem Weg gegangen sind. Hat Ihnen das etwas genützt? Hat es das Problem gelöst?

Als die Bahn anfährt, bin ich mitten im Kapitel und lese es noch schnell zu Ende.

Streit ist ein kommunikatives Werkzeug. Unangenehm? Ja, sicher. Aber auch notwendig. Ob uns das gefällt oder nicht, keine Beziehung kommt nur mit schönen Worten aus, ebenso, wie auch die Zivilisation nicht auf Schulterklopfen allein begründet wurde.

Auf der Hälfte des dritten Kapitels komme ich bei meiner Haltestelle an und lese auf dem Weg nach Hause weiter. An der Haustür angelangt, bin ich beim vierten Kapitel.

Manche Menschen werden von ihrer Angst vor Auseinandersetzung in all ihren zwischenmenschlichen Beziehungen eingeschränkt. Was wir gemeinhin als einen asozialen Charakter beschreiben, ist ein Ausdruck der Beziehungsunfähigkeit. Betroffene Menschen vereinsamen mit der Zeit immer mehr.

Nach drei Stunden und zwanzig Minuten bin ich durch mit dem Buch. Ich würde nicht sagen, dass es gut ist, aber es fesselt und entlässt seinen Leser mit einer unbeschreiblichen Lust auf Streit.

Was Dr. Michaels, oder wer immer hinter dem albernen Namen steckt, uns mitzuteilen versäumt, ist die Frage, wie man einen einmal begonnenen Streit wieder beilegt. Wie man eine Diskussion wieder aufnehmen kann, die so unproduktiv begann wie Evas und meine. (»Raus jetzt, verdammt noch mal!«, sagte sie, und ich stieg aus.) Vielleicht gibt es dafür ein weiteres Buch, *Streiten lernen 2: Alles, was in Streiten lernen 1 nicht mehr unterzukriegen war*, und kaum habe ich den Gedanken gefasst, fühle ich mich schon in den Mühlen der Selbstbetrugsbranche gefangen. Genau das ist es doch, was die Schamanen der Gefühle wollen: dass man Bücher über Bücher kauft, für jeden Gemütszustand ein anderes. Glücklich im Job, Glücklich in der Freizeit, Frust abbauen, Gewaltfreie Kommunikation in der Partnerschaft, Familie, Firma. Da soll eine Welt geformt werden, in der wir alle gleich wütend werden, auf die gleiche Weise streiten und einander mit den gleichen Worten verzeihen. Und das nennen diese Leute dann *emotionale Intelligenz*. Soll ich mal sagen, wie ich das nenne? Normung.

Am Ende sollen wir noch unsere Reuegefühle an Firmen abtreten, die auf Entschuldigungen spezialisiert sind und diese gleich nach Bangladesch outsourcen, wo Tausende Callcenter-Mitarbeiter sich in unserem Namen für einen Euro pro Stunde entschuldigen. Wenigstens ist meine Unfähigkeit, meine Gefühle auszudrücken, authentisch und einzigartig, absolut verschieden von der Unfähigkeit irgendeines anderen Menschen.

Ich nehme meinen Denkschläger zur Hand und versuche zu entscheiden, ob ich Eva eine Nachricht schreiben soll oder nicht. Ich tendiere sehr schnell zum Ja, genau wie dieser Herr

Michaels es gewollt hätte, was mich zur nächsten und weit kniffligeren Frage bringt: Was soll ich schreiben?

Option 1: Es tut mir leid. Wollen wir morgen einen Kaffee trinken?

Option 2: Es tut mir leid. Ich habe mich wie ein Idiot benommen. Wollen wir morgen einen Kaffee trinken?

Option 3: Es tut mir leid. Wie war dein Date mit dem Bärtigen? Ist er immer noch so lustig wie neulich?

Ein ordentliches Gerumpel und Gefluche im Treppenhaus reißt mich aus meinen Gedanken. Dann laute Stimmen vor der Haustür. Ich gehe zum Fenster und sehe einen weißen Lieferwagen im Halteverbot vor dem Haus. Zwei Typen hieven ein Sofa hinein. Dann kommt Andrea die Blonde hinzu. Ohne sich umzudrehen, steigt sie in den Lieferwagen und wartet darauf, dass die Männer die Ladetüren schließen und losfahren.

Ich höre ein Schluchzen genau über mir. Als ich den Blick hebe, sehe ich den Blonden, der sein Fenster schließt.

Ich gehe zurück zum Sofa und schreibe:

Hallo. Bist du noch sauer?

Ich starre auf das Display. Dann lösche ich den Text, bis nur noch »Hallo« dasteht. Und dann schmeiße ich das Telefon in die Sofaecke.

»Verdammte Scheiße«, sage ich.

Und in der Wohnung über mir erklingt ein trauriger Fado.

Kapitel 19

Es ist erstaunlich, wie sehr sich das Konzept des Romantizismus im Verlauf der Jahrhunderte gewandelt hat. Ende des 18. Jahrhunderts war es das Romantischste der Welt, sich vor lauter ästhetischer Ekstase eine Kugel in den Kopf zu jagen. So was findet heute niemand mehr romantisch, sondern psychotisch. Stattdessen finden wir es romantisch, zwei Tage lang ohne Heizung oder Klimaanlage in einem Landhaus zu hocken.

Wenn das Blut sich erkühlt, alle Freude verrann,
Denn wie Tauben entschwingt sich das Leben zum Schluß,
Der Erinn'rungen letzt' ist die theuerste dann,
Und der Andenken schönstes der Lieb' erster Kuß.

So sprach Lord Byron, der vielleicht romantischste aller Romantiker. Er studierte in Cambridge, wo Hunde verboten waren, weshalb er sich ein Äffchen zulegte. Allein dadurch hat er sich schon einen Platz in der Geschichte verdient, aber nicht deshalb ist er in die Geschichte eingegangen.

Byron verbrachte sein ganzes Leben mit Reisen durch Europa und Affären mit jedweder Person, die seine Leidenschaft für den Koitus teilte, ohne dass Herkunft, Alter oder Geschlecht irgendeine Hürde darstellten. Er schrieb Dutzende Bücher, hatte zwei Töchter, war Parlamentarier, leitete ein Heer und starb mit nur sechsunddreißig Jahren.

Sechsunddreißig! Das ist nur ein Jahr älter, als ich jetzt bin, und ich habe noch niemals ein Heer geleitet. Ich habe nicht einmal einen Affen besessen.

Wenn ich vor drei Jahrhunderten zur Welt gekommen wäre, würde ich jetzt vielleicht das Mittelmeer durchkreuzen und Verse auf den Mond schreiben. Mich allerdings hat das 21. Jahrhundert getroffen, und ich stehe gegen eine Ampel gelehnt, Hochleistung der Zivilisation, inmitten von Menschen an einer Kreuzung.

»Wollen Sie ein Los kaufen?«

»Nein.«

»Wirklich nicht?«

»Ganz sicher, Mann.«

»Ist ja gut, kein Grund, mich anzuschnauzen.«

Das 21. Jahrhundert hat seine Vorteile, natürlich. Zum Beispiel ist die Lebenserwartung viel höher als im achtzehnten Jahrhundert, und das Leben verläuft meist auch angenehmer als damals (zumindest auf dieser Hälfte der Weltkugel). Man denke nur an Tütensuppe, Ibuprofen, das Mobiltelefon und das WC. Ein Leben ohne WC, nicht auszudenken! Kein Wunder, dass die sich damals reihenweise die Kugel gegeben haben.

Auf der gegenüberliegenden Straßenseite verlässt Eva an Knackarschs Seite die Kita. Sie unterhalten sich lebhaft, Eva gestikuliert wild, und er lacht. Knackarsch sieht mich als Erster und zeigt auf mich, ohne mich zu grüßen. Er hasst mich. Trotz der Distanz kann ich seine Lippen lesen und sehen, dass er »Dani« sagt. Eva dreht sich mit erhobener Augenbraue zu mir um. Damit hat sie nicht gerechnet, logisch, seit unserem Streit im Goldenen Zeitalter haben wir nicht mehr miteinander gesprochen. Ich grüße sie mit einem Winken, und wie immer, wenn ich diese Geste mache, fühle ich mich wie ein Volltrottel.

Eva verabschiedet sich von Knackarsch und kommt zu mir an die Ampel.

»Fährst du weg?«, fragt sie mit einem Blick auf den Rucksack, der zu meinen Füßen steht.

»Ja«, sage ich. »Und ich dachte, du könntest vielleicht mitkommen. Natürlich nur, wenn du nichts anderes vorhast.«

Das hat sie zum Glück nicht, aber sie bittet um ein wenig Zusatzinformation.

»Mehr kann ich dir leider nicht sagen. Das hier«, beginne ich, und mein Mund ist sehr trocken dabei, »ist das Romantischste, was ich je getan habe. Vermutlich ist es sogar das einzig Romantische, was ich je getan habe.«

»Verstehe.«

»Deshalb bitte ich dich, ich flehe dich an, dass du es mir nicht zu schwer machst.«

»O. k.« Sie verschränkt die Arme vor der Brust und sieht mich erwartungsvoll an.

»Ich mache dir folgenden Vorschlag.«

»Lass hören.«

»Wir gehen zu dir nach Hause.«

»Gut.«

»Du holst deine Zahnbürste und was immer du für zwei Nächte außer Haus brauchst.«

»O. k.«

»Und dann fahren wir an einen geheimen Ort.«

»An einen geheimen Ort.«

»Ja.«

»An welchen?«

»Das ist geheim.«

»Verstehe.«

»Du musst allerdings fahren.«

»Und wie soll ich dahin fahren, wenn das Ziel geheim ist?«

»Ich führe dich.«

Eva tut so, als würde sie es sich überlegen (ich *glaube*, dass sie nur so tut, aber vielleicht überlegt sie auch wirklich), und schließlich sagt sie:

»Einverstanden.«

Wir geben uns feierlich die Hand, und dann zieht sie mich zu sich heran.

»Ich hab dich vermisst«, flüstert sie mir ins Ohr.

Ich will sagen: »Ich dich auch«, aber heraus kommt nur: »Na, los jetzt, gehen wir.«

Auf dem Weg zu ihr versucht Eva, irgendeine Information über unser Reiseziel aus mir herauszubekommen, aber ich bleibe hart.

Auf die Frage, ob ich mit hochkommen will, lehne ich höflich ab: »Vielen Dank, ich warte besser unten.« Also verspricht sie mir, in fünf Minuten wieder unten zu sein, und erscheint nach siebzehn mit einem Rucksack und einer Sonnenbrille.

Wir steigen in ihr Auto, und ich schicke sie auf die A1.

»Kannst du mir nicht einen Tipp geben?«

»Nein.«

»Komm schon …«

»Nein!«

»Dann vielleicht wenigstens eine Erklärung?«

»Was meinst du?«

»Soll ich diese Aktion als Entschädigung dafür verstehen, dass du dich wie ein Idiot benommen hast?«

»Natürlich.«

»Gut«, sagt sie. »Das scheint mir angemessen.«

Das Auto ist selbstredend ein weiterer Vorteil unseres Jahrhunderts. Und das Navi. Laut meinem sollten wir in zwei Stunden am Ziel sein, und das ist alles, was ich ihr sage: »In zwei Stunden sind wir da.«

Es ist Freitagabend, kurz nach sechs, und in fast allen Radiosendern tauschen sich testosterongeschwängerte Typen über Fußball aus. Ein Spieler hat Probleme mit seinem Knie, ein anderer mit seiner Frau (daher die schlechte Performance der letzten Spieltage), und ein dritter könnte im Knast landen, weil er seinen Vertrag gebrochen hat. Sport ist offensichtlich eine sehr gesunde Aktivität.

Ich mache zwei komplette Sendersuchläufe, bis ich bei einem hölzernen und lauten Lied hängen bleibe, das sicher aus der Marketingabteilung eines multinationalen Plattenlabels stammt. Eva fängt sofort an mitzusummen.

»Den Schrott kennst du?«, frage ich entsetzt.

»Das ist kein Schrott, das ist voll cool.«

Na gut, ich war sehr voreilig, also höre ich erst mal zu. Eine männliche Stimme äußert ihre jugendlichen Sorgen, indem sie *Liebe* auf *Hiebe* und *Triebe* reimt. Wenn Lord Byron das gehört hätte, hätte er sich sofort das Leben genommen. Und seinem Äffchen auch.

Vorrangige Gesprächsthemen während der Fahrt:

1. Die Hochzeit von Sara und Germán. Sie haben Eva natürlich eingeladen, aber sie fühlt sich nicht sehr wohl damit. Sie hat Sara gerade erst kennengelernt, und die Einladung verunsichert sie ein bisschen. Ich versuche, sie davon zu überzeugen, dass das absurd ist. Außerdem wird man mich zwingen, neben einer leicht gestörten Frau zu sitzen, wenn sie nicht kommt, was uns zu Thema 2 führt.
2. Loreto. Ich erzähle ihr von Saras Freundin und von deren Katze Snoopy (»Ist das nicht ein Hundename?«, fragt sie mich). Eva erinnert sich daran, sie im Schaukelrestaurant gesehen zu haben, allerdings ohne auf sie zu achten. Jetzt wünscht sie sich natürlich, auf sie geachtet zu haben. Dieses Thema bringt uns geschmeidig zu:
3. Unerwiderte Liebe. Eva berichtet, dass sie jahrelang in einen Schulfreund verliebt war, der heute ein erfolgreicher Anwalt ist. Ich erzähle ihr, dass Anwälte mir Angst machen, obwohl ich noch nie einen persönlich kennengelernt habe.

Sobald wir auf die Landstraße fahren, ist der Weg von Weinhängen gesäumt. Es ist Ende September, und die Trauben stehen kurz vor der Ernte (Thema 4).

Ich zeige in Richtung Mond, den wir vor uns sehen.

»Da fahren wir hin.«

»Wohin?«, fragt Eva aufgeregt. »Zu dem Schloss da?«

Eher ein Schlösschen. Laut Wikipedia ist es das älteste Schloss der Provinz Valladolid und wurde vor ein paar Jahren in ein Hotel umgewandelt. Ich habe es auf der Homepage eines Reisebüros gefunden, Kategorie »romantisches Wochenende«.

Eine sehr schmale Straße führt uns in Schlangenlinien zum Schloss.

Vor dem Eingangsportal aus Massivholz stehen ein Jeep und ein klappriger Kleinwagen. Eva parkt daneben. Die Internetrezensionen haben nicht zu viel versprochen: Der Ort ist atemberaubend. Der Blick reicht weit über Weinhänge und verliert sich in der Ebene.

»Wow«, sagt Eva und sieht mich verklärt an.

An der Rezeption empfängt uns ein ungefähr fünfzigjähriger Herr in Cordhose, gelbem Hemd und kariertem Jackett. Wo der wohl seine Klamotten kauft? Der Mann ist allerdings ein Muster der Freundlichkeit. Richtig, sagt er, ich habe eine Suite auf den Namen Durán reserviert, für zwei Nächte, korrekt? Korrekt. Hatten Sie eine angenehme Reise? Sehr angenehm, danke. Haben Sie uns gut gefunden? Ohne Schwierigkeiten. Möchten Sie im Schloss zu Abend essen? Ja, das möchten wir.

Die Suite befindet sich im vierten Stock und ist so groß wie meine Wohnung. Wir haben einen Balkon, eine Rüstung, ein Doppelbett, einen lederbezogenen Schreibtisch (ideal, um einen Brief mit Gänsefeder zu schreiben) sowie, natürlich, einen Flachbildfernseher, als unvermeidlichen Anachronismus. Wer an einem solchen Ort den Fernseher anmacht, gehört doch wirklich hinter Gitter.

Auf dem Schreibtisch steht eine Flasche Wein als Geschenk des Hauses. Ich öffne sie und fülle zwei Gläser, aber wir kommen nicht dazu, sie zu leeren. Das Bett ist ziemlich bequem.

Fünf Pärchen treffen im Speisesaal des Hotels aufeinander, und eine einzelne Kellnerin muss uns alle bedienen. Die arme Frau scheint am Rande eines Nervenzusammenbruchs, aber ihr Lächeln hält sich eisern.

Ästhetisch lässt sich der Speisesaal irgendwo zwischen mittelalterlichem Gemach und Weinkeller verorten, mit einigen Dekoelementen, die zu keinem der beiden Ambientes passen wollen. Zum Beispiel ein E-Piano. Oder ein Teleskop. Eine Handvoll Bose-Lautsprecher an den Säulen. Es erklingt Mozart. Oder Vivaldi, ganz sicher bin ich nicht. Wer auch immer es ist, seine Musik passt zum Kerzenlicht.

Eva und ich teilen uns einen langweiligen Tomatensalat.

»Ich finde es sehr lecker«, sagt Eva.

»Das liegt daran, dass du noch nie so richtig leckere Tomaten probiert hast. Wenn wir zurück in Madrid sind, gebe ich dir mal welche.«

Wir befinden uns noch in diesem frühen Beziehungsstadium, in dem man jeden Bissen kalkuliert und das Kauen peinlich unter Kontrolle hält.

»Gerne«, sagt Eva, und dann: »Wie ist der Plan für morgen?«

»Verrat ich dir nicht.«

Sie lächelt, und wir schweigen wieder. Die Unterhaltung ist ein wenig … wie soll ich sagen? *Schleppend.* Ja, das ist das Wort. Gerade so, als hätten wir uns schon alles gesagt, was wir einander zu sagen haben.

Ich frage mich, wie die Leute es anstellen, sich nach zehn oder zwanzig Jahren des Zusammenlebens noch Dinge zu erzählen zu haben. Vielleicht erzählen sie einander irgendwann gar nichts Neues mehr, sondern nur noch Wiederholungen, und tun so, als hörten sie es zum ersten Mal.

»Hab ich dir erzählt, wie ich einmal (schon hundertmal erzählte Anekdote)?«

»Nein, ich glaube nicht.«

»Ja, also, das war so: (Anekdote).«

»Mensch, wie lustig und interessant! (Seufzer)«

Das ist natürlich nicht unser Fall. Wir haben uns noch ziemlich viel zu erzählen. Eva könnte mir zum Beispiel erzählen, ob sie sich nun eigentlich mit diesem bescheuerten Quim getroffen hat oder nicht, und falls ja, was da gewesen ist. Sie könnte mir erzählen, warum sie mit ihm so schrecklich viel gelacht hat, hahaha, und warum sie so nie mit mir lacht. Sie könnte mir auch erzählen, dass sie Germán in einem Zug vernascht hat und nackt in einen Brunnen gesprungen ist. Ja, wir haben uns wirklich noch viel zu erzählen.

Der alte Dr. John Michaels sagt, man soll die Sachen nicht in sich hineinfressen, weil das Parasiten einen wunderbaren Nährboden liefert, die einen dann von innen heraus angreifen. Ich will nicht, dass mir so etwas passiert, also nehme ich einen Schluck Wein, hole tief Luft und sage:

»Übrigens …«

»Du willst wissen, ob ich mich mit Quim getroffen habe.«

Woher weiß sie das? Ich meine, im Ernst, wie machen Frauen so etwas?

»Ich kann Gedanken lesen, schon vergessen?«, flüstert sie.

»Äh, na gut; also, ich wollte jetzt nicht danach fragen, aber wenn wir schon dabei sind – hast du ihn getroffen?«

»Ja.« Unnötig grausame Pause. »Ich habe ihn getroffen.«

Sie sieht mir in die Augen, während sie noch eine Gabel von der geschmacklosen Tomate nimmt. Sie lächelt dabei über das ganze Gesicht. Ich warte geduldig, aber Eva macht keine Anstalten, noch mehr zu sagen. Sie kaut und lächelt und sieht mich an. Ach, komm schon, jetzt zwing mich doch nicht zu fragen:

»Und?«

»Er ist ein Idiot.«

Aber sicher! Na sicher ist er das! Hab ich doch gleich gewusst, ich hab ein Auge für Idioten. Ich bemühe mich, meine Genugtuung nicht allzu stark zu zeigen, aber es gelingt mir wohl nicht sehr gut.

»Dachte ich mir doch«, sage ich und grinse dabei selbst wie ein Idiot.

»Ja, du hattest recht. Als wir uns kennenlernten, in Barcelona, war er sehr nett, aber er hat sich verändert. Er ist nicht mehr derselbe wie vor zehn Jahren.«

Natürlich nicht, wer ist das schon? Denke ich, aber ich sage es lieber nicht, denn damit würde ich den Idioten am Ende noch in Schutz nehmen, und das ist mit Sicherheit das Letzte, was ich möchte.

Manchmal erinnere ich mich an mich selbst mit fünfundzwanzig und habe keinen blassen Schimmer, wer dieser Typ ist. Mein Trost ist der Glaube daran, mich zum Besseren verändert zu haben: Heute bin ich weniger ehrgeizig, weniger egozentrisch, vielleicht ein bisschen neurotischer und ein bisschen misanthropischer, aber nicht besorgniserregend. Mal sehen, wie ich mit fünfundvierzig so drauf bin. Mal sehen, was ich dann von meinem fünfunddreißigjährigen Ich halte.

Die Kellnerin kurz vor dem Zusammenbruch: »Seid ihr fertig?«

»Ja, danke.«

Sie nickt mit einem leicht verrutschten Lächeln und räumt den Salatteller ab.

»Wie läuft's mit dem Buch?«, fragt Eva mich.

»Ach, na ja.« Und falls das noch nicht aussagekräftig genug war, füge ich hinzu: »Es geht so.«

Damit ist offenbar die Fragestunde eingeläutet.

»Wann machst du dich an den Roman?«

Sie sagt *den* Roman, nicht *einen* Roman, gerade so, als würde dieses Buch bereits existieren.

»So einfach ist das nicht«, sage ich.

»Warum nicht?«

»Ich weiß noch nicht mal, wo ich anfangen soll«, sage ich schulterzuckend. Sofort merke ich, dass das eine mitleiderregende Geste ist. Und prompt setze ich noch einen drauf: »Also, ich meine: Was habe ich schon zu erzählen?«

»Eine Geschichte? Ist es nicht das, worum es geht?«

»Ja, schon … Aber so einfach ist das eben nicht. Ein echter Schriftsteller muss Dinge erlebt haben.«

»Und wieso schreibst du nicht über etwas, das du kennst?«

Gute Frage, aber: »Dann würde ich einen Roman über einen Kerl schreiben, der U-Bahn fährt und Tütensuppe isst. Ich weiß nicht, ob das irgendjemanden interessiert.«

»Na ja, es ist ein Spiegel unserer Zeit.«

»Unsere Zeit ist doch total langweilig.«

»Mensch, Dani! Dir dient ja alles als Ausrede. Deine Biografie, das falsche Jahrhundert – ich bin gespannt, was als Nächstes kommt.«

»Das sind keine Ausflüchte, das ist die Wahrheit.« Und das glaube ich wirklich. »Denk doch mal an die großen Schriftsteller. Sie haben alle große Tragödien erlebt, oder wenigstens mittelgroße. Sie haben im Krieg gekämpft, Kinder verloren, die halbe Welt auf der Flucht vor den Nazis umrundet … Cervantes hat sogar eine Hand verloren!«

»Soll ich dir einen Arm abhacken, ist es das, was du willst?« Sie streicht mit dem Messer über die Tischdecke.

»Nein, das bringt nur was, wenn es im Gefecht geschieht.«

Eva seufzt.

»Das gefällt mir nicht«, sagt sie schließlich.

»Was?«

»Diese Rolle, die du jedes Mal einnimmst, wenn wir darüber reden. Ich meine, sieh dich an: Du hast Angst, und anstatt es einfach zuzugeben, schießt du wie wild um dich und suchst nach einem Schuldigen. Bestimmt hätte es dir gefallen, einen Krieg zu erleben. Dann hättest du wenigstens was zu erzählen!«

»Ja, das wäre hilfreich.«

»Meine Güte, hörst du dir überhaupt selbst zu?«

»Was denn?« Ich zucke mit den Schultern.

»Wie jetzt, was denn? Die Welt ist voller Tragödien! Es gibt Leute, denen es sehr schlecht geht, und viele, viele Menschen, die echte Dramen erleben.«

»Das weiß ich.«

»Ich weiß, dass du das weißt, aber wenn du solche Sachen sagst, scheint es, als würdest du dich über diese Menschen lustig machen.«

»Das tue ich nicht«, sage ich aufrichtig.

»Es scheint aber so. Du bist in der Ersten Welt geboren, es fehlt dir an nichts, du bist Teil einer privilegierten Minderheit und weißt es nicht einmal. Du wertschätzt das überhaupt nicht! Du denkst, dein Leben sei die Norm, weil du nur um dich selbst kreist, aber wenn du mal mit ein bisschen Distanz draufgucken würdest, würdest du erkennen, was für ein Glück du hast. Und dann würdest du aufhören, diesen Unsinn zu verzapfen, weil es dir peinlich wäre, ihn auch nur zu denken. Wenn du nicht die Eier hast, einen Roman zu schreiben, dann lass es halt, aber hör auf, dem Rest der Welt die Schuld daran zu geben!«

Herzlich willkommen in meinem Leben: Wann immer ich meinen Schutzschild herunternehme, haut jemand so richtig drauf. Ich beginne zu befürchten, dass ich echt ein Vollidiot bin und dass alle Welt das weiß außer mir selbst. Vielleicht steht mir das auf die Stirn geschrieben: »Sag mir ruhig die Meinung.«

»Und jetzt sagst du noch, ich soll erwachsen werden, stimmt's?«

Eva macht eine Geste wie ein Zauberer, der das Ergebnis eines Tricks präsentiert. Ich deute das als Ja.

Kapitel 20

Ich werde von einem metallischen Geräusch geweckt. Klonk. Ich schaue aufs Handy, es ist zwanzig nach vier am Morgen. Noch ein Geräusch, klonk, und ich könnte schwören, dass es von der Rüstung kam. Oder aus der Rüstung. Oh, mein Gott. Ich halte den Atem an und höre ein drittes Geräusch, diesmal ohne Zweifel aus der Rüstung heraus. Eine Maus vielleicht? Auf dem Land gibt es natürlich Mäuse, das weiß sogar ich, aber wie käme eine Maus in die Rüstung hinein? Es klingt so, als würde sich die komplette Rüstung schütteln. Ich will Eva wecken, aber was soll ich ihr sagen? »Eva, wach auf, ich glaube, diese Rüstung stürzt sich gleich auf uns?«

Ich schaue zu Eva, aber Eva ist gar nicht da. Vielleicht träume ich, denke ich, aber dann setze ich mich doch auf und schaue zur Rüstung, die an ihrem Platz steht und nicht den Eindruck macht, als wolle sie sich gleich auf mich stürzen. Und Eva? Ein kühler Luftzug liefert die Erklärung. Die Balkontür steht offen.

Da sehe ich sie, auf dem Boden sitzend. Die Dunkelheit draußen ist erschütternd absolut. Für Menschen wie mich, die in der Stadt aufgewachsen und kaum einmal aus ihr herausgekommen sind, haben die Stille und die Dunkelheit auf dem Land etwas zutiefst Beunruhigendes. Egal, was die Leute behaupten, die Natur ist kein bisschen entspannend. Es gibt keine Straßen, keine Ampeln, keine Besoffenen. Keine Sirene, keine Schreie. Nur Dunkelheit und Stille. Ich frage mich, wie die Leute an so einem Ort leben können.

»Hey«, flüstert Eva, als sie mich sieht.

»Was hast du denn da draußen gemacht?«, frage ich. Und dann sehe ich, dass sie geweint hat. »Hey, alles in Ordnung?«

»Ja«, sagt sie, und sieht in die Dunkelheit. »Wahnsinn, oder?«

Ich sage Ja, echt krass, und setze mich neben sie. Alles deutet darauf hin, dass dies einer dieser intensiven Momente sein wird, die das Leben in einer Paarbeziehung für einen bereit hält, also versuche ich, es mir bequem zu machen. Das gelingt mir nicht gerade gut, weil der Steinboden eiskalt ist, und kaum, dass mein Hintern ihn berührt, wird mein halber Körper klamm. Ich beiße die Zähne zusammen und beschließe, mich so zu verhalten, wie man es von einem erwachsenen Mann in einer solchen Situation erwartet.

»Schau mal«, sagt Eva. »Man kann den Horizont gar nicht sehen. Man erkennt nur an den Sternen, wo der Himmel beginnt.«

»Ich seh gar keine Sterne«, sage ich.

»Guck weiter.«

Ich gucke weiter.

»Immer noch nicht.«

»Guck trotzdem weiter.«

Ich gucke noch ein bisschen weiter. Und dann, plötzlich, sehe ich Tausende von Sternen.

»Wow!«, sage ich.

»Siehst du.«

Ja, o.k., das ist hier alles echt beeindruckend, aber ich erfriere gleich. Ich möchte mich an Evas weichen Körper kuscheln und vergessen, dass die klappernde Rüstung neben mir steht. Ich will ihr gerade vorschlagen, wieder ins Bett zu kommen, als sie flüstert:

»Ich habe einen Sohn.«

Sie hat einen Sohn.

Warte mal. Wie bitte?

»Was hast du gesagt?«, frage ich mit dünnem, brüchigem Stimmchen.

»Dass ich einen Sohn habe«, wiederholt sie, und diesmal sieht sie mich dabei an.

Das Gute an der Geschichte ist, dass mir mit einem Schlag überhaupt nicht mehr kalt ist. Dabei habe ich noch nicht mal komplett begriffen, was sie mir gerade erzählt hat.

»Im Ernst?«

Eva bewegt keinen einzigen Muskel, was mir zeigt, dass sie von absolut ernsten Dingen spricht.

Ich will etwas sagen (es muss ja nicht gleich etwas Schlaues sein, irgendetwas würde schon genügen), aber es kommt nur Gestammel heraus. Eva ignoriert es. Ich räuspere mich und frage:

»Und wer ist der … Du weißt schon. Der Vater.«

»Das tut nichts zur Sache.«

»Das tut nichts zur Sache?«, frage ich und ich finde eigentlich schon, dass es eine Rolle spielen sollte.

Eva seufzt.

»Er heißt Alain. Ein Franzose. Er ist ungefähr fünfzig. Wir haben uns in einer Bar in Madrid kennengelernt, so ein Ort, den ich heute nicht mal tot betreten würde. Er ist Fotograf. Er lebte in Paris und hatte einen Job in Spanien. Modeaufnahmen, ich weiß nicht mehr, für wen. Er hat mich mit diesem *Hey, bist du Model?*-Spruch angemacht.« Sie unterbricht sich. »Oh, Mann. Ganz schön peinlich, oder?«

Um ehrlich zu sein, ja, ziemlich peinlich, aber ich schlucke es runter.

»Wir haben noch in der Disco gevögelt.« Eva sieht mich an, aber diesmal bin ich es, der reglos verharrt. Ich habe noch nie in einer Disco gevögelt, aber gut, diese Dinge geschehen, kein

Grund, sich aufzuregen. »Da bin ich aber nicht schwanger geworden. Das war ein paar Tage später, in seinem Hotel. Im Ritz! Mit Champagner und allem.«

»Aha.«

Eva vergräbt ihr Gesicht in den Händen. Ich streichle ihren Rücken und frage:

»Wo ist das Kind?«

»Ich weiß es nicht.«

Sie reißt die Augen auf, so wie manche Menschen das machen, um die Tränen zurückzuhalten. Bei Eva klappt es aber nicht. Sie schluckt schwer und reibt sich die Augen unnötig stark.

»Scheiße. Ich wollte doch nicht weinen.«

»Alles gut.«

Sie will etwas sagen, aber ein Schluckauf schiebt sich dazwischen. Ich sage ihr, dass sie sich Zeit nehmen soll, und das tut sie, ein oder zwei Minuten. Ich nutze die Pause, um darüber nachzudenken, wie furchtbar schwer mir Situationen wie diese fallen. Vielleicht hat Dr. John Michaels ja ein Buch darüber geschrieben? *Wie du reagieren kannst, wenn deine Freundin dir morgens um vier erzählt, dass sie ein Kind hat.*

»Ich habe es meinem Vater erzählt, und er ist total ausgerastet«, fährt sie schließlich fort. »Er hat mich angeschrien und geschlagen. Ich dachte: ›Du kannst mich nicht fertigmachen‹, und habe zurückgeschrien und -geschlagen. Stell dir das mal vor!« Ich kann es mir tatsächlich lebhaft vorstellen. »Dann habe ich Alain angerufen, der schon wieder in Paris war, und es ihm erzählt.« Sie lacht auf. »Und er: Es sei unmöglich, dass es von ihm sei. Er habe Frau und Kinder, ich solle ihm eine Summe nennen. Stark, oder?«

»Krass.«

»Ja, krass. Ein echtes Arschloch.«

»Und … warum hast du nicht abgetrieben?«

»Weil es das Einfachste und das Beste für mich gewesen

wäre. Und zu der Zeit habe ich nie etwas getan, das einfach oder gut für mich gewesen wäre. Ich habe ihn zur Adoption freigegeben. Das war …« Ihre Stimme bricht, und nach ein paar Sekunden stößt sie hervor: »Schwer.« Sie füllt ihre Lungen mit Luft und ergänzt: »Das Schwerste, was ich in meinem Leben getan habe.«

Ich versuche, sie in den Arm zu nehmen, aber sie wehrt mich mit einer Handbewegung ab.

»Umarm mich nicht, dann muss ich nur noch mehr heulen. Ich will gar nicht mehr weinen.« Sie holt tief Luft. »Ich bin für ein paar Monate zu einem Freund gezogen, und dann habe ich die Wohnung gemietet, die du kennst.«

»Und dein Vater? Hat er dich nicht gesucht?«

»Der weiß immer, wo ich bin. Einmal ist so ein Kerl bei mir aufgetaucht. Er sagte, dass er für meinen Vater arbeitet, klingelt da was bei dir?« Sie lächelt mich traurig an. »Bloß dass der kein Biografienschreiber war, sondern Detektiv.«

»Echt jetzt? Mit Trenchcoat und so?«

»Nein, die Detektive sind auch nicht mehr, was sie mal waren. Er trug Jeans und T-Shirt. Er sagte, dass mein Vater mich sehen möchte. Ich sagte ihm, dass ich nicht interessiert sei, und habe ihn rausgeschmissen. Dann habe ich nichts mehr von ihm gehört – bis du aufgekreuzt bist.«

»Ey – vielleicht ist ja der Freak an der Rezeption ein Spion deines Vaters!«, sage ich.

Eva bricht in Gelächter aus.

»Das würde natürlich die karierte Jacke erklären«, kichert sie.

Ich lächle und streichle ihr übers Haar.

»Danke, dass du es mir erzählt hast.«

»Glaub ja nicht, dass das leicht war. Das weiß fast niemand.«

Sogar eine so geringfügig empathiefähige Person wie ich begreift, was das bedeutet. *Das weiß fast niemand.* Übersetzung: Ich teile mit dir das Einzige, das mir wirklich gehört. Das, was mich zu dem macht, was ich bin. Meine dunkle Seite. Meine Tragödie.

Und ich, verdammt noch mal, habe nichts, was ich ihr im Gegenzug geben kann. Nichts Großes und nichts Kleines, da ist überhaupt nichts in meiner Vergangenheit von ähnlich traumatischer Tragweite.

»Ich würde gerne etwas mit dir teilen«, sage ich.

»Schieß los.«

»Nein«, verbessere ich mich, »ich meine, dass ich das gerne tun würde, aber mir fällt nichts ein.«

»Was?« Eva sieht mich verwirrt an.

»Ich würde dir gerne etwas sehr Persönliches aus meiner Vergangenheit erzählen, so wie du mir etwas sehr Persönliches erzählt hast, aber ich habe nichts Vergleichbares anzubieten. Das sage ich dir, weil ich nicht will, dass du denkst, ich würde dir nichts erzählen, weil ich dir nicht vertraue. Ich vertraue dir, und ich … ähm … danke dir«, Hilfe!, »dafür, dass du mir das alles erzählt hast. Das muss schrecklich gewesen sein und … Weißt du was? Je mehr ich rede und je höher deine Augenbrauen wandern, desto klarer wird mir, dass das nicht besonders viel Sinn ergibt, stimmt's?«

Eva nickt stumm.

»O. k. Aber ich schwöre dir, in meinem Kopf hat es eben noch Sinn ergeben, ich weiß nicht, wieso alles immer so komisch herauskommt, und … Na ja. Egal. Was ich sagen will, ist, ich meine, was all dem zugrunde liegt, allem, was ich dir sagen will, ist …«

Komm schon, Dani, sag es einfach.

»… also, ich …«

Jetzt sag es, verdammt!

»Dass ich … also, ziemlich sicher bin, dass ich …«

Ich bin in dich verliebt, denke ich, aber ich sage es nicht, weil sich mir plötzlich etwas direkt auf die Luftröhre legt und ich es absolut nicht herausbringen kann. Ich hole Luft, sehr tief, ganz so, als befürchtete ich, nie wieder Luft holen zu können, und dann sage ich mit erstaunlicher Sicherheit in der Stimme:

»Ich bin todmüde. Gehen wir wieder schlafen?«

Erbärmlich, ja, ich weiß.

Kapitel 21

Plan für den Samstag

09:30	*Frühstück im Schloss*
11:00	*Besuch Weinkeller 1 und Weinprobe*
14:00	*Mittagessen vom Grill*
17:00	*Besuch Weinkeller 2 und Weinprobe*
22:00	*Abendessen im Schloss*

Der Mensch hat den Wein bereits in der Steinzeit erfunden. Das bedeutet, dass wir uns seit achttausend Jahren die Hucke vollsaufen. Wir haben den Wein quasi vor dem Kelch erfunden, was einen recht guten Einblick in die Beweggründe unserer Spezies erlaubt.

Die Weinprobe am Vormittag ist eine ziemliche Katastrophe. Warum? Nun, einfach gesagt: Eva weigert sich, den Wein wieder auszuspucken. Keine Ahnung, wieso. Wahrscheinlich gibt es irgendeinen Zusammenhang mit der schmerzlichen Beichte der vergangenen Nacht.

Die Gruppe besteht aus fünf Pärchen, ergo zehn Personen. Zuerst zeigt man uns ein sterbenslangweiliges Filmchen über die Geschichte des Weinguts, und dann bekommen wir eine Führung durch den Weinkeller. Im Anschluss führt uns unsere ausdruckslose Gruppenleiterin in einen Raum mit Theke und weist uns mechanisch wie ein Roboter in die Kunst der Weinprobe ein.

Und das geht so:

1. Die Farbe betrachten. »Am besten«, sagt der zwanzigjährige Roboter, »hält man das Glas gegen einen weißen Untergrund.« (Wer geglaubt hat, dass Rotwein rot ist, muss nun einsehen, dass er wirklich einfältig war. In Wirklichkeit kann Rotwein violett, granatapfelfarben, kirschfarben, rubinrot, ziegelrot oder braun sein.)
2. Daran riechen. Erst mal mit dem Glas still in der Hand. Dann etwas schwenken und erneut riechen. Die Bewegung, so sagt man uns, bewirkt die Auslüftung des Weines, und das verstärkt den Geruch aus irgendeinem chemischen Grund, dem ich nicht folge. (Offensichtlich können Fachleute Holz, Himbeere, Apfel und sogar Cherymoya auf einen Schlag herausriechen.)
3. Probieren. Was nicht heißt, und das ist wichtig, den Wein zu trinken. Es geht lediglich darum, ihn einige Sekunden lang zu schmecken, und dann: ausspucken.

Eva folgt dem Protokoll bis zum letzten Punkt, und dann schluckt sie den Wein herunter, während wir anderen ihn ausspucken. Aber *ich* bin kindisch!

Die Roboterführerin weist sie dezent darauf hin, dass es nicht nötig ist, den Wein zu trinken. Eva nickt, ja, verstanden, und macht beim nächsten Glas genau dasselbe: gucken, trinken und schlucken. Diesmal sagt der Roboter nichts mehr.

Und da es nichts Schlimmeres gibt, als nüchtern mit einem Betrunkenen unterwegs zu sein, schließe ich mich beim dritten Glas der Revolution an und trinke meinen Wein ebenfalls. Als wir den Keller um 12:30 Uhr verlassen, stolpern wir schon beide die Treppe hoch.

Der Twingo steht vor der Tür, aber es ist offensichtlich, dass Eva nicht fahrtüchtig ist. Das ist problematisch, denn der Rest unseres Tagesplans (meines Plans, um ehrlich zu sein), implizierte die Fortbewegung im Auto. Ich schlage vor, mit dem Taxi zum Grillrestaurant zu fahren, aber Eva hat eine andere Idee.

»Lass uns doch ein bisschen laufen. Es ist noch früh, und ich könnte ein bisschen Frischluft gebrauchen.«

Ich sage: »Aber der Plan …« Und dann unterbreche ich mich, weil ich denke: Hey, ich bin kurz davor, zu sagen, was mein Vater in dieser Situation sagen würde. Ich denke, wie er denkt, obwohl ich das immer so bescheuert fand. Also sage ich: »Okay, lass uns spazieren gehen!«

Und auf geht's über die Felder von Castilla.

Das klingt natürlich besser, als es am Ende ist. Nach einer Stunde sind wir umringt von Sträuchern mitten im Nirgendwo und wissen nicht, ob wir besser umkehren, weitergehen oder an Ort und Stelle auf den Tod warten sollen. Zum Restaurant schaffen wir es jetzt nicht mehr, aber im Moment würde mir auch schon der Anblick einer Ampel genügen.

Wie wir hierhergeraten sind? Nun ja. Vor fünfzig Minuten haben wir, berauscht von der ländlichen Idylle, beschlossen, einem kleinen Pfad zu folgen (ich nehme an, das ist die richtige Bezeichnung; wir sind bis zu den Knien mit Staub bedeckt). Die urbane Logik ließ uns vermuten, dass er 1) irgendwohin führen würde oder 2), falls das nicht so sein sollte, wir unterwegs irgendjemanden treffen würden, der uns den Weg weisen könnte. Bisher hat sich die Realität beiden Hypothesen stur verweigert.

»Tolle Idee«, murmele ich.

»Ich habe immer noch keinen Empfang«, sagt Eva mit ihrem Telefon in der erhobenen Hand. »Vielleicht sollten wir zurückgehen.«

»Und noch mal anderthalb Stunden latschen?«

»Jetzt hör mal auf, so zu tun, als wäre das meine Schuld.«

»Es *ist* deine Schuld. Aber wenn du willst, kann ich so tun, als wäre es die Schuld von irgendwem anders.«

»Hast du eine bessere Idee?«

Nein.

»Ich muss pinkeln«, sage ich.

Der schöne Rausch ist mir vor einer halben Stunde vergangen. Jetzt sind davon nur noch ein trockener Mund und ein dumpfer Kopfschmerz übrig. Ich gehe sehr weit ins Gebüsch hinein, weil ich fürchte, Evas Nähe könnte mir die Konzentration verwehren, die ich für meine anberaumte Aufgabe benötige. Klappt trotzdem nicht.

»Kennst du den Film *Überleben!*?«, ruft Eva. »Wo sie sich am Ende gegenseitig essen?«

»Hm«, antworte ich.

»O. k.«, sagt sie. »Schon verstanden. Ich lasse dich in Ruhe pinkeln.«

Und dann fängt sie an zu pfeifen, nur um mich zu ärgern.

Ich pinkele auf den Weizen (oder die Gerste?), als eine Stimme, die nicht Evas ist, mich fragt:

»Haben Sie sich verlaufen?«

Ich mache einen Satz zur Seite, und der Pinkelstrahl macht auch einen Satz über den Weizen (oder die Gerste). Hinter mir stehen zwei Kinder, ein Junge und ein Mädchen, vielleicht sechs Jahre alt. Das Mädchen, zu dem die Stimme gehört, sieht mich lächelnd an und hält ihre Hände hinter dem Rücken verschränkt. Der Junge steht etwas abseits und sieht nicht besonders schlau aus (obwohl ich glaube, gelesen zu haben, dass Jungs im Allgemeinen nicht sehr schlau sind in dem Alter).

Ich schließe ziemlich genervt meine Hose (ich habe nur halb so viel Wasser gelassen, wie ich wollte) und frage:

»Was macht ihr denn hier?« Schließlich befinden wir uns, wie erwähnt, mitten im Nirgendwo.

»Wir suchen Drachen«, sagt das Mädchen.

»Mit wem redest du?«, ruft Eva vom Weg aus.

»Mit zwei Drachenfängern!«

»Was?!« Eva kommt näher, bis sie die Kinder entdeckt. »Hallo!«

»Hallo!«, sagt das Mädchen. Dann dreht sie sich zu dem Jungen um, der immer noch in seiner einfältigen Stille verharrt, und gibt ihm einen Knuff.

»Hallo«, flüstert er.

»Die beiden sind auf der Suche nach Drachen«, erkläre ich.

»Und, habt ihr schon welche gefunden?«

»Noch nicht«, sagt das Mädchen. »Aber wir haben eine Eidechse gesehen …«

»Zwei«, unterbricht der Junge.

»Zwei Eidechsen und sehr viele Schnecken auf einem Stein und einen Raben mit einem kaputten Flügel.«

»Wohnt ihr hier in der Gegend?«, fragt Eva.

»Unsere Oma wohnt im Dorf.« Das Mädchen zeigt ins Tal.

»Bitte«, sage ich, »könnt ihr uns dahin bringen?«

Das tun sie, und auf dem Weg lernen wir, dass die Kinder Cousins sind und dass die Drachen eigentlich Salamander sind. Das entdecken wir, weil wir einen am Wegesrand sehen, schwarz und gelb, und der Junge anfängt, wie verrückt zu schreien.

»Ein Drache, ein Drache!«

»Sei still!«, befiehlt das Mädchen. »Sonst erschrickst du ihn.«

Beide gehen in die Knie, um ihn von Näherem betrachten zu können. Der Drache hält ihren Blicken mit beeindruckendem Gleichmut stand. Dann dreht er sich um und verschwindet im hohen Gras.

Ich frage mich, wie viel Zeit diesen Kindern noch bleibt, bevor sie so jämmerlich prosaisch werden, wie ich es bin. Wann hört man eigentlich damit auf, sich für Salamander zu interessieren?

Erika und Manu, so heißen unsere kleinen Abenteurer, bringen uns ins Dorf ihrer Oma, eine Heimstätte der Zivilisation mitten in der feindlichen Natur. Es hat nicht mehr als sechzig, siebzig Häuser.

Besagte Oma trägt den typischen Kittel aller spanischen Dorf-Omas und kommt mit besorgtem Blick auf uns zugelaufen, sobald sie unsere kleine Gruppe erblickt.

»Wo wart ihr denn!«, schimpft sie.

Die Kinder überschlagen sich beide zugleich mit Worten. Ein Drache, ein kaputter Flügel, zwei verlaufene Menschen (Eva und ich) mitten auf dem Berg.

»Wir haben sie gerettet!«, sagt Erika, und da ist was Wahres dran, das kann man nicht leugnen.

Die Oma sieht uns an.

»Und wie kommt das?«

Sie richtet ihre Frage an Eva, also ist es auch Eva, die antwortet.

»Wir waren bei einer Weinprobe und wollten einen Spaziergang machen.«

»Um uns die Zeit zu vertreiben«, ergänze ich, nur um nicht als der einfältige Freund des schlauen Mädchens dazustehen.

»Und dann haben wir uns verlaufen«, schließt Eva.

»Na, so was«, sagt die Frau und lächelt. »Und habt ihr schon gegessen?«

Das kann man dann wohl auf der Liste der Dinge, die es in der Stadt nicht gibt, verbuchen (neben Schlössern, Sternen und Drachen): Leute, die völlig Unbekannte zu sich nach Hause zum Essen einladen.

Sofía, so heißt die Dame, versorgt uns mit den besten grünen Bohnen, die ich – ohne Übertreibung – je gegessen habe. Ihr Mann baut die an, erklärt sie uns, ein ehemaliger Bankangestellter, der gerade »unterwegs ist«.

»Wenn er zu Hause bleibt, döst er irgendwann ein, und

dann schläft er nachts nicht. Also sage ich ihm: Los, geh ein bisschen in die Kneipe.«

Durchs Fenster sehen wir Erika und Manu, die Fahrradwettrennen machen.

Sofía fragt uns, ob wir auf Hochzeitsreise sind, und ich verneine. Meiner Meinung nach ist das eine hinreichende Antwort, aber Eva findet offenbar, dass unser Privatleben im Tausch gegen leckere Bohnen bei Sofía gut aufgehoben ist, und erzählt ihr von der Party am Filmset, von meinem kleinen Intermezzo mit dem bärtigen Scherzkeks und dass diese Reise eine Art Entschuldigung sei. Sofía hält das für eine wunderbare Entschuldigung.

»Genießt die Zeit, solange ihr solche Dinge füreinander tut«, sagt sie. »Das hört früh genug auf.«

Nach dem Kaffee bedanken wir uns für das Essen und die Gastfreundschaft. Sofía sagt, wie schade es sei, dass wir schon aufbrechen, denn am Abend würde im Dorf das Weinfest gefeiert. Ein wunderschönes Fest, sagt sie, es würden Keltern auf dem Platz aufgestellt, damit alle gemeinsam die ersten Trauben maischen können. Deshalb seien auch ihre Enkel da, sie würden das Fest nie verpassen.

»Wenn ihr Zeit habt, kommt doch am Abend wieder«, schließt sie.

»Wir versuchen es«, sagt Eva.

»Obwohl wir noch ziemlich viel vorhaben«, füge ich hinzu.

Wir verabschieden uns von den Kindern, und Ángel, der im Dorf den Taxifahrer mimt, wann immer einer gebraucht wird, bringt uns für viereinhalb Euro zu unserem Auto. Um halb fünf kommen wir an, gerade rechtzeitig, um pünktlich um 17 Uhr zur zweiten Weinprobe zu erscheinen. Mein Vater wäre stolz auf mich.

Diesmal benehmen wir uns wie verantwortungsbewusste Erwachsene und spucken den Wein aus, wie es sich gehört. Ich habe den Kniff langsam raus und kann sogar schon kirschfarbenen Wein von ziegelfarbenem unterscheiden und ziegelfarbenen von rubinfarbenem. Gar keine schlechte Beschäftigung – sich den Lebensunterhalt damit zu verdienen, Wein auszuspucken und Sachen zu sagen wie: »etwas zu fruchtig« oder »herrlich ausdrucksvoll«. Das will ich gleich mal ausprobieren und sage:

»Herrlich ausdrucksvoll!«

Eva bricht in Gelächter aus, was dazu führt, dass ihr der Wein aus der Nase schießt. Alle sehen uns pikiert an, als wären wir ein Teenagerpärchen, das mit Albernheiten nach Aufmerksamkeit heischt. Eva entschuldigt sich und schnäuzt sich den Restwein mit einer Serviette aus der Nase. Dann flüstert sie mir zu:

»Du Spinner!«

Wir kaufen eine Kiste Wein. Acht unterschiedliche Flaschen, zusammengestellt zu einem sogenannten Gourmetkoffer. Wir verstauen ihn im Kofferraum, und Eva sagt:

»Hör mal, ich habe mir was überlegt.«

»Was denn?«

»Hast du Lust, zu dem Weinfest zu gehen?«

»Äh«, sage ich. Mein Plan wird schon wieder zunichtegemacht, aber vermutlich habe ich noch mein Leben lang Zeit, mich zu benehmen wie mein Vater. »Ja, o. k., warum nicht?«

Ganz so einfach ist das gar nicht, denn keiner von uns hat sich den Weg gemerkt, geschweige denn nach dem Namen des Dorfes gefragt. Unfassbar, dass wir nicht nach dem Namen des Dorfes gefragt haben!

Eva hat eine noch schlechtere Orientierung als ich, sodass sie keine große Hilfe bei der Suche ist. Nach vierzig Minuten planloser Herumkurverei finden wir (finde ich) endlich das Dorf.

Auf dem Hauptplatz, der auch der einzige Platz ist, stehen zwei große Holzkeltern von bestimmt vier Meter Durchmesser. Etliche Kinder, darunter die beiden Drachenfänger, stampfen darin herum. Bestimmt hundert Menschen stehen in Grüppchen auf dem Platz und unterhalten sich lebhaft, und neben der Kirche spielen vier Jugendliche (mehr schlecht als recht) fröhliche Lieder. Also, ich habe schon bessere Partys erlebt.

Alle beobachten uns, während wir einen Parkplatz suchen, und auch, als wir aussteigen. Wenn das hier ein Western wäre, müsste ich jetzt ein bisschen Tabak ausspucken und nach dem Sheriff fragen.

»Hallo!«, ruft Sofía von einer Bank. »Das ist das Pärchen, von dem ich euch erzählt habe. Wie schön, dass ihr gekommen seid!«

Als Erika uns entdeckt, klettert sie aus der Kelter und rennt auf Eva zu.

»Komm!«, bittet sie und zerrt an ihrer Hand.

Eva folgt ihr lachend zur Kelter.

»Du musst deine Schuhe gegen Stiefel tauschen!«, sagt Erika.

Eva sieht mich lächelnd an, und ich mache eine unbestimmte Geste, die so viel heißen soll wie: Na los, hau rein. Eva zieht ihre Schuhe aus und die schwarzen Gummistiefel an. Dann steigt sie in die Kelter und tritt die Trauben so, wie Erika es ihr zeigt.

»Möchtest du auch?«, fragt Eva mich und bietet mir ihre Hand an.

»Nein danke. Ich gucke lieber zu.«

Kaum habe ich das gesagt, als Eva ausrutscht und der Länge nach in der Maische landet. Alle Kinder lachen.

»Alles o. k.?«, frage ich.

»Nein!«, sagt Eva, aber ich sehe in ihren Augen, dass alles bestens ist.

Die Band spielt etwas, das wohl Elvis Presleys *Jailhouse Rock* sein soll. Bei den ersten Klängen fangen die Kinder an, wie besessen herumzuspringen. Eva lässt sich ebenfalls vom Teufel des Rock 'n' Roll mitreißen und tanzt in den Trauben – oder in dem, was davon übrig ist. Ich betrachte das Spektakel. So was kriegt man schließlich nicht alle Tage zu sehen. Oder zu riechen!

Als das Lied zu Ende ist, sagt Eva den Kindern, dass sie genug Rock 'n' Roll für diesen Abend gehabt habe. Alle protestieren, aber Eva, die von oben bis unten in Traubenschmiere gekleidet ist, gibt nicht nach und klettert würdevoll aus der Kelter.

»Und das ist für euch«, sagt Sofía und drückt uns zwei Plastikbecher in die Hand. »Der erste Most der diesjährigen Ernte. Zum Wohl!«

Zwei Becher später bricht die Nacht über das Dorf hinein, und wir sind immer noch dort. Es scheint mittlerweile sicher, dass dieses Fest nicht in die Annalen der Unterhaltungskunst eingehen wird, aber die Atmosphäre ist unbezahlbar. Für uns ist es eine absolute Landleben-Erfahrung: Kinder auf Fahrrädern ohne Sorge vor dem Verkehr, aufgeregte Hunde, die nicht aufhören wollen zu bellen, und tiefenentspannt plaudernde Erwachsene überall. Schon vor einer Weile haben die Musiker ihre fröhliche Musik gegen einen etwas ruhigeren Tonus eingetauscht.

Eva und ich haben es uns auf einem Bordstein bequem gemacht. Die Traubenpampe auf ihrer Haut ist längst getrocknet und verleiht Eva einen violetten Hautton, der sie noch schöner macht. Allerdings stinkt sie ein bisschen.

»Kannst du dir vorstellen, an einem Ort wie diesem zu leben?«, frage ich sie, weil ich es mich selbst frage.

»Ich würde verrückt werden. Und du noch viel mehr!«

»Wahrscheinlich. Aber es ist schön hier, oder?«

»Sehr schön«, sagt Eva und lässt sich nach hinten sinken, bis ihr Rücken auf dem Asphalt liegt.

»Wie viele Menschen hier wohl leben? Dreihundert?«

»Zweihundertvier«, sagt Eva entschieden.

»Woher weißt du das?«

»Hat Sofía mir gesagt. Bis Mittwoch waren es zweihundertfünf, aber Luis, der Zimmermann, ist weggezogen.«

»Tatsächlich?«

»Ja. Und weißt du, warum?«

»Nein. Warum?«

»Er hat seine Frau mit einer aus dem Nachbardorf betrogen«, flüstert sie. »Und seine Frau hat natürlich Wind davon bekommen.«

»Ach so. Zwei Fragen. Erstens: Wann hat Sofía dir das alles erzählt?«

»Vorhin, als du mit den Kindern auf Salamanderjagd warst.«

Erfolglos, natürlich, denn nachts kann man keine Salamander finden, ganz bestimmt nicht auf einem Dorfplatz.

»Und zweitens: Wie machst du es, dass die Leute dir solche Dinge erzählen?«

Sie grinst. »Das ist eine Gabe.«

»So wie das Gedankenlesen?«

»Ja, so ähnlich.«

»Verstehe.«

Sofía kommt mit einem Tablett voller Plastikbecher auf uns zu.

»Einer noch, dann machen wir Schluss«, sagt sie und bietet uns den Most an.

»Ich kann nicht mehr«, wehre ich ab. »Ich stehe kurz vor der Hyperglykämie.«

»Was?«, fragt Sofía mit besorgtem Gesichtsausdruck und wendet sich an Eva. »Was hat er, geht es ihm nicht gut?«

»Doch, doch«, sagt Eva. »Er ist bloß ein Nörgler. Her mit dem Most.«

Die alte Frau reicht uns die Becher, und diese schlichte Geste scheint sie regelrecht glücklich zu machen. Sie schenkt uns ein Großmutterlächeln und geht dann weiter zu den Musikern, die ihre Instrumente endlich niederlegen.

Folgende Dinge kann man jetzt noch hören, nach Dezibel geordnet (von oben nach unten):

Die gelegentlichen Schreie der Kinder.
Das Bellen der Hunde, zweimal, von Weitem.
Das Raunen der Gespräche, hier und da ein Lachen.
Den Gesang der Grillen, überall um uns herum.

Die Perfektion muss ungefähr so ähnlich sein wie das hier, denke ich. Nicht dieses Dorf, dieser Platz oder dieses Fest. Ich meine diesen Moment, genau jetzt, genau hier und genau ich. Dieses entrückende Gefühl, dass plötzlich und unerwartet alles passt.

Wie viele solcher Momente kann ein Mensch wohl erleben? Ich denke nach und finde nur einen einzigen in meiner Erinnerung, einen langen nächtlichen Spaziergang vor Jahren. Und ich frage mich, wann wohl der nächste kommt. Wie viele graue, gleiche Tage werde ich verleben, bis ich mich wieder so fühle wie in diesem Moment? Wie viel Zeit wird bis dahin vergehen – ein Jahr, zehn, fünfzig?

Ich drehe mich zu der wunderschönen stinkenden Frau, die an meiner Seite liegt.

»Hör mal.«

Eva sieht mich an, ohne etwas zu sagen.

»Was glaubst du, wie viele Momente wie diesen das Leben bereithält?«

Man könnte das für eine sehr kryptische Frage halten, denke ich, kaum, dass sie ausgesprochen ist, und will mich gerade erklären, als Eva sagt:

»Sehr wenige. Sehr, sehr wenige.«

»Ja«, sage ich. »Das glaube ich auch.«

Die Kirchenglocke läutet Mitternacht. Der Samstag ist vorbei und mit ihm der Sommer.

Kapitel 22

Der neue Tisch passt so haargenau an den Platz seines Vorgängers, dass man auf den ersten Blick gar keine Veränderung in der Küche feststellen kann. Meine Eltern könnten zufriedener nicht sein.

»Genauso wie der alte!«, triumphiert meine Mutter, als wir uns zum Essen setzen.

Es ist Montag, und es gibt weiße Bohnen, weil meine Mutter findet, dass ich immer dünner werde. Das stimmt nicht, eigentlich ist das Gegenteil der Fall, aber die Realität ist in den Augen meiner Mutter ein entbehrliches Konzept. Da komme ich sowieso nicht gegen an.

Mein Vater: »Weißt du, wer gestorben ist?«

»Nein, wer?«, frage ich.

»Agapito. Erinnerst du dich an Agapito? Du musst dich an ihn erinnern.«

»Wie soll sich Dani denn an Agapito erinnern!«, kommt mir meine Mutter zur Hilfe.

Die Diskussion darüber, ob ich mich nun an Agapito erinnere oder nicht, setzt sich ohne meine Beteiligung ein paar Minuten lang fort. Ich esse, höre meinen Eltern zu und frage mich, ob der arme Agapito wohl die Szene vom Himmel aus verfolgt. Oder von der Hölle aus, wer weiß, am Ende war Agapito ein schlimmer Kerl; ich habe keine Ahnung, denn ich erinnere mich wirklich kein bisschen an ihn.

Mitten auf dem dialektischen Höhepunkt der Auseinandersetzung über mein Erinnerungsvermögen kommt es zu diesem Moment, der in jeder Auseinandersetzung lang verbundener Menschen unvermeidbar zu sein scheint: Irgendein völlig unbedeutendes Element wird zum Anlass genommen, einen Streit vom Zaun zu brechen. Zum Beispiel:

Mein Vater: »Aber er war doch schon vierzehn, als wir bei Agapitos Hochzeit waren.«

Meine Mutter: »So ein Quatsch, da war er doch noch keine vierzehn!«

Mein Vater: »Nein? Und wie alt war er deiner Meinung nach?«

Meine Mutter: »Na ja, so ungefähr ... dreizehneinhalb?«

An diesem Punkt sehe ich mich gezwungen, ungefragt zu vermitteln:

»Ich kann mich nicht an Agapito erinnern.«

Es folgt eine mehrere Sekunden andauernde Stille, während der meine Eltern mich beide überrascht ansehen, als hätten sie gerade erst meine Anwesenheit bemerkt.

»Jedenfalls ist er gestorben«, sagt mein Vater brüsk.

»Flor ist aufgewacht«, erzählt meine Mutter kauend, »also, Flor, das ist seine Frau, an die du dich dann wohl auch nicht erinnerst« – ich schüttele den Kopf – »sie wacht also morgens auf, und er liegt kalt neben ihr. Ich meine, leichenkalt. Schrecklich, oder?«

Das ist natürlich eine rhetorische Frage.

»Das Schlimmste war die Beerdigung«, sagt mein Vater.

»Warum?«, frage ich.

»Das war gar nicht schön«, pflichtet meine Mutter ihrem Mann bei.

»Überhaupt nicht schön«, wiederholt mein Vater. »Mit diesen Jungspunden, die da gesungen haben ...« Und er setzt nach: »Bah.«

»Furchtbar. Ganz furchtbar. Der arme Agapito, wo er doch so einen guten Geschmack hatte!«

»Er war ein Dandy.«

»Und dann so ein stilloses Begräbnis.«

»Bah.«

»Furchtbar!«

Seit einer Weile besuchen meine Eltern im Durchschnitt bestimmt zwei Begräbnisse im Jahr. Die Bestattungen sind eine weitere Routine in ihrem Leben geworden, so wie einkaufen oder den Müll runterbringen; eine Routine, die sie zu einer Art Begräbnisgourmets gemacht hat. Sie evaluieren die Beerdigungen, wie ein Filmkritiker einen Film rezensiert: mit analytischem, distanziertem Blick, aufmerksam für die Feinheiten und Details, die dem Laien niemals auffallen würden.

»Und dieser Kranz!«, ruft meine Mutter plötzlich.

»Oh ja, der Kranz«, ergänzt mein Vater. »Der sah ja aus, pah! Als hätten sie ihn von einem anderen Grab geklaut.«

Das Erstaunlichste ist, dass besagter Agapito offenbar ein ziemlich enger Freund meiner Eltern war. Und nach seinem Tod haben sie nichts Besseres zu tun, als sich über die Blumen zu beschweren? Das Alter ist wirklich eine seltsame Sache.

»Gut, und bei dir so?«, fragt meine Mutter schließlich. »Am Samstag habe ich dich angerufen, und du bist nicht rangegangen.«

Stimmt.

»Ich war auf dem Land.«

»Ach so? Wo denn auf dem Land?«

»Auf einem Ausflug.«

Meine Eltern sehen mich erstaunt an. Das ist womöglich das erste Mal, dass sie mich dieses Wort sagen hören. Zumindest während der letzten fünfzehn oder zwanzig Jahre. Ich hole Luft und begebe mich in unbekannte Gefilde:

»Ich habe eine Frau kennengelernt.«

Schlagartig elektrisiert sich die Luft in der Küche, als würde sich genau über dem Tisch ein Gewitter zusammenbrauen.

Die Augen meiner Mutter sind so weit aufgerissen, als wollten sie aus ihren Höhlen heraus in die Bohnen plumpsen.

»Was für eine Frau?«, fragt sie.

»Sie heißt Eva«, antworte ich und versuche, etwas Druck aus der Angelegenheit zu nehmen.

Es ist allerdings nicht so, dass ich das Ganze improvisieren würde. Das alles habe ich sorgsam durchdacht während der zwanzig Sekunden, die der Fahrstuhl gebraucht hat, mich in den sechsten Stock zu bringen. Und ungefähr so sah mein Gedankengang aus:

»Soll ich es ihnen sagen? Nein, wozu. Sie würden sich nur Hoffnungen machen. Doch, ich sollte es ihnen sagen. Und wenn es dann nichts wird? Besser, ich sage nichts. Aber sie werden es sowieso irgendwie herausbekommen. Eines Tages treffen wir sie auf der Straße, und dann ist es noch schlimmer. Na gut, ich sag's ihnen. Och nö, besser nicht. Ach, scheiß drauf.«

Sechs Stockwerke. Zwanzig Sekunden.

»Ist sie nett?«, fragt meine Mutter.

»Natürlich ist sie nett!«, sagt mein Vater in einem völlig unangebracht genervten Ton. »Was du für Fragen stellst, Julia! Selbst wenn sie nicht nett ist, wird er dir das sicher nicht sagen!«

»Aber ich darf doch wohl fragen, oder?«

»Hast du denn keine anderen Fragen?« Dann sieht er mich an. »Was macht sie denn beruflich?«

Sie ist Millionärin, denke ich.

»Sie ist Lehrerin«, sage ich.

Mein Vater zeigt keine Reaktion. In seinem Kopf muss sich etwas erstaunlich Komplexes zusammenbrauen. Die Urteilsfindung dauert ein paar Sekunden und kulminiert in:

»Ah, gut. Schön. Lehrerin. Sehr schön.«

Ich lächle und bin froh darüber, dass mir diese verdauliche Halbwahrheit so leicht über die Lippen gekommen ist. Ich weiß wirklich nicht, was mein Vater schockierender finden würde: den brotlosen Job der Erzieherin oder eine Millionärin als Schwiegertochter in spe.

»Und wo habt ihr euch kennengelernt?«, fragt meine Mutter, und darüber möchte ich jetzt wirklich nicht reden, also sage ich:

»Äh – zufällig.«

»Jetzt bedränge ihn nicht!«, schreit mein Vater meine Mutter an.

»Wer bedrängt hier denn wen? Darf ich meinen Sohn etwa nicht fragen, wo er seine Freundin kennengelernt hat? Du machst mich wirklich verrückt!«

Während sie wieder anfangen zu streiten, kommt mir plötzlich eine seltsame Idee. Ich denke: Meine Eltern haben nicht die geringste Ahnung, wer ich eigentlich bin. Und ich schätze, das ist meine Schuld. Sie kennen mich nicht, nicht mal annähernd, weil ich mich mein Leben lang genau darum bemüht habe. Ich beobachte sie, während sie erörtern, ob es nun eine gute Idee ist, beim Essen über meine Freundin zu sprechen, oder ob wir lieber bis zum Kaffee damit warten sollen, und ich muss mir eingestehen, dass auch ich keine Ahnung habe, wer diese beiden Leute eigentlich sind. Ihre Gesichter sind mir natürlich vertraut, sehr sogar, aber was bedeutet das schon? Kenne ich ihre intimsten Wünsche und Ängste? Nein. Natürlich ließe sich das ändern. Ich könnte sie ansehen und ihnen sagen: »Mama, Papa, lasst uns doch mal über uns sprechen. Ich meine, wirklich reden, ehrlich sein, uns ein bisschen kennenlernen.« Stattdessen lege ich den Löffel ab und sage: »Es ist spät geworden, ich muss los.«

Meine Mutter begleitet mich nach unten, angeblich, weil sie noch den Müll wegbringen muss. Mein Vater ist überzeugt davon, dass das nur ein Vorwand ist, um mir noch etwas über meine *Freundin* (ein Wort, das ich selbst übrigens nicht in den

Mund genommen habe) aus der Nase zu ziehen. Ich fürchte, damit hat es gar nichts zu tun, was sich bestätigt, sobald sich die Fahrstuhltür hinter uns schließt:

»Du hast nicht mit ihm gesprochen.«

Ich weiß ganz genau, was sie meint, aber ich stelle mich ahnungslos. Das fällt mir bekanntlich nicht schwer.

»Was? Mit wem?«

»Mit deinem Vater natürlich, mit wem sonst!«

Ich seufze ein bisschen übertrieben.

»Fängst du schon wieder damit an?«

Ich habe bereits vor Jahren beschlossen, Probleme in der Erwartung, dass sie sich selber lösen, zu ignorieren, aber leider funktioniert das nie (wie man sieht, gebe ich die Hoffnung dennoch nicht auf).

»Er macht das immer noch«, sagt meine Mutter mit Blick auf den Fahrstuhlfußboden.

»Was denn? Spazieren gehen?«

»Wenn es nur Spaziergänge wären …« Sie unterbricht sich und setzt neu an: »Das sind keine normalen Spaziergänge.«

»Und was ist es dann? Ich kann … ich kann mir einfach …« Oh, Mann. »Ich kann mir Papa einfach nicht mit einer anderen Frau vorstellen.«

»Es wäre aber nicht das erste Mal.«

Wie bitte?

»Wovon sprichst du?«

Die Türen öffnen sich, Erdgeschoss, und ein Nachbar aus dem siebten Stock steht vor uns, ein übertrieben fröhlicher Rentner, der mich wie immer mit Fragen überhäuft. Ich antworte auf alles, aber in meinem Kopf schwirrt der Satz meiner Mutter umher, die mit traurigem Lächeln auf mich wartet. *Es wäre nicht das erste Mal.*

Als wir endlich das Haus verlassen können, frage ich erneut:

»Was hast du gesagt?«

»Was ich gesagt habe. Du erinnerst dich nicht daran, aber als du drei warst, habe ich deinen Vater rausgeschmissen.«

Tatsache, ich erinnere mich nicht. Ich habe auch noch nie davon gehört.

»Warum?«

»Er hatte ein Verhältnis mit einer …« Sie macht eine kleine, beinahe unmerkliche Pause. Dann verzieht sie den Mund und sagt: »Nutte.«

»Im Wortsinn?«

»Was?«

»Ich meine, ob …« Um Gottes willen, wo bin ich hier nur gelandet. »Also, war sie wirklich eine Nutte, oder …?«

Sie lässt mich nicht ausreden. Meine Mutter sieht mich etwas verblüfft an, aber verblüffter als ich kann sie wohl kaum sein.

»Nein«, sagt sie dann. »Nicht im Wortsinn.«

»Ach so«, sage ich. »Wie lange wart ihr getrennt?«

»Beinahe ein Jahr.«

»Und wo hat Papa in der Zeit gewohnt?«, frage ich auf der Suche nach den weniger unbequemen Fragen.

»In einer Pension, hier um die Ecke. Kannst du bitte den Müll einwerfen? Der Arm tut mir immer so weh, wenn ich ihn hebe.«

Ich nehme die Mülltüte und werfe sie in die Tonne, was einer sportlichen Bewegung so ungewohnt nahe kommt, dass mein Körper erstaunt erzittert.

»Und wie … Also, wie habt ihr es dann hinbekommen, später?«

»Wie wir wieder zusammengekommen sind?«

»Ja, das meine ich«, sage ich erleichtert.

»Mit der Zeit. Dein Vater kam fast jeden Abend nach der Arbeit nach Hause. Er spielte eine Weile mit dir, und dann ging er wieder. Am Ende habe ich ihm verziehen.«

Meine Mutter dreht sich zum Haus um und winkt nach

oben. Am Fenster steht mein Vater, der die Geste gewohnt knapp erwidert.

»Bitte sprich mit ihm«, sagt meine Mutter.

»O. k.«

»Nein, nicht o. k. Nimm es dir vor und sprich mit ihm.«

»Ja, Mama.« Ich schaue noch mal zum Fenster hoch, aber mein Vater steht nicht mehr da.

Vor ungefähr einem Jahr habe ich mich zum ersten Mal gefragt, ob ich wohl alleine (also: ohne Partnerin) alt werden würde und welche Konsequenzen das mit sich bringen würde. Die meisten Menschen halten das Alleinsein ja für eine Art Dysfunktion, so wie einäugig sein oder stottern; etwas, worüber man sich lustig macht oder das man bemitleidet. Ganz egal, wie oft man wiederholt »mir geht es gut so, ich bin gern allein«, niemand wird dir je glauben. Immer wird es heißen: »Das sagt er nur zum Selbstschutz.« Oder: »Der Arme ist am Boden zerstört, aber er mimt den Starken.«

Das Seltsame an der Sache ist, dass alle Welt weiß, dass eine Beziehung noch kein Garant für Glück ist. Ich glaube, obwohl ich keine Beweise habe, dass die Leute, die sich dafür entscheiden, in einer Beziehung zu leben, signifikant mehr Stress haben als diejenigen, die sich für ein ruhiges Leben allein entscheiden. Zunächst einmal muss alles Leid mal zwei genommen werden, als hätte man nicht schon genug mit den eigenen Ängsten und Unsicherheiten zu tun, muss man sich auch noch die des Partners aufbürden.

Und obwohl das doch ziemlich offensichtlich ist, werden die Leute dich immer mitleidig angucken, wenn du es laut sagst. Die Leute denken: »Jetzt sieh ihn dir an; er hat sich selbst von all dem Quatsch überzeugt, um nicht vor den Zug zu springen.« Aber niemand wird jemals in irgendeinem Kontext zu hören kriegen: »Das kommt davon, dass du in einer Beziehung lebst!«

»Meine Frau ist gestorben und lässt mich mit gebrochenem Herzen und zwei Kindern zurück.«

»Tja, so kann es kommen, wenn man eine Beziehung hat!«

»Mein Mann hat ein Verhältnis mit seiner Sekretärin, und ich schlucke morgens Stimmungsaufheller und abends Schlaftabletten, um das alles auszuhalten.«

»Tja, als Single hättest du solche Probleme nicht!«

Fazit: Die Menschen, die sich für ein Singledasein entscheiden, sind nicht nur glücklicher, sondern auch toleranter.

Einmal habe ich gelesen, dass die meisten Tiere nicht als Paar leben. Nicht mal die monogamen. Sie bleiben während der Brutaufzucht beieinander und dann: auf Nimmerwiedersehen. Das bedeutet, dass es überhaupt nicht von der Natur vorgesehen ist, jemanden ein Leben lang zu lieben. Das ist eine Erfindung der Menschen, ein Konstrukt, so wie Kartoffeln mit Schinkengeschmack oder Strohhüte.

All das denke ich auf dem Weg nach Hause, und ich denke auch und vor allem daran, warum mein Vater eine andere Frau hatte, als ich drei war. Was hat ihn da bloß geritten? Und, ehrlich, wenn es schon schwer ist, sich vorzustellen, dass die eigenen Eltern Sex haben, unermesslich schwerer wird es, sie sich mit *anderen* beim Sex vorzustellen.

Wer ist sie gewesen? Und warum hat mein Vater mit ihr geschlafen? Ich meine, hat er sich mit meiner Mutter gelangweilt? Oder war das nur eine Laune? Wollte er sich beweisen, dass er noch mal jemanden erobern konnte? Hatte er einen George-Leigh-Mallory-Flash mit vierzig? Liebten sie sich, oder war es nur Sex? Wie lange hat es gehalten? Lief das vielleicht schon vor meiner Geburt? Haben sie aufgehört, sich zu sehen, als meine Mutter es herausgefunden hat? Und wie hat meine Mutter es herausgefunden? Oder war es mein Vater, der es nicht mehr ausgehalten hat und alles beichtete?

Und das Wichtigste: Sieht mein Vater sie jetzt wieder?

Im Ernst, ich kann mir das nicht vorstellen. Das ist über dreißig Jahre her. Sicher, das Leben dreht seltsame Schleifen. Vielleicht haben sie sich beim Arzt oder beim Bäcker getroffen (viel mehr Orte besucht mein Vater nicht ohne meine Mutter), und das unverhoffte Wiedersehen hat das Feuer erneut entflammt.

Gut, es hilft alles nichts. Ich muss meinen Vater also fragen, ob er meine Mutter betrügt. Mit wem auch immer. Weiß vielleicht irgendjemand, wie ich das machen soll? Gibt es vielleicht ein YouTube-Tutorial zum Thema?

Wenn das hier ein Hollywoodfilm wäre, würde ich an einem Samstagmorgen mit meinem Vater zum Angeln rausfahren und locker fallen lassen: »Hey, Dad, in der Stadt erzählt man sich, dass du eine Frau triffst.« Er würde ein bisschen Tabak ausspucken, sich vielleicht am Sack kratzen und lakonisch antworten: »Ich will vom Blitz getroffen sein, Dani, wenn das mehr als Geschwätz ist.« Und Ende der Geschichte.

Aber das hier ist kein Film, sondern das trockene und arrhythmisch wahre Leben selbst, wo ich mich vielleicht darauf einstellen muss, dass mein Vater mir in die Augen schaut und sagt: »Nun, sieh mal, ja, es gibt da jemanden, sie ist bezaubernd, und ich liebe sie von ganzem Herzen.« Und dann, wenn das geschieht, rolle ich mich ganz klein auf dem Teppich zusammen und warte darauf, dass mich jemand ins Bett trägt.

Mann, wenn ich bloß kein Einzelkind wäre. Das hier wäre wesentlich erträglicher, wenn ich mein Leid mit jemandem teilen könnte.

Kapitel 23

Das Drama passiert an einem Donnerstagabend. Eva und ich sind mit Sara und Germán zum Essen verabredet, aber ich habe am PC total die Zeit vergessen, und jetzt ist es schon halb neun. Ich bin ziemlich spät dran. Ich schreibe Eva, ob sie mich abholen kann. Sie antwortet:

O.K. 15 min.

Ich springe unter die Dusche, weil ich den ganzen Tag im Pyjama zu Hause verbracht habe. Es klingelt just, als ich das Wasser abstelle. Ich öffne die Tür mit einem Handtuch um die Hüften.

»Hey«, sage ich.

»Hm«, sagt Eva. »Wie sexy!«

»Danke. Gib mir fünf Minuten.«

»Beeil dich.«

Das Wohnzimmer ist ein einziges Chaos. Ich habe den Tag damit verbracht, meine Notizen für das Buch ins Reine zu bringen, und überall liegen Notizbücher und Zettelberge herum. Außerdem habe ich seit gestern kein Fenster mehr geöffnet, weshalb es mich nicht überrascht, als Eva fragt:

»Kann ich ein bisschen lüften?«

»Was immer du möchtest«, sage ich und verschwinde erneut im Bad.

Ich habe so ein tragbares Radio im Bad, was vielleicht eine

der besten Erfindungen der Neuzeit ist. Es ist klein und rund und hat so einen Saugnapf, mit dem man es anbringen kann, wo immer man will. Sogar in der Dusche. Ich höre immer Klassikradio, weil ich es nicht leiden kann, unter der Dusche vollgequatscht zu werden. Ich möchte einfach nicht die Stimme eines Ministers hören, wenn ich nackt bin. Also höre ich unter der Dusche immer Sinfonien, Adagios, Serenatas und Märsche, was meiner Körperhygiene einen recht epischen Anstrich gibt.

In diesem Moment erklingt *Venus* von Gustav Holst, das weiß ich, weil ich ein großer Fan von Holst bin. Der Typ war noch neurotischer als ich, vielleicht mag ich ihn deshalb. Ein Beispiel: In der Originalpartitur von *Neptun* hat er vermerkt, dass der Chor nicht auf der Bühne stehen soll, sondern in einem angrenzenden Raum bei geöffneter Tür, sodass das Publikum die Sängerstimmen von Weitem hört, mit Echo, und nicht eindeutig bestimmen kann, woher die Stimmen kommen.

Ich ziehe gerade meine Unterhose an, als ich die Wohnungstür knallen höre. Zunächst gebe ich dem Geräusch nicht die Bedeutung, die ihm zukommt.

»Eva?«, frage ich.

(Stille)

»Eva, ist alles o. k.?«

(Noch mehr Stille)

Als ich aus dem Bad komme, bin ich immer noch nicht sehr besorgt. Aber meine Wohnung ist so klein, dass eine 180-Grad-Wendung reicht, um festzustellen, ob man alleine ist. Und ich bin alleine.

Mein Gehirn beginnt, die Informationshäppchen zusammenzuklauben, die mir zur Verfügung stehen, als mein Blick auf ein Notizheft auf dem Boden fällt, das vorhin noch nicht dort gelegen hat. Fast alle meine Tagebücher sehen gleich aus (linierte schwarze Moleskines), also muss ich es aufheben und reinschauen, um einschätzen zu können, wie sehr ich Eva verärgert habe.

Es ist nicht ratsam, in den Kopf einer anderen Person gucken zu wollen, nicht einmal dann, wenn wir glauben, sie zu kennen. Manche Dinge sind in unserem Kopf gut aufgehoben, und es ist besser, sie bleiben dort verwahrt. Zum Beispiel ein paar der Dinge, die ich in diesem Tagebuch über Eva geschrieben habe. Was ich über sie denke, oder besser, was ich in ganz bestimmten Momenten über sie gedacht habe. Als ich sie kennenlernte. Als wir zum ersten Mal miteinander schliefen. Als sie mich aus ihrem Auto geschmissen hat.

Ich bin nicht besonders gut darin, das Ausmaß einer Katastrophe einzuschätzen, also brauche ich eine Weile, bis ich mir Evas ungefähren Gemütszustand nach dieser Lektüre ausmalen kann. Ich überfliege ein paar Seiten und denke: »Oh, hoffentlich hat sie das nicht gelesen. Und das hier auch nicht. Und das hier schon gar nicht.« Nach und nach verstehe ich den Ernst der Lage, so wie sich die Augen langsam an die Dunkelheit gewöhnen. Man kann gar nicht sagen, wann man anfängt, die Sterne zu sehen, nur, dass sie erst nicht da waren und jetzt doch.

In fünfzehn Sekunden bin ich angezogen: Jeans, T-Shirt, Schlappen. Das mit den Schlappen stellt sich als Fehlentscheidung heraus. Sicher, sie sind ruckzuck angezogen, aber das war's auch schon mit ihren Vorzügen, denn auf dem Weg nach unten lege ich mich beinahe flach.

Eva biegt schon um die Ecke, als ich auf der Straße ankomme; sie hat es wirklich eilig. So schnell ich kann, renne ich hinter ihr her. Zweimal verliere ich eine Latsche, und zweimal muss ich stehen bleiben, um sie wieder anzuziehen.

»Eva, warte!«

Sie dreht sich um und … wie soll ich das sagen? Nun, sie zeigt nicht gerade ihr schönstes Gesicht. Sieht eher aus wie Goyas Interpretation von Saturn, der eines seiner Kinder verspeist. Ein Gesicht voller Enttäuschung und Wut und Traurigkeit, alles auf einmal. Ein Gesicht, wie ich es noch nie gesehen habe.

»Lass mich in Ruhe!«

»Warum, was ist los, was ist denn passiert?«

»Du bist ein verdammtes Arschloch.«

»Hey, jetzt lass mich mal ...«

»Lass mich was?«, schreit sie. »Und fass mich nicht an!« Sie schlägt meine Hand von ihrem Arm. »Das denkst du also von mir?«

»Ach komm, das ist doch Unsinn, das darfst du nicht so ernst nehmen.«

»Ich dachte, das wäre ein Scherz. Als ich zu lesen anfing, dachte ich, du hast es mit Absicht da hingelegt, damit ich es sehe. Um dich über mich lustig zu machen. Aber du schreibst auch von Sara und Germán und deinen Eltern und ... Was hast du denn für Scheiße im Kopf?!«

»Nein! Äh ... nein, Eva ...«, stottere ich.

»Du nennst mich Snob und Yuppie und eingebildet und instabil. Und manches davon hast du erst vor zwei Wochen geschrieben, Dani! Du schreibst von meiner ... Schwangerschaft und ...« Sie unterbricht sich und bedeckt ihr Gesicht mit beiden Händen. »Ich fühle mich so hintergangen!«

Gut, jetzt stellen Sie sich das mal vor.

Stellen Sie sich vor, Sie hätten Zugang zu den Gedanken einer anderen Person. Sie könnten die Gedanken Ihres Partners lesen. Ich sag Ihnen was: Sie würden Egoismus, Angst und Wut finden und außerdem entdecken, dass er auf Ihre Nachbarin oder Ihre Schwester scharf ist. Sie würden feststellen, dass er hin und wieder an Ihnen zweifelt, an Ihrer Beziehung, dass er sich vorstellt, wie es mit jemand anderem wäre. Dass er im letzten Jahr, als es Ihnen gerade so gut ging mit ihm, ernsthaft über Trennung nachdachte. Sie würden feststellen, dass er Sie manchmal geringschätzt und dass Sie ihm manchmal peinlich sind. Dass er Ihnen nicht immer zuhört, dass Sie ihn manchmal langweilen und dass er nicht halb so stolz auf Sie ist, wie er immer sagt. Sie müssten entdecken, dass er Ihren besten Freund für einen Vollidioten hält. Sie würden einen Menschen entdecken, der nicht mehr so viel gemein hat mit der Person, die Sie kennen. Natürlich würden Sie auch bestätigt finden, dass er Sie liebt, Sie vermisst, wenn Sie nicht da sind, und all die Dinge, die Sie schon wissen. Aber das würde nicht hängen bleiben. Hängen bleiben würde all das andere.

Eva ist in meinen Kopf gekrochen und hat nur das Schlimmste herausgefischt. Nur das Allerhässlichste der menschlichen Natur, das wir nicht mal in Kneipengesprächen oder Biografien auspacken.

War es dumm von mir, nicht vorauszusehen, dass das eines Tages geschehen könnte? Vielleicht. Aber was soll ich sagen? Wenn man alleine lebt, gibt es keinen Grund, die eigene Intimsphäre zu schützen. Eva hat Dutzende Male bei mir übernachtet und ist noch nie zuvor auf die Idee gekommen, in meinen Notizbüchern zu stöbern. So was tut man doch auch nicht! Jetzt, wo ich darüber nachdenke, finde ich, dass ich auch einen Grund habe, sauer zu sein. Mit welchem Recht gräbt diese Frau in meinem Kopf herum? Wie kommt sie darauf, hinter meinem Rücken meine Gedanken auszuspionieren?

»Mensch, Dani! Wer bin ich überhaupt für dich? Was hast du dir dabei gedacht, so einen Scheiß zu schreiben? Und warum, zum Teufel, sind wir überhaupt zusammen, wenn du mich so bescheuert findest?«

Ich zucke mit den Schultern, weil ich genau weiß, dass alles, was ich jetzt sagen könnte, den Kohl nur noch fetter machen würde.

»Du hast geschrieben, dass du mit mir über nichts reden kannst, weil ich von nichts eine Ahnung habe!« Sie sieht mich an und wartet darauf, dass ich etwas sage, aber ich sehe keine Verteidigungsmöglichkeit, also bleibe ich stumm. »Hast du das geschrieben oder nicht?«

»Ich war sauer.«

»Aber du hast das gedacht! Und es aufgeschrieben!«

»Du bist nicht die diskussionsgeschulteste Person, die ich kenne. Na und?«

Ich sehe die Ohrfeige schon kommen, aber ich schätze, dass es das Eleganteste ist, sie stoisch entgegenzunehmen (die andere Option wäre, einen Satz nach hinten zu machen, das scheint mir aber reichlich pathetisch). Der Schlag hallt durch die gesamte Straße.

Es war sehr schwer für mich, meine Schüchternheit zu überwinden. Wie viele andere schüchterne Jugendliche musste ich der Panik die Stirn bieten und mich immer ein bisschen anstrengen, um mich in der Öffentlichkeit normal verhalten zu können. Das hat mich für Alltagssituationen gut vorbereitet, zum Beispiel für Kondomkäufe oder Gespräche mit Taxifahrern, aber ganz sicher hat es mich nicht für eine solche Szene auf offener Straße vorbereitet.

»Bitte entschuldige«, sage ich mit brennender Wange.

»Du sollst mich nicht um Entschuldigung bitten!«, schreit sie.

Und dann bedeckt sie ihr Gesicht wieder mit beiden Händen, und ich glaube, sie weint. Ich lege ihr eine Hand auf die Schulter, aber sie schüttelt sie energisch ab.

»Fass mich nicht an!«, sagt sie mit einem Blick, der vor Verachtung nur so trieft. Und, ja, sie weint wirklich. Sie dreht sich um und geht weg.

Ich stammle: »Eva …« – genau so, mit Punktpunktpunkt, aber ich schätze, sie hört es nicht mehr. Da stehe ich und sehe zu, wie sie sich immer weiter entfernt, und ich hoffe, dass sie es sich anders überlegt und umdreht, zurückkommt zu mir. Aber sie dreht nicht um und kommt nicht zurück. Sie geht nur immer schneller immer weiter, bis sie in der Menge verschwunden ist.

Ich fühle mich wie jemand, der nach einem Autounfall einfach aussteigt und barfuß und blutüberströmt am Straßenrand entlangläuft. Totalschadenschock. Ich könnte jetzt gut einen Rettungssanitäter gebrauchen, der mich auf den Bordstein setzt und mir eine von den silbergoldenen Decken um die Schultern schlingt. Gerade habe ich mich noch in meinem Badezimmer herausgeputzt und fröhlich einem unbeschwerten Abend mit meinen Liebsten entgegengesehen, und plötzlich stehe ich hier in Badelatschen mitten auf der Straße und bin erfüllt von hilfloser Ohnmacht.

Um mich herum zerstreuen sich die Zuschauer. Heute werde ich sicher der Protagonist einiger Abendbrot-Anekdoten sein.

»Na, mein Schatz, wie war dein Tag?«

»Stell dir vor, was ich auf dem Heimweg erlebt habe …«

Was sie wohl erzählen werden? Dass ein Pärchen Streit hatte? Dass sie sicher recht hatte, weil sie ihm eine gescheuert hat und er es einfach so hat über sich ergehen lassen? Bestimmt hat er sie betrogen, wie Männer halt so sind, und sie wirkte so sympathisch, was für eine Haltung.

Ich gehe gesenkten Hauptes nach Hause, um mir nicht den Blick eines Zuschauers einzufangen. Als ich bei der Haustür ankomme, merke ich, dass ich ohne Schlüssel das Haus verlassen habe. Tja, das kommt davon, wenn man so kopflos seine Beziehung retten will. Schöne Scheiße.

Nur meine Mutter und Sara haben außer mir noch einen Schlüssel zu meiner Wohnung, und ich gehe jetzt ganz bestimmt nicht zu meiner Mutter, also halte ich ein Taxi an und nenne dem Fahrer die Adresse des Restaurants, wo wir verabredet sind. Dort angekommen, bitte ich ihn, kurz zu warten, denn Geld habe ich auch nicht eingesteckt, als ich Eva hinterhergerannt bin. Er wirft mir einen außerordentlich skeptischen Blick durch den Rückspiegel zu. Zum Glück scheint er mich entweder für einen aufrichtigen oder für einen aufrichtig zu bedauernden Kerl zu halten, denn er beschränkt sich darauf zu sagen: »Beeil dich, ich steh im Halteverbot.«

Sara und Germán sitzen an einem Tisch und trinken Wein. Germán betrachtet sichtlich verwundert meine Adiletten.

»Könnt ihr mir mal zehn Euro geben? Ich muss ein Taxi bezahlen.«

»Was ist passiert?«, fragt Sara.

Ich antworte nicht und nehme den Schein entgegen, den Germán aus seinem Portemonnaie kramt. Als ich nach Schuldenbegleichung zurück an den Tisch komme, sehen meine Freunde mich erwartungsvoll an.

»Eva hat mich verlassen«, sage ich würdevoll. »Habt ihr schon bestellt?«

Kapitel 24

Ich bin Jahrgang 1980.

Meine emotionale Bildung hat sich also in den bunten Neunzigerjahren vollzogen, in der Ära von Nirvana, Baywatch und Manga. Im Spreizgalopp zwischen Generation X und Y.

Was kann man von Menschen erwarten, deren Vorstellung der Realität (inklusive Liebe, Sex und Freiheit) von depressiven Musikvideos, Silikonbusen und japanischen Comics geprägt ist? Ich meine, dieser ganze Scheiß ist doch schuld daran, dass die westliche Welt voller geschiedener Mittdreißiger mit Konzentrationsproblemen ist.

Als Kind wollte ich Comiczeichner, Fotograf, Spiderman, Pilot und Archäologe werden. In dieser Reihenfolge. Keine Ahnung, wann ich aufgehört habe, diese Dinge zu wollen. Ich weiß nicht einmal, ob es schlagartig vorbei war oder ob ich mich in einem langsamen Prozess von ihnen verabschiedete. Vielleicht bin ich eines Morgens aufgewacht und habe zu meinem Spiegelbild gesagt: »Pilot? Du? Mach dich nicht lächerlich.«

»Millennials«, so nennt man uns, die wir Anfang der Achtzigerjahre geboren wurden. Die Generation des Millennium-Bugs. Sie werden sich daran erinnern: Es hieß, die Computer und in der Folge die gesamte Weltwirtschaft würden in der Silvesternacht 1999 Knall auf Fall kollabieren. Man sagte die Hölle auf Erden voraus, das Ende des Kapitalismus und all seiner Annehmlichkeiten. All die Nullen und Einsen, die wir *Ersparnisse* nennen, würden wir über Nacht verlieren, wir würden ohne Radio, Fernsehen und Internet ins neue Jahrtausend gehen. Von einem auf den anderen Moment zurück ins Jahr 1900.

Nichts von alledem ist geschehen, richtig. Das Jahr 2000 kam, und die Welt drehte sich ohne größere Zwischenfälle weiter. Wie so viele andere Dinge erwies sich die Apokalypse als Schwindel.

Es heißt, wir seien die Ökogeneration, die Think-Global-Act-Local-Generation, die toleranteste der Weltgeschichte, die die Legalisierung von Drogen und Akzeptanz neuer Familienmodelle voranbringt. Die, die den großen Medien misstraut (schließlich hat das Fernsehen uns großgezogen), aber an die Menschheit als abstraktes Konzept glaubt.

Die, die etwas studiert hat, worauf sie keine Lust hat, ohne auch nur zu wissen, wieso eigentlich, und die heute einer Arbeit nachgeht, die sie noch weniger mag. Die sich nie arrangieren konnte mit der sogenannten *Weltordnung*, schließlich ist der Name selbst schon erschütternd, und die sich nun supranationalen Körperschaften unterworfen hat, deren Ziele selbst für diejenigen unergründlich sind, die sie lenken.

Wenn meine Generation sich weigert, erwachsen zu werden, dann nicht, weil wir Gummibärchen und Videospiele so sehr lieben oder immer noch auf Comics stehen. Oder zumindest nicht *nur* deshalb. Es liegt daran, dass wir spüren, dass das Erwachsensein etwas furchterregend Trauriges und Langweiliges und außerdem vollkommen unnötig ist. Also altern wir in T-Shirts, deren Nähte unter den wachsenden Wampen aufribbeln oder platzen, und wir glauben, dass die Alten die anderen sind und dass die Simpsons für immer cool sein werden. Oder zumindest bis zur nächsten Apokalypse.

Kapitel 25

Laut moderner Psychologie besteht die Trauerbewältigung aus fünf Phasen.

Die erste ist die Phase der Verleugnung; sie charakterisiert sich durch die Unfähigkeit des trauernden Subjekts, sich selbst und anderen gegenüber den erlittenen Verlust einzugestehen. Diese Blockade muss man erst überwinden, um in Phase zwei eintreten zu können: die Wut. In dieser Phase versucht man, den Verlust zu rationalisieren, ihm einen Sinn zu verleihen, eine Rechtfertigung zu finden, die es natürlich nicht gibt (die Welt ist grausam, und die Grausamkeit hat keinen Sinn, so ist es nun mal).

Wenn die Wut nachlässt, beginnt die dritte Phase, die der Verhandlung. Man kann nichts machen, sieh es ein. Es hilft nichts, auf das Leben und die Welt wütend zu sein, man muss nach vorne schauen und sich denken: O.k., die Existenz ist sinnlos, aber morgen ist Mittwoch, und ich muss um acht aufstehen.

Dann erst kommt die Traurigkeit, und diese vierte Phase kann so lange dauern, wie man selbst gewillt ist, ihr Zeit zu geben. Manche kommen nie mehr aus dieser Phase heraus, andere brauchen Jahre, um es zu schaffen. Manche nehmen die Trauer noch mit ins Grab, was erschütternd und sehr bedauernswert ist. Die meisten Menschen schaffen es allerdings, die Traurigkeit zu überwinden und in die fünfte und letzte Phase der Trauer einzutreten: die der Akzeptanz.

Phase 1: Die Verleugnung

Ich rufe sie am Dienstag an (sechsmal), am Mittwoch (achtmal) und am Donnerstag (zehnmal). Sie geht nie ran. Am Freitag rufe ich in der Kita an.

»Kindergarten Wolke, hallo?«

»Hallo, hier ist … Spreche ich mit Iker?«

»Dani?«

»Ja, ich bin's. Ist Eva da?«

(Pause.)

»Iker?«

»Eva möchte nicht mit dir sprechen.«

»Ja, Mann, das weiß ich. Aber … Kannst du sie mir bitte trotzdem geben?«

»Nein.«

(Pause.)

»Iker, bitte gib sie mir.«

»Sie möchte nicht mit dir sprechen.«

»Jetzt gib sie mir endlich!«

(Aufgelegt.)

So ein Scheißkerl. Von Anfang an konnte ich ihn nicht leiden. Bestimmt nutzt er jetzt Evas Instabilität aus und versucht, sie abzuschleppen.

Eigentlich kann es mir egal sein, aber es stört mich trotzdem. Schließlich ist sie immer noch meine … Was, Freundin? Ja, ich denke schon. Wir haben uns gestritten, o. k., aber man wird ja wohl mal streiten dürfen in einer Beziehung. Dr. John Michaels rät bekanntermaßen sogar dringlich dazu, um sich nicht »in einen emotionalen Druckkochtopf zu verwandeln« (sic).

Also gut. Wie ist die Lage? Es ist zwölf Uhr mittags. Ich bin zu Hause und spiele leicht unkontrolliert mit meinem Denkschläger. Ich habe schon aus Versehen meinem Computer einen Schubs gegeben, einen weiteren wird er nicht überstehen. Ich versuche zu schreiben, ich muss endlich mal ein bisschen vorankommen mit diesem blöden Buch. Ich sollte Interviews vereinbaren, durchführen und transkribieren. Dann Material sortieren, ins Reine schreiben, abgeben und kassieren, dann einen neuen Job akquirieren und dann noch einen und noch einen, bis ich eines Tages sterbe. So sieht meine Perspektive aus, vielleicht erklärt das meine gedrückte Stimmung.

Wie viel Kaffee habe ich eigentlich heute schon getrunken? Heute Morgen habe ich eine große Kanne gemacht, und die ist jetzt schon leer. Daher die Rastlosigkeit. Das ist nicht gerade ein gewohntes Gefühl für mich, ich bin eigentlich ein eher ausgeglichener Typ, aber Koffein hat diese Wirkung auf mich. Es raubt mir die Fassung. Eigentlich sollte ich diesen Zustand ausnutzen und mir das Herzrasen zunutze machen. Also komme ich zu dem Schluss, dass ich auch einfach zur Kita fahren kann.

Ja, das ist die Lösung, kein Zweifel. Ich fahre hin und rede mit Eva. Was kann sie schon tun, die Polizei rufen? Eventuell. Aber glauben tue ich es nicht. Ich meine, immerhin waren wir vor einer Woche noch ein Paar. Ich bin ja kein Stalker oder so, nur ein verletzter Mann auf der Suche nach einem ernsten Gespräch.

Ich ziehe mich an, ohne vorher zu duschen, und kämme auf dem Weg nach unten mein Haar mit den Fingern. Auf dem Treppenabsatz zum ersten Stock treffe ich auf einen Typen, der echt fertig aussieht; gebeugte Haltung, Augenringe, Zehntagebart und leicht muffiger Geruch. Ich brauche fünf Stufen, bis ich ihn erkenne. Es ist der Blonde, beinahe bis zur Unkenntlichkeit degeneriert.

»Hey, Kumpel«, sage ich, weil mir sein Name nicht einfällt. »Alles klar bei dir?«

»Dani. Na. Alles gut?«

Das, was aus zwei Metern Entfernung etwas streng roch, stellt sich von Nahem als wahre Stinkbombe heraus.

»Hast du sie gesehen?«, fragt er mich und sieht mich durchdringend an.

»Nein. Hast du nichts von ihr gehört?«

»Sie hat ihre Nummer gewechselt. Ihre Nummer gibt es nicht mehr, und ihre Freundinnen reden nicht mit mir. Die stecken alle unter einer Decke, beschützen sich gegenseitig, die sind so was von … Nicht mal ihre Freundinnen gehen mehr ans Telefon, wenn ich anrufe, und wenn ich von einer unterdrückten Nummer anrufe … Hey!«, ruft er plötzlich. »Kann ich mal kurz dein Telefon ausleihen?«

»Ich hab's 'n bisschen eilig, Mann.«

»Nur kurz, bitte.«

Meine Fresse. Ich zücke mein Handy und gebe es ihm.

»Pin?«, fragt er und wendet sich dezent ab, als ich den Pin eingebe. Dann wählt er eine Nummer. Es ist unfassbar, was die Trauer mit der Visage eines Mannes macht. Dieser Typ war zweifelsohne der attraktivste des ganzen Hauses. Vielleicht der ganzen Straße! Groß, drahtig, strahlend und extrem selbstbewusst. Eines dieser seltenen Exemplare der menschlichen Rasse, die ohne Selbstschutzmechanismen (Aggressivität, Zynismus, Überheblichkeit) auszukommen scheinen. Ein Mensch, der gelernt hat, seine vermutlich seltenen Frustrationen rauszulassen, und entsprechend eine aufrichtige und harmonische Beziehung zu seinem Umfeld aufbauen konnte. Offener Blick, klare Artikulation, erhobenes Haupt. Und jetzt guck ihn dir an. Er sieht aus wie Nicolas Cage nach einem Unfall.

»Lucía? Hi, hier ist Álex.« Álex, richtig. »Weißt du, wo …? Nein, hör mal. Ist doch egal, wem das Telefon gehört, hör mir mal … Nein, verdammt, du sollst mir zuhören!« Ich höre, wie jemand hinter einer der Türen zum Spion geht. Das wird ja hier nun auch etwas ruppig. »Ich mache dir Angst? Ich mache dir Angst, ja?«

»Ey«, sage ich, aber Álex nimmt mich nicht einmal wahr.

»Ich will doch nur mit ihr reden, jetzt sag mir doch einfach … Nein, verdammt, das stimmt doch nicht!« Meine Güte. Der Arme ist völlig außer sich. »Und was soll ich deiner Meinung nach machen, hm? Nein, sag du es mir! Ihr seid solche Schlangen, alle! Ja, dann leg doch auf! So geht ihr mit Problemen um, einfach abhauen, wenn's anstrengend wird!«

Der Blonde schwingt mein Telefon, und bevor ich auch nur schalten kann, hat er es schon auf den Boden geschmissen. Das arme Ding zerspringt in tausend Teile, und wir betrachten das Desaster.

»Oh, Mann, Scheiße«, sagt Álex, mit einem Mal erstaunlich ruhig. »Das bezahle ich natürlich.«

Ich sage: »Ach, egal.« Und bücke mich, um die Einzelteile zusammenzusammeln.

»Willst du mal eben mitkommen zum Geldautomaten, dann …«

»Lass gut sein. Vielleicht funktioniert es ja noch. Das war nicht das erste Mal, dass es runterfällt. Gut, das war jetzt vielleicht kein richtiges Runterfallen.«

»Mann, das tut mir echt leid. Ich kauf dir ein neues, ich schwöre.«

»Wenn es kaputt ist, sage ich dir Bescheid, o. k.?«

»O. k. Aber wirklich, ja?«

Ich stecke mein Telefon nacheinander in drei verschiedene Taschen, und dann sage ich, während ich die Treppen runtergehe: »Ich hab's echt ein bisschen eilig.«

»O. k.«, wiederholt er. »Und sorry, ja?«

Verdammter Freak. Das hat mir gerade noch gefehlt, ohne Telefon dazustehen! Jetzt ruft Eva an, um mich um Verzeihung zu bitten wegen der Szene, die sie mir gemacht hat, und die Mailbox geht ran. Ihr Klärungsbedürfnis wird sich in eine amouröse Dringlichkeit steigern, und sie wird ein ums andere Mal anrufen, bis sie zu dem Schluss kommt, dass ich meine Nummer gewechselt habe. Dass ich einen Schlussstrich gezogen habe. Und so wird sie gebrochen und verzweifelt in die Arme von Knackarsch sinken, der ihr eine Kenny-G-Platte schenken wird und ihr sagen wird, wie gut er sie verstehen kann.

Angesichts meines unausgeglichenen Gemütszustands erahne ich, dass die U-Bahn mir eine Panikattacke bescheren könnte. Das kann ich nun noch weniger gebrauchen als ein kaputtes Handy. Also investiere ich in meine Gesundheit und nehme ein Taxi.

Der Wagen ist alt und stinkt nach Zigarettenrauch. Ich sehe zehn spanische Flaggen, was höchstwahrscheinlich den Zweck erfüllt, klarzustellen, dass hier ein Patriot am Steuer sitzt.

»Wohin?«, fragt er, und ich antworte mit der Adresse der Kita und einem »bitte«.

»Wo lang?«

»Den schnellsten Weg, bitte.«

Er guckt mich durch den Rückspiegel an: »Ich bin kein Hellseher.«

Angespannte Pause.

Dann schlage ich eine Strecke vor.

»Das ist eine furchtbare Strecke«, antwortet er, und ich beginne zu glauben, dass es Schlimmeres gibt als eine Panikattacke in der U-Bahn. »Man denkt, das ist der kürzeste Weg, ist es aber nicht. Die ganzen Ampeln, wissen Sie?«

Elf Flaggen; ich hatte sein Armband noch nicht wahrgenommen.

»Fahren Sie so, wie Sie es für richtig halten«, sage ich.

»Oh nein. Wir fahren so, wie Sie es wollen, aber das wird Ihnen noch leidtun.«

Nach dieser Einleitung erwarte ich das Schlimmste von der Fahrt, also tue ich so, als würde mich der Blick aus dem Fenster furchtbar fesseln, gerade so, als hätte ich noch nie Autos und Häuser und überhaupt, die Zivilisation gesehen.

Diese erbärmliche Strategie geht während der ersten zehn Minuten tatsächlich auf, aber dann macht der Fahrer plötzlich eine Vollbremsung und rattert eine Reihe Kraftausdrücke herunter, die ich aus Gründen der Höflichkeit hier zensiere. Als er sich ausgeschimpft hat, guckt er mich durch den Rückspiegel an und sagt:

»Ein Schwarzer.«

»Aha«, sage ich.

»Afrikanischer Führerschein, was will man da erwarten.«

Ich tue so, als hörte ich nicht zu, was soll ich dazu auch sagen? Ich starre weiter aus dem Fenster. Klappt aber nicht.

»Die Mafia gibt ihnen den Lappen, wissen Sie? Und dann kommen Sie hierher und werden Taxifahrer. Können noch nicht mal vernünftig Auto fahren, aber kommen hierher und …«

Ich halte den Mund. Ich halte den Mund. Ich halte den Mund.

»Hier kann man ja alles machen. In keinem normalen Land der Welt würde man so einem ein Taxi überlassen. Ich würde ihnen allen die Lizenz entziehen. Sollen sie doch da rumkurven, wo sie herkommen und sich gegenseitig totfahren! Haben Sie mal bemerkt, wie es um den Verkehr steht, seit hier so viele Araber am Steuer sitzen?«

»Nein.« Scheiße. Das ist mir rausgerutscht.

»Schlimm! Ganz schlimm! Die fahren wie die Wilden! Überholen von rechts, schnappen dir die Fahrgäste vor der Nase weg … Schlimm! Und keiner wehrt sich, das ist das Allerschlimmste! Und dann werden ihnen die Wohnungen finanziert und überhaupt das Geld hinterhergeworfen. Und was ist mit uns? Wir können sehen, wo wir bleiben, wie immer!«

»Hören Sie«, sage ich, weil ich es nicht mehr aushalten kann. »Ich glaube nicht, dass hier irgendjemand Geld hinterhergeworfen bekommt.«

»Ach nein? Millionen! Was denken Sie denn, warum das Land den Bach runtergeht? Das liegt an diesen Leuten, die hierherkommen und denken, hier können sie sich bedienen!«

An diesem Punkt muss ich erwähnen, dass ich mein gesamtes Erwachsenenleben ohne tätliche Auseinandersetzung verbracht habe. Ich habe niemals irgendjemanden geschlagen. Ich wüsste gar nicht, wie das geht. Das Einzige, was ich über körperliche Gewalt weiß, ist, dass sie sehr wehtut und manchmal Spuren hinterlässt. Ich habe große Angst vor physischen Schmerzen, so wie jeder normale Mensch, also versuche ich, mich in kritischen Situationen besonnen und diplomatisch zu verhalten. Aber es ist leider so, dass a) dieser Typ ein totaler Vollidiot ist und b) heute echt nicht mein Tag ist.

»Wussten Sie, dass wir auch aus Afrika kommen?«

»Wie bitte?«, fragt er. »Wer, *Sie*?«

»Wir alle. Sie, ich, wir alle.«

Er lacht und wirft mir einen Blick durch den Rückspiegel zu.

»Ich weiß ja nicht, wo *Sie* herkommen, aber ich bin Spanier.«

»Das mag sein, aber ... Sehen Sie, der Mensch hat vor neunzig Millionen Jahren seine Wanderung in Afrika begonnen. Also sind wir rein technisch alle Afrikaner, verstehen Sie? Und Affen, natürlich.«

»Also, ich glaube nicht an die Sache mit den Affen.«

»Das können Sie ruhig glauben. Um ehrlich zu sein, habe ich selten einen Menschen getroffen, der einem Affen so ähnlich war wie Sie.«

Noch eine Vollbremsung. Die kommt so unerwartet, dass ich mir die Stirn an der Kopfstütze des Beifahrersitzes stoße. Plötzlich wird alles um mich herum grün, gelb und rosa, als wären wir in ein Andy-Warhol-Bild gesprungen. Titel: *Pop-Taxifahrer kurz vor dem Durchdrehen.*

»Raus aus meinem Auto.«

Die Stirn tut höllisch weh, was den Schalk aus meinem Nacken ruckzuck vertreibt und damit leider auch jede Idee für eine schlagfertige Antwort.

»Raus aus meinem Auto, bevor Sie es noch vollsiffen!«

Vollsiffen? Wovon redet der? Ich hebe die Hand zur Stirn und merke, dass ich blute.

»Ich zeige Sie an«, ist das Erste, was mir einfällt.

»Ja, können Sie draußen machen.«

»Ich hätte gerne Ihre Ordnungsnummer.«

»Wenn Sie nicht sofort aussteigen, dann zieh ich sie persönlich raus.«

Benommen steige ich aus. Das Taxi braust davon, noch bevor ich die Tür zugeschlagen habe. Der Fahrer brüllt mir etwas zu, aber ich verstehe kein Wort, mein Kopf dreht sich rasant.

»Geht es Ihnen gut?«

Ich brauche eine Weile, bis ich das Gesicht vor meinen Augen scharf stellen kann. Es ist ein Mann von bestimmt achtzig Jahren. Ich sage:

»Nein.« Weiter nichts. Nein.

Der Mann nimmt mich am Arm und lenkt mich vorsichtig.

»Kommen Sie mit.«

Ich lasse mich von ihm leiten, und die Welt entfernt sich immer weiter von mir; ein grüner Tunnel tut sich auf, als würde ich durch eine leere Weinflasche gucken.

Mein Gott, wie peinlich. Ich blute sogar, ohne mich zu prügeln, und gleich falle ich mitten auf der Straße im Arm eines Greises mit Baskenmütze in Ohnmacht. Mein Glück, dass das Konzept von Männlichkeit sich in den letzten Jahren so stark gewandelt hat und ein solcher Zwischenfall mein Selbstbild nicht verunsichern muss.

Was dann folgt, ist allerdings auch nicht besonders stimulierend. Der Mann mit der Mütze bringt mich in eine Bar, was ich an den Realitätsfragmenten erkennen kann, die durch meinen Nebel dringen: Tische, Fernseher, ein Kartenspiel und dann dieser Geruch.

Männer wie Frauen bombardieren meinen großväterlichen Retter mit Fragen: »Was ist passiert?« »Ist das dein Sohn? Der hat sich ja verändert!« Man setzt mich auf einen Stuhl, »leg den Kopf mal nach hinten«, sagt man mir, und ich lasse den Kopf nach vorne fallen. Ich schließe die Augen, und nach einer Weile spüre ich einen feuchten Lappen im Nacken.

»Schätzchen«, sagt eine Frau, und als ich die Augen öffne, sehe ich einen Strohhalm dicht vor meinem Gesicht. »Trink das«, befiehlt mir die Stimme, und ich gehorche.

Es ist Coca-Cola oder Pepsi oder eine andere braune Zuckermarke. Das gesamte Spektakel dauert etwa fünfzehn Minuten, bis ich einigermaßen wiederhergestellt bin; schweißgebadet, beschämt und mit pochendem Kopfschmerz, aber immerhin bei Bewusstsein. Ich bedanke mich und trinke das Gesöff aus.

Von dort wegzukommen ist nicht gerade einfach. Manche finden mich doch noch sehr blass und versuchen, mich weiter dazubehalten und nebenbei herauszubekommen, wer ich bin und was passiert ist. Sie suchen Unterhaltung. Ich bin zweifelsohne das Exotischste, was ihnen in dieser Woche passiert ist, vielleicht im gesamten Monat, und sie wollen das Ereignis noch ausdehnen.

»Kannst du uns nicht vielleicht TDT einstellen?«

»Wüsste nicht, wie.«

»Schade. Wir finden den Sender nicht, und jetzt können wir den Stierkampf nicht sehen.«

»Nun lasst den Jungen in Ruhe«, sagt mein Retter-Opa, der der Entspannteste von ihnen allen zu sein scheint, und bringt mich zur Tür. Dort angekommen, entschuldigt er sich für die Aufregung. »Du musst es den alten Knackern nachsehen. Die sind schon etwas plemplem.«

Ich lächle und sage, dass alles o. k. ist.

»Vielen Dank!«

»Ach, da nicht für.« Er gibt mir einen ordentlichen Schlag auf die Schulter. »Das war doch selbstverständlich.«

Zurück auf der Straße ist mein Vertrauen in die Menschheit wieder gestärkt. Da pfeift mir der Alte hinterher. Ich drehe mich um.

»Hast du ein paar Zigaretten für mich?«

»Nein, tut mir leid.«

»Schade. Und kannst du mir nicht vielleicht welche kaufen? Oder mir ein bisschen Kleingeld geben, damit ich mir welche kaufen kann?«

Ich gebe ihm fünf Euro, und er sagt:

»Nun sei mal nicht kleinlich.«

Ich gebe ihm einen weiteren Fünfer, und mein Vertrauen in die Menschheit schrumpft auf gewöhnliche Maße zurück.

Die gute Nachricht ist, dass die Kita nur noch fünfzehn Fußminuten entfernt ist, also beschließe ich, meine Odyssee wandernd fortzusetzen. Meine Stirn tut unglaublich weh, und mir ist durchaus bewusst, dass ich weder physisch noch emotional besonders gut dastehe, um jemandem zu sagen: »Ich bin genau der Typ, den du brauchst«, aber was soll ich machen? Ich weigere mich, das Handtuch zu werfen. Ich will zu Eva, und ich werde nicht aufgeben, und wenn ich verstümmelt und ohne Handy, Geld oder Stolz bei ihr ankomme.

Eine Viertelstunde später stehe ich vor dem Kindergarten Wolke. Ich überprüfe, ob ich auch wirklich nicht mehr blute, und lasse die überaus laute Klingel läuten.

Durch die Gitterstäbe hindurch sehe ich Knackarsch am Ende des Ganges. Er sieht mich an. Ich sehe ihn an. Ich sage:

»Hallo.«

Er geht in einen Raum, ohne mir zu antworten. Verdammter Scheißkerl. Ich warte ein paar Minuten, und als sich nichts weiter tut, klingele ich erneut. Dreimal. Knackarsch erscheint wieder im Flur und kommt mit festem Schritt auf mich zu.

»Was willst du?«

»Hallo«, wiederhole ich.

»Was du willst«, wiederholt er. Der Typ gefällt mir wirklich ganz und gar nicht.

»Könntest du bitte Eva sagen, dass ich hier bin?«

»Sie will dich nicht sehen.«

»Bitte sag es ihr einfach.«

»Ich habe es ihr bereits gesagt.«

»Dann sag es ihr noch einmal.«

Er sieht mich ein paar Sekunden lang an.

Dann fragt er: »Was ist dir denn passiert?«, und zeigt auf meine rechte Schulter, wo, wie ich feststelle, ein paar Tropfen Blut gelandet sind.

»Ich hatte eine Auseinandersetzung mit einem Taxifahrer über die erste große Migrationsbewegung der Menschheitsgeschichte.«

Knackarsch sieht mich wieder schweigend an und verdreht die Augen. Hatte ich schon erwähnt, dass er beinahe zwei Meter groß ist? Das bedeutet zu meiner Schande, dass er mich von oben herab ansieht und dass ich, logischerweise, zu ihm aufsehen muss. In einer Situation wie dieser bekommt die Körpergröße eine enorme Symbolkraft. Die verdammten fünfzehn Zentimeter, die uns trennen, markieren einen uralten, ursprünglichen Unterschied. Der Unterschied zwischen Alphamännchen und dem Deppen vor der Tür.

»Ich kann dich nicht leiden, seit ich dich zum ersten Mal gesehen habe.«

Das sagt Knackarsch. Zu mir, natürlich. Das ist ein echt bescheuerter Satz, B-Movie-Macker-mäßig, aber ich lasse mich hinreißen.

»Ich dich auch nicht«, sage ich in Missachtung meines

Überlebensinstinkts. »Aber zu unser beider Glück bin ich nicht deinetwegen hierhergekommen.«

Er hört mir zu, ohne einen Gesichtsmuskel zu verziehen.

»Weißt du, was ich gedacht habe, als ich dich zum ersten Mal sah?«, fragt er mich dann.

»Sag es mir.«

»Dass du ein Klugscheißer bist.«

»Und du bist ein hirnloser Muskelprotz. Kannst du jetzt bitte … Ach, lass gut sein, ich mach es selbst. Eva!«

Knackarsch schwenkt im Tempo eines Velociraptors auf die Tür zu, und diesmal funktioniert mein Überlebensinstinkt einwandfrei. Ich mache einen furchtbar albernen Hüpfer nach hinten, der mich beinahe umwirft.

»Wir arbeiten hier mit Kindern«, sagt Knackarsch. »Und wir wollen keine Szenen. Jetzt zieh Leine, oder ich ruf die Bullen.«

Eine Festnahme ist nun wirklich das Letzte, was mir heute noch fehlt. Obwohl ich eigentlich nicht glaube, irgendein Gesetz gebrochen zu haben.

In der Folge performen Knackarsch und ich einen weiteren Clint-Eastwood-Moment: Ich sehe ihn an, er sieht mich an; beide bereit, den imaginären Revolver zu ziehen. Etwas warnt mich davor, die Stimme zu erheben, damit würde ich wohl wirklich eine Grenze überschreiten. Und ich bin leider ein sehr schlechter Schauspieler. Also beschließe ich, mir die Niederlage einzugestehen, allerdings nicht, ohne zuvor noch einen verbalen Schlag auszuteilen, der der Intensität der Situation würdig ist, so was wie ›Mit dir bin ich noch lange nicht fertig‹. Oder aber: ›Das war's dann wohl … fürs Erste!‹ Das Ding ist nur, dass ich für so etwas einfach nicht geschaffen bin. Mein Talent liegt in syntaktisch anspruchsvolleren, weniger konventionellen Sätzen. Also sage ich:

»Echt, Mann, scheiße, richtig scheiße.«

Was Knackarsch nicht gerade erzittern lässt.

Kapitel 26

»Mit anderen Worten: Sie ist unausgeglichen.«

Sara sieht mich mit einem Blick an, den ich als missbilligend werte. Ich sitze auf einer Parkbank und lutsche am großen Zeh eines Stieleises in Fußform. Es ist kalt, aber das ist mir egal. Ich habe noch nie verstanden, warum man nur im Sommer Eis essen sollte. Nach der Logik könnte man ja auch nur im Winter Suppe essen.

Ort des Geschehens: der Retiro-Park. Die Bäume sind wunderschön mit ihrem grüngelblichen Ton, der einen daran erinnert, dass eines Tages alles vergeht.

Phase 2: Die Wut.

»Dani, hör mal, ich bin deine Freundin«, sagt Sara gönnerhaft. »Und genau deshalb unterstütze ich dich, selbst wenn du im Unrecht bist.«

»Aber ich bin nicht im Unrecht!«

»Doch, das bist du.«

»Wenn du meinst.«

Der Park ist voller Jogger. Apropos, denke ich, ich könnte auch mal wieder laufen gehen. Sport soll ja den Kopf frei machen.

»Hörst du mir zu?«

»Äh – sorry, was hast du gesagt?«

Sara seufzt. »Ich sagte, es scheint mir interessant, dass alle Frauen, mit denen du streitest, *unausgeglichen* sind.«

»Ach so. Verstehe.« Ich betone meine Indifferenz dieser Aussage gegenüber, indem ich mich weiterhin dem großen Zeh widme.

»Warum erzählst du mir denn davon, wenn du meine Meinung gar nicht hören willst?«

»Ich will sie doch hören. Ich mag es nur nicht, von dir angegriffen zu werden.«

»Ich greife dich nicht an, ich halte nur meine Beobachtung fest. Du nennst alle Frauen unausgeglichen. Dieses Hippiemädchen war unausgeglichen, die aus der Werbeagentur war unausgeglichen, und siehe da, Eva ist auch unausgeglichen. So ein Zufall. Bestimmt fandest du mich auch sehr unausgeglichen, als wir uns getrennt haben?«

»Wir haben uns nicht getrennt, ich habe mich von dir getrennt.«

»Wie du meinst.«

»Nein, das ist doch ein entscheidendes Detail. Und ja, ich gebe es zu: Besonders ausgeglichen warst du in dieser Zeit nicht.«

»Mann, du bist echt unerträglich«, grummelt Sara in einer Lautstärke, in der man zwar nicht jede Silbe versteht, aber doch genügend, um die Botschaft zu entschlüsseln.

»Und könnte es nicht sein«, frage ich, um die Spannung ein bisschen zu lösen, »dass ich eine unerklärliche Anziehung auf unausgeglichene Frauen ausübe?« Sara sieht mich mit erhobener Augenbraue an. »Ich habe darüber nachgedacht und glaube, dass da etwas dran sein könnte. Irgendetwas in meiner Persönlichkeit scheint verrückte Frauen anzuziehen.«

»Dani«, sagt sie in diesem mütterlichen Tonfall, den sie manchmal anschlägt und auf den stets ein Doppelpunkt folgt: »Eva ist nicht verrückt.«

»Und da sind wir eben nicht einer Meinung. Willst du auch mal beißen?«, frage ich und biete ihr mein Eis an. Sie beißt den kleinen Zeh ab.

»Hör mal«, sagt sie dann. »Ich habe Eva oft genug getroffen, um zu merken, dass sie nicht verrückt ist.«

»Und wie oft war das? Fünfmal, oder zehn-? Wie oft muss man denn mit jemandem Kaffee trinken, um zu merken, dass er normal ist? Bitte erleuchte mich, Guru der Normalität.«

»Ich glaube, du findest es so ungeheuerlich, dass jemand dich verlassen kann, dass du es dir einfach nur mit Pathologie erklären kannst. Dabei bist du der Irre! Du hast ein so überproportional großes Ego, dass du Geisteskrankheiten erfinden musst, um zu verkraften, dass eine Frau dich verlässt.«

»Sara, im Ernst, hör endlich auf, diese komischen Bücher zu lesen. Du redest schon wie einer dieser Ratgeberfuzzies, die sich ›mein Leben ist schön‹ auf die Hand schreiben, nur, um es in regelmäßigen Abständen laut zu lesen.«

Sara lacht auf. »So ein Blödsinn.«

»Doch, im Ernst, das gibt es! Das habe ich im Fernsehen gesehen. Sie schreiben überall positive Botschaften hin: auf den Kühlschrank, auf das Handy, wo auch immer, und lesen sie sich selbst vor. Das Leben ist ein wunderschöner Ort, Das Universum will dich glücklich sehen und lauter solchen Quatsch.«

»Hältst du es für Quatsch, glücklich sein zu wollen?«

»Hör auf, du machst mir Angst. Noch einen Zeh vielleicht?«

Sara beißt noch einmal von meinem Eis ab.

»Warum hast du diese Dinge über Eva geschrieben?«, fragt sie dann.

War ja klar, dass sie das früher oder später fragt. Das Problem ist, dass ich keine Antwort darauf habe. Es ist einfach, jemanden nach diesem oder jenem zu fragen. Warum rufst du deine Mutter nicht jeden Tag an? Wieso kündigst du diesen Job nicht, der dich so auffrisst? Warum ernährst du dich nicht gesünder, warum hörst du nicht auf zu rauchen, wieso treibst du keinen Sport, warum liest du nicht ein wenig mehr, warum lernst du kein Französisch? Erklärungen verlangen ist ja wohl das Einfachste der Welt. Das Schwierige ist, welche zu haben.

»Ich mach so was einfach, was weiß ich.«

»Tolle Antwort.«

Ja, stimmt, nicht die beste. Aber:

»So ist es eben.«

Wir Menschen treffen unlogische Entscheidungen, das ist ja das Schöne daran, nur halb rationale Wesen zu sein.

»Hast du auch was über mich geschrieben?«

»Was?«

Natürlich habe ich sie genau verstanden.

»Du hast mich genau verstanden. Hast du in diesen teuflischen Tagebüchern auch über mich geschrieben?«

»Ja«, gebe ich zu, weil ich Sara nicht sehr gut belügen kann. »Natürlich.«

»Und zwar was?«

»Dies und das.« Ich zucke mit den Schultern. »Keine Ahnung, ich erinnere mich jetzt nicht an alles. Außerdem ist das persönlich. Es ist ein Tagebuch, niemand sollte das lesen.«

»Okay«, sagt sie. »Aber tu mir einen Gefallen. Verbrenn die ganzen Dinger, bevor du stirbst, o. k.? Denn ich will sie nicht nach deiner Beisetzung lesen, nur um festzustellen, dass du ein Arschloch warst. Ich würde dich gerne in guter Erinnerung behalten, trag du auch etwas dazu bei.«

Kapitel 27

Es ist kaum zu glauben.

Es ist Freitag, und ich schleppe meine Wut immer noch mit mir herum. Ich habe keine Lust auf gar nichts: Ich kann nicht arbeiten, mag nicht rausgehen, und meine Konzentrationsfähigkeit liegt unter null. Außerdem dröhnt mein Schädel, Folge meines Zusammenstoßes mit der Kopfstütze des verrückten Taxifahrers. Gestern war meine Stirn grün. Heute ist sie gelb. Ich nehme an, das ist ein gutes Zeichen.

Um aufzuhören, an mich selbst zu denken, habe ich angefangen, »Die wilden Detektive« von Roberto Bolaño zu lesen, allerdings mit jämmerlichem Erfolg (ich habe bereits im zweiten Satz den Faden verloren). Dann habe ich entschlossen, einen Blick in Facebook zu werfen, nur um festzustellen, dass Eva nicht mehr meine Freundin ist. Na prima. So weit sind wir also schon, dass sie mich nicht mal mehr virtuell ertragen kann. Dabei weiß sie genau, wie selten ich auf Facebook bin.

Nach dieser niederschmetternden Entdeckung vegetiere ich auf dem Sofa vor mich hin, bevor ich gegen vier Uhr nachmittags das Bedürfnis zu schwitzen identifiziere. Schwitzen ist gut. Es setzt Toxine frei, und Toxine freisetzen reduziert Stress. So heißt es.

Nachdem mein aktueller Beziehungsstatus mir nur das einsame Schwitzen erlaubt, ziehe ich meine Sportklamotten an (eine kurze Hose, ein Nike-T-Shirt und alte Turnschuhe) und verlasse, derart ästhetisch verunstaltet, das Haus. Meine Kondition ist beneidenswert, zumindest, wenn ich mich nicht bewege. Beim Joggen sieht es schon anders aus. Mein Rekord liegt bei vierzig Minuten. Wenn ich auch nur eine Minute länger laufe, fühle ich mich komplett ermattet. Bei zwei Minuten gelange ich an die Grenze meiner Möglichkeiten und fürchte eine Herzattacke.

Heute passiert mir allerdings etwas Seltsames beim Laufen. Anstatt wie üblich nach exakt zwanzig Minuten umzudrehen und den Heimweg einzuläuten, laufe ich noch ein bisschen weiter. Und noch ein bisschen. Und dann noch ein bisschen. Und nach vierzig Minuten höre ich nicht auf zu laufen. Ich laufe immer weiter, bis ich nicht mehr weiß, wo ich bin und wieso ich dort bin, und erst dann bleibe ich plötzlich stehen. Ich bin fix und fertig und … zufrieden. Ich weiß nicht, warum, aber so fühlt es sich an. Das ist das glückähnlichste Gefühl, das ich seit Wochen empfunden habe.

Ich stütze mich auf einer Parkbank ab und muss meiner Atmung sicher fünf Minuten Zeit geben, sich zu beruhigen. So glücklich ich mich auch fühle, ich fühle mich zugleich außerstande, auch nur einen Schritt mehr zu tun. Und schon wieder habe ich kein Geld für ein Taxi. Außerdem bin ich komplett in Schweiß gebadet und sehe aus wie Rocky Balboa.

Genau in dem Moment, als ich die Kontrolle über meine unteren Gliedmaßen wiedererlange, höre ich eine Stimme, die sagt:

»Dani!«

Meine Schläfen pochen derart, dass ich kurz glaube, es könnte Gott sein, der mich zu sich holt (so gut ist meine Meinung von mir selbst, dass ich nicht mal in Erwägung ziehe, es könnte sich um Satan handeln).

»Dani!«

Na gut, es ist nicht Gott. Die Stimme kommt von der gegenüberliegenden Straßenseite. Und da steht Maika, die mich anlächelt und winkt. Und, mein Gott, sie sieht fantastisch aus.

Ich kann meine Freude nicht zurückhalten, vermutlich liegt das am Adrenalin, also überquere ich auf zittrigen Beinen die Straße und rufe:

»Maika!«

Sie will mich mit Küsschen begrüßen, aber ich ziehe sie an mich und umarme sie. Dann bemerke ich, dass das vielleicht etwas intim sein könnte nach so vielen Jahren und dass ich ja total verschwitzt bin und vermutlich stinke, aber Maika scheint das nicht zu stören. Sie lacht und erwidert die Umarmung. Fest umschlungen wiederholt sie »Dani«, und ich wiederhole »Maika«. Ich könnte eine halbe Stunde lang so stehen bleiben, so schwach fühle ich mich.

Jemand muss etwas sagen, und zwar schnell, bevor die Situation unangenehm wird.

»Was machst du hier?«, frage ich. »Wohnst du in der Gegend?«

»Ich arbeite hier«, sagt sie und zeigt auf das Haus hinter ihr.

Ich suche ein Schild mit der Aufschrift *Werbeagentur* oder *Zeitschrift* oder *Megawichtige Firma*, aber da ist nur ein kleiner Teeladen mit heruntergelassenem Rollladen.

»Wo denn?«, frage ich.

»Hier, in dem Teeladen. Das ist meiner.«

Ich sehe sie an, blinzele zweimal und versuche abzuschätzen, ob das ein Scherz ist.

»Im Ernst?«

»Yep. Willst du einen Tee?«

Manchmal beehrt einen das Leben mit derlei Begebenheiten. Vielleicht gibt es doch einen Gott da oben, der uns beobachtet und sich ein Späßchen daraus macht, unser Stresslevel zu provozieren und dann wieder zu beruhigen. Vielleicht ist das sein Hobby: uns an den Rand treiben, und dann, wenn wir kurz vor dem Nervenzusammenbruch stehen, schnipst er mit den Fingern, und zack – schenkt er dir einen Moment wie diesen.

»Mit Milch?«

»Ja, bitte.«

Der Teeladen von Maika ist eine Oase der Ruhe auf sechzig Quadratmetern: zusammengewürfelte Tische und Stühle vom Flohmarkt, an der Wand weiß lasiertes Holz und Stehlampen mit matten Birnen.

»Stehst du immer noch so auf Jazz?«

Ich sage Ja, obwohl ich eigentlich nie so wahnsinnig auf Jazz stand. Sie nimmt eine CD von John Coltrane von einem Bord und schiebt sie in die kleine Anlage. Es erklingt ein Lied, das sehr nach New York im Regen klingt.

Maika gießt sich auch eine Tasse Tee ein und setzt sich zu mir. »Und, wie geht es dir so?«

Das ist natürlich nur eine Höflichkeitsfrage, aber ich erzähle ihr trotzdem die ganze Geschichte. Dass ich eine Frau kennengelernt habe, dass alles toll war, aber dass wir dann einen Riesenstreit wegen einem Riesenscheiß hatten, und, na ja, daher der Aufzug in der Sportklamotte.

»Oh Mann«, sagt sie. »Das tut mir leid.«

»Na ja. Und du?«, frage ich schnell. »Als ich dich das letzte Mal gesehen habe, warst du mit einem Glatzkopf und einem Baby unterwegs.«

»Der Glatzkopf ist mein Mann. Und der Kleine heißt Raúl und ist mittlerweile acht.«

»Wow! Schon acht! Wahnsinn.«

»So sieht's aus. Ich bin ja auch nicht mehr die Jüngste.«

Wir lachen beide, was soll man dazu auch sagen?

»Ja, und das hier?«, frage ich mit Blick auf den Laden.

»Mein Schwager hatte hier eine Bar. Als er aufgehört hat, fragte er mich, ob ich sie übernehmen will. Das war genau in einem Moment, als ich die Schnauze voll hatte von blöden Chefs. Tja, so kam das.«

»Das hätte ich echt nie gedacht!«

»Das Leben sucht uns schon unseren Platz.«

»Kann sein. Aber du warst so verdammt gut in deinem Job!«

»Na und, jetzt mache ich einen guten neuen Job als Teeverkäuferin und Kellnerin.«

»Du weißt schon, was ich meine. Ich hätte gedacht, du schreibst Politikerreden oder so etwas.«

Sie lacht. »Ich ziehe den Tee vor. Und du? Hast du dein Buch schon geschrieben?«

»Na ja, also, ich habe schon viel Zeug geschrieben, aber es wurde noch nichts veröffentlicht.«

»Warum nicht?«

»Ich hatte nicht so viel Zeit«, lüge ich.

»Ach so.« Sie lächelt mich an und seufzt. »Ja, mit der Zeit ist das so eine Sache. Sieh mich an: Die Zeit ist so schnell vergangen, dass ich schon fünfzig bin.«

»Ach, Quatsch.«

»Doch.«

»Aber ... Maika, du bist die attraktivste Fünfzigjährige, die ich in meinem Leben gesehen habe.«

Sie bricht in Gelächter aus.

»Nein, ehrlich«, beharre ich. »Wenn ich nicht gerade im Liebeskummer ersaufen würde, würde ich wahrscheinlich alles darum geben, deine Ehe zu zerstören.«

»Ah«, lacht sie. »Na dann, vielen Dank. Aber das ändert nichts daran, dass ich schon ein halbes Jahrhundert alt bin. Ein halbes Jahrhundert, stell dir mal vor! Das ist beängstigend! Manchmal denke ich, wir hätten alle ein wenig mehr das tun sollen, was uns wirklich wichtig ist. An den Strand fahren und den Sonnenuntergang ansehen, zum Beispiel.«

»Lass uns fahren.«

Maika lacht.

»Nein, im Ernst! Mach den Laden zu, und wir fahren mit dem Zug runter an die Küste.«

»Dani, das geht nicht. Ich habe ein Kind und einen Ehemann und einen Teeladen.«

»Na, dann lass uns an einem anderen Tag fahren.«

»O.k. Wenn du dein erstes Buch veröffentlichst. Dann feiern wir es bei Sonnenaufgang am Strand.«

Wir schweigen und lächeln still. Ich fühle mich ganz schön traurig, auch wenn es (klingt vielleicht seltsam?) eine angenehme Traurigkeit ist. Eine warme Traurigkeit. Ein bisschen so wie dieses Lied von John Coltrane, das den Laden erfüllt.

Dann kommen fünf Studenten rein und fragen, ob es WLAN gibt. Maika gibt ihnen das Passwort, und sie bestellen Tee und Muffins dazu. Maika entschuldigt sich bei mir und kümmert sich um die Bestellung. Ich sage ihr, dass ich mich besser auf den Weg mache, weil noch ein langer Marsch vor mir liegt und – gelogen – ich noch ziemlich viel erledigen muss.

»Komm doch mal wieder vorbei«, sagt Maika.

»Bestimmt«, lüge ich erneut. »Versprochen.«

Dann umarmen wir uns fest, und sie flüstert mir ins Ohr: »Es war sehr schön, dich zu sehen.«

Ich verlasse den Laden mit einem unbekannten Gefühl. Als wäre ich in diesen vergangenen zwanzig Minuten ein paar Jahre gealtert. Aber das ist nicht das Seltsame. Das Seltsame ist, dass es sich gut anfühlt.

Kapitel 28

Es gibt Tage, in denen Madrid kurz vor der Explosion steht. Tage, an denen die Autos näher als gewöhnlich beieinanderfahren, nicht viel näher, nur ein paar Zentimeter, und an denen die Fußgänger die Grünphase beinahe bis zum Zusammenstoß ausreizen. Diese Tage, an denen die Leute dich auf der Straße anrempeln, während sie an dir vorbeihasten, als wenn ihre die richtige Geschwindigkeit wäre und du, blöder Idiot, den Fluss der Stadt nur behindern würdest. Diese Tage, wo es an jeder dritten Ecke unangenehm mieft und alle Welt kurz vor dem Durchdrehen zu sein scheint.

Tage wie heute.

Es ist nicht leicht, von diesem Gemütszustand umgeben zu sein, ohne sich hineinziehen zu lassen, ohne über alle Kreuzungen zu hetzen und den Schritt zu beschleunigen, auch wenn man es gar nicht eilig hat, und ohne sich zu wünschen, man lebte in einem abgelegenen kleinen Dorf. Ohne eine Panikattacke zu erleiden und mitten auf der Straße wie ein Besessener loszuschreien.

Na ja. Wie man sieht, bin ich nicht gerade in positiver Hochstimmung.

Phase 3: Die Verhandlung

Es dauert eine Stunde und zwanzig Minuten von mir zu Hause bis zu Eva zu fahren. Mit der Unterstützung von

R.E.M.s *Automatic for the People* über Kopfhörer schaffe ich es, das urbane Chaos auszublenden.

Ich stelle mich vor die Eingangstür, direkt vor den großen Penis, und schneide Michael Stipe das Wort ab. Aber gerade, als ich den Zeigefinger ausstrecke, um zu klingeln, vibriert mein Handy, das erstaunlicherweise noch funktioniert nach dem Zwischenfall mit dem Blonden.

Flashback: Es ist vier Uhr am Nachmittag, ich habe den Tag damit verbracht, die Wohnung zu putzen und zu bügeln. Sara ruft an. Wir sind um sechs verabredet, meine einzige Verabredung des Tages, mein emotionales Epizentrum, mein Rettungsanker. Seit zehn Uhr morgens warte ich darauf, dass es halb sechs ist und ich losgehen kann, um Sara zu treffen, über irgendetwas zu reden, zurück nach Hause zu gehen, dann essen, schlafen, nächster Tag. Aber:

»Ich muss dir leider absagen«, sagt sie.

»Warum?«, frage ich.

»Es wurde noch kurzfristig ein Meeting für halb sieben einberufen, da muss ich hin.«

»Wie jetzt?«, rege ich mich auf. »Was sind das denn für Sitten? Das darfst du nicht zulassen, lass dich nicht ausbeuten!«

Ich tue so, als würde ich das ihretwegen sagen, aber eigentlich geht es nur um mich. Ich BRAUCHE eine Verabredung!

»Na ja«, sagt sie. »Was soll ich machen? Es ist wichtig. Morgen kommt irgendein einflussreicher Typ aus Bilbao und wir müssen noch die Dossiers vorbereiten. Lass es uns auf Freitag verschieben, ja?«

Und ich: »Ja, o. k.« Was soll ich auch sagen?

Der Anruf raubt meinem Leben jeglichen Sinn. Ich hätte Lust, alle meine Klamotten zu zerknittern, nur, um sie danach wieder zu bügeln. Das mache ich natürlich nicht, ich bin ja noch nicht komplett durchgeknallt. Stattdessen setze ich mich aufs Bidet und wähle die Nummer vom Panikknopf –

ja, genau, das ist die Frau, die ich in Situationen wie dieser anrufe, um Druck abzulassen.

Es klingelt fünfmal. Ich lege auf und rufe noch einmal an. Beim zweiten Klingeln hebt sie ab.

»Dani, hey!«

»Hallo (Name). Ähm … na, wie geht's?«

»Gut, sehr gut. Lange nicht gesehen!«

»Ja. Bestimmt ein Jahr.«

»Ja, so ungefähr. Und bei dir so?«

»Gut«, sage ich. »Na ja, alles beim Alten. Sag mal, hast du Lust, was trinken zu gehen?«

»Äh … na ja, also das …«

Und sie lässt den Satz unvollendet stehen.

»Was?«, frage ich.

»Sekunde«, sagt sie, und ich höre ein Geräusch, vielleicht eine Tür.

»So«, sagt sie dann. »Ich habe keine Zeit.«

»Und morgen?«, frage ich und versuche meine Panik im Zaum zu halten.

»Auch nicht. Ich bin in einer Beziehung, weißt du.«

»Ach so.«

Lange Pause.

»Das heißt«, fügt sie an, »dass wir uns nicht mehr treffen können.«

»Ach so. Ja, klar, verstehe.«

»Aber man sieht sich bestimmt mal, oder?«

»Na klar. Du hast einen Freund?«

»Ja.«

»Also, so richtig pärchenmäßig?«

»Ja. Schon, so ziemlich.«

»Warum denn?«, frage ich.

»Wie bitte?«

»Ach, sorry. Egal. Alles Gute dir!«

Und dann lege ich genervt auf. Na toll. Jetzt hat mich auch

noch mein Panikknopf verlassen. Was soll ich denn nun in Zukunft machen, wenn die Gewissheit über meine Unbedeutsamkeit im Universum unerträglich wird? Ich scrolle durch mein Adressbuch. Verwandte, ehemalige Kollegen, eine alte Geschichte, ein Typ, den ich hasse, mein Vermieter, der Klempner, ein gewisser Fonsi, von dem ich echt nicht weiß, wer er ist, und … Chandra. Oder Ana, oder wie auch immer sie jetzt heißen mag. Okay. Ich wusste gar nicht, dass ich ihre Nummer noch habe. Ich sollte sie lieber löschen, das ist immerhin über zehn Jahre her. Sie hat bestimmt eine neue Nummer. Ich sollte sie löschen.

Ich wähle die Nummer und halte das Telefon ans Ohr. Es klingelt siebenmal, und dann:

»Hallo, hier ist Ana. Ich kann gerade nicht rangehen, aber …«

Ich lege auf. Mist, warum habe ich das jetzt gemacht, warum habe ich bloß angerufen? Jetzt sieht sie meinen Namen auf dem Display und hält mich für den pathetischen Exfreund in der Krise, der ich bin.

Ich ärgere mich über mich selbst und sublimiere, indem ich zum Kiosk an der Ecke gehe und eine Riesenpackung Popcorn kaufe. Ich esse es, während ich herumschlendere, ich habe schließlich nichts Besseres zu tun, und irgendwann beschließe ich, bei Eva vorbeizugehen. Nicht, dass ich einen Plan hätte, es ist mehr wie eine Pilgerschaft, als wäre ich einer von den Frommen, die die Welt durchwandern, um sich selbst zu läutern oder den Kopf gegen Wände zu hauen. Wahrscheinlich gehöre ich eher zur zweiten Sorte.

Ende des Flashbacks.

Und jetzt: nehme ich den Finger von der Klingel und hole das vibrierende Telefon aus der Tasche. Abgesehen von der zersplitterten Ecke ist die Oberfläche noch touchfähig. Und da leuchtet der Name Chandra. Ich warte zwei Vibrationen ab, bevor ich rangehe.

»Hallo?«

»Dani!«

»Hey, Chan… Ana! Was für eine Überraschung!«

»Aber du hast mich doch angerufen!«

»Echt jetzt?«

»Ja. Ich hatte einen Anruf von dir … vor einer Stunde oder so.«

»Hm, keine Ahnung. Vielleicht ist die Tastensperre in der Hosentasche ausgegangen. Egal, wie geht's dir so?«

»Gut.« Pause. »Gut.« Pause. »Und dir?«

»Joa, auch gut. Wohnst du noch in Cádiz?«

»Ja. In Zahara de los Atunes.«

»Wow. Wie schön!«

»Ja.«

»Coole Gegend!« Oh, Hilfe.

»Ja … Ich arbeite in einer Strandbar.«

»Oh, cool!«

»Ehrlich gesagt dachte ich, du rufst wegen meinem Geburtstag an.«

»Ist der heute?«

»Ja.«

»Im Ernst?«

»Ja.« Sie lacht.

»Äh, ja dann … Alles Gute zum Geburtstag! So ein Zufall.«

»Es gibt keine Zufälle, Dani.«

»Ja, nee, stimmt.«

»Das ist Karma.«

»Ja. Das Karma. Ja, richtig, Karma.«

»Geht es dir gut?«

»Sehr gut, wie gesagt. Alles gut.«

»Okay. Hör mal, ich muss Schluss machen.«

»Arbeitest du gerade?«

»Nein. Aber ich kann nicht länger als zwei Minuten am Handy telefonieren.«

»Warum das denn?«

»Das macht krank.«

»Was?«

»Na, das Handy.«

»Das Handy macht krank?«

»Wusstest du das etwa nicht?«

»Nein.«

»Aber ja, es macht krank.«

»Krank inwiefern?«

»Mir raubt es den Schlaf, aber es hat auch schon Leute umgebracht.«

»Das Handy hat Leute umgebracht?«

»Dani, ich muss jetzt wirklich auflegen.«

»O. k. O. k.«

»Komm doch irgendwann mal vorbei.«

»Ja.«

»Dann bis bald, mach's gut!«

Und aufgelegt. Etwas konsterniert ob der Belanglosigkeit des Gesprächs, betrachte ich das Display. Dann öffne ich meine Kontakte und lösche Chandras Nummer. Diese einfache Geste bedeutet sehr wahrscheinlich, dass ich nie wieder mit ihr sprechen werde. Dabei war ich mal so verrückt nach ihr! Ihretwegen habe ich sogar Räucherstäbchen gekauft. Und jetzt sieh mich einer an. Ich habe noch nicht einmal gezögert vor dem Löschen. So enden Beziehungen in unserer Zeit. *Sind Sie sicher, dass Sie diesen Kontakt löschen möchten? O. K.*

Ich schaue auf die Klingel und muss mir eingestehen, dass ich mich überhaupt nicht fähig fühle, ein unangenehmes Gespräch mit Eva zu führen. Ich habe gerade eine Frau aus meinem Leben gelöscht, die mir wichtig war, das schaffe ich jetzt kein zweites Mal. Ich gehe in eine Bar auf der anderen Straßenseite.

»Eine Coca-Cola, bitte.«

Der Kellner beschränkt sich darauf, eine Flasche zu öffnen und über den Tresen zu schieben. Ein Glas scheint er nicht für nötig zu halten, was mir auch recht ist.

Ich zahle die Cola und setze mich an die Bar, sodass ich Evas Hauseingang sehen kann. Neben der Zapfmaschine liegt eine Zeitung, die so speckig und zerknittert ist, als wäre sie ein Fossil aus der Printära. Ich frage mich, wer für derlei Dinge heutzutage noch Geld ausgibt. Aus Neugierde blättere ich sie durch, es ist echt lange her, dass ich eine Zeitung in der Hand hatte. Politik, Wirtschaft, Sport, ein Interview mit einem norwegischen Schriftsteller, dessen Vater Alkoholiker war und der jetzt Nobelpreisverdächtig ist (der Schriftsteller, nicht der Vater), und ganz hinten, neben dem Fernsehprogramm, das Wetter und das Horoskop. Ich kann nicht glauben, dass immer noch das Horoskop in der Zeitung veröffentlicht wird.

Stier

Heute ist dein Glückstag. Eine positive Aura bestimmt dein Wesen. Zögere nicht, den nächsten Schritt zu tun! Du wirst Unterstützung von allen Seiten erfahren, auch wenn du das Gegenteil befürchtest. Deine Stärke und deine Schwäche werden gemeinsam die Sache angehen, die du vor dir herschiebst. Mach dich frei von negativen Gefühlen und geh aufs Ganze!

Wer so was wohl schreibt? Ob das echte Menschen sind oder eine Software, die willkürlich Tag für Tag verschiedene Sätze auf die Sternzeichen verteilt? Die Vorstellung amüsiert mich, und ich lache wie ein Idiot vor mich hin. Der Kellner guckt mich an, und um seinen Blick nicht zu erwidern, drehe ich mich zur Straße. Anscheinend hat mein Horoskop recht: Heute ist mein Glückstag. Eva kommt genau in diesem Moment aus der Haustür, als wäre die Wirklichkeit perfekt choreografiert.

»Tschüss«, sage ich, und der Kellner antwortet mit einem Schnauben.

Eva sieht mich, sobald ich den Gehweg betrete. Ihr Gesichtsausdruck verzerrt sich, sie öffnet den Mund, ich glaube, sie stößt einen Seufzer aus, so was wie *ay* oder *ach*. Das sieht mehr nach Beschwerde als nach Erleichterung aus.

»Wir müssen reden«, sage ich.

»Nein, Daniel, wir müssen nicht reden.«

Dieses *Daniel* gefällt mir gar nicht. Ich bin ja kein Psychologe, aber das stinkt doch nach emotionaler Mauer.

»Nein, warte doch mal kurz.« Macht sie aber nicht. »Kannst du bitte kurz stehen bleiben?«

»Ich hab's eilig.«

»Aber erst, seit du mich gesehen hast.«

»Was willst du?«

»Ich möchte dich um Verzeihung bitten.«

»Ich glaube nicht an …«

»Ich weiß, dass du nicht ans Verzeihen glaubst«, unterbreche ich sie. »Aber ich glaube daran.«

»Ich glaube schon ans Verzeihen. Aber nicht an Reue.«

»Es tut mir aber sehr leid, ob du es glaubst oder nicht.«

»Sicher.« Der Kommentar trieft vor Ironie.

»Hör mal, ich sage dir, dass es mir sehr leidtut, kannst du bitte versuchen, dich nicht darüber lustig zu machen? Jetzt bleib doch bitte mal kurz stehen. Es ist echt schwer, so zu reden.«

»Weil ich nicht mit dir reden will.« Sie sieht mich nicht einmal an. »Ich will dich nicht sehen, ich habe nichts mit dir zu besprechen. Du hast mich sehr enttäuscht, Dani.«

Wenigstens habe ich meinen Namen zurück.

»O. k., aber das ist eigentlich nicht mein Problem.«

»Wie bitte?« Jetzt bleibt sie doch stehen.

»Ich meine, dass …« Gut, das sortieren wir lieber ein bisschen. »Ich meine, dass das eine Frage der Erwartungen ist. Ich habe dich enttäuscht, o. k., aber vielleicht hattest du auch sehr hohe Erwartungen an mich. Oder? Da kann ich doch aber nichts für.«

Sie sieht mich aus weit aufgerissenen Augen an.

»Das ist so unfassbar, wie du …«, sie sucht mit ihren Händen nach dem richtigen Wort, »wie du dir jedes Argument schnappst und es so lange wendest, bis jeder schuld ist, nur du selbst nicht. Jetzt ist das also meine Schuld, was du für einen Scheiß über mich geschrieben hast?«

Und als sie Scheiß sagt, zeigt sie mit dem Finger ans Ende der Straße, als wäre da die Scheiße aufgehäuft und man könnte sie von hier aus riechen.

»Es tut mir leid, o. k.? Ich habe dich schon um Verzeihung gebeten. Es ist mir klar, dass es aus dem Kontext gerissen sehr grausam klingen kann, was ich da geschrieben habe, aber …«

»Aus dem Kontext gerissen?!«, schreit sie. Und dann lacht sie, und es klingt ein bisschen hysterisch. Die Leute gucken uns schon an. »Mein Gott, Dani, du bist echt … Also, im Ernst, du bist …«

Sie sucht das richtige Wort, aber es will nicht kommen.

»Was?«, frage ich. »Was bin ich?«

»Ein verdammtes Arschloch, das bist du. Lass mich in Frieden.«

Sie setzt sich wieder in Bewegung, und zwar recht flott. Sie ist so schnell weg, dass ich ein paar Schritte rennen muss, um hinterherzukommen.

»Hör mal, ich verstehe, dass du sauer bist.«

»Na, das ist doch prima.«

»Ich verstehe das wirklich, aber ich finde, du übertreibst ein wenig.«

»Du sollst mich in Ruhe lassen«, wiederholt sie, ohne mich anzusehen.

»Jetzt hör aber mal auf. Ich hab auch Grund, auf dich sauer zu sein.«

»Ach ja?« Jetzt sieht sie mich an und verlangsamt sogar ihren Schritt ein wenig. Ich habe ihre Aufmerksamkeit. »Und zwar?«

»Warum hast du mir nicht erzählt, dass du mit Germán geschlafen hast?«

Abrupt bleibt sie stehen. Sie sieht gar nicht mehr so aufgeregt aus, was erstaunlich ist, eigentlich hätte ich gedacht, dass sie jetzt noch aufgewühlter ist.

»Hat er dir das erzählt?«

»Ja, sicher! Er ist mein Freund, was dachtest du denn?«

»Er hat mir versprochen, es dir nicht zu sagen.«

»Was? Ihr habt euch hinter meinem Rücken ausgetauscht?«

Das nimmt mich mit. Ich fühle mich irgendwie verraten, obwohl ich weiß, dass es eigentlich keinen Grund dafür gibt. Sie haben sich nur unterhalten. Trotzdem:

»Ihr habt über mich gesprochen, ohne es mir zu sagen?«

»Ja«, sagt Eva.

»Und habt ihr nur geredet, oder auch ... Du weiß schon.«

»Mein Gott«, sagt sie kopfschüttelnd.

»Was?«, frage ich, denn die Geste kann ich wirklich nicht entziffern.

»Vertraust du nicht mal deinen Freunden?«

»Doch, natürlich!«, sage ich. »Ich weiß, dass Germán das niemals machen würde, aber ...«

»Aber ich schon, oder was? Mir traust du zu, mit deinem besten Freund ins Bett zu gehen.«

»Das habe ich nicht gesagt.« Jetzt halt die Klappe, Dani. Themenwechsel. Das Wetter! »Was soll ich sagen?«, frage ich. »So gut kenne ich dich ja noch nicht.«

»Mann! Jetzt halt einfach mal die Klappe, Dani! Du machst alles nur noch schlimmer! Du bist so ...« Eva zieht die Augenbrauen sehr weit hoch und wiederholt: »Du bist so ...«

Dann dreht sie sich um und geht weg. Ich wieder hinterher.

»Eva, verzeih mir. Das wollte ich überhaupt nicht sagen. Natürlich vertraue ich dir. Und Germán auch. Ich vertraue allen, o. k.? Ich will nur, dass wir beide einen Kaffee trinken gehen und alles klären. Ich kann ehrlich nicht verstehen, warum du so wütend geworden bist.«

»Ich weiß schon, dass du es nicht verstehst. Das ist ja das Problem.«

»Eva. Ich bin fix und fertig, seit du weg bist.«

»Du wirst drüber hinwegkommen.«

»Ich meine das im Ernst.«

»Ich auch.«

»Stimmt es, dass du in Rom nackt in einem Brunnen gebadet hast?«

»Hat dir Germán etwa die ganze Story erzählt?«

»Stimmt es oder nicht?«

»Warum ist das so wichtig?«

»Es interessiert mich einfach. Ich will es einfach wissen, o. k.?«

»Ja, ich habe nackt in einem Brunnen gebadet. Und noch in einem Haufen anderer Gewässer. Ich habe tausend Sachen gemacht, bevor ich dich kennengelernt habe, und Nacktbaden war bestimmt nicht das Aufregendste.«

»Können wir jetzt bitte mal kurz in Ruhe reden? Ist es wirklich aus zwischen uns? Ich meine … wegen meinem Tagebuch? Also, sorry, aber das finde ich echt albern.«

Eva bleibt wieder stehen und sieht mich an. Sie atmet tief ein und lässt die Luft langsam wieder raus. Ihr Atem streift meinen Hals.

»Germán und ich haben nicht bloß miteinander geschlafen.«

Was?

»Wie jetzt?«

»Wir waren ein Jahr lang zusammen.«

Jetzt müsste der Donnerschlag kommen, von wegen Dramatik, aber entgegen der üblichen narrativen Gepflogenheiten herrscht strahlender Sonnenschein.

»Und warum hat er mir das nicht gesagt?«, frage ich.

»Vielleicht, weil er dich kennt.«

»Was soll das denn heißen?«

»Vielleicht dachte er, du würdest besser mit der Vorstellung klarkommen, wir wären nur miteinander im Bett gewesen.«

»Das macht doch überhaupt gar keinen Sinn«, sage ich.

»Tja«, sagt Eva. Sie sieht mich einen Moment lang an und sagt dann: »Ich muss jetzt los.«

»Wie bitte? Du haust mir das so um die Ohren und dann gehst du einfach? Und was bitte hat das mit uns zu tun?«

»Nichts!«, schreit sie. Sie ist am Ende ihrer Geduld.

»O. k., ich lass dich gleich in Ruhe, aber eine Frage habe ich noch. Und bitte sei ehrlich, denn das ist wichtig für mich. Gibt es denn wirklich kein Zurück mehr – für uns?«

Eva sieht mich an, will etwas sagen, schweigt. Dann zuckt sie mit den Schultern.

»Also nein.«

»Ich weiß es nicht.«

»Also nein.«

»Dani, du hast mir sehr wehgetan.«

»Es tut mir leid.«

Und das sage ich nicht nur ehrlich, sondern es *klingt* auch ehrlich, genau so, wie es klingen muss, wenn einem etwas echt richtig doll leidtut. Sogar mich selbst bewegt das ein bisschen.

»Ist gut«, sagt Eva. »Aber damit ist es noch nicht getan.«

Sie dreht sich um, und ich halte sie zurück, indem ich ihre Hand in meine nehme. Sofort bereue ich die Geste. Ich habe kein Recht dazu, sie bei der Hand oder sonst wo festzuhalten, also lasse ich sie schnell wieder los. Trotzdem sage ich:

»Auf einen Kaffee?«

»Ein andermal.«

»Wann?«

»Ich weiß es nicht.«

»Können wir nicht etwas verabreden? Ich bin ein viel beschäftigter Typ, nicht, dass es gerade nicht passt, wenn du anrufst.«

Sie lächelt und schüttelt den Kopf.

»Okay«, sage ich. »Lass uns Folgendes machen. Komm zu mir, wann immer du möchtest. Denk drüber nach, und komm einfach zu mir. Wann immer du willst, egal, um welche Uhrzeit.«

Eva hebt die linke Hand in einer so unbestimmten Geste, dass sie genauso gut *Stopp* wie *Bis bald* bedeuten könnte, und ich glaube, sie ist den Tränen nahe. Sie dreht sich um, und dieses Mal versuche ich nicht mehr, sie aufzuhalten. Sie geht schnell weg und verschwindet um die nächste Ecke. Plötzlich ertönt ein Donner. Na toll.

Kapitel 29

Ich verbringe sechs Tage in der unerfüllten Hoffnung, dass Eva vor meiner Haustür auftauchen könnte. Als sie am siebten Tag immer noch nicht aufgetaucht ist, fange ich an zu trinken. Warum? Das weiß ich selbst nicht so genau. Ich denke, das würde jede Film- oder Romanfigur so machen in meiner Situation. Trinken, um zu vergessen.

Phase 4: Der Schmerz
Es fasziniert mich, dass in Hollywoodfilmen alle Welt in quasi jeglicher Situation Whiskey trinkt. Die verzweifelten Ehefrauen, die treulosen Liebespaare, die Journalisten, die Geschäftsmänner, die Gangster, die Polizisten, die Helden, der Pöbel. Alle bis zum Rand voll mit destillierter Getreidemaische.

Sie trinken und trinken, aber niemals sieht man im Film jemanden, der so richtig hackedicht ist oder auch nur ordentlich angeshakert. Vermutlich hat Hollywood einen geheimen Pakt mit der Whiskeyindustrie, so wie früher die Tabakindustrie.

Ich bin weder Schauspieler noch Alkoholiker, also habe ich keinen Whiskey im Haus. Ich habe nur Wein da. Und zwar die acht Flaschen, die Eva und ich bei unserem ersten und einzigen Pärchentrip gekauft haben. Die wollten wir natürlich für einen besonderen Moment aufheben. Aber nun.

Ich glaube, ich erwähnte bereits, dass meine Alkoholresistenz außerordentlich gering ist. Ich vermute, dass hängt damit zusammen, dass ich in meiner Jugend nur äußerst selten Alkohol konsumiert habe. Ich war nicht direkt abstinent, aber ich habe auch nicht so maßlos gebechert wie die meisten meiner Freunde. Wein ist mir noch nie gut bekommen, von Bier kriege ich immer Kopfschmerzen, und Cocktails schlagen mir sofort auf den Magen. Das ist natürlich problematisch, wenn man außer Haus etwas trinken möchte. Aber ich bin jetzt zu Hause und kann mich mit allen Annehmlichkeiten der westlichen Zivilisation selbst zerstören. Jeder sublimiert, wie er eben kann.

Ich lege die MTV-Unplugged-Platte von Nirvana als nostalgisches Requiem auf und öffne die erste Flasche. Unerfahren wie ich bin, lege ich viel zu schnell los und stürze drei Gläser hintereinander hinunter. Das Zimmer fängt schon an, sich zu drehen, und der depressive Auswurf von Kurt Cobain hilft nicht gerade, aber man darf nicht zimperlich sein, wenn man aufs Ganze gehen will.

Beim vierten Glas komme ich auf die Idee, mal einen Blick in diese Tagebücher zu werfen, von denen eines schließlich verantwortlich ist für meinen bedauernswerten Zustand. Ich nehme aufs Geratewohl eines vom Stapel und schlage es irgendwo auf.

> Heute Nachmittag habe ich ein Mädchen im Bus beobachtet. Sie war wunderschön. Als sie meine Blicke bemerkte, fing sie ebenfalls an, mich zu beobachten. Immer, wenn unsere Blicke sich kreuzten, schauten wir beide schnell weg. Und dann guckten wir wieder. So ging das bestimmt fünf Haltestellen lang, bis ich aussteigen musste. Ich habe den ganzen Tag lang an sie gedacht.

Und auf der nächsten Seite:

> Ich habe zur gleichen Zeit den Bus genommen wie gestern. Keine Spur von dem schönen Mädchen.

Ich schmeiße das Tagebuch in die Ecke, nehme einen Schluck Wein und greife nach einem anderen Notizheft.

> Sara und ich waren im Kino. Das haben wir nicht mehr gemacht, seit wir ein Paar waren. Der letzte Film, den wir damals sahen, war, glaube ich, *Der Sohn der Braut*. Sie hat die ganze Zeit geheult. Das war etwas unangenehm, weil ich mich gar nicht auf den Film konzentrieren konnte. Der Film heute war auch so ein rührseliger Schinken, aber Sara hat nicht geweint. Am Ende habe ich sie darauf angesprochen, und sie hat gesagt: »Das hast du mir damals abgewöhnt.«

In einem anderen Heft:

> Heute ist mir ein faszinierender Effekt aufgefallen, der sich bei manchen Paaren einstellt: Im Laufe der Jahre ähneln beide Partner sich immer mehr. Und ich meine nicht nur physisch, sondern auch sonst. Ihre Persönlichkeiten und Geschmäcker verschwimmen und werden zu so etwas wie zwei Seiten einer selben Person. Er fängt einen Satz an, und sie spricht ihn zu Ende, solche Sachen. Sie haben die gleiche Meinung über Dinge, dieselben kulturellen Referenzen und benutzen die gleichen Füllwörter in Gesprächen.
> Ich fürchte mich davor, eine halbe Person zu werden, ohne es zu merken.

Im selben Heft, ein paar Seiten weiter:

Idee für einen Roman:

Und mit diesem Satz und ein paar leeren Seiten hört das Heft auf. Ich schleudere es mit voller Wucht weg.

Ich habe angefangen, Tagebuch zu schreiben, als ich noch bei meinen Eltern wohnte, vor etwa zehn Jahren. Es ging nicht darum festzuhalten, was ich erlebte; oder zumindest nicht nur darum. Ich wollte alles aufschreiben, was mir in den Sinn kam. Meine Sicht auf die Welt. Eines Tages, wenn ich ein renommierter Autor wäre, würde jemand (meine Tochter oder meine Enkel oder irgendein Trödler in Paris) zufällig diese Hefte entdecken und sie einem großen Verlag zur Veröffentlichung anbieten. Sie würden unter einem nicht allzu prätentiösen Titel erscheinen, etwas wie »Ideen« oder »Reflexionen«.

Das Problem ist nur, dass weder meine Ideen noch meine Reflexionen sich in irgendeiner Hinsicht von denen irgendeines anderen Idioten meiner Generation unterscheiden. Es hat gedauert, bis ich das einsehen konnte, und als ich so weit war, war das Tagebuchschreiben längst Teil meiner alltäglichen Routine geworden. Insofern ist es wie jede andere Sucht auch: Nach einer Weile gibt sie dir nicht mal mehr Befriedigung.

Ich sage mir, dass ich schreibe, um die Welt besser zu verstehen, aber leider funktioniert das gar nicht. Ich verstehe natürlich immer noch überhaupt nichts. Die großen Fragen interessieren mich auch gar nicht, woher kommen wir, wohin gehen wir etc. Ich bin weniger ehrgeizig, ich würde mich schon damit zufriedengeben, die Antworten auf profanere Fragen zu finden: Was braucht man alles, um halbwegs glücklich zu sein? Soll ich alles hinschmeißen und noch mal ganz von vorne anfangen, jetzt gleich?

Diese letzte Frage zermartert mir von Zeit zu Zeit das

Gehirn, und zwar immer häufiger, je älter ich werde. Ich bin fünfunddreißig Jahre alt; gut möglich, dass ich schon die Hälfte meines Lebens hinter mir habe. Und nicht etwa irgendeine Hälfte, sondern die lebendigste, die gesündeste, die meiner sexuellen und energetischen Hochphase, die, in der man springen und hüpfen und paragliden kann, ohne Angst zu haben, sich die Hüfte zu brechen. Und hier sitze ich, in einem winzigen Apartment in derselben Stadt, in der ich aufwuchs. Betrunken. Und allein.

Manchmal stelle ich mir vor, dass ein allwissendes Wesen (kein bestimmtes, irgendeines: Gott, Allah, ein Außerirdischer oder die Große Schildkröte der Maya) vor mir erscheint und mir eine Frage gestattet. Wenn ich jetzt, in diesem Moment, die Wahl hätte, würde ich fragen:

»Was verpasse ich?«

Die Frage ist: Was für eine Art Leben könnte ich leben, wenn ich die Willenskraft hätte, meinen Arsch hochzukriegen und die Zeit, die mir bleibt, ernst zu nehmen? Wer weiß, vielleicht wäre ich unendlich glücklicher, wenn ich Elefanten in Laos hütete oder Entwicklungsarbeit in Südafrika leistete oder Lachsfischer in Norwegen wäre. Ich wünschte, ich hätte das Gesamtverzeichnis aller möglichen Leben angucken können, bevor ich in diesem hier feststeckte. Dabei will ich mich gar nicht beschweren. Ich weiß schon, dass viele Menschen ganz schreckliche Leben haben. Die in einem Scheißland leben müssen, mit beschissener Regierung, die nicht mal spazieren gehen können, ohne ihren Hals zu riskieren. Mir ist das alles bewusst, ich weiß, dass die Welt voller abscheulicher Orte ist, aber ich weiß eben auch, dass es wunderbare Orte gibt, geben muss.

Wenn ich Bildungsminister wäre, würde ich dafür sorgen, dass alle Schüler ein Jahr lang darüber nachdenken, wie kurz das Leben ist. Vergiss Englisch, Mathe und Ethik; denk nur daran, wie kurz die Zeit ist und wie wenig Dinge du in dieser

Zeit wirst tun können. Wie oft glaubst du, Paris besuchen zu können? Wie oft noch wirst du *Der Pate* sehen? Ich bin sicher, wenn diese Reform käme, würden die Jugendlichen sich reihenweise für andere Lebensentwürfe entscheiden. Obwohl, andererseits … Hey, ist das mein Telefon, das da klingelt?

Oh ja, das ist es. Vielleicht ist das Eva? Obwohl ich ihr ja gesagt habe, dass … Ah, hier ist es. Oh nein. Meine Mutter. Was mache ich denn jetzt? Soll ich rangehen? Die merkt sofort, dass ich betrunken bin. Aber was soll's – ich bin schließlich erwachsen, ich habe jedes Recht dazu, an einem Dienstagnachmittag um halb fünf betrunken zu sein.

»Hallo, Mama.«

»Wo bist du?«

»Zu Hause.« Ein kleiner Rülpser entfährt mir, den ich versuche, mit einem Räuspern zu übertünchen. »Zu Hause.«

»Was ist denn mit dir los?«

»Nix!«

»Geht es dir nicht gut?«

»Doch, doch, wieso?«

»Du klingst so komisch.«

»Es geht mir gut.«

»Kommst du am Donnerstag zum Essen?«

»Wieso am Donnerstag?«

»Na – Heiligabend?!«

»Ach so. Hm, nee, ich glaub nicht.«

»Warum das denn nicht? Deine Onkel und Tanten kommen auch.«

»Ja, ich weiß, aber ich bin mit Freunden verabredet.«

»Aber am ersten Weihnachtstag kommst du schon, oder?«

Ich zögere.

»Ja«, sage ich dann. »Ja, klar, an Weihnachten komme ich.«

»Hast du viel Arbeit, mein Schatz?«

»Ja, schon. Viel zu tun.«

»Bist du sicher, dass es dir gut geht?«

Ich denke das Wörtchen Ja, mein Hirn übermittelt die Botschaft an meinen Mund, aber der nimmt sich das Recht herauszupoltern:

»Eva hat mich verlassen.«

»Wer?«

»Eva. Die Frau, mit der ich zusammen war.«

Stille am anderen Ende der Leitung. Ich warte ein paar Sekunden ab, bis ich es nicht mehr aushalte:

»Mama?«

»Das tut mir sehr leid, mein Schatz. Soll ich vorbeikommen?«

Ich denke: Ja.

Und sage sofort: »Nein. Nein, nein, alles gut, ich wollte nur, dass du Bescheid weißt.«

»Na gut. Hör mal, ich will dir nicht zur Last fallen, aber bitte sprich noch mit deinem Vater, sobald du dazu kommst.«

»Ist gut. Bis dann, Mama.«

»Tschüss, mein Herz.«

Meine Mutter legt auf, und ich stehe da mit dem Handy am Ohr und lausche der Stille in der Leitung. Als ich es endlich geschafft habe, den Hörer sinken zu lassen, gehe ich in die Küche, hole einen großen Müllsack und fülle ihn mit all meinen Tagebüchern. Ein Heft nach dem anderen, egal, was drinsteht. Ich denke gar nicht weiter darüber nach, fülle die Tüte wie automatisiert. Und als kein Notizbuch mehr auf dem Boden liegt, nehme ich die Schlüssel und bringe die Tüte zur Mülltonne. Ich schmeiße sie schwungvoll hinein, und dann bleibe ich noch ein bisschen stehen und suche nach einem Gefühl von Traurigkeit in meinem Inneren, aber ich kann keines finden. Das Leben ist doch manchmal erstaunlich.

Zurück in meiner Wohnung, schenke ich mir noch ein Glas Wein ein. Ob zum Guten oder zum Schlechten: Etwas ist heute wohl zu Ende gegangen. Also schätze ich, dass demnächst etwas Neues beginnt.

Kapitel 30

Silvester.

Ich habe meinen Eltern gesagt, dass ich mit Sara esse und umgekehrt.

Tatsächlich verbringe ich den ganzen Tag damit, YouTube-Videos anzugucken. Ich wähle sie nicht einmal selbst aus, das lasse ich den Algorithmus für mich erledigen. Die Informatiker dieser Firma verstehen was von meinem Gemütszustand. Ich fange an mit einem Video über betrunkene Russen, die irgendwo runterfallen, was mich zu anderen Leuten undefinierter Nationalität führt, die dämliche Unfälle erleiden. Von der Sorte gucke ich bestimmt zehn oder hundert, bis YouTube plötzlich entscheidet, dass der Moment der Katzen gekommen ist. Was wäre das Internet ohne Katzen! Ich sehe Katzen, die an Ventilatoren hängen und in die Kloschüssel fallen, Katzen, die Schuhe essen, und Katzen, die Hunde verschrecken. Katzen in allen möglichen Lebenslagen, die alle möglichen Dinge tun.

Um 23 Uhr gehe ich runter zum Kiosk.

»Guten Abend, Señor.«

Ich habe meine Jacke einfach über den Schlafanzug gezogen. Die Straße ist sowieso menschenleer, das interessiert also keine Sau. Erst recht nicht den Mann an der Kasse, den sowieso rein gar nichts zu interessieren scheint, außer vielleicht die Sicherheit seines Ladens, und selbst die nicht allzu sehr.

Ich nehme mir eine Flasche Sekt aus dem Kühlschrank und sehe auf dem Weg zur Kasse eine Schachtel mit exakt »12 kernlosen Weintrauben«. Die Schachtel ist einem Ziffernblatt nachempfunden, mit einer Weintraube auf dem Platz jeder Ziffer. Ich zahle beides und gehe zurück nach Hause.

Im Laufe des Tages habe ich ein paar Nachrichten bekommen, die alle bemüht lustig das bevorstehende neue Jahr feiern. Es gibt doch kaum etwas Tragischeres als humorlose Leute, die versuchen, witzig zu sein. Ich habe nur Sara und Germán geantwortet. Dann habe ich das Telefon ausgemacht.

Und jetzt mache ich es wieder an. Als es hochgefahren ist, brummt es eine ganze Weile lang vor sich hin und kündigt die eingetroffenen Nachrichten an – eine, zwei, fünf … acht Stück insgesamt. Ich ignoriere sie und öffne die Tonaufnahme-App. Da ist eine siebenundvierzigminütige Audiodatei gespeichert. »Ohne Titel«, heißt sie. Ich drücke Play und lausche.

Ich: »Na, dann los.«
Eva: »Was willst du wissen?«
Ich: »Erzähl mir von deinem Vater.«
Eva: »So ganz allgemein?«
Ich: »Ganz allgemein.«
Eva: »Läuft das Band schon?«
Ich: »Ja.«
Eva: »Weil, wenn du mich zitieren willst, möchte ich, dass du genau bist.«
Ich: »Das Band läuft.«
Eva: »Gut. Mein Vater ist ein egoistisches Arschloch.«
Ich: »War's das schon?«
Eva: »Ich hab dir gesagt, dass ich nicht viel beizusteuern habe.«
(Pause.)
Eva: »Ich mache dir einen Vorschlag.«

Ich: »Welchen?«
Eva: »Du stellst mir eine Frage, und dann stell ich dir eine.«
Ich: »Das ist aber kein richtiges Interview.«
Eva: »So wie dein Buch keine richtige Biografie ist.«

Ich spule vor bis ans Ende der Datei.

Eva: »Organisierst du das Date mit Germán?«
Ich: »Echt? Ja, logo. Ich ruf ihn gleich nachher an.«
Eva: »Super.«
Ich: »Wie kann ich dich erreichen?«
Eva: »Iker. Sekunde noch.«
(Pause.)
Eva: »Das ist meine Nummer. Am besten freitags oder samstags, ich kann nicht verkatert zur Arbeit gehen.«

Ich schalte das Telefon wieder aus und glotze weiter YouTube bis kurz vor zwölf. Dann hole ich den Sekt aus dem Kühlschrank und setze mich wieder vor den Rechner, den Blick auf die Uhr auf dem Bildschirm gerichtet.

Um 23:59 Uhr fange ich an, die Trauben zu essen, eine nach der anderen und ganz in Ruhe. Als sie alle sind, nehme ich einen großen Schluck Sekt aus der Pulle. Auf der Straße eine erste Rakete. Dann noch eine und noch eine und immer mehr. Ich drücke Play für das nächste Video. Eine Katze klettert auf einen Schrank, und als sie fast oben ist, fällt sie wieder runter.

Frohes neues Jahr.

Kapitel 31

Ich liege Schnauze voran auf dem Sofa, das Gesicht in einem Kissen vergraben, kurz vor der Ohnmacht vor lauter Nichtstun, als es an der Tür klingelt. Ich reagiere nicht und vertraue darauf, dass, wer immer das sein mag, schon wieder geht. Aber er geht nicht, sondern klingelt erneut.

Für einen sehr kurzen Moment stelle ich mir vor, es könnte Eva sein, aber wen will ich damit noch austricksen? Es bringt ja nichts, sich noch weiter was vorzumachen. Vielleicht ist es der Blonde. Vielleicht will er mich noch einmal in Sachen Andrea verhören. Ach, der kann mich mal. Der hat mein Display kaputt gemacht. Der kann sich eine andere Schulter zum Ausheulen suchen, ich bin ja nicht mal sein Freund. Ich bin nur der Nachbar von unten, und das verpflichtet mich in dieser Gesellschaft zu überhaupt gar nichts.

Dann klimpern Schlüssel auf der anderen Seite der Tür. Das ist nun doch etwas beunruhigend. Nur zwei Personen haben außer mir den Schlüssel zu dieser Wohnung. Meine Mutter und (der Schlüssel wird ins Schloss gesteckt, die Tür öffnet sich langsam, und da steht) Sara.

»Hallo?«, fragt sie.

Die Rollläden sind heruntergelassen, und das Licht ist aus, so wie es sich für meinen erbärmlichen Zustand gehört, also braucht Sara ein paar Sekunden, bis sie meinen schlaffen Körper auf dem Sofa entdeckt.

»Dani?«

»Hm«, sage ich.

»Hier riecht es wie in einem Stall.«

Ich denke, woher weißt du denn, wie es in einem Stall riecht, aber ich sage nichts.

Sara rollt herein, schließt die Tür und macht das Licht an. Vor meinen Augen eine urknallartige Explosion.

»Hilfe«, grummle ich.

»Wie lange liegst du hier schon?«

»Wie?«, krächze ich. Ich habe seit Tagen mit niemandem ein Wort gewechselt, da ist es wohl normal, dass mein Hals sich beklagt.

»Oh, mein Gott«, sagt Sara. »Du klingst ja wie Nicolas Cage.«

Sie öffnet die Rollläden, und durch meine Augen fährt ein Blitz. Ich wimmere schmerzerfüllt.

»Jetzt hilf mir lieber mal«, sagt Sara. »Mach das Fenster auf, bevor ich kotzen muss.«

Ich stehe auf und schleppe mich zum Fenster. Ich muss ein wirklich erbärmliches Bild abgeben, ich habe mich seit einer Woche nicht rasiert, geschweige denn geduscht. Das alte Spiderman-T-Shirt und die grauen Boxershorts machen mich wahrscheinlich auch nicht gerade zur Stilikone. Sara guckt mich kritisch an.

»Das T-Shirt habe ich dir geschenkt.«

»Ja.« Ich räuspere mich. »Das ist ein super T-Shirt.«

Ich versuche, ganz beiläufig zu klingen, obwohl ich vermute, dass sie nicht gekommen ist, um über T-Shirts zu plaudern.

»Ich hab dich tausendmal angerufen«, schimpft sie, während ich das Fenster öffne. Ein Schwall Kälte weckt mich schlagartig.

»Ich habe gearbeitet.«

»Ja, sicher. Los, geh duschen, ich mach uns einen Kaffee.«

»Wieso das denn?«

»Ich will, dass du mich wohin begleitest. Los jetzt, duschen.«

Ich habe überhaupt keine Lust zu duschen. Ich habe auch keine Lust, mit irgendjemandem zu reden, und schon gar nicht will ich »wohin« gehen. Aber was kann ich tun?

Ich höre die Kaffeemaschine aus dem Bad, und ich muss zugeben, dass das warme Wasser auf meiner Haut das Beste ist, das mir in den letzten Tagen passiert ist. Ich steige tropfend aus der Dusche, wische über den Spiegel, schaue in mein Gesicht, sehe meinen Bart und die tiefen Augenringe und sage mir:

»Phase 5: Die Akzeptanz.«

Mit Sara ist alles einfach. Sogar das Schwierige, so wie das heute. Nach meinem kurzen, aber intensiven Ausflug in die Selbstzerstörung fällt ihr nichts Besseres ein, als mich in ein Brautmodengeschäft zu schleppen, um sie in ihrer Entscheidungsfindung zu unterstützen.

»Du musst jetzt mal damit abschließen.« So lautet ihr ausgefeilter Ratschlag auf halbem Wege ins Geschäft. »Das passt echt nicht zu dir.«

»Was denn?«, frage ich.

»Ich hätte nie für möglich gehalten, dass du mal wegen einer Frau so durchdrehst.«

»Ich weiß wirklich nicht, ob mir das jetzt weiterhelfen kann.«

»Du hast dich zwei Wochen lang total eingeigelt, jetzt reicht's mal langsam. Du kannst ja traurig sein, solange du willst, aber geh wenigstens raus und triff Leute. Ich kann gar nicht glauben, dass ich so was zu dir sage – das bist doch nicht du!«

»Es ist nicht wegen Eva. Oder zumindest nicht nur.«

Das sage ich mit absolutem Ernst, etwas deplatziert vielleicht, aber ich will klarstellen, dass das hier keine komische Laune ist. Das hier ist wichtig.

»Warum denn dann?«

»Es geht um mich.« Ich sehe mich in einem Schaufenster, ohne Bart, fast ohne Augenringe. »Weißt du zufällig, ob es irgendeine Krise mit Mitte dreißig gibt?«

»Was?«

»Ich meine, es gibt die Quarterlife-Crisis und die Midlife-Crisis – gibt es noch was dazwischen?«

»Vielleicht hast du einfach eine verfrühte Midlife-Crisis?«

»Hm. Stimmt, ja, vielleicht, daran habe ich noch gar nicht gedacht. Woran merkt man, ob es die Midlife-Crisis ist?«

»Hast du Lust, dir ein Motorrad zu kaufen?«

»Nein.«

»Dann ist es noch nicht die Midlife-Crisis.«

»Dachte ich mir schon.«

»Dani, wirklich, das passt so gar nicht zu dir.«

»Was jetzt?«

»Na, das Ganze hier. So fertig zu sein wegen einer Frau, dich zu Hause einzuschließen, diese ganze Platte. Ich mache mir wirklich Sorgen um dich.« Mitten auf der Straße bleibt sie stehen. »Also im Ernst, was ist los mit dir?«

Tolle Frage.

»Wenn hier jetzt ein allwissender Außerirdischer auftauchen würde«, sage ich, »was würdest du ihn fragen?«

»Warum sollte ein Außerirdischer allwissend sein?«

»Keine Ahnung, nehmen wir es einfach an.«

»Das macht aber keinen Sinn«, sagt Sara. »Per definitionem ist Gott allein allwissend.«

»Gut, dann ist es also ein außerirdischer Gott, o. k.?«

»O. k.«

»Also, was würdest du ihn fragen?«

»Keine Ahnung.«

»Jetzt überleg doch mal.«

»Ich würde ihn fragen: Wie ist das Essen auf deinem Planeten?«

»Ich meine das ernst.«

»Ja? Dann soll das wohl eine tiefschürfende Frage sein?«

»Ja, das ist eine tiefschürfende Frage.«

»Na gut«, sagt Sara und seufzt. »Also, dann würde ich ihn fragen ... Worum, zum Teufel, geht es hier eigentlich?«

Das Brautmodengeschäft würde jeden entsetzt aufschreien lassen, der ein minimales Gespür für Dezenz hat. Alles dort ist artifiziell und bemüht, angefangen bei der Verkäuferin, einer unnormal dünnen Fünfzigjährigen, die in fünf Minuten hundertmal »der wichtigste Tag Ihres Lebens« sagt. Außerdem ist absolut alles hier weiß. Und es riecht nach – Vanille? Vanilleraumduft, das kann ja wohl nicht wahr sein. Willkommen im Höllenkreis der Hochzeitsorganisation.

Sara lässt sich von der Verkäuferin in die Anprobe begleiten, während ich allein und nervös zurückbleibe. Um es noch auf die Spitze zu treiben, trillert Enya aus den Lautsprechern. Und ja, es ist definitiv Vanille.

»Guten Abend.«

Eine Frau von etwa sechzig Jahren betritt das Geschäft, gefolgt von einer Jüngeren, die bestimmt im sechsten oder siebten Monat schwanger ist. Mutter und Tochter, so viel ist klar. Alles Weitere ist Spekulation, aber hier meine Annahme: Das Mädchen ist mit ihrem Kumpel abgestürzt, der Lkw-Fahrer ist (wobei ihn diese Tätigkeit nicht definiert, denn er spielt in einer Rockband, von der er erwartet, auf mittlere Sicht leben zu können). Kondompanne. Also führte das kleine Abenteuer direkt zu einem Jungen- und einem Mädchennamen. Und, natürlich, zum Skandal im Elternhaus. Mutter: »Du bist viel zu jung, und dieser Trucker ist völlig indiskutabel!« Tochter: »Er ist kein Trucker, er ist Rocker!« Heulerei und Rumgebrülle. Das Übliche. Und jetzt auf der Suche nach einem hübschen Kleid, das nicht zu sehr aufträgt.

»Guten Abend«, antworte ich höflich.

»Arbeiten Sie hier?«, fragt mich die Mutter, als würde meine Person nicht so richtig zu Enya und Vanille passen.

»Nein«, sage ich und zeige auf die Anprobe. »Ich warte nur.«

Die Frau nickt, und ihre Tochter sieht mich misstrauisch an. Als sie mir den Rücken zukehrt, entdecke ich ein großes Tribal-Tattoo auf ihrem Rücken, genau zwischen den Schulterblättern, was in etwa siebzig Prozent meiner Vermutungen bestätigt.

»Tada!«, ruft plötzlich Sara und zwar völlig zu Recht.

Sie dreht sich in ihrem Rollstuhl im Kreis, als würde sie bei den Paralympics im Basketball antreten. Das Kleid ist weiß und sehr schlicht. Nichts von diesem ganzen schrecklichen Ziergedöns, das diese Brautkleider so unnötig hässlich macht: Blumen, Stickereien, Schleier und so weiter.

»Du siehst wunderschön aus.«

»Ich weiß. Aber sag es noch mal.«

»Du siehst wunderschön aus.«

Die Verkäuferin lächelt so breit, als würden ihr die Mundwinkel mechanisch hochgezogen, und widmet sich dann dem Familiendrama.

»Gefällt es dir wirklich?«

»Sehr.«

»Es hat ewig gedauert, es auszusuchen. Das ist schließlich der wichtigste Tag meines Lebens.«

»Ja, das habe ich verstanden.«

Wir lachen beide.

»Dann wird es jetzt also ernst«, sage ich und setze mich auf einen samtbezogenen Hocker.

»Was denn?«

»Na, das Heiraten!«

»Ja, das wird ernst. Hast du etwa gedacht, ich kneife?«

»Na ja, ich hatte so eine Resthoffnung, dass ihr vielleicht zur Vernunft kommt und alles absagt.«

»Aber warum sollten wir das tun?«

Weil ich Schiss vor der Veränderung habe, darum. Weil ich will, dass die Dinge immer so bleiben, wie sie gerade sind, ohne verheiratete Paare oder Kinder. Weil ich will, dass wir mittwochs Essen gehen, wenn wir Lust darauf haben, und weil ich dich von der Arbeit abholen will, wenn ich Lust habe, ohne dass du sagst: »Ach, heute kann ich nicht, besser am Samstag. Ach nee, am Samstag habe ich auch keine Zeit.« Weil ich denken will, dass du ungefähr die gleiche Frau bleibst, die ich an der Uni kennengelernt habe, frei und unbekümmert. Weil ich eine Heidenangst davor habe, dich auch noch zu verlieren und komplett allein auf der Welt zu sein. Das alles denke ich, aber ich sage nur:

»Ach, war nur Spaß.«

»Du denkst schon daran, dass du Trauzeuge bist, nicht wahr?«

»Logisch.«

»Und dass du etwas vorbereiten musst.«

»Wie, vorbereiten?«

»Na, du musst eine Rede halten.«

»Eine Rede?«

»Aber das habe ich dir doch gesagt.«

»Ja?«

»Ja. Meine Schwester hält eine Rede während der Trauung, und dann noch ein Freund von Germán. Und du könntest deine dann während des Essens halten, o. k.?«

»Und was soll ich sagen?«

»Was du willst. Schreib etwas Schönes für Germán und mich.«

»Oh Gott. Was für ein Druck.«

Ein Aufschluchzen lässt uns beide zum Familiendrama

gucken. Die Mutter hat zum großen Unbehagen der Verkäuferin angefangen zu heulen.

»Mama, bitte!«, ruft die Tochter böse.

»Ach!«, seufzt die Mutter. »Das ist alles so schrecklich!«

Die Schwangere geht steif auf die Tür zu.

»Wo gehst du hin?«, fragt die Mutter zwischen Schluchzern.

»Lass mich in Ruhe!«, schreit die Tochter, ohne sich umzudrehen, und verlässt das Geschäft.

»Meine Güte!« ist das Letzte, was man von der Mutter hört, die hinter ihrer missratenen Tochter herstürzt.

»Was für ein Drama«, sagt Sara.

»Die Mutter kann den Rockstar nicht ausstehen«, erkläre ich ihr.

»Was?«

»Ach, nichts.«

Kapitel 32

Recht versteckt in unserem Schädel liegt der *Nucleus accumbens*. Er besteht aus einem Haufen Neuronen, die sich gegenseitig elektrisieren, so wie überall sonst in unserem Gehirn. Was diese Region aber von anderen unterscheidet und diese speziellen Neuronen besonders macht, ist, dass genau dort, auf einigen paar Kubikzentimetern glibberiger grauer Materie, das Geheimnis des Glücksgefühls liegt.

Die Wissenschaftler sagen natürlich nicht *Glücksgefühl*. Sie benutzen den aseptischen Begriff *Belohnung ausschütten*. Wenn man ein leckeres Kotelett isst, fangen die Neuronen im *Nucleus accumbens* an, sich elektrische Ladungen zuzuwerfen, was einen Dopaminkick verursacht. Dasselbe passiert, wenn man Drogen nimmt, Bungee-Jumping macht, Sex hat oder sich verliebt.

In den Fünfzigerjahren haben ein paar sadistische Forscher die Gehirne von Versuchsmäusen manipuliert, um diese Hirnregion frei aktivieren zu können. Jedes Mal, wenn die Viecher einen Hebel berührten, erhielten sie in ihrem *Nucleus accumbens* eine Ladung Glück.

Man kann sich schon denken, was dann passiert ist. Die Mäuse hörten auf zu fressen, dann hörten sie auf zu trinken, und irgendwann hörten sie sogar auf zu schlafen. Alles, was sie wollten, war, diesen Hebel zu berühren, alles andere wurde ihnen gleichgültig. Der Hedonismus hat den Überlebensinstinkt ausgeschaltet, und nach ein paar Tagen starben alle

Mäuse überwältigt vor lauter Ekstase. Dies ist bis heute allerdings der einzige dokumentierte Fall eines Glückstodes. Alles andere ist Literatur.

Ein gewisser Luis Marzana (Señor Marzana für mich) empfängt mich in einem Büro der Kanzlei Marzana & Ros. Sechzig plus, teurer Anzug, teure Manschettenknöpfe, teures Lächeln und ein geschniegelter Haarschnitt in Weiß mit exaktem Nachkriegsscheitel. Señor Marzana ist Mitglied der Aktionärsversammlung von Immobilien Monteis und hat die Ehre, mein erster Interviewpartner zu sein.

Er setzt sich in einen ledernen Stuhl hinter einem imposanten Schreibtisch. In seinem Rücken zwei gerahmte Fotos. Links lächelt er an der Seite König Felipes jemandem außerhalb des Bildes zu. Rechts blickt er mit dem Vater des Königs in die Kamera. Zwischen beiden Aufnahmen dürften locker zwanzig Jahre spanischer Geschichte liegen, in denen dem Tenor der Bilder zufolge wohl nicht viel passiert ist.

»Als Portabella mich anrief«, sagt er, während er sich im Leder zurechtruckelt, »dachte ich: Was ist das denn für ein seltsames Geschenk? Aber nehmen Sie das nicht persönlich.«

»Aber nein«, sage ich mit einem gezwungenen Lächeln, während ich das Handy für die Tonaufnahme bereit mache.

»Aber dann wiederum, na ja … Eigentlich scheint es mir eine sehr schöne Geste. Wie lange machen Sie das schon?«

»Seit fünf Jahren.«

Aufnahme starten.

»Und kriegen Sie viele solcher Aufträge?«

»Ich kann nicht klagen.«

»Das ist wirklich interessant.« Er schlägt die Beine übereinander, lehnt sich zurück und fragt: »Also, wie kann ich helfen?«

Ich bin ein miserabler Interviewer. Ich mache es auch

überhaupt nicht gerne. Zum Glück kenne ich einen guten Trick, um jemanden zum Reden zu bringen: einfach reden lassen. Die Leute holen gerne aus, und jedem gefällt es, Zuhörer zu haben. Ich glaube, das ist irgendwie im menschlichen Naturell verankert. Uns anderen gegenüber zu erklären lässt uns vergessen, wie unbedeutend unsere Existenz ist.

Der Señor Marzana ergießt sich eine Stunde lang in Lobeshymnen auf Evas Vater und erzählt bemerkenswert detailverliebt drei vermeintlich lustige Anekdötchen, die natürlich sterbenslangweilig sind. Ich gebe den Interessierten, lächle und nicke und frage zwei- oder dreimal »Echt?«.

»Nein, Eduardo ist wirklich ein außergewöhnlicher Mann. Einer, der sein Unternehmen aus dem Nichts aufgebaut hat. So etwas wird überall auf der Welt geschätzt, wirklich überall, bloß hier nicht.« Er schlägt mit dem Zeigefinger auf die Tischplatte. »Hier nicht.« Noch ein Schlag. »Hier scheint es eine Sünde, sich ein Vermögen aufzubauen. Wie vielen Menschen hat Eduardo Beschäftigung gegeben?«

Er sieht mich eindringlich an, vermutlich erwartet er eine Antwort.

»Ich weiß es nicht. Vielen.«

»Vielen, richtig. Sehr vielen sogar. Aber es scheint, als solle man sich hierzulande dafür schämen. Natürlich hat er Kontakte in die Politik!« Er beugt sich vor, das Leder unter seinem Hintern knarzt, und er wispert: »Soll ich Ihnen ein Geheimnis verraten?«

Ich nicke und schiele aufs Handy, um sicherzugehen, dass das Geheimnis auch aufgenommen wird.

»Jeder hat Kontakte zur Politik. Je-der. Ohne geht's auch gar nicht, man braucht ein paar Freunde da oben.« Er zeigt zur Decke, ohne hinzugucken. »Und was ist das Problem? Es gibt keins! Monteis hat eines gut gemacht, und das hat ihn bis ganz nach oben gebracht. Wollen Sie wissen, was das war?« Ich nicke. »Er hat sich nie an jemanden gebunden. Wählt er links oder rechts? Keiner weiß das! Nicht mal ich weiß das, und ich kenne ihn seit dreißig Jahren. Dreißig Jahre! Wir waren zusammen Ski fahren und im Sommerurlaub, unsere Kinder waren befreundet, und nie habe ich …«

Was hat er gesagt?

»Verzeihung«, unterbreche ich ihn.

Er sieht mich stirnrunzelnd an. Sollte dies das erste Mal in seinem Leben sein, dass jemand es wagt, ihn zu unterbrechen? Ich schlucke schwer.

»Hole ich zu weit aus?«, fragt er.

»Aber nein. Ich habe nur eine Zwischenfrage. Sie kennen Eva?«

»Wen?«

»Eva. Die Tochter von Señor Monteis.«

»Evita! Na sicher. Für mich ist sie Evita.« Er lacht. »Haben Sie mit ihr gesprochen?«

»Das wollte ich gerne, aber … Sie möchte nicht mit mir sprechen.«

Im Grunde genommen nicht mal gelogen.

»Ja. Nun, das war alles sehr hart für die beiden. Ich nehme an, Sie wissen Bescheid über ihre Schwangerschaft?«

Ich nicke. Der Typ bleibt mit dem Blick an einer Holzschachtel hängen, die auf seinem Schreibtisch steht. Dann öffnet er sie und zeigt mir ihren Inhalt.

»Habanos. Cohiba Siglo VI. Ich kriege sie direkt aus Cuba geliefert, dreihundert Euro die Schachtel. Bedienen Sie sich.«

»Nein danke.«

»Na los!«

»Nein, ehrlich, ich rauche nicht.«

»Ich auch nicht«, sagt er mit einem Lächeln. »Aber das ist kein Rauchen.« Er nimmt eine Zigarre aus der Schachtel und riecht daran. »Eduardo spricht nie von ihr. Von Evita, meine ich.« Er holt eine kleine Guillotine aus einer Schublade. »Sie haben seit Jahren keinen Kontakt mehr, aber ich weiß, dass sie ihm fehlt. Sie ist seine einzige Tochter.« Er köpft die Zigarre, öffnet die Schublade erneut und holt ein Feuerzeug heraus. »Ich habe drei Kinder, und es gibt keinen Tag, an dem ich nicht an sie denke, an dem ich nicht Lust hätte, mit ihnen zu sprechen. Ich kann mir nicht vorstellen, was es bedeutet, eine Tochter zu haben und nichts von ihr zu wissen.«

Er steckt sich mit Bedacht seine Habano an, pafft ein paarmal und dreht sie behände zwischen den Fingern. Der Geruch des verbrennenden Tabaks breitet sich in Sekundenschnelle im Büro aus. Ich denke: Ich werde all meine Klamotten waschen müssen.

»Das Mädchen war immer schon ein Früchtchen. Und das sage ich ganz liebevoll, ich kannte sie gut. Wir haben viele Sommer zusammen verbracht, sie verstand sich sehr gut mit meinem Ältesten. Sie sind gleich alt.« Er nimmt einen Zug. »Evita konnte den Tod ihrer Mutter nicht verwinden. Sie waren sehr eng. Die Kleine ist ganz allein zurückgeblieben, ohne Mutter, ohne Geschwister. Und Eduardo entglitt sie Stück für Stück, man konnte dabei regelrecht zusehen. Sie färbte sich die Haare, ging mit seltsamen Typen aus, kleidete sich … Na ja.« Er wirft mir einen strengen Blick zu. »Wenn Sie davon was ins Buch nehmen, schreiben Sie es aber nicht mir zu.«

»Aber nein. Keine Sorge.«

»Am besten sind Sie beraten, wenn Sie das Thema komplett aussparen. Erwähnen Sie sie einfach nicht. Als würde sie nicht existieren.« Er nimmt noch einen Zug und pustet eine große Ladung Rauch aus. »Für Eduardo ist Evita gestorben. Und die Toten lässt man am besten ruhen.«

Ich verlasse die Kanzlei mit einer Stunde zwanzig Interviewmaterial. Die Transkription wird einen ganzen Tag in Anspruch nehmen. Außer mich mit seiner übertrieben teuren Zigarre einzuräuchern, hat Señor Marzana eine interessante

Frage aufgeworfen: Sollte ich Eva im Buch verschweigen? Das ist keine leichte Frage. Man kann doch nicht das Leben einer Person erzählen und etwas so Relevantes wie seine Nachkommen verschweigen.

1980 bekam Eduardo Monteis eine Tochter, aber das ist nicht der Rede wert. Sehr seltsam. Andererseits ist das immer noch eine Auftragsarbeit, und mein einziges Interesse sollte die Zufriedenheit des Auftraggebers sein.

Ich mache mich auf den Heimweg und wiege Pro und Contra dieses Dilemmas ab, als etwas Feuchtes und Hartes mitten auf meinem Kopf landet. Es dauert ein paar Sekunden, bis ich verstehe, dass es sich um einen Tropfen handelt, und bis dahin sind noch einige mehr auf mir gelandet. Ich habe keinen Schirm dabei, und unter allen Markisen dieser Stadt stehen die Leute bereits dicht an dicht. Auf der Suche nach einem Unterstand renne ich die Straße entlang. Als ich endlich einen Hauseingang entdecke, der frei ist, bin ich bereits vollkommen durchnässt.

Bevor ich fortfahre, muss ich kurz einschieben, dass ich nicht ans Karma glaube. Ich glaube nicht, dass das Universum Energie für unser Glück oder Unglück bündelt. Eigentlich bin ich sogar ziemlich sicher, dass das Universum nichts weiter ist als sich ausdehnende Materie: Gas, Leere und Explosionen.

Ich glaube also nicht an diese mysteriöse Energie, die angeblich alle Lebewesen in irgendwelche spirituellen Resonanzen einwickelt. Ich glaube nicht, dass man vom Kosmos belohnt wird, weil man ein guter Mensch ist, genauso wenig wie ich glaube, dass die Arschlöcher auf ewig bestraft werden für ihr schlechtes Betragen. Das Universum funktioniert, soweit ich beobachten konnte, nach recht klaren Regeln: Schwerkraft, Elektromagnetismus und Zufall. An einem Tag gewinnst du im Lotto, und am nächsten wirst du von einem Blumentopf erschlagen, den irgendein Depp ungeschickt abgestellt hat. Da gibt es weder Logik noch Kausalität. Nur die Illusion der Kontrolle, wie die Psychologin Eva sagen würde.

Ich stehe in den Hauseingang gedrängt, klitschnass und fröstelnd, und verfluche diese Stadt, ihr Klima und mich selbst.

»Verdammt«, fluche ich. »So kann's echt nicht weitergehen.«

Das sage ich laut zu mir selbst, weil die Dinge, die man nur denkt, so oft von anderen, lauteren Gedanken überrollt werden. Ich schleppe mich seit fünfunddreißig Jahren durch Madrid und ertrage sämtliche Hitzewellen und Kältewellen und diese Unwetter, die sich nicht einmal ankündigen. Eins führt zum anderen, und ich denke, dass alles, was ursprünglich mal provisorisch war, in irgendeinem bestimmten Moment eingefroren ist (so etwa, als ich um die fünfundzwanzig war), und hier ist das Resultat: ein kümmerlich nasses Ich, das an irgendeiner Straßenecke vor sich hin zittert.

Ich sage mir, dass mir das gar nicht gefällt (wobei *das* fast alles umfasst) und dass ich dringend eine Veränderung brauche. In diesem Moment mischt sich das ein, was manche Karma nennen, was aber in Wahrheit nichts als Zufall ist. Völlig grundlos drehe ich mich um und sehe ein Schild an der Tür, genau auf Augenhöhe, und darauf steht:

VERÄNDERE DEIN LEBEN

Das ist natürlich eine Übertreibung, eine Hyperbel mit allein dramatischen und appellativischen Zielen, denn der zweite Satz auf dem Schild, genau darunter, ergänzt:

FAHRE FAHRRAD

Es handelt sich in der Tat um einen Fahrradladen, einen von vielen, die in den letzten Jahren in Madrid aus dem Boden geschossen sind. Nach dem Ausbruch der Krise hat sich diese Mode erstmals bemerkbar gemacht. Man sieht immer mehr Fahrradfahrer: Studenten, Businessleute, Hausfrauen. Ich habe noch nie übers Fahrradfahren nachgedacht. Seit Jahrzehnten bin ich nicht Fahrrad gefahren, obwohl es ja heißt, das verlerne man nicht.

Verändere dein Leben, lese ich erneut, und ich denke, dass es zwar eine kleine, aber doch bedeutsame Veränderung wäre. Könnte ich eigentlich machen, denke ich. Mir ein Fahrrad kaufen. Jetzt gleich. Ich kann einfach da reingehen und nach einem Fahrrad verlangen, dem besten, sofort.

Na ja, es ist nicht so, dass ich im Geld schwimme, so eine Anschaffung will schon überlegt sein. Ich versuche mir vorzustellen, wie ich mit dem Fahrrad zu einem Interviewtermin fahre, zu dem von heute, beispielsweise, und es fällt mir überraschend leicht. Es wirkt geradezu logisch und überaus inspirierend. Ich stelle mir vor, wie ich mit dem Fahrrad zu Sara fahre, zu meinen Eltern oder einfach so umher, ohne Ziel, an einem Sonntagvormittag, einem Mittwochnachmittag, und pfeifend die Gedanken schweifen lasse, beschleunigend und bremsend, den Arm ausstreckend, denn, Achtung, Autofahrer, ich biege nach rechts ab.

Das ist kein wirklich hinreichendes Argument für so einen Kauf, das ist mir bewusst, ich sollte wohl abwägen, ob ich es wirklich benutzen würde oder ob das nur so eine fixe Idee ist. Aber, wie jedermann weiß, der Witz der Impulse ist ja gerade, dass sie nicht reflektiert sind, sondern instinktgeleitet. Ich öffne die Tür mit Schwung und gebe der Reue keine Chance. Hinter einem Tresen sitzt ein Typ, der den Blick von seiner Zeitung hebt und mich fragt, wie er helfen kann.

»Ich möchte ein Fahrrad kaufen«, sage ich. »Das zweitgünstigste.«

Ich bestätige: Man verlernt es nicht. Die ersten Pedaltritte sind ein bisschen ungelenk, weil ich mich sehr darauf konzentriere, nicht direkt vor dem Geschäft auf die Schnauze zu fliegen. Außerdem ist das Fahrrad schon alt, ein gebrauchtes, und der Asphalt ist sehr nass. Die kritischen Blicke der Passanten sind auch nicht gerade hilfreich. Aber nach ein paar Fehlstarts komme ich in Schwung. Es regnet immer noch ein bisschen, so ein konstantes Nieseln, das doller nass macht, als man denkt, aber mich kümmert es nicht. Mein Problem ist jetzt der Verkehr, und darauf konzentriere ich mich. Schließlich will ich mit dem Fahrradfahren mein Leben verändern und nicht beenden. In Madrid gehören beunruhigend viele Autofahrer zur Spezies der rücksichtslosen Psychopathen, und die Fahrradfahrer werden nicht von ihnen geschont. Aber alles in allem komme ich erstaunlich gut klar. Und das Gefühl ist unbeschreiblich.

Ich höre nur noch den Wind, und das Rauschen der Stadt ist in den Hintergrund gerückt. Ich merke, dass ich *Viva Las Vegas* von seiner Exzellenz Elvis Presley vor mich hin summe. Ganz plötzlich kommt es mir in den Sinn: »Bright light city gonna set my soul, gonna set my soul on fire.« Ich singe die erste Stimme und den Chor gleich mit dazu, außerdem die Gitarre und das Schlagzeug (in meiner Version gibt es sogar Rasseln), und während ich immer fröhlicher werde, radle ich immer schneller. Am liebsten würde ich gleich abheben, so wie Elliott in *E. T.*, und beim Mond vorbeischauen.

Der Heimweg dauert fast so lange, als wenn ich zu Fuß gegangen wäre – einerseits, weil ich noch etwas unsicher bin, andererseits, weil ich ziemliche Umwege fahre, um große Kreuzungen zu vermeiden. Aber ich fühle mich überaus zufrieden mit meinem Fahrradkauf. Vielleicht ist das nur der erste Schritt, vielleicht ist es genau das, was ich brauche – kleine Veränderungen, eine nach der anderen, bis irgendwann alles anders ist oder fast alles. Vielleicht muss es kein radikaler Richtungswechsel sein, vielleicht können mich auch kleine Kurskorrekturen zu einem ungeahnten Ziel führen.

Ich kämpfe mit dem Fahrrad bei dem Versuch, es durch die Haustür zu schieben (gar nicht so einfach), als der Blonde aus dem Fahrstuhl kommt.

»Warte, ich helfe dir«, sagt er, und als ich ihn ansehe, bemerke ich, dass dieser Blonde nichts mehr gemein hat mit dem, der mich vor ein paar Wochen vollgeheult hat. Dieser hier ist gepflegt und nüchtern und freundlich und strahlend. Er sieht beinahe glücklich aus. »Wie geht's deinem Handy?«

»Alles gut. Es hat überlebt.«

Ich will ihm zu seiner erstaunlichen Transformation gratulieren, doch er kommt mir zuvor und sagt:

»Hallo!«

Aber das sagt er nicht zu mir, sondern zu jemandem hinter mir auf der Straße. Ich drehe mich um und sehe eine rothaarige Frau von etwa vierzig Jahren, die mich anlächelt.

Als ich wieder zum Blonden schaute, wirft der mir einen beinahe unmerklichen Blick zu, eine chiffrierte Botschaft, die nur wenige Personen entziffern können, nur Männer, und auch nur die, die wir irgendwann im Leben schon mal den Halt verloren haben. Eine Botschaft unter Schiffbrüchigen, die bedeutet: Es ist überstanden, ich wurde gerettet.

»Danke«, sage ich zu ihm und lehne das Fahrrad an die Wand.

»Schönes Rad«, sagt er und verlässt das Haus. Das Letzte, was ich sehe, ist ein vorsichtiger und zärtlicher Kuss.

Bumm, macht die Tür.

»Bumm«, wiederhole ich.

Kapitel 33

Germán ruft an und sagt: »Kumpel, ich brauche dich.«

Ich frage ihn, wo es brennt, denn: »Ich bin mitten in der Transkription eines strunzlangweiligen Interviews.«

Das Dilemma ist, dass er sich einen Anzug für die Hochzeit ausgesucht hatte und den jetzt nicht mehr bekommen kann. Also soll ich ihn in ein *Jackettgeschäft* (sic) begleiten, alleine würde er da gar nicht klarkommen.

»Ich hab entschieden, Jeans zu tragen«, sagt er leicht hysterisch, als ahne er schreckliche Konsequenzen. »Wie findest du das?«

»Es ist deine Hochzeit, ich denke, du solltest es machen, wie du es am besten findest.«

»Würdest du in Jeans heiraten?«

»Ich würde überhaupt nicht heiraten.«

»Aber ich meine, *wenn* du heiraten würdest.«

»Germán, du hörst mir nicht zu. Ich sage doch, ich würde nicht heiraten.«

»Hilfst du mir jetzt oder nicht?«

Meine Güte.

»Ja, ich würde in Jeans heiraten. Du hast meine volle Unterstützung, o. k.?«

Ja, das findet er gut, also verabreden wir uns für sieben Uhr an besagtem Ort.

Die gute Nachricht ist, dass in dem *Jackettgeschäft* nicht Enya im Hintergrund läuft. Die schlechte ist, dass Germáns Geschmack in Sachen Textilien weit weniger definiert ist als der seiner Zukünftigen. Außerdem scheint hier niemand so genau zu wissen, was gut zu einer Jeans passt (oder noch schlimmer: der Verkäufer meint, *alles* passe zu Jeans).

»Schwarz, Dunkelblau, sogar Rot«, sagt er zu Germán. »Haben Sie mal an Rot gedacht? Das trägt man jetzt sehr viel.«

»Nein, noch nicht.«

Ich sage: »Kauf dir bloß kein rotes Jackett. Ich bin jetzt für dich verantwortlich, und wenn du dir ein rotes Jackett kaufst, wird Sara von mir wissen wollen, warum ich zugelassen habe, dass ihr Ehemann zu seiner eigenen Hochzeit im Look eines Löwendompteurs erscheint.«

Dem Verkäufer gefällt mein Vergleich nicht, wie naheliegend er auch sein mag, und er zeigt es sehr deutlich mit einem verachtenden Blick für mich und einem breiten Lächeln für Germán (ich glaube, er findet ihn attraktiv). Dann sagt er:

»Überlegen Sie mal in Ruhe. Wenn Sie mich brauchen, sagen Sie nur Bescheid.«

In diesem Geschäft hängen sicher zweihundert Jacketts. Der Prozess ist folgender: Germán zieht eine Jacke heraus und begutachtet sie auf ihrem Bügel. Dann befingert er den Stoff am Revers. Einmal. Zweimal. Dann legt er die Jacke über einen Stuhl und betrachtet sie mit zwei Schritten Abstand. Dann sagt er »Nee«, hängt sie zurück und zieht eine andere heraus. Bei der siebten Jacke entfährt mir ein lautes Seufzen.

»Wenn du dich langweilst«, sagt er, ohne mich anzusehen, »geh doch schon mal einen Kaffee trinken.«

»Warum sollte ich denn dann mitkommen?«

»Ich kann das nicht alleine machen, deshalb.«

»Es ist nicht gerade spannend, dir dabei zuzusehen, wie du Jackenaufschläge befühlst.«

Er befühlt einen weiteren Jackenaufschlag.

»Du siehst viel besser aus«, sagt er.

»Ja.« Pause. »Danke.« Pause. »Es geht mir auch besser.«

»Sara hat sich echt Sorgen um dich gemacht.«

»Ja, ich weiß. Ich war ein bisschen …« Wie soll ich das sagen. »Verwirrt.«

Germán dreht sich zu mir um. »Inwiefern?«

»Ich glaube, dass die Sache mit Eva so was wie ein Katalysator war. Verstehst du, was ich meine?«

»Nein«, sagt er und legt eine neue Jacke über den Stuhl. »Nein, verstehe ich nicht.«

»Na ja, also, das Problem war nicht Eva oder das, was zwischen uns passiert ist. Das Problem bin ich.« Ich zeige mit dem Finger auf mich selbst. »Ich meine, nicht dass *ich* ein Problem bin. Aber ich *habe* ein Problem.«

»Welches?«

»Keine Ahnung.«

»Oh.«

»Ja«, sage ich und zucke die Schultern. »Ein Scheiß ist das.«

»Sollen wir einen Kaffee trinken gehen? Das klingt jetzt langsam nach ernster Unterhaltung.«

»Nein, kein Problem, Jackettgeschäft ist auch o. k. als Kulisse. Das blaue da ist doch schön.«

»Nee, Blau mag ich gar nicht.«

»Ach so.«

»Dann hast du also ein Problem und weißt nicht, welches.«

Ich nicke. Germán sieht mich sehr ernsthaft an, so mit Vatergesicht (es gibt Typen, die können schon in der Pubertät ein Vatergesicht machen), und sagt:

»Sara meint, du durchlebst gerade eine Krise.«

»Ja, kann sein. Vielleicht. Ich habe mir ein Fahrrad gekauft.«

»Warum?«

»Kein Geld für ein Motorrad.«

Germán sieht mich lächelnd an, aber ich will nicht, dass er mich ansieht, ich will überhaupt nicht, dass irgendjemand mich so ansieht im Moment, also zeige ich auf die Jacketts.

»Na los, weiter.«

Ich lasse ihn ein paar weitere Revers anfassen (sogar ein rotes), bevor ich die Bombe platzen lasse.

»Übrigens«, sage ich, um das Folgende irgendwie einzuleiten, »ich habe mit Eva über euch gesprochen.«

Germán dreht sich zu mir um, und ich bilde mir ein, eine gewisse Panik in seinen Augen zu sehen. Er sieht erst auf meinen Mund, keine Ahnung, warum, und dann wandert sein Blick zu meinen Augen.

»Über uns?«, fragt er.

»Ja«, sage ich, »du weißt schon.«

»Das, was ich dir erzählt habe?«

»Das, und dann noch etwas anderes, was du vergessen hast zu erwähnen. Dass ihr ein ganzes Jahr lang zusammen wart.«

»Oh.«

»Oh? Ist das alles, was dir dazu einfällt?«

»Sorry. Ich weiß schon Bescheid. Ich wollte Überraschung vortäuschen, aber es hat nicht so gut geklappt.«

»Was?«

»Ich wusste schon, dass Eva es dir erzählt hat, sie hat es mir gesagt.«

Wie bitte?

»Was? Eva? Wann denn?«

»So vor zwei Wochen.«

Das wird ja immer schöner. Jetzt haben sich Germán und Eva auch noch hinter meinem Rücken getroffen. Sie waren einen Kaffee trinken, erzählt Germán, aber ich weiß überhaupt nicht mehr, was ich noch glauben soll.

»Warum habt ihr euch getroffen?«, frage ich, und er sagt, um über mich zu sprechen. Sie hat ihm angeblich eine Nachricht geschrieben – Zeit für einen Kaffee? –, und er hat eingewilligt.

Also treffen sie sich im Café del Nuncio, was mich echt ankotzt, weil Eva und ich da ein paarmal zusammen waren, und Eva sagt zu ihm:

»Es hat ihn schwer getroffen«, das sagt sie über mich, logisch, »und ich weiß nicht, wie ich damit umgehen soll.«

»Ach, er ist ein Dickschädel«, sagt Germán. »Aber er wird drüber hinwegkommen.«

»Ich würde gerne mit ihm befreundet bleiben, aber ich glaube, das ist ein Ding der Unmöglichkeit.«

»Warte mal kurz«, unterbreche ich Germán. »Sie hat dir gesagt, dass sie mit mir befreundet sein will?«

Germán nickt: »Ja, mehrmals.«

»Wie oft?«

»Puh, keine Ahnung. Zweimal vielleicht.«

»Zweimal?«

»Ist das zu wenig?«

»Weil du gesagt hast ›mehrmals‹, und zweimal ist nicht so oft.«

»Vielleicht hat sie es auch dreimal gesagt. Soll ich weitererzählen oder nicht?«

Ich nicke.

»Ich habe mich ihm so sehr geöffnet«, sagt Eva zu Germán. »Und das kann ich noch nicht mal selbst verstehen, weil …«, und hier hat sie laut Germán etwas gestockt und ein bisschen geweint, »ich habe ihm Dinge erzählt, die ich sonst niemandem erzählt habe, und ich glaube, dass ich mich deshalb so … betrogen fühle.«

»Das hat sie gesagt? Betrogen?«

»Ja.«

»Dani ist was Besonderes«, fährt Eva am Cafétisch fort. »Ich habe noch nie jemanden getroffen, der so ist wie er. Ich habe ihm komplett vertraut, mich komplett gehen lassen.

Wahrscheinlich war er einfach im richtigen Moment da und hat genau die Dinge gesagt, die ich hören wollte. Manchmal passt es einfach, nicht wahr?«

»Warte mal kurz«, sage ich zu Germán. »Was für eine Beziehung ist das denn, die du zu Eva hast?«

»Gar keine«, sagt er und hebt abwehrend die Hände. »Ich habe sie sechzehn Jahre nicht gesehen, bis du mit ihr im Restaurant aufgetaucht bist.«

»Und dann erzählt sie dir das alles?«

»Na ja«, sagt er. »Das hat doch mehr mit dir als mit mir zu tun. Wir haben ja nur von dir geredet.«

Der Verkäufer kommt auf uns zu. »Sind Sie fündig geworden?«

»Wir brauchen noch etwas Zeit«, sage ich brüsk. Er hasst mich, ich weiß es, aber er wird dafür bezahlt, derlei Gefühle zu unterdrücken, also schenkt er mir ein Halblächeln und sagt:

»Natürlich.«

Ich warte, bis er sich entfernt hat, und dann frage ich Germán: »Hat sie dir gesagt, ob …«

Nein, warte mal kurz. Sag das jetzt nicht. Du bist doch drüber hinweg. Es ist vorbei, du musst nach vorne schauen. Wenn eine Tür sich schließt, öffnet sich … Ach, scheiß drauf.

»Hat sie dir gesagt, ob wir noch eine Chance haben?«

»Nein«, sagt Germán ohne Zögern.

»Nein, sie hat es dir nicht gesagt, oder nein, wir haben keine Chance mehr?«

»Sie hat es mir nicht gesagt.«

»Und was hattest du für einen Eindruck?«

»Was weiß denn ich!«

»Ach komm, das merkt man doch.«

»Du vielleicht, aber ich merke das nicht. Sie hat in der Vergangenheitsform über eure Beziehung gesprochen, und es war deutlich, dass es vorbei ist.«

»Ja, es ist vorbei, aber darum geht's doch gar nicht. Die Frage ist, ob es eine Möglichkeit gibt, dass es wieder anfängt.«

Germán sieht mich an. »Fragst du mich das im Ernst?«

»Alles klar, vergiss es.«

Also wendet er sich wieder den Jacketts zu. Ich bin wütend, und ich weiß gar nicht genau, warum. Ich bin wütend auf Eva, auf Germán und auch auf mich selbst, und je mehr ich darüber nachdenke, wie wütend ich bin, desto wütender werde ich. Außerdem komme ich mir bescheuert vor, über so was ausgerechnet mit einem Kerl zu reden, der kurz vor der Heirat steht und ein mustergültig geregeltes Leben führt, das alle gesellschaftlichen Erwartungen erfüllt. Ein eleganter und gebildeter Mann mit einem klar definierten Beruf, den man mit einem Wort beschreiben kann. (Hallo, ich bin Zahnarzt.) Er trägt sogar ordentliche Halbschuhe, nicht ein Paar schmuddelige alte Converse wie ich. Es ist offensichtlich, dass wir in völlig unterschiedlichen Lebensphasen stecken. Er in der richtigen und ich drei oder vier weiter hinten. Ich bleibe zurück, und jeden Tag wird das ein bisschen offensichtlicher. Mich treibt um, was meine Ex von mir denkt, während Germán … Ich habe gar keine Ahnung, was Germán eigentlich so beschäftigt.

»Sag mal, was treibt dich um?«

»Wie?« Er dreht sich mit einem Jackett in der Hand zu mir um.

»Was treibt dich um in deinem Leben? Ganz allgemein, meine ich.«

Er sieht mich an. »Ist das eine ernsthafte Frage?«

»Natürlich.«

»Der Streik beschäftigt mich. Und die Korruption. Und dass es Menschen gibt, die Hunger leiden, und Kinder, die keinen Zugang zu Bildung haben.«

»Oh, Mann, ich meine das ernst!«

»Ich auch.«

»Ja, o.k., jeden beschäftigen diese Dinge, aber das meine ich nicht. Ich meine … Was raubt dir den Schlaf? Also, was schnürt dir ehrlich die Brust zu, wenn du daran denkst?«

Germán wendet den Blick ab.

»Ein Kind bekommen«, sagt er dann ernsthaft.

»Echt jetzt? Warum?«

»In Saras Situation ist das sehr kompliziert. Es wäre eine Risikoschwangerschaft, und man muss zwingend einen Kaiserschnitt machen. Aber wir wollen es versuchen.«

Na also. Das ist doch mal eine anständige Sorge. Absolut nachvollziehbar für einen erwachsenen und verantwortungsvollen Mann in seinen Dreißigern.

»Woran denkst du?«, fragt Germán mich.

Da ich nicht vorhabe, ihm zu sagen, was ich denke, zucke ich mit den Schultern. Das wäre ja noch schöner. Wenn ich das täte, würde er mir mit Sicherheit eine Hand auf die Schulter legen und einen blöden Allgemeinplatz bringen, so was wie »Mein Leben ist doch nicht besser als deins«.

»Ich habe gedacht, dass ihr ein wunderbares Kind bekommen werdet«, lüge ich.

Germán lächelt und dreht sich zu der Kleiderstange um.

»Weißt du was? Ich glaube, ich nehme das rote.«

Kapitel 34

Ich sagte ja: Vielleicht muss es kein radikaler Richtungswechsel sein, vielleicht kann man peu à peu Dinge verändern. Kleine Dinge, die dich zusammengenommen auf neuen Kurs bringen. Ich habe mir überlegt, den Versuch ernst zu nehmen, und, Achtung, hier ist meine bisher radikalste Tat: Ich habe Loreto eine Nachricht geschickt.

Wollen wir diese Woche mal essen gehen?

Vor zwei Stunden hat sie die Nachricht bekommen und hat immer noch nicht geantwortet. Ich kann mir nicht erklären, wieso. Vielleicht kommt ihr die Frage so seltsam vor, dass sie lieber noch abwarten will, ob da nichts nachkommt, so à la:

Sorry, Verwechslung. Hahaha.

Vielleicht recherchiert sie, befragt Sara, erfährt, dass mein Herz gebrochen wurde oder wie auch immer Frauen so was sagen, und fragt sich, ob es eine gute Idee ist, unter diesen Bedingungen mit mir auszugehen. Wie dem auch sei, sie braucht zwei Stunden und zwölf Minuten, um zu antworten:

Cool. Am Samstag?

Samstag passt perfekt, und das sage ich ihr auch. Kein langweiliger Dienstag und kein schnarchiger Donnerstag. Samstag ist der Tag der Verabredungen, des Kinos und der gut besuchten Restaurants, der Tag, an dem die Jugendlichen Körperflüssigkeiten in Hauseingängen austauschen und die Ehepaare in ihren Schlafzimmern dasselbe tun. Samstag ist definitiv der Tag, den die westliche Welt für die gesellige Zerstreuung reserviert hat, und dazu zählen Kultur, Konversation, Cocktails und Koitus.

Ich reserviere einen Tisch für zwei Personen in einem Restaurant, das mir angemessen traditionell erscheint; angesichts meines delikaten Gemütszustands möchte ich Auseinandersetzungen mit postmoderner Exzentrizität dringend vermeiden. Ich will mein Essen nicht auswickeln müssen oder anzünden oder ablöschen. Ich will nur einen angenehmen Abend, ein nettes Gespräch (bitte lass sie nicht von ihrer Katze anfangen) und, wer weiß, vielleicht auch ein bisschen unverbindlichen Sex und Zärtlichkeit.

Jetzt denken Sie natürlich: Aha, in dem Stadium der Verzweiflung ist er jetzt schon angekommen, Angst vor der Einsamkeit, soso. Sogar bereit zum Sex mit einer Frau, über die er sich bis vor Kurzem noch lustig machte. Und wissen Sie was? Genauso ist es. Natürlich ist es überhaupt nicht nötig, so hässlich über sie zu sprechen. Loreto ist eine ganz wunderbare Frau. Ein bisschen albern vielleicht und wahnsinnig nervös in meiner Nähe, aber das heißt ja nicht, dass sie nicht intelligent wäre, lustig und liebevoll. Es wäre ziemlich bescheuert von mir, ihr keine Chance zu geben.

Auf Loretos Vorschlag hin treffen wir uns auf ein Glas Wein vor dem Essen. Ich komme etwas zu spät, weil die Metro so unerträglich voll mit Menschen ist, dass ich ein paar Bahnen vorbeifahren lasse, bevor ich in eine einsteige. Ich hab mich für die Öffentlichen entschieden, denn wer weiß, wie der Abend endet? Wenn Sex eine ernst zu nehmende Option wird, werde ich zu ihr nach Hause gehen oder sie mit zu mir nehmen, und dann will ich das Fahrrad nicht mitschleppen müssen geschweige denn, es irgendwo stehen lassen.

Die Bar, die Loreto ausgesucht hat, ist zugleich ein Buchladen. Sie wartet an einem Tisch auf mich und blättert in einem Buch von Javier Marías. Und sie sieht wunderschön aus. Das ist keine Übertreibung, ich sage das nicht, um mich selbst davon zu überzeugen. Sie trägt Jeans und T-Shirt, nichts Besonderes, und das finde ich super.

»Du siehst toll aus«, sage ich zur Begrüßung und bereue es, kaum, dass ich es ausgesprochen habe.

»Alles klar«, lacht sie. »Danke, gleichfalls.«

»War das blöd von mir?«

»Was? Ach, Quatsch. Nein, sei nicht albern.« Und sie wird ein bisschen nervös. »Willst du ein Glas Wein?«

Das darf man jetzt nicht falsch verstehen, aber der Feminismus (der natürlich eine Bewegung ist, die meine ganze Sympathie besitzt) hat die Jungs meiner Generation, mich eingeschlossen, echt durch die Mangel gedreht. In den alten Zeiten (was auch immer das heißen mag) lüftete ein Herr den Hut und ließ der Dame den Vortritt, lobte ihr Äußeres und bot sich an, all jene Tätigkeiten für sie zu übernehmen, die eine gewisse physische Kraft erforderten, zum Beispiel ein Klavier verrücken oder ein Auto mit bloßen Händen hochheben. Das war es so grob, was »Mann sein« bedeutete. Aber in irgendeinem Moment sind all diese Merkmale zu Ausdrücken der moralischen Überlegenheit des *Heteropatriarchats* geworden.

In der Konsequenz gibt es in meiner Generation keinen einzigen Mann, der weiß, ob er einer Frau nun den Vortritt lassen soll oder nicht. Man weiß nicht, ob es machistisch ist, zu sagen: »Ich mach schon auf« oder »Du siehst toll aus« oder »Warte, ich verrück das Klavier schnell für dich«. Die sensiblen Männer meiner Generation leben in einer seltsamen feministischen Paranoia, aus der wir wahrscheinlich nie wieder rauskommen.

Loreto stellt den Wein vor mir ab.

»Ich hab dir den gleichen bestellt, den ich trinke«, sagt sie. »Obwohl ich mich mit Wein echt nicht auskenne.«

»Keine Sorge«, sage ich und rieche an dem Wein.

»Wie ich sehe, kennst du dich schon aus.«

»Ach«, sage ich. »Ich war vor einer Weile bei einer Weinprobe.«

Loreto grinst und stellt das Buch ins Regal neben sich.

»Worum geht's in dem Roman?«

»Weiß nicht«, sagt sie. »Ich habe nur kurz reingeschaut. Ich glaube, es ist eine Liebesgeschichte.«

»Was sonst?«, sage ich.

»Weißt du, dass ich mal ein paar Schreibkurse besucht habe?«

»Echt?«

»Ja. So vor zwei Jahren. Immer samstags vormittags. Ich kann nicht schreiben, aber es gefällt mir sehr. Und ich lese sehr gern. Der Dozent war echt gut, und er hat mal was gesagt, das ich nie vergessen werde. Er sagte: ›Alle Geschichten sind Liebesgeschichten.‹«

Ich denke über den Satz nach.

»Und was soll das heißen?«

»Dass es egal ist, was du schreibst, es wird immer eine Liebesgeschichte sein. Zwischen Mann und Frau, zwischen zwei Frauen oder zwischen zwei Männern, zwischen einem Charakter und seiner Stadt oder seiner Familie oder was auch immer. Er meinte, dass sogar Rachegeschichten immer Liebesgeschichten seien, denn man rächt nur aus Liebe.«

»Wow«, sage ich. »So habe ich das noch nie betrachtet.«

Und das stimmt.

Auf der Karte stehen wenige Gerichte, aber alle verständlich. Außerdem haben sie Namen, die nach Essen klingen, nicht so komische wie in den Restaurants, wo Germán uns immer hinschleppt. Allein dieses Detail lässt mich den Kellner knuddeln wollen.

Ich bestelle gebackenen Dorsch, denn in meinem neuen Leben habe ich beschlossen, mehr Fisch zu essen. Loreto bestellt einen Salat »ohne irgendetwas Tierisches«.

»Was ist mit Ei?«, fragt der Kellner.

»Kommt darauf an«, sagt Loreto. »Glaubst du, es ist aus dem Arsch eines Huhns gekommen?«

»Ich fürchte, ja«, sagt der Kellner, der sich unsicher zu sein scheint, ob er sich angegriffen fühlen soll oder nicht.

»Dann sagen wir, es ist tierisch.«

Als der Kellner weggeht, fangen wir beide an zu lachen, und ich merke, wie sehr ich so etwas gebraucht habe.

Beim Essen:

»Sara hat mir erzählt, dass du nicht mehr mit dieser Frau zusammen bist.«

Diese Frau.

»Nein«, sage ich etwas benommen. »Das hat nicht funktioniert.«

»Das tut mir sehr leid«, lügt sie. »Ich weiß, wie das ist. Ich war fünfzehn Jahre lang in einer Beziehung.«

»Echt? Fünfzehn Jahre! Krass.«

Sie lacht über mein Erstaunen.

»Wir haben uns in der Schule kennengelernt.«

»Aber das ist ja … fast dein halbes Leben.«

»Es war das halbe Leben, als wir uns getrennt haben.«

»Wow. Das muss hart gewesen sein.«

»Ja, das kann man wohl sagen.« Sie spielt mit dem Weinglas in ihrer Hand, und ihr Blick verliert sich in der roten Flüssigkeit.

»Was ist passiert? Ich meine, warum habt ihr euch getrennt?«

»Ich habe Schluss gemacht. Er hat mit anderen Frauen geschlafen.«

»Im Plural?«

»Mindestens fünf.«

»Oha.«

»Er ist jahrelang mit allem ins Bett gegangen, was sich ihm anbot. Ich habe ihm blind vertraut.« So wie Eva mir, denke ich. »Aber es war wohl gut so.«

»Wie meinst du das?«

»Ich habe in der Zeit sehr viel gelernt. Über das Leben. Und über die Männer.«

»Nicht alle Männer sind so.«

»Ja, das sagen sie alle. Und weißt du, was ich dann denke? Ich denke: Super, ich hab mir das größte Arschloch von allen ausgesucht.«

Beim Nachtisch:

»Erinnerst du dich, dass ich dir erzählt habe, dass Snoopy, meine Katze, krank ist?«

Oh, bitte nicht.

»Ja. Ich erinnere mich, ja.«

»Es geht ihr viel besser jetzt. Nachdem die Homöopathie nichts ausrichten konnte, habe ich sie auf Diät gesetzt, aber der Tierarzt meinte …«

Ich schalte ab. Ich weiche den Wörtern aus, die mich streifen, aber nicht berühren. Ich sehe Loreto an und nicke ab und zu, sie bewegt die Lippen und ich sage: »Echt?« oder »Wirklich?«. So verbringe ich zehn Minuten mit grottiger Heuchelei, bis ich entscheide, dass das Teil meines alten Ichs ist. Mein neues Ich, das der kleinen Richtungsänderungen, will so einen Zynismus nicht tolerieren. Ich überlege: Was würde ein reifer Typ in meiner Situation machen? Und die Antwort scheint offensichtlich: Er würde die Wahrheit sagen, wie unbequem das auch sein mag.

Ich hole Luft und warte, bis Loreto eine Pause macht, und dann sage ich:

»Warte mal kurz, ich muss dir was sagen, bevor du weitererzählst.« Sie guckt mich gespannt an. Was sie wohl erwartet? »Aber werd nicht sauer, o. k.?«

Sie lacht. »Warum sollte ich sauer werden?«

»Weil … Es ist mir egal, was mit deiner Katze ist.«

Stille.

Loreto guckt mich völlig verblüfft an. Vielleicht war das zu ehrlich, ich weiß nicht. Nachdem ich absolut unerfahren in derlei Dingen bin, habe ich mich vielleicht von allzu großem Enthusiasmus leiten lassen. Ich versuche, es wieder geradezubiegen, indem ich sage:

»Ich meine, ich verstehe, dass du sie sehr liebst. Ich weiß, dass sie sehr wichtig für dich ist, weil du mir immer viel von ihr erzählst, wenn wir uns sehen. Sehr viel sogar. Aber es ist deine Katze, und ich kenne sie nicht mal. Vielleicht lerne ich sie ja mal kennen und freunde mich mit ihr an, und dann tut es mir sehr leid, dass sie krank ist, aber, versteh mich nicht falsch, ich habe sie noch nicht einmal gesehen und kenne schon ihre gesamte Krankengeschichte. Das ist mir zu viel, wirklich, vor allem in Bezug auf eine Katze, die mir im Grunde völlig egal ist.«

Es ist raus. Ich hab einfach alles rausgelassen, einen Schwall ungefilterte Ehrlichkeit, und tatsächlich fühle ich mich direkt viel besser. Schluss mit dem zynischen Dani, der vor sich hin nickt und an ganz andere Sachen denkt. Willkommen dem neuen, strahlenden …

»Arschloch.«

Loreto sieht mich aus sehr großen Augen an, und ich könnte schwören, dass sie etwas blasser ist als vor einem Moment.

»Nein, das darfst du nicht persönlich nehmen«, sage ich.

»Wolltest du mich treffen, um mich zu beleidigen?«

»Was? Nein, ganz im Gegenteil! Ich will einfach ehrlich zu dir sein, das ist mir wichtig.«

Sie guckt mich ungläubig an. »Sara hat mir ja gesagt, dass du ein bisschen verrückt bist, aber … ich wusste nicht, dass ich es so wörtlich nehmen muss.«

»Das musst du auch nicht. Schau, ich will dich nicht mit meinem Kram langweilen, aber ich tauche gerade aus einer echt beschissenen Phase auf, und du triffst mich genau am Beginn einer neuen, o. k.?« Loreto nickt. »Und das Ding ist, dass ich in dieser neuen Lebensphase ehrlich sein will. Total ehrlich. Deshalb habe ich dir das eben gesagt, und deshalb habe ich auch vorhin gesagt, dass du toll aussiehst. Weil ich das wirklich finde.«

»Aha.«

»Und noch was.«

»Was?«

»Snoopy ist doch ein Hundename.«

Entgegen aller Wahrscheinlichkeit willigt Loreto ein, nach dem Essen noch was trinken zu gehen. Ich sage *entgegen aller Wahrscheinlichkeit*, weil die letzten Minuten im Restaurant wirklich etwas angespannt sind. Meine Ehrlichkeit ist nicht so richtig gut angekommen, Loreto sieht genervt aus und macht ein paar ziemlich trockene Kommentare. Als sie endlich meine Position akzeptiert, verspricht sie, dass sie mir erst wieder von Snoopy erzählen wird, wenn sie stirbt. Ich sage, dass das so radikal nun auch wieder nicht gemeint war, und dass sie mich ruhig informieren kann, wenn Snoopys Zustand sich verschlechtert, aber erst, wenn es wirklich gefährlich wird. Dann fragt sie mich, wie viele Organe denn aussetzen müssen, damit es »wirklich gefährlich« wird … und so weiter. Zum Glück kann ich das Gespräch mit ein paar vorsichtig angebrachten Scherzen wieder auf eine freundlichere

Spur bringen. Gott segne den Humor. Wie wohl die Arschlöcher zurechtkommen, denen der Humor abgeht?

»Hier um die Ecke ist eine Bar, wo es echt fantastische White Russians gibt«, sagt Loreto, und ich sage, o. k., auf geht's, obwohl White Russians mir den Magen umdrehen, und das lasse ich sie auch gleich wissen.

»Aber mir nicht«, sagt sie erneut etwas trocken. »Du kannst ja was anderes trinken.«

Die Bar hat schwere rote Vorhänge, die aussehen, als wäre der Innenausstatter ein Fan des frühen David Lynch oder aber eine sehr alte Dame mit Hang zu harten, düsteren Konturen.

Als es ans Bestellen geht, kommt mir die Idee, dass ich nicht zulassen darf, dass Loreto sich mehr betrinkt als ich. Ganz einfach: Das würde ein Ungleichgewicht erzeugen, das es mir aus ethischen Gründen verbieten würde, sie abzuschleppen. Also bestelle ich:

»Einen doppelten Whisky, bitte.«

Loreto guckt mich belustigt an. »Echt jetzt, Whisky?«

»Warum nicht?«

»Weiß nicht. Willst du nicht einen Cocktail oder so? Ich will den Abend nicht im Krankenhaus beenden.«

»Keine Sorge«, sage ich. »Ich kann was ab.«

Der Barmann (Mitte zwanzig, offener Mund, idiotischer Gesichtsausdruck) weiß noch nicht mal, wie man einen Whisky serviert.

»Im Ballonglas oder im Tumbler?«

Ich weiß es auch nicht, natürlich nicht, denn der alte Dani hätte im Leben keinen Whisky bestellt. Also krame ich in meinem Filmwissen und sage:

»In einem kleinen Glas.«

Und so kriege ich ihn dann serviert, als wäre ich ein NYPD-Cop mitten in einem echt komplizierten Fall.

»Du bist saukomisch«, sagt Loreto zu mir.

»Was soll das heißen?«

»Na ja … also, dass du sehr eigen bist.«

»Hm«, mache ich. »Ja, das denke ich selbst manchmal.«

»Besser eigen als ein Arschloch.«

»Darauf trinken wir«, sage ich, und wir heben die Gläser: ich mein albernes Miniglas mit der goldenen Flüssigkeit darin und sie ihren langstieligen weißen Kelch mit dem kleinen Strohhalm.

Der erste Schluck Whisky verbrennt mir die Kehle. Ein paar minimalistische Tränen drohen, aus meinen Augen zu treten, aber ich dränge sie in letzter Sekunde zurück. Loreto lacht über meine Grimasse und fragt, ob alles in Ordnung ist. Ich nicke stumm, denn ich fürchte, ein paar Stimmbänder verloren zu haben.

»Soll ich dir 'ne Cola zum Mischen bestellen?«

Ich zögere einen Moment, aber der gesunde Menschenverstand siegt über das Ehrgefühl, und ich sage: »Ja, vielleicht besser.«

Und dann haben wir noch einen echt netten Abend. Loreto spricht nicht über ihre Katze, und ich spreche nicht über Eva. Stattdessen sprechen wir über das Weltgeschehen in Rubriken: ein bisschen Politik, ein bisschen Wirtschaft und sogar ein bisschen Kultur.

Bei der Hälfte des zweiten Glases (noch ein White Russian und noch eine Whisky-Cola) kehren wir zurück in persönliche Gefilde, wo wir uns beide viel wohler fühlen. Loreto gesteht mir, dass ihre traumatische Trennung ihr einen echten Knacks ihres Selbstbewusstseins beschert hat.

»Was ist passiert?«, frage ich.

Sie zuckt mit den Schultern. »Ich habe angefangen, mich hässlich und dumm zu fühlen. Nicht schlagartig, eher allmählich. Es ging mir echt scheiße, und das hat alle Lebensbereiche betroffen: die Arbeit, meine Freundschaften … eine schlimme Zeit war das. Ich fühlte mich mit niemandem wohl, ich mochte meine Wohnung nicht mehr, meine Klamotten, meine Frisur, meine Figur. Ich fing ständig an, grundlos zu weinen, und fand mich selbst völlig nutzlos.«

Ich denke, dass sie eine ziemlich gute Figur hat, aber ich sage: »Hast du dir keine Hilfe gesucht?«

»Einen Therapeuten, meinst du?«

Ich nicke.

»Nein. Ich war bei so einer Frau … Weißt du, was Reiki ist?«

Ich schüttle den Kopf.

»Das ist eine seltsame Bewegung. Sie legen dir die Hand über den Kopf, ohne dich zu berühren, so, und dann lassen sie die Energie fließen.«

»Was für Energie?«

»Keine Ahnung. Die des Körpers. Sie lassen sie fließen und holen die negative Energie raus.«

»Klingt nach Schmu.«

»Ja, schon, aber mir hat es gutgetan. Ich bin drei Monate lang dahin gegangen, zweimal pro Woche, dreißig Euro pro Sitzung. Aber es war das Einzige, was mir geholfen hat.«

»Bist du ihm noch mal begegnet?«

»Meinem Ex?«

Ich nicke.

»Einmal, aber ich hab so getan, als würde ich ihn nicht sehen und bin einfach weitergegangen. Es ging mir richtig physisch schlecht, weißt du. Ich hatte Brechreiz und alles.«

Wenn mir dieses Gespräch eines zeigt, dann, dass es immer jemanden gibt, dem es noch dreckiger geht als dir selbst. Allein zu sein ist manchmal vielleicht sehr deprimierend, aber immerhin wird mir nicht übel davon.

Loreto nimmt einen Schluck von ihrem White Russian und lächelt mich an.

»Du bist ein seltsamer Vogel, aber es ist sehr angenehm, sich mit dir zu unterhalten.«

Ich nicke mit einem Lächeln, und die Geste soll bedeuten:

Danke. Dann entsteht eine Pause, weil ich nicht weiß, was ich dazu sagen soll, und wir behelfen uns beide mit Blicken durch die Bar, die sich schon ziemlich geleert hat. Der Barmann daddelt an seinem Handy.

»Eine Frage«, sage ich zu Loreto.

»Schieß los.«

»Bist du hier, weil du sonst niemanden hast?«

Sie sieht mich ausdruckslos an, wenn das überhaupt möglich ist.

»Du meinst, ob ich mich aus Verzweiflung mit dir abgebe?«

»Ja, so ungefähr.«

»Ich will schon ewig mit dir ins Bett gehen.« Sie sagt das mit einer beinahe buddhistischen Neutralität, als hätte sie etwas sehr Offensichtliches gesagt, so was wie »die Toilette ist dahinten« oder »Coca-Cola enthält sehr viel Zucker«. »Und du? Bist du hier, weil du sonst niemanden hast?«

Die unerwartete Erwähnung von Sex hat mich etwas sprachlos gemacht, und ich schaffe es gerademal, mit den Schultern zu zucken, mich zu räuspern, zu schlucken, mich noch mal zu räuspern und zu sagen:

»Na ja. Ich habe dir aus einer Panik heraus geschrieben, das stimmt. Aber ich freue mich sehr, jetzt mit dir hier zu sein.«

»Ich freue mich auch«, lächelt Loreto.

Wir sehen uns in die Augen. Die Situation ist in etwa die: Sie denkt, o. k., ich habe dir gerade gesagt, dass ich mit dir schlafen will, hast du dazu nichts zu sagen? Und ich denke: O. k., sie hat mir gerade gesagt, dass sie mit mir schlafen will. Was mache ich denn jetzt?

Wir sind beide gleich betrunken, also ist ethisch gesehen jede Entscheidung erlaubt. Das Problem ist, dass ich nicht sicher bin, ob ich mit Loreto schlafen will oder nicht. Nein, das stimmt nicht. Natürlich will ich mit ihr schlafen. Aber ich bin nicht sicher, ob ich auch morgen neben ihr aufwachen will.

Der physische Teil der Geschichte wäre mir sehr willkommen, aber der emotionale überfordert mich komplett. Und es steht außer Frage, dass ich nur beide Teile im Paket bekomme. Ich hab das schon ein paarmal erlebt, und ich weiß genau, dass sie mich bitten wird, sie in den Arm zu nehmen, dass sie mir Dinge ins Ohr flüstern wird, die ich nicht hören will, und erwarten wird, dass ich ihr dieselben oder noch intensivere Sachen sage.

So ist die menschliche Seele: Vor ein paar Stunden, als Sex mit Loreto noch reine Hypothese war, fand ich das eine fantastische Idee; jetzt, wo Sex mit Loreto nur ein Lächeln entfernt ist, bin ich mir schon nicht mehr so sicher.

O. k. Drosseln wir den Dramafaktor ein bisschen. Wir sind erwachsen. Wir gehen zu mir, schlafen miteinander, haben Spaß, trinken noch ein Bier, schlafen noch mal miteinander und dösen erschöpft ein. Und morgen früh lade ich sie auf einen Kaffee und ein Müsli ein, bedanke mich für den schönen Abend und bis bald mal. Keine Kompromisse, kein Kummer. Einfach eine gemeinsame Nacht in unserem Leben.

Loreto hebt das Glas an die Lippen, nur um festzustellen (oder so zu tun, als müsste sie feststellen), dass kein Tropfen von diesem süßen Gesöff mehr übrig ist, das sie so lecker findet.

»Noch ein Drink?«, fragt sie mich.

»Hast du Lust, den nächsten bei mir zu trinken?«

Sie nickt mit einem feinen und sinnlichen Lächeln. »Gern.«

Der Weg ist ein bisschen kompliziert, denn kaum dass wir draußen sind, sagt Loreto: »Woah, wie kalt!«

Und ich weiß nicht genau, wie ich mich dazu verhalten soll. Ich entscheide mich dafür, einen Arm um sie zu legen, mein linker Arm über ihre Schultern. Der erhöhte Alkoholpegel sorgt dafür, dass das Andocken etwas plump erfolgt, aber sie freut sich trotzdem und sagt:

»Oh, danke.«

Einstein hat gesagt, dass die Zeit nur dazu da ist, zu verhindern, dass alles auf einmal geschieht. So gesehen ist die Zeit eine sehr dankbare Sache, denn sonst würde ich jetzt gleichzeitig denken, Loreto wäre eine Verrückte (was ich bis vor fünf Stunden vertreten habe), während ich sie auf dem Weg in mein Bett vor der Kälte schütze. Aber zum Glück gibt es ja die Zeit, und alles ist schön geordnet: die Indifferenz, die Liebe, der Verrat und die Rache, eins nach dem anderen.

Ich denke daran, wie oft ich mich über Loreto lustig gemacht habe, und ich fühle mich schlecht deswegen. Am Ende hatte Sara recht: Sie ist eine tolle Frau. Etwas fragil, etwas unbedarft, aber ein sehr guter Mensch. Und so viele gute Menschen gibt es echt nicht, es scheint mir fair, sie gut zu behandeln.

»Du bist ein guter Mensch«, sage ich ihr.

Loreto bricht in Gelächter aus. »Und du bist besoffen.«

»Das mag stimmen. Das ist aber kein Hemmnis.«

»Hemmnis?«

»Keine Hürde, kein Hindernis.«

»Ich weiß, was ein Hemmnis ist. Ich meine nur, was für ein Wort, *Hemmnis*, wer benutzt das schon?«

»Nicht viele Leute, das ist wahr. Aber ich finde, wir sollten es rehabilitieren. Genauso wie *exorbitant*.«

»Exorbitant, findest du?«

»Ja. Weißt du, was das bedeutet?«

»Aber sicher. Ich hab schließlich studiert. Und weißt du, was eine Suade ist?«

»Nie gehört. Das hast du dir doch gerade ausgedacht.«

»Aber nein. Eine Suade, das ist eine Tirade, ein … ziemlich großer Wortschwall.«

»Ein exorbitanter Wortschwall?«

»Ja, genau. Ohne Hemmnis.«

Und mit solchem Quatsch verkürzen wir uns den Weg nach Hause, albern herum wie ein Paar Jugendliche, bis wir in meine Straße einbiegen.

»Da ist es«, sage ich und zeige auf mein Haus.

Und wenn ich ehrlich bin, kann ich nicht mal sagen, wie ich es bemerke. Ich krame die Schlüssel aus meiner Tasche, als ein Alarm in meinem Kopf angeht. Auto. Gelb. Da vorne. Kann das wahr sein? Und tatsächlich: Ich hebe den Kopf, und dort steht der unverwechselbar schrammelige Twingo von Eva, dreißig Meter von uns. Ich meine, jemanden auf dem Fahrersitz zu sehen, aber ich bin nicht ganz sicher.

»Was ist los?«, fragt Loreto.

»Äh«, sage ich. »Ich weiß nicht.«

Was wiederum brutal ehrlich ist. Ich weiß nicht, was hier los ist. Ich hatte Eva gesagt, dass sie jederzeit bei mir vorbeikommen kann, egal wann und zu welcher Tages- oder Nachtzeit. Kann es wahr sein, dass der Zufall sie genau heute Nacht schickt? Kann der Zufall denn ein so unsensibles Arschloch sein?

»Warte mal kurz«, sage ich und gehe zu dem Auto. Als ich auf halbem Weg bin, fährt der Twingo mit seinem charakteristischen Startröcheln los.

»Hey!«, schreie ich.

Das Auto beschleunigt schnell, und ich renne hinterher.

»Eva!«, schreie ich. »Warte!«

Ja, das ist alles ein bisschen peinlich. Erstens, weil es echt bescheuert ist, hinter einem Auto herzurennen. Zweitens, was würde es bringen, wenn Eva anhielte? Was könnte ich sagen?

»Hey Eva, schön, dich zu sehen, aber der Moment ist echt schlecht. Das Mädel da drüben ist ein wirklich guter Mensch, und ich will gerade mit ihr schlafen. Kannst du vielleicht morgen wiederkommen?«

Trotzdem renne ich mitten auf der Straße hinter dem Auto her, bis die Zwecklosigkeit meines Unternehmens zweifelsfrei erwiesen ist. Ich bleibe stehen, als der Twingo um die Ecke biegt und aus meinem Blickfeld verschwindet. Alles ist still bis auf ein paar Schritte in meinem Rücken. Ich drehe mich um und sehe Loreto, die in die andere Richtung abhaut. Ich schreie:

»Loreto!«

Sie dreht sich zu mir um, aber sie ist schon so weit weg, dass ich ihr Gesicht kaum mehr ausmachen kann. Sie hebt die Hand zum Gruß und beschleunigt dann ihren Schritt. Ich könnte ihr nachlaufen, aber – auch wenn das überraschen mag – einen Rest Würde habe ich mir bewahrt. Einen kleinen. Gerade genug, um mich in mein Bett zu schleppen und den Kopf unter dem Kissen zu verstecken.

Kapitel 35

Sara, am Telefon: »Wie konntest du zulassen, dass er sich ein rotes Jackett kauft?«

Eigentlich ist es eher ein Aufschrei als eine Frage.

»Woher weißt du das denn?«, frage ich. »Ich dachte, die Brautleute dürfen die Klamotten bis zur Hochzeit nicht sehen.«

»Jetzt weich mir nicht aus!«, schreit sie, und ich regele die Lautstärke meines Telefons etwas herunter. »Rot, ja? Das kann ja wohl nicht euer Ernst sein!«

»Jetzt mach mal einen Punkt«, sage ich. »Ich habe versucht, ihn davon abzubringen, aber …«

»Er sieht ja aus wie ein Löwendompteur!«

»Du hörst mir nicht zu.«

»Fehlen nur noch eine Peitsche und ein Zylinder!«

»Sara, würdest du mir bitte kurz zuhören?«

»Was habt ihr euch dabei gedacht?«

»Ich habe versucht, ihn davon abzubringen, o. k.? Ich habe ihm ein schönes dunkelblaues Jackett vorgeschlagen, aber er wollte nicht auf mich hören. Der Verkäufer hat ihm einen Floh ins Ohr gesetzt, das war so ein ganz unkonventioneller. Vielleicht hat er Germán sogar hypnotisiert, weil ich habe ihm das mit dem Dompteur auch schon gesagt, und trotzdem …«

Dann höre ich Germán im Hintergrund: »Es ist nicht seine Schuld.«

Und ich: »Siehst du? Hörst du, was er sagt? Es ist nicht meine Schuld.«

»Ihr seid ein Paar Idioten!«

»O. k.«, sage ich, weil ich sie kenne und genau weiß, dass man ihr besser nicht widerspricht, wenn sie so drauf ist.

»Ein Paar echte Idioten«, wiederholt sie und legt auf.

In Germáns Haut möchte ich jetzt nicht stecken. Ich nehme an, dass er heute noch das Jackett zurückbringen und irgendeine vorgeschobene Ausrede vorbringen wird: Passt nicht zur Krawatte, oder: Sie werden es nicht glauben, aber mein Schwiegervater leitet einen Zirkus, und er leiht mir seines. Was auch immer, bloß nicht die Wahrheit: dass er das Jackett nicht tragen darf, weil seine Zukünftige es potthässlich findet. Unter Männern, auch unter unkonventionellen, muss man da Haltung wahren. Das ist so was Psycho-Evolutionäres: In nur wenigen Generationen sind wir Männer von der Taktik des Bärenjagens zur Ratlosigkeit über farblich optimierte Jackettkombinationen gelangt. Da wird man Verständnis dafür haben, dass wir uns manchmal selbst belügen müssen.

Apropos Lügen: Seit zwei Tagen überhäufe ich Eva mit Nachrichten. Sonntag und Montag, denn heute ist Dienstag, und noch immer keine Antwort. Nichts. Absolute Stille. Was mich selbstverständlich in den Wahnsinn treibt.

Als ich am Sonntag aufgestanden bin (mit den gleichen Klamotten am Leib, die ich am Samstag trug, denn ich war mit dem Kopf unter dem Kissen eingeschlafen), habe ich beschlossen, Eva anzurufen, um eine erwachsene Telefonkonversation zu führen. So hörte sich das in meinem Kopf an:

Ich: Hallo, Eva. Ich rufe wegen gestern an.

Eva: Da gibt es nichts zu besprechen. Es war dumm von mir, einfach so aufzukreuzen, ohne Bescheid zu sagen. Wolltest du mit dieser Frau ins Bett gehen?

Ich: Das wollte ich in der Tat.

Eva: Danke für die Ehrlichkeit.

Ich: Aber nicht doch.

Eva: Ich nehme dir das nicht übel.

Ich: Das weiß ich zu schätzen.

Eva: Ich verstehe, dass du physische Bedürfnisse hast. Du bist schließlich immer noch ein Säugetier.

Ich: Es freut mich, dass wir einer Meinung sind. Hast du nachher was vor?

Eva: Ich wollte zu Hause sitzen und bis zum Sonnenuntergang an dich denken.

Ich: Warum gehen wir nicht einen Kaffee trinken und reden über alles?

Eva: Fabelhafte Idee. Ich komm zu dir, wenn du möchtest.

Ich: Fantastisch.

Eva: Übrigens, gestern Abend hatte ich den Eindruck, dass du kräftiger geworden bist.

Ich: Wirklich? Ach, weißt du, das liegt wohl daran, dass ich neuerdings oft laufen gehe. Also dann, bis nachher.

Und so ist die Unterhaltung wirklich gelaufen:

Eva: Hallo, hier ist Eva. Ich kann gerade nicht ans Telefon gehen. Hinterlasst eine Nachricht, und ich rufe so bald wie möglich zurück.

Ich: Äh … Ich bin's. Scheiße, ich wollte eigentlich keine Nachricht hinterlassen. Aber … Sag mal, was war das denn gestern? Wolltest du mit mir reden, oder …? Weil, wenn du mit mir reden willst, ruf mich zurück, und wir verabreden was. Also, ich erwarte deinen Anruf, o. k.? Bis dann. Ruf mich an, o. k.? Gut. O. k. Tschüss.

Das war am Sonntagmorgen. Seitdem sind neunundvierzig Stunden vergangen. Und zweiunddreißig SMS.

Da ich nicht psychopathisch erscheinen möchte, schreibe ich ihr nur tagsüber, nicht vor neun Uhr morgens und nicht nach zweiundzwanzig Uhr. Ich schätze, dass sie mich mittlerweile hasst, vielleicht hat sie sogar schon einen Anwalt kontaktiert, aber ich kann es nicht lassen, der Drang ist stärker als die Disziplin.

Pling.

Mein Telefon, eine SMS. Ich werde so nervös, dass das Handy mir beinahe aus der Hand rutscht und Gefahr läuft, dasselbe Schicksal wie mein Gameboy zu erleiden.

Die Nachricht ist von Eva, und das steht drin:

Hör auf.

Ich schreibe mit zwei Fingern.

Womit soll ich aufhören?
Hör auf.
Kann ich dich anrufen?
Nein.
Können wir chatten?

Es dauert einen Moment, aber dann antwortet sie.

Das tun wir doch schon.

O. k. Wenn es so sein soll. Eigentlich kommt es mir sogar zugute, ich kann besser schreiben als reden. Ich setze mich aufs Sofa und schreibe:

Bist du sauer?
Nein. (Pause. Dann:) Traurig.
Warum?
Weil ich so beschauert bin. (Pause, dann korrigiert sie:) Bescheuert.
Ich kann dir das mit Samstag erklären.
Da gibt es nichts zu erklären.

Das mit den Nachrichten ist doch nicht so eine gute Idee, wie ich dachte. Es ist langsam und artifiziell, und man kann echt nicht den Gemütszustand des anderen erfassen. Ich schreibe:

Ich ruf dich jetzt an.

Und sie, erneut:

Nein.

Aber ich höre nicht auf sie und drücke auf den grünen Hörer. Es klingelt ein-, zwei-, fünfmal, und kurz bevor die Mailbox anspringt, hebt sie doch ab.

»Hey«, sagt sie.

Sie klingt verschnupft, so als hätte sie die Grippe, aber es ist wahrscheinlicher, dass sie geweint hat. Ich beschließe, fürs Erste darüber hinwegzuhören.

»Sorry«, sage ich. »Aber per SMS kann man doch echt nur Missverständnisse anhäufen.«

»Ja, kann sein«, sagt sie, nasal und dumpf.

»Du klingst schrecklich.«

»Vielen Dank.« Das ist natürlich ironisch gemeint, aber ich kann es gar nicht raushören, was sehr seltsam ist.

»Was hast du am Samstag bei mir vor der Tür gemacht?«

Pause.

»Was denkst du denn?«

»Ich glaube, dass du mit mir reden wolltest. Obwohl es ein Uhr morgens war.«

»Ich stand da schon seit neun Uhr abends.«

Oha. Und mir fällt nichts Besseres ein, als zu fragen:

»Warum?«

Sie antwortet nicht, aber etwas verrät mir, dass sie am anderen Ende der Leitung mit den Schultern gezuckt hat.

»Ich glaube, ich wollte mit dir schlafen. Und dir sagen, dass ich dich nie wieder sehen will.«

»Das macht aber nicht sehr viel Sinn«, sage ich.

»Kann sein«, gibt sie zu. Dann folgt eine lange Pause, bevor sie fragt: »Und du hast schon wieder von vorne angefangen?«

»Was meinst du?«

»Verabredungen und so.«

»Ach, das war nur eine Freundin.«

»Sicher.«

»Ich wusste nicht, dass ich dich um Erlaubnis bitten muss, bevor ich jemanden treffe.«

»Ach, jetzt komm mir doch nicht so!«

Dabei hat sie damit angefangen. Oder etwa nicht?

»Sei doch nicht so kindisch«, setzt sie nach.

»Du hast mit dem Thema angefangen, ich antworte dir, und dann beschuldigst du mich, dass ich überhaupt darüber spreche.«

»Boah, mit dir kann man ja nicht reden«, schimpft sie.

»Ja, o. k., egal, lassen wir das, du hast recht.«

Warum fällt uns das denn bloß so schwer? Es ist nicht lange her, als wir über *alles* stundenlang reden konnten. Was ist denn passiert, dass das plötzlich gar nicht mehr geht?

»Warum hast du angerufen, Dani?«

Gute Frage. Ich wünschte, ich hätte eine gute Antwort. Eine passable würde mir eigentlich auch schon reichen, aber mir fällt überhaupt nichts ein, also weiche ich ins Blumenregister aus.

»Ich wollte deine Stimme hören.«

»Aha.« Pause. »Na dann.« Pause. »Gut, und wie läuft's so mit dem Buch?«

Ich entspanne mich etwas.

»Stagniert ein bisschen. Aber immerhin habe ich schon mit den Interviews angefangen. Mit einem Typen, der dich kennt.«

»Wer denn?«

»Luis Marzana.«

»Ah, ja. Ich war mit seinem Sohn befreundet.«

»Das sagte er.«

»Raucht er immer noch diese fetten Zigarren?«

»Ja. Ich glaube, meine Haare riechen immer noch danach.«

Ich merke (woran auch immer), dass sie lächelt.

»Dani.«

»Ja.«

»Du wirst in dem Buch doch nichts von … meiner Schwangerschaft schreiben?«

»Natürlich nicht. Quatsch.«

»Wart mal kurz«, sagt sie, und ich höre, wie sie sich schnäuzt. »Sorry.«

»Kein Problem.«

»Kann ich dir was sagen?«

Ich hasse es, wenn sie mir diese Frage stellt, ich meine, was soll ich darauf bitte antworten?

»Sicher.«

»Aber du darfst nicht sauer werden.«

»Jetzt bist du aber ein bisschen kindisch.«

»Versprich es.«

»Das kann ich nicht versprechen. Das solltest du wissen, du hast doch Psychologie studiert. Man kann nicht kontrollieren, wann man sauer wird. Ich kann es dir versprechen, aber dann doch sauer werden, weil du irgendetwas Schlimmes sagst, und dann wirst du auch sauer, weil ich das Versprechen gebrochen habe.«

»Na gut. Dann nicht.«

Pause.

»Wie, jetzt sagst du mir nicht, was du sagen wolltest?«

»Wenn du mir nicht versprichst, dass du nicht sauer wirst, nein.«

»Mann, du bist so ... O. k. Gut. Ich verspreche es.«

»Ich habe darüber nachgedacht, was passiert ist.« Sie macht eine Pause. »Über das, was ich gelesen habe, in deinem Tagebuch.«

»Ja?«

»Und ich glaube, dass du ein Problem hast.« Pause. Also, wenn sie glaubt, dass ich dazu jetzt was sage, dann hat sie sich aber geschnitten. »Ich glaube, dass du ein Problem hast«, wiederholt sie, als würde es dadurch klarer.

»Ich weiß nicht, was du meinst.«

»Na, alles, was du so schreibst. Das ist doch nicht normal, das ist auch nicht gesund.«

»Ich hab die Bücher alle weggeschmissen«, sage ich plötzlich.

»Wirklich?«, fragt sie, und ich bilde mir ein, einen Funken Hoffnung herauszuhören.

»Ja.«

»Na, das freut mich. Ja, ich denke wirklich, dass du das bearbeiten musst. So kannst du nicht leben. Das ist ja, als wärest du schizophren.«

»Ich weiß nicht, wovon du sprichst.«

»Du bist liebevoll und nett zu den Leuten, und sehr lustig. Aber in deinen Tagebüchern steht genau das Gegenteil. So als wärest du voller Wut und ...« Sie braucht eine Weile, bis sie das richtige Wort gefunden hat. »Frust.«

»Willst du mich jetzt am Telefon durchanalysieren?«

»Du solltest das alles noch mal überdenken. Angefangen mit diesem Buch.«

»Was hat denn jetzt das Buch damit zu tun?«

»Das hat sehr viel damit zu tun, Dani, siehst du das denn nicht?«

»Dieses Buch wird monatelang meine Rechnungen begleichen.«

»Aber jetzt hör dir doch mal zu. Das bist doch nicht du.«

Ich setze mich im Sofa auf, langsam werde ich ein bisschen sauer. Für wen hält sie sich, so über mich zu urteilen?

»Es hat leider nicht jeder einen Millionärspapa«, sage ich.

»Du weißt genau, dass ich sein Geld nicht will.«

»Aber ich will es schon, o. k.?«

»Du arbeitest für die Bösen und merkst es nicht einmal.«

»Die Bösen?«, frage ich und haue eine hämische falsche Lache heraus, die nicht mal mich selbst überzeugt.

»Die Leute bezahlen dich, damit du all die Scheiße aus ihren Biografien herausradierst.«

»Das sind Firmengeschenke! Diese Bücher sind nicht mehr wert als ein Kalender oder ein … was weiß ich, ein Schlüsselanhänger!«

»Sie sind aber keine Schlüsselanhänger. Es sind Bücher, und Bücher bleiben, so wie die ganzen Lügen in ihnen drin.«

»Jetzt übertreib mal nicht.«

»Siehst du? Das machst du immer. Du machst dich über die Sachen lustig, um ihre Bedeutung herunterzuspielen. Aber manche Dinge haben nun mal wirklich Bedeutung, Dani.«

»Wie sind wir denn jetzt bloß darauf gekommen?«

»Dani, bitte schreib dieses Buch nicht.«

»Warum nicht?«

»Tu es für mich.«

Das haut mich um. Es ist ein tiefer Schlag, eine passiv-aggressive Technik wie aus dem Lehrbuch.

»Eva«, sage ich sehr langsam. »Ich werde dieses Buch schreiben. Ich lebe davon.«

Sie bleibt sehr lange stumm, und ich halte die Stille aus.

»Na gut«, sagt sie dann. »Wenn du meinst. Aber dann musst du eines machen.«

»Und zwar?«

»Du musst mit Amador sprechen.«

»Wer ist Amador?«
Sie antwortet nicht.
»Eva?«
Aber Eva hat natürlich schon aufgelegt.

Kapitel 36

Heute vor genau fünfundvierzig Jahren haben sich meine Eltern das Jawort gegeben. Als sie 1970 geheiratet haben, herrschte in diesem Land eine Diktatur, und es gab nur zwei Fernsehkanäle. Es war ein schlechtes Jahr in der Musik (die Beatles haben sich aufgelöst), aber ein gutes im Sport (Muhammad Alis Comeback). Die USA und die UDSSR waren noch mitten im Streit und zeigten es der Welt, indem sie Männer auf den Mond schossen. Es war das Jahr der Apollo 13, die auf halbem Wege zum Mond den Flug abbrechen musste wegen irgendeinem technischen Problem (ich hab zwar den Film gesehen, bin aber bei der Hälfte eingeschlafen).

Fast jeder erwachsene Mensch weiß diese Dinge, aber wenige wissen, dass es im selben Jahr einen radioaktiven Vorfall in Madrid gab. Wenn ich das erwähne, und das tue ich manchmal, glauben die Leute, ich würde mir das ausdenken (»Was sagst du da? Davon hätte ich doch schon mal gehört!«), aber es ist leider wahr.

Das Franco-Regime hat sich ins Zeug gelegt, es zu vertuschen, und die Sache kam nicht ans Licht der Öffentlichkeit, bis die Demokratie einsetzte. Anscheinend, und das ist jetzt Wiki-Wissen, manipulierten ein paar Militärs radioaktive Flüssigkeiten und schütteten dabei versehentlich stolze sechzig Liter in einen Abwasserkanal. Das passierte an einem Freitag, und die Militärs machten dann erst mal in bester mediterraner Tradition Wochenende. Als sie sich am darauffolgenden Montag um die Sache kümmern wollten, wies der Río Manzanares bereits eine Radioaktivität auf, die zehntausendfach über dem erlaubten Wert lag (und ich bin ja kein Physiker, aber das klingt ziemlich abgefuckt).

Das alles wurde Mitte der Neunziger öffentlich gemacht, und kaum, dass mein Vater es erfährt, gibt er der Strahlung die Schuld an seiner Hochzeit. Die toxischen Gifte hätten seine Sinne benebelt und somit seine Urteilskraft geschmälert. Das ist sein Running Gag bei Festivitäten und Feierlichkeiten jedweder Couleur. Eigentlich ist es sogar sein einziger Scherz.

»Ich liebe meine Frau sehr, aber ohne die Radioaktivität wäre ich immer noch solo.«

Meine Eltern haben entschieden, dass die Fünfundvierzig eine kleine familiäre Zusammenkunft verdient. Nichts Großes, nur ein bisschen Schinken und Käse, ein paar Oliven und gefüllte Paprika zusammen mit ein paar meiner Onkel und Tanten und mir selbst, der augenscheinlichsten Konsequenz ihrer Ehe. Meine Cousine und ihr Mann, wie auch immer er nun heißt, haben sich entschuldigt, da ihr Sohn, wie auch immer er nun heißt, seit zwei Tagen am Spucken ist.

Meine Onkel, Onkel 1 und Onkel 2, lachen genauso begeistert wie immer über den alten Witz meines Vaters.

»Ha, ha, ha, du bist wirklich komisch, Daniel.«

»Die Radioaktivität, sagt er. Ha, ha, ha.«

Ich lächle höflich, und dann entschuldige ich mich:

»Ich geh mal Mama und den Tanten helfen«, die in der Küche sind und der machistischen Tradition ohne Klage Folge leisten.

»Deine Mutter erzählte uns gerade«, sagt Tante 1, »dass deine Freundin dich verlassen hat.«

Oh, danke, Mama, super, denke ich.

»Äh, ja«, sage ich. »Also, eigentlich haben wir uns einvernehmlich getrennt.«

»Besser jetzt als später mit Kindern im Haus«, sagt Tante 2. »Dann wird es wirklich kompliziert.«

»Ja, das kann ich mir vorstellen. Mama, soll ich was helfen?«

»Du kannst den Tisch decken«, sagt sie, und ich gehorche, weil das bedeutet, dass ich mich ins leere Esszimmer verkrümeln kann.

Während ich den Tisch decke, sehe ich meinen Vater im Bad verschwinden. Jetzt oder nie, denke ich, und bleibe beim Schinkenteller stehen. Ich höre die Spülung und den Wasserhahn, und als die Tür sich wieder öffnet, hole ich tief Luft, um mir Mut zu machen.

»Papa.«

Er fährt zusammen. »Sag mal! Ich hatte dich gar nicht gesehen, hast du mich erschrocken.«

»Hast du eine andere?«, frage ich geradeheraus, und die Wörter überschlagen sich fast, so schnell spreche ich.

Auf der Liste der Dinge, die ein Sohn seinen Vater niemals fragen sollte, rangiert diese Frage sicher in den Top Ten.

Mein Vater, der Mann, dessen Samen ich entsprungen bin, der mich gewickelt und gewiegt hat, der mir Balladen von Nino Bravo vorgesungen hat, als die ersten Zähne kamen, der Mann, der auf jeden Luxus verzichtete, damit ich welchen bekam, sieht mich jetzt mit undeutbarem Blick an. Mehrere Sekunden lang bewegt sich keiner von uns, bis mein Vater die linke Hand hebt und sich mit dem Zeigefinger den Haarkranz kratzt (eine Geste, die ich kenne, seit ich denken kann).

»Du hast mit deiner Mutter gesprochen«, sagt er, und ich nicke. »Aha. Und du, was denkst du?«

Ich zucke mit den Schultern.

»Ich habe ihr gesagt, dass sie spinnt.«

»Sprich nicht so mit deiner Mutter«, sagt er zärtlich. »Nein. Es gibt keine andere.«

Ich merke, dass ich einen Teller mit Käse in der Hand halte, was irgendwie die Epik des Moments zerstört. Ich unterdrücke den Impuls, mir ein Stück in den Mund zu stopfen, um die Anspannung zu lösen, und frage:

»Und was machst du dann immer morgens?«

»Deine Mutter hat dir alles erzählt.« Ich nicke. »Ich gehe spazieren. Ich gehe gerne allein spazieren, auch wenn deine Mutter das sehr seltsam findet. Es entspannt mich.«

»Mama macht sich Sorgen«, erkläre ich.

»Deine Mutter macht sich immer um irgendetwas Sorgen. Davon darf man sich nicht so beeindrucken lassen.« Er schaut auf einen Lichtschalter im Flur und poliert ihn ein wenig. Dann sieht er mich wieder an und fragt: »Wolltest du noch etwas?«

»Nein«, sage ich. »Das war alles.«

»Na, dann.«

»O. k.«

»Dann gehe ich zurück zu deinen Onkeln?«

»Ja, o. k.«

Und er geht den Flur hinunter. Ich merke, dass meine Beine zittern, also setze ich mich auf einen Stuhl, und jetzt stopfe ich mir doch ein Stück Käse in den Mund.

Als ich zu den Gästen zurückkehre, ruft Onkel 1 gerade: »Auf Daniel und Julia!« Er hebt schwungvoll sein Glas und verschüttet dabei die Hälfte des Weines. Onkel 2, die Tanten und meine Eltern tun es ihm gleich. Ich natürlich auch, wenn auch weniger enthusiastisch als der Rest. »Auf die nächsten fünfundvierzig Jahre!«

»Das klingt bedrohlich!«, sagt mein Vater, und alle brüllen, bis auf meine Mutter, die sich auf ein leichtes Lächeln beschränkt.

Egal, wie alt ich werde, auf diesen Familienfeiern fühle ich mich immer wie ein Außenseiter. Ich kann mich noch so sehr bemühen, ich finde keinen Anschluss zu diesen Leuten.

Meine seltsame Stimmung versuche ich im Wein zu ertränken. In meiner Familie trinken die Männer Wein und die Frauen Sekt. Ich weiß nicht, warum, aber das war schon immer so. Das hat zur Folge, dass die Frauen sich schneller betrinken und die Männer mehr.

Die Feier schleppt sich langsam durch den Nachmittag. Gegen sieben Uhr abends, nach zwei Stunden Sitzparty, habe ich fünf Gläser Wein getrunken und mehr Käse gegessen, als ein Erwachsener in einer ganzen Woche konsumieren sollte. Das Schlimmste ist, dass die Kohärenz der Erzählungen dem allgemeinen Alkoholkonsum zum Opfer gefallen ist; keine einzige findet mehr zu einem nachvollziehbaren Ende, es ist ein einziges Durcheinandergeplapper.

Gegen acht Uhr sagt Onkel 1, dass es Zeit ist zu gehen, weil er morgen zum Arzt muss. Das ist das Zeichen für den allgemeinen Aufbruch, und es folgt die zähe Verabschiedungszeremonie. Küsschen und Umarmungen, danke fürs Kommen, wir telefonieren am Mittwoch und verabreden dies und das, ruf mich an, wenn du die Ergebnisse hast, Grüße an diesen und jenen.

Als die Tür endlich hinter dem Besuch geschlossen wird, stehen meine Eltern und ich ratlos im Flur beisammen.

»Bleibst du noch zum Essen?«, fragt meine Mutter.

»Was für ein Essen? Ich hab doch schon einen halben Laib Käse gegessen.«

»Es sind ein paar gefüllte Pimientos übrig, soll ich sie dir in einer Tupperdose mitgeben?«

»O. k.«, sage ich.

Meine Mutter geht in die Küche und lässt mich mit meinem Vater allein. Was folgt, ist eine wahre Tortur. Ich nehme an, das ist normal, die Welt dürfte voll sein von Vätern und Söhnen, die sich in Wahrheit nichts zu sagen haben. Das wird sicher seit Anbeginn der Tage so gewesen sein, aber das macht diesen Moment nicht weniger hart.

»Du kennst doch Laika, den Hund?«

»Was?«

»Na, den Hund, den die Russen ins All geschossen haben.«

»Ah! Ja, klar.«

»Die ist kurz nach dem Start bei lebendigem Leibe verbrannt, aber die Russen haben es vertuscht.« Pause. Wir sehen uns an. »Wusstest du das?«

»Nein«, sage ich.

»Kurz nach dem Start« – er macht eine Startgeste mit der flachen Hand – »verbrannt, die Arme.«

Sobald meine Mutter zurück im Flur ist, schnappe ich mir die Tupperdose und mache mich auf den Weg. Ich bin noch keine zwei Meter von der Haustür entfernt, als mein Telefon vibriert. Eine SMS von meiner Mutter.

Hast du mit deinem Vater gesprochen?

Ich bleibe stehen, halte die Tupperdose mit einer Hand und tippe mit der anderen. Ich bin der Inbegriff des 21. Jahrhunderts.

Ja.

Ich grüble, was ich dem hinzufügen soll. Irgendetwas muss ich hinzufügen, so viel ist klar. Also schreibe ich:

Er hat gesagt, dass er gerne spazieren geht.

Dabei belasse ich es, bei diesem nichtssagenden Satz, und warte mit dem Telefon in der Hand eine Antwort ab. Aber meine Mutter antwortet nicht mehr. Ich warte noch ein bisschen, aber es kommt nichts, und ich bin froh. Bestens, denke ich, stecke das Telefon ein und atme erleichtert aus. Fertig, Mission erledigt. Ich werde meine Mutter nicht mehr von

Nutten sprechen hören und keine unangenehmen Gespräche mehr mit meinem Vater führen müssen (zumindest nicht so unangenehm wie das von heute).

Ich laufe zufrieden los, als sich mir plötzlich der Magen zusammenzieht. Ganz plötzlich, ohne Vorwarnung, fühle ich mich komplett mies. Wie kann ich nur so egoistisch sein? Meine Mutter leidet. Meine Mutter! Die Frau, die mich zur Welt gebracht hat, die meine Existenz erst ermöglicht hat.

Und jetzt braucht mich diese Frau zum ersten Mal in meinem Leben, und was mache ich? Der Sache aus dem Weg gehen. Mich wie ein Kind verhalten, das ihre Probleme nichts angehen. Aber das tun sie. Natürlich gehen sie mich etwas an.

Ich bleibe mitten auf der Straße stehen, hole das Telefon wieder raus und rufe meine Mutter an.

»Na, was hast du vergessen?«, fragt sie ohne Umschweife.

»Nichts«, sage ich. »Ich hab dich lieb, Mama.«

Meine Mutter bleibt still am anderen Ende der Leitung. Ich glaube, dass sie anfängt zu weinen, aber genau in diesem Moment fährt ein Laster an mir vorbei, und ich höre nichts mehr. Nur einen Satz:

»Danke, mein Schatz.« Und dann sind wir wieder still, bis sie sagt: »Ruf mich die Tage mal an.«

»Mach ich.«

»Tschüss, mein Herz.«

»Tschüss, Mama.«

Das war das ehrlichste Gespräch, das ich im Leben mit meiner Mutter geführt habe.

Kapitel 37

Du arbeitest für die Bösen. Das hatte Eva gesagt, und dann: Du musst mit Amador sprechen. Also gut. Ich habe eineinhalb Stunden damit verbracht, diesen Namen in meinen Unterlagen zu suchen. Nichts.

Also: Wer, zum Teufel, ist dieser Amador?

Ich könnte Eva eine Nachricht schreiben, aber den Triumph gönne ich ihr nicht. Das ist ja genau das, was sie erwartet; sie will sich wichtig fühlen, recht haben – und genau deshalb werde ich sie gar nichts fragen. Deshalb und weil ich fürchte, dass sie mir nicht antworten würde.

Dann kommt mir die Idee, Albert Portabella anzurufen, den PR-Mann von Monteis' Firma, aber der würde natürlich fragen, wo ich diesen Namen hergenommen habe, und was sollte ich dann sagen?

Ich nehme meinen Denkschläger zur Hand und fange einen Rundgang durch die Wohnung an. Was würden die großen Detektive an meiner Stelle tun? Was würde Sherlock Holmes tun (außer rauchen und sich zuballern) oder Philip Marlowe? Ich werfe einen Blick auf die Bücher, die ich im Regal stehen habe, *Der große Schlaf*, *Eine Studie in Scharlachrot*, *Der lange Abschied*, und lese aufs Geratewohl ein paar Absätze. Etwas wird schnell deutlich: Wer Antworten will, muss Fragen stellen. Aber wem?

Ich gehe meine Notizen durch, und mir kommt eine nützliche Erinnerung in den Sinn. Etwas, das Eva auf dem Weg zu der Fete im Goldenen Zeitalter gesagt hat. Wir kamen an einer Bar vorbei, und sie sagte, dass es das Stammlokal ihres Vaters gewesen sei und vielleicht immer noch ist.

Das ist nicht viel, aber immerhin etwas. Letztlich fangen doch alle großen Forschungen mit einem *und wenn* an. Und wenn ich da mal hingehe? Und wenn ich etwas Interessantes herausfinde? Und wenn ich über *die* Story stolpere?

Ich ziehe mein weißes Hemd an, das für die großen Auftritte, und einen Trenchcoat, den ich nie trage, weil ich Trenchcoats überhaupt nicht mag. Vernünftige Schuhe besitze ich nicht, also hoffe ich, dass die grauen Converse den nötigen detektivischen Touch haben, den die Situation erfordert.

Die Fahrt (Fahrrad) dauert eine gute halbe Stunde. Ich parke um die Ecke, weil ich nicht will, dass der Türsteherbulle sieht, dass ich nicht motorisiert bin. Ich glaube nicht, dass dies ein Ort ist, wo Umweltbewusstsein besonders geschätzt wird. Ich laufe also das letzte Stück, kämme mir mit den Fingern durch die Haare und stopfe das Hemd in die Jeans. Ich muss Erfolg ausstrahlen, keine leichte Übung für mich.

The Queen. So heißt das Lokal, und alles an ihm ist prahlerisch: der goldene Schriftzug in eleganter Typo, die schweren Vorhänge, die die Gäste vor indiskreten Blicken schützen, und der riesige Schrank vor der Tür. Der gleiche wie neulich. Er ist von oben bis unten in Schwarz gekleidet, elegant, aber bequem, idealer Anzug, um jemanden zu vermöbeln, ohne Stil einzubüßen.

»Guten Abend«, sage ich.

»Hallo«, antwortet er ohne Lächeln.

In der Bar ertönt eine trübsinnige Jazzmelodie, ganz, wie es sich für eine Detektivgeschichte gehört. Der Raum ist sehr groß und die Beleuchtung ausgeklügelt. Rote Sofas, Holzstühle und Kellner mit Fliege. Ich setze mich auf einen gepolsterten Barhocker, stütze die Unterarme auf dem Tresen auf, und ein Kellner fragt mich:

»Was darf ich dem Herrn servieren?«

Kohärenz ist alles, also sage ich:

»Einen Whisky.«

Diesmal werde ich ihn ohne Mucken runterkriegen. Erstaunlicherweise ist der Kellner von meiner Wahl kein bisschen überrascht.

»Dachten Sie an eine bestimmte Marke?«

Scheiße, jetzt hat er mich ertappt.

»Was haben Sie denn?«

Der Kellner rattert zehn Sorten herunter. Ich wähle eine, die weder sehr teuer noch sehr günstig klingt. Er serviert mir den Whisky wie im Film, mit dezenter Miene und einer Hand auf dem Rücken. Mit dem Glas in der Hand werfe ich einen diskreten Blick auf die übrigen Gäste.

Da sitzen drei Geschäftsmänner, deren Menge an Haarfestiger vermutlich das Mittelmeer verkleben könnte. An einem Tisch befummeln sich zwei Mittvierziger mit mittelmäßiger Diskretion. Vermutlich Arbeitskollegen. Weiter hinten ziehen zwei Krawatten und vier Stöckelschuhe lachend über jemanden her (ich höre »Clown«, »Meeting« und »Buchhaltung« heraus). Dann sind da noch zwei Freundinnen in meinem Alter und eine Riege unauffälliger sechzigjähriger Anzugträger. Keine Spur von Señor Monteis. Hat ja auch keiner behauptet, dass Detektivsein ein Kinderspiel ist.

Ich trinke langsam und konzentriert, so wie ich mir vorstelle, dass Clint Eastwood es in meiner Situation täte. Die Arme auf dem Tresen und den Blick melancholisch zwischen den Flaschen hinter der Bar verloren. Das Beste an Bars mit Stil ist, dass keiner auf die Idee kommt, einen zu nerven. Die Einsamkeit wird hier mit großer Natürlichkeit respektiert. Niemand spricht mich an, nicht einmal die Kellner, die effizient ihrer Arbeit nachgehen.

»Zahlen, bitte«, sage ich zu dem, der mich bedient hat.

»Das macht dann siebzehn Euro, Señor.«

Ich überspiele mein Entsetzen und zahle mit einem Schein und einem Lächeln. Ich gebe sogar einen Euro Trinkgeld, damit er sieht, dass ich nicht böse bin, obwohl der Preis so astronomisch außerhalb des Marktes liegt.

Mittlerweile habe ich kapiert, dass das Ganze eine bescheuerte Idee war. Es wäre wirklich ein allzu großer Zufall, wenn Monteis hier plötzlich auftauchen würde, nur, um mir die Ehre zu erweisen. Das Leben läuft nun mal anders ab als Filme oder Bücher, wo alles immer genau so passiert, wie es dem Autor passt. Der Protagonist betritt eines Tages ein Lokal und, voilà, trifft genau die Person, die er treffen muss, damit die Geschichte nicht an Fahrt verliert.

Die alten Griechen nannten das *deus ex machina*, also »Gott aus der Maschine«. Wenn ein klassischer Dramaturg nicht wusste, wie er sein Werk beenden sollte, wenn sein Held in solche Schwierigkeiten verstrickt war, dass er nicht wusste, wie er ihn wieder herausbekommen sollte, dann erschien auf der Bühne ein Gott auf einem Rollbrett und regelte das alles.

Ich überlege gerade, wie gut ich jetzt einen Zeus auf Rädern gebrauchen könnte, als sich hinter mir die Tür öffnet. Ich drehe mich instinktiv um und sehe Eduardo Monteis vor mir stehen. Einen Moment lang glaube ich, dass es da oben wirklich eine Gottheit gibt, vielleicht Zeus höchstselbst, der sich über meine Gedanken amüsiert und maliziös vor sich hin lacht.

Monteis sieht jedenfalls fast so aus wie auf den Fotos, nur etwas älter und vielleicht auch ein wenig imponierender. Man sieht es, dieser Mann versprüht Macht. Außerdem zieren ihn drei dichte weiße Haarbüschel, eines auf dem Kopf und zwei weitere genau über den Augen. Ich kenne mich mit Mode nicht aus, aber ich würde einen 17-Euro-Whisky darauf wetten, dass sein Anzug maßgeschneidert ist und sicher vom Feinsten. Er ist einer dieser Männer, deren Uhr und Schuhe auch nach einem Tag voller Termine und Empfänge noch strahlend glänzen.

Na super, da ist er ja, mein *deus ex machina*, und jetzt? Für die Situation habe ich nichts parat. Mich zu verkleiden war einfach, mich hier hinzusetzen und einen Whisky zu bestellen auch nicht kompliziert – aber einem millionenschweren Unternehmer Informationen zu entlocken ist schon etwas anderes.

Hallo, ich bin der Ex von Ihrer Tochter, die übrigens völlig verrückt ist. Und, sagen Sie mal, wer ist eigentlich Amador?

Monteis kommt zur Bar und lässt sich drei Hocker von mir entfernt nieder.

»Eduardo«, grüßt ihn der Kellner mit ergebenem Lächeln.

»Euch haben wir gestern aber richtig fertiggemacht.«

»Na ja«, sagt der Kellner. »Die Saison ist ja noch jung.«

»Wie man's nimmt. Ich nehme einen Macallan«, und er schlägt energisch mit der Hand auf den Tresen.

Der Kellner geht die Flasche holen, und Monteis lässt den Blick durch die Bar schweifen, so wie ich vor einer Weile. Als er bei mir angelangt ist, senke ich den Blick auf mein Glas und erwarte, dass er mich röntgt und für komplett uninteressant befindet. Aber das tut er nicht. Der Alte sitzt da, drei Barhocker weiter, und beobachtet mich. Was guckt der denn so? Vielleicht fragt er sich, warum sie einen wie mich überhaupt hier reingelassen haben, mit diesem billigen Trenchcoat und den durchgelatschten Turnschuhen. Vielleicht denkt er, dass diese Bar auch nicht mehr das ist, was sie mal war, dass hier schon jeder reingelassen wird und an *seiner* Bar *seine* Getränke süffelt.

»Verzeihung.«

Das sagt Monteis, und ich kann nicht glauben, dass er mich meint, obwohl es logisch ist, weil hier sonst keiner sitzt.

»Ja, bitte?«, frage ich übersteuert.

»Kennen wir uns?«

O. k., Dani, ganz ruhig. Jetzt bloß nicht panisch werden. Tief durchatmen, nicht rot werden, nicht stottern, nicht auffällig verhalten. Ich sage:

»Nein. Ich glaube nicht. Also, nein.«

Mist, das klang sehr verdächtig.

Monteis zieht die Augen zusammen, so als kämen die Erinnerungen leichter zu ihm, wenn er die Stirn krauszieht und eine Denkermiene aufsetzt. Genau da fällt mir ein, was Eva mir erzählt hat: dass ihr Vater mal einen Privatdetektiv angeheuert habe, um sie zu beschatten. Und dass sie nicht ausschließe, dass er das immer noch hin und wieder macht. Wir haben beide darüber gelacht, aber plötzlich finde ich es gar nicht mehr lustig.

Nicht, dass ich besonders paranoid wäre, aber während Monteis mich angestrengt nachdenkend ansieht, kommt mir sein Büro in den Sinn, das ich nicht kenne, mir aber ganz gut vorstellen kann. Dunkle Holzschränke, eine Designlampe und Blick auf die Gran Vía. Ein Schreibtisch aus kalifornischer Kiefer und darauf ein brauner Umschlag. Darin: mehrere pixelige Schwarz-Weiß-Fotos (Detektivfotos sind immer sehr pixelig), auf denen seine auf Abwege geratene Tochter mit einem armen Schlucker zu sehen ist, der mir verdammt ähnlich sieht.

Jetzt hab ich's!, wird er jeden Moment sagen. *Du bist der Penner, der mit meiner Tochter schläft!* Ich werde das abstreiten, aber er wird mir nicht glauben, und bevor ich weiß, wie mir geschieht, wird der Kellner mir eine Bourbonflasche über den Schädel ziehen. Ich glaube, dass derlei Szenen äußerst selten im wahren Leben geschehen, aber wenn man Detektivromane imitiert, sollte man auf alles vorbereitet sein.

Monteis kann mein Gesicht immer noch nicht mit seiner Erinnerung abgleichen und sieht mich so intensiv an, dass ich fürchte, von seinem Blick niedergestreckt zu werden. Mir fallen zwei Handlungsoptionen ein.

Option 1: Ich halte weiterhin mit dämlichem Gesichtsausdruck den Mund, bis er mich enttarnt oder von seiner eigenen Neuronenaktivität erschlagen wird.

Option 2: Ich ergreife Initiative, wie ein unerschrockener Detektiv, und stürze mich Hals über Kopf ins unbekannte Abenteuer.

Ich entscheide mich für die unvernünftigere Variante.

»Warten Sie mal«, sage ich und zeige mit dem Zeigefinger auf ihn, denn dazu ist er ja da. »Sind Sie nicht Eduardo Monteis?«

Er fährt in die Höhe. »Der bin ich.«

»Ich glaub es nicht«, lächle ich. »Ich bin« – ein Name, ein Name, ein Name – »Ángel. Ángel González.«

»Ein Macallan«, sagt der Kellner und stellt das Getränk vor ihm ab.

Mein Hirn nutzt die kurze Unterbrechung, um meine Möglichkeiten durchzuspielen. Und mir fällt ein:

»Ich bin mit Ihrer Tochter zur Schule gegangen.«

Die Atmosphäre lädt sich augenblicklich auf. Monteis sieht mich aus tief liegenden Augen an.

»Mit Eva?«

»Ja«, sage ich und lächle übertrieben, denn ein bisschen lügen geht nicht.

»An der Deutschen Schule?«

»Ja, an der Deutschen Schule«, wiederhole ich und bete, dass er mich jetzt nicht in der germanischen Sprache anspricht.

»Und du erinnerst dich an mich?«, fragt er mit einer gewissen und sicher berechtigten Skepsis.

»Aber sicher. Ich habe Sie damals ein paarmal gesehen. Außerdem sieht sie Ihnen so ähnlich …«

»Ángel González?«

»Richtig.« Und jetzt Angriff. »Wie geht es Eva? Ich habe sie ewig nicht gesehen.«

»Gut«, sagt er, aber er guckt immer noch skeptisch. »Es geht ihr gut.«

Er nimmt einen Schluck, ohne mich aus den Augen zu lassen.

»Als ich sie das letzte Mal gesehen habe«, sage ich lächelnd, »hatte sie sich gerade einen Nasenring stechen lassen.«

»Ja.« Er räuspert sich. »Und Sie? Was machen Sie?«

»Ich bin Journalist.«

»Oh, das tut mir leid«, scherzt er.

»Ja, meinem Vater auch.«

Monteis lacht kurz auf, aber der Schatten des Zweifels hat seinen Blick nicht verlassen. Ich schätze, man kann auch kaum Millionär werden, wenn man jedem dahergelaufenen Typen gleich vertraut, der einen in einer Bar vollquatscht.

»Und, wart ihr gut befreundet, du und Eva?«

»Ja, ich denke schon.«

»Also, ich kann mich nicht an Sie erinnern, es tut mir leid. Eva hatte so viele Freunde.«

»Ja, das stimmt«, sage ich, um irgendetwas zu sagen.

»Auf Wiederbegegnungen«, sagt Monteis und hebt sein Glas minimal.

»Und auf Eva«, ergänze ich und hebe das meine.

Und dann trinken wir, ich mit Blick auf meine Nase und er mit Blick auf mich.

»Ist Eva noch in Madrid?«, frage ich.

»Ja«, sagt er. »Sie … ist im Bildungswesen.«

»Im Bildungswesen!«

»Sie arbeitet in einem Kindergarten«, sagt er sehr ernsthaft.

»Ah, sie hatte immer schon ein Händchen für Kinder.«

Monteis nickt und guckt auf seine glänzende Armbanduhr. Die Geste ist unmissverständlich, gleich wird er sagen: *Gut, dann …* – genauso, mit Punkt, Punkt, Punkt, und hinzufügen, dass es eine Freude war, mit mir zu plaudern, aber dass er jetzt an einen Tisch geht und dort auf seine Millionärsfreunde wartet. Jetzt oder nie, so viel ist sicher, entweder, ich riskiere es, oder diese alberne Maskerade hat mir gar nichts genützt und ich stehe mit leeren Händen da.

»Gut, dann …«, sagt er, und ich unterbreche ihn, bevor er fortfahren kann.

»Sagen Sie mal, was ist eigentlich aus Amador geworden?«

Wissen Sie, wie Katzen auf einen Schreck reagieren? Genau so reagiert Monteis. Er setzt sich sehr gerade hin, wachsam, und seine Finger krallen sich um sein Glas.

»Wie bitte?«, fragt er scharf.

»Ich fragte, was aus …«

»Was wissen Sie denn von Amador?«, unterbricht er mich.

Ich schlucke. »Nichts. Nur, was Eva mir erzählt hat.«

Monteis mustert mich noch einmal von oben bis unten. Er denkt, er analysiert, er atmet so laut, dass ich es bis hierhin hören kann. Dann steht er auf und geht zum Ende der Bar, wo die Kellner sich tummeln. Das sieht nicht gut aus. Sie wechseln ein paar Worte, Monteis zeigt auf mich, und alle Kellner sehen mich an. Das sieht gar nicht gut aus. Der Kellner, der mich bedient hat, bewegt den Mund und gestikuliert mit den Händen. Ich fange an, nervös zu werden.

»Ist etwas nicht in Ordnung?«, frage ich und stehe auf, um bereit zu sein, falls ich gezwungen sein sollte zu fliehen. Alles deutet darauf hin, dass es so kommen wird.

Ein Kellner geht in Richtung Eingangstür. Monteis kommt zu mir und fragt mich:

»Wer, zum Henker, bist du?«

Ich gebe meiner Tarnung eine letzte Chance.

»Was ist denn los?«, frage ich mit gespielter Bestürzung. »Ich sagte Ihnen doch, ich bin …«

»Hör auf, mich zu verarschen, du Witzfigur.«

Witzfigur. So hat mich noch niemand genannt.

»Aber ich …« Ach, scheiß drauf. »Hören Sie, wer ist Amador? Warum sind Sie so nervös geworden?«

Der Kellner kommt zurück in die Bar, in Begleitung des Türstehers. Ich frage mich, wie Philip Marlowe diese Situation bewerkstelligen würde.

»Kommen Sie bitte mit«, sagt der Gorilla zu mir.

Alle Gäste sehen mich an; einer, der offenbar betrunken ist, applaudiert und ruft: »Mach ihn fertig!«

Sehr charmant.

»Señor Mont…« – weiter komme ich nicht. Der Türsteher packt mich am Arm und dreht ihn mir auf den Rücken. Himmel, das tut weh.

»Lass mich los, du Tier!«

Aber er lässt mich nicht los. Stattdessen schubst er mich in Richtung Tür.

»Ich bin Pazifist!«, schreie ich. »Ich bin Pazifist!«

Und dann wird alles etwas unübersichtlich. Die Adrenalindosis ist so hoch, dass mein Zeitgefühl verschwimmt. Panik pur. Ich zapple, ich will mich losreißen, aber der Schrank dreht meinen Arm nur noch mehr, und ich schreie auf vor Schmerz.

»Mach ihn fertig!«, ruft der Psychopath erneut.

Der Türsteher benutzt meinen Kopf als Türöffner und wirft mich auf den Bürgersteig. Komplett triebgesteuert springe ich auf die Füße, stelle mich vor den Gorilla und rufe:

»Du Scheißtier!«

Dumme Idee. Das Scheißtier platziert eine saubere Rechte in meinem Gesicht. Ohne Vorwarnung. Ich sehe sie noch kommen, aber aus irgendeinem Grund kann ich nicht reagieren. Als würde mich diese Faust, die da auf mich zukommt, gar nichts angehen. Als könnte mir das gar nicht passieren. Und kurz bevor seine Knöchel mich berühren, beuge ich mich stoisch der Realität, schließe die Augen und denke: *Gut, hier kommt also der erste Faustschlag meines Lebens.*

Ich weiß ja nicht, ob Sie schon mal einen Faustschlag ins Gesicht bekommen haben, aber am Anfang tut es gar nicht weh. Das Einzige, was man merkt, ist ein Peitschenhieb im Genick. Dann wird alles rosa und grün und kurz danach gelb. Und da fängt es an wehzutun. Mir wird ein bisschen schummrig, aber erstaunlicherweise kippe ich nicht um.

»Und jetzt verpiss dich, wenn du nicht noch eine willst«, sagt der Türsteher, und ich gebe zu, dass mir keine angemessene Antwort einfällt.

Ich torkele wie ein angeschossener Hampelmann die Straße hinunter, mit schlackernden Gliedmaßen und zertrümmertem Stolz. Scheißtier. Das Detektivwesen kann ich als Berufsfeld wohl ausschließen. Die Straße sieht aus, als hätte sie Van Gogh gemalt – keine Konturen und tausend Farben –, was mich zwingt, mich sehr langsam an den Hauswänden entlangzutasten.

Natürlich kann ich in dem Zustand nicht aufs Fahrrad steigen. Ich überprüfe meine Bargeldbestände, siebzehn Euro, genug für ein Taxi. Es dauert zehn Minuten, bis eins anhält, und während dieser zehn Minuten steigert sich der Schmerz langsam, aber unerbittlich.

»Was ist Ihnen denn passiert?«, fragt mich der Taxifahrer, ein von oben bis unten tätowierter Glatzkopf.

»Jemand hat mich geschlagen«, sage ich.

»Haben Sie es ihm zurückgegeben?«

»Nein.«

»Ah, schlechte Wahl.«

Und dann sagt er gar nichts mehr während der gesamten Fahrt, wofür ich ihm außerordentlich dankbar bin. Wenn der Himmel existiert, dann ist dort bestimmt ein Fleckchen für taktvolle Taxifahrer reserviert. Ich sitze so still, wie ich kann, und hoffe, dass ich den Schmerz dadurch auf ein Mindestmaß reduziere. Das funktioniert aber leider nicht, mein Auge beklagt sich bei jeder Kurve, jedem Bremsen, jedem Beschleunigen. Eigentlich bei jedem Wimpernschlag.

Scheißtier.

Eines ist jetzt allerdings klar: Besagter Amador ist offenbar wichtig. Ob diese bescheidene Entdeckung den immensen Schmerz aufwiegen kann, steht auf einem anderen Blatt.

Zu Hause angekommen, gehe ich direkt ins Bad. Mein Auge sieht furchtbar aus. Komplett zugeschwollen und ganz lila. Was mache ich denn jetzt? Ins Krankenhaus fahren? Meine Mutter anrufen? Was macht ein Erwachsener in so einer Situation?

Ich google »blaues Auge«. Der oberste Treffer ist ein Artikel mit dem nüchternen Titel *Was tun bei einem blauen Auge?* Klingt gut. Ich klicke drauf und komme zu einem Forum voller Leute, die ernste Probleme mit der Grammatik haben. Es gibt kein Quorum, aber die Mehrheit empfiehlt, das Hämatom mit einer nachgebenden Masse zu kühlen. Einem Filet, zum Beispiel. Ich muss nicht in den Kühlschrank gucken um zu wissen, dass ich kein Filet dahabe. Trotzdem gucke ich rein. Im Tiefkühlfach sind nur zwei Schokoladeneis, die da bestimmt schon seit vier Jahren liegen, und eine Packung Hähnchenflügel. Das wird es tun müssen. Ich nehme den größten Flügel aus der Packung, lege mich aufs Sofa und dann den Flügel aufs Auge. Ein Stoß durchfährt meinen Kopf, und genau in diesem Moment höre ich die Geräusche. Sie kommen aus der Wohnung über mir, kein Zweifel. Dumpfe, rhythmische Stöße, die immer schneller werden. Und ab und zu das Stöhnen einer Frau: *ah* und *uh* und *ja*. Klingt etwas theatralisch.

So liege ich ausgestreckt darnieder, mit einem Hähnchenflügel auf dem Auge, und lausche dem Orgasmus meines Nachbarn. Was könnte es Schöneres geben?

Kapitel 38

Der Tag der Heirat.

Heute werden sich meine beiden besten Freunde vor zweihundert und einem Gast auf einer hübschen Finca nördlich von Madrid ewige Liebe und Treue schwören. Der Ort ist Hugh-Grant-mäßig: ein riesiger Garten mit Festzelten, Bäumen und einem Steinbrunnen, Tische mit weißen Tischdecken und eine Band, die auf den ersten Blick noch nicht mal sehr dekadent erscheint. Es gibt sogar Enten, die nun nicht gerade die elegantesten Geschöpfe der Natur sind, aber doch irgendwie Charme haben. Alles ist ziemlich beeindruckend. Sollte ich eines Tages doch noch heiraten (überaus unwahrscheinlich), dann hätte ich nichts dagegen, es genauso zu machen.

Die Zeremonie beginnt um elf Uhr morgens, und ich steige um exakt 10:30 Uhr aus dem Taxi. Ich wollte nicht allzu früh sein, weil ich bekanntermaßen ohne Begleitung komme, und es gibt nichts Unangenehmeres, als alleine in einem herausgeputzten Garten zu warten.

Das Wort *strahlend* wurde geschaffen, um Sara an diesem Januarmorgen zu beschreiben. Die kalte Wintersonne strahlt auch, aber sie strahlt noch viel mehr, mit ihrem Lächeln, ihrem weißen Kleid und ihrem hochgesteckten Haar.

»Du siehst ja gut aus«, sagt sie zu mir. »Komm mal her.«

Sie zieht mich an der Krawatte zu sich herunter bis direkt vor ihr Gesicht und gibt mir einen Kuss auf den Mund.

»Ich ruinier dir noch dein Make-up«, lache ich.

»Ich hab noch mehr dabei«, sagt sie und streicht mir über das Haar. »Lass mal sehen«, ergänzt sie dann, hebt meine Sonnenbrille hoch und entblößt mein blaues Auge. »Ah, ist doch schon viel besser.«

»Ja, wie man's nimmt. Zumindest kann ich wieder dreidimensional sehen.«

»Hey, was machst du da mit meiner Frau!«

Germán legt einen Arm um mich und drückt mich an sich. Er trägt ein dunkelblaues Jackett, was zweifelsohne eine gute Nachricht für uns beide ist.

»Sie hat angefangen.«

»Sag mir, dass du die Ringe dabeihast.«

»Ja, ich habe die Ringe dabei, alles unter Kontrolle«, sage ich und überprüfe es zum tausendsten Mal an diesem Morgen. Da sind sie, in der Hosentasche.

Wir plaudern eine Weile, und dann entschuldigen Sara und Germán sich, weil sie noch zweihundert weitere Personen begrüßen müssen. Das ist doch echt übertrieben. Ich weiß noch nicht mal, ob ich hundert Leute kenne. Kenne ich zwanzig?

Ich durchstreife den Garten, vorbei an Frauen mit ausgeklügelten Frisuren, Männern im Anzug und Kindern in Erwachsenenklamotten, die die immer gestressteren Enten verfolgen. Ich verfolge einen Kellner mit einem Tablett. Ich habe nicht wirklich Durst, aber ich möchte etwas in den Händen halten. Ich habe ihn fast erreicht, als:

»Hallo.«

Verdammt.

»Loreto! Wie geht's? Ich habe dich gar nicht gesehen.«

»Sonst wärst du mir sicher auch nicht so nahe gekommen.«

Ich versuche, ihr zwei Küsschen auf die Wangen zu geben, und es klappt auch einigermaßen, obwohl ich nicht glaube, dass die Szene in die Annalen der besten Begrüßungen eingehen wird. Ich nähere mich ihrem Gesicht genau in dem Moment, als sie sich umdreht, sodass ein Kuss auf der Nase landet und der andere fast auf dem Ohr.

»Du siehst toll aus«, sage ich, was ein bisschen geschmeichelt ist. Sie trägt ein rosa Blümchenkleid, etwas zu rosa und etwas zu blumig für meinen Geschmack.

»Hm«, macht sie. »Warum trägst du eine Sonnenbrille? Bist du jetzt photophob?«

»Man hat mir eine reingehauen.«

»Ja, sicher.«

Ich hebe die Sonnenbrille etwas an, damit sie das Veilchen sehen kann. Der Anblick bringt sie aber nicht gerade aus dem Konzept.

»So, so«, sagt sie trocken.

»Du bist sauer.«

»Nein.«

»Doch, das bist du, es ist offensichtlich, und du hast auch allen Grund.«

Loreto sieht sich um, um sich zu vergewissern, dass keiner zuhört.

»Ich habe mich gedemütigt gefühlt.«

»Ja, ich weiß, es tut mir leid.«

»Du hast ja nicht einmal versucht, mich aufzuhalten.«

Leider hat sie damit recht.

»Und du hast auch nicht angerufen«, ergänzt sie. »Warum hast du mich nicht angerufen?«

Ich gucke auf den Rasen, da muss ich jetzt durch.

»Ich weiß nicht«, sage ich. »Ich bin in letzter Zeit etwas ...«

»Was?«

»Ach, egal.«

»Weißt du was?«, fragt sie mich. »Ich dachte, du wärst seltsam, aber in Wahrheit bist du einfach ein richtig blödes Arschloch.«

Und nach dieser kurzen, aber vernichtenden Beschreibung

meines Charakters dreht sie sich um und verschwindet in der Menge. Oh, das wird ein fabelhafter Tag.

Es ist ja so, dass manche Menschen an Gott glauben und andere nicht. Und dann gibt es noch solche wie mich, denen das Thema relativ egal ist. Wenn es wirklich ein omnipotentes Wesen gibt, das Zeit und Raum, Kühe und Kaninchen, Salat und Norwegen und dich und mich erschaffen kann, warum sollte es sich dafür interessieren, ob wir es anbeten oder nicht? Um ehrlich zu sein, scheint mir die Idee einer so egozentrischen Gottheit unhaltbar.

Sara glaubt an Gott, Germán nicht (vielleicht, weil er Zahnarzt ist). Diese Dichotomie hat veranlasst, dass ihre Eheschließung eine Art postmoderner Akt ist, weder kalt noch warm, unter der Leitung eines Priesters und eines Stadtrates, der ein Freund von Germán ist. Die Zeremonie wird im Garten abgehalten. Da es nur fünfzig Stühle für die engsten Familienmitglieder und Freunde gibt, bleibt der Rest der Gesellschaft einfach drum herum stehen, zum Teil mit Gläsern in der Hand. Alles sehr informell also.

Ich stelle mich hin, wo es mir gesagt wurde, und warte, dass man mich bittet, die Ringe rauszurücken. Das ist meine ganze Aufgabe, das würde sogar ein Bonobo schaffen. Aber aus irgendeinem Grund bin ich trotzdem total nervös. Meine Hände sind schwitzig, und ich kann nicht verhindern, etwas zu tänzeln, vor und zurück.

Der Priester eröffnet die Zeremonie mit erwartbaren Worten: dass Gott die Brautleute beobachtet, dass sie sich ehren und lieben sollen und am besten noch ein paar Christenkinder in die Welt setzen. Dann betont er, wie wichtig es ist, für die schwierigen Momente gewappnet zu sein, denn diese Momente sind es, so der Priester, in denen die Liebe auf die Probe gestellt wird.

Danach sagt der Stadtrat ungefähr das Gleiche mit anderen Worten und ohne Bezug auf ein allmächtiges Wesen. Er erzählt, dass er eingewilligt habe, diese Zeremonie zu leiten, weil Germán ein großartiger Kerl ist, einer der besten, die er kennt. Dann geht es auf den Höhepunkt zu. Die ersten zwei Reihen heulen geschlossen Rotz und Wasser. Bei mir kommt die Rührung nicht an, ich bin viel zu konzentriert auf meine Ring-Aufgabe. Ich fühle mich wie Frodo Beutlin.

Zwei Personen werden ans Rednerpult gerufen. Der Erste ist ein Kindheitsfreund von Germán. Ich habe ihn ein paarmal getroffen, ein netter, aber auch recht langweiliger Kerl. So einer, der schon mit zwanzig aussah wie sein eigener Vater. Das macht ihn natürlich zum idealen Redner für eine Hochzeit. Er erinnert die Schulzeit mit Germán, erzählt eine alberne Anekdote, die die Leute zum Lachen bringt, und wünscht dem Brautpaar zum Abschluss »alles Glück der Welt«. Applaus.

Die nächste Rede hält Saras Schwester, die auch Trauzeugin ist. Sie ist etwas über vierzig und biochemische Ingenieurin oder so ähnlich. Ich weiß das nicht so genau, weil sie seit zehn Jahren in Deutschland lebt. Die Arme hat im Genpool definitiv den Kürzeren gezogen: Sie ist viel zu dünn, hat Hasenzähne und läuft gebückt durchs Leben. Sie soll allerdings beruflich ein ziemlicher Crack sein. Manchmal hält sie Vorträge in den USA und solche Sachen. Scheinbar qualifiziert sie das jedoch noch nicht für eine souveräne Rede bei der Hochzeit der eigenen Schwester. Sie ist so nervös, dass sie keinen einzigen Satz zu Ende bringt. Man kann nichts verstehen, aber bei dieser Art Veranstaltung sind die Leute ja zum Glück milde gestimmt und applaudieren herzlich, als sie sich schließlich zu ihrem Stuhl zurückbegibt.

Anschließend übernimmt der Priester wieder das Ruder. Ich versuche zuzuhören, aber meine katholische Bildung hat mir einen seltsamen Pawlow'schen Effekt beschert: Immer, wenn ich »Korintherbrief« höre, schalte ich ab. Das kann ich gar nicht kontrollieren, es passiert ganz automatisiert, wie blinzeln oder atmen. Ich beobachte die Leute um mich herum, alle sind hoch konzentriert, und dann wende ich mich Sara zu. Wie sind wir bloß hier gelandet?, frage ich mich. Seit der Uni sind fünfzehn Jahre vergangen, fünfzehn Jahre, seit wir im Park gelegen und Lebenspläne geschmiedet haben. Und jetzt ist das hier unser Leben, wer hätte das gedacht.

»Dani.«

Germán guckt mich eindringlich an.

»Ja?«

»Die Ringe.«

»Ah ja, scheiße.«

Da schweifst du eine Sekunde ab und dann so was. Ich hole die Ringe schnell aus der Tasche, wobei die Schatulle mir aus der Hand gleitet, aber ich fange sie ninjamäßig wieder auf. Jemand im Publikum lacht, und ich würde ihm gerne die Meinung geigen. *Wenn dir das so leicht vorkommt, dann mach du es doch, du Arsch!* Aber das mache ich natürlich nicht. Ich reiche dem Brautpaar die Ringe und ziehe mich wieder zurück auf meinen Posten.

»Sara«, sagt Germán. »Nimm diesen Ring als Zeichen meiner Liebe und Treue.«

»Germán«, antwortet Sara. »Nimm diesen Ring als Zeichen meiner Liebe und Treue.«

Dann ergreift der Stadtrat das Wort.

»Kraft meines Amtes als Stadtrat erkläre ich euch zu Mann und Frau. Ihr dürft euch küssen.«

Sie küssen sich, und alle applaudieren frenetisch. Ich auch.

Ich sitze an Tisch 4. Zusammen mit Loreto und sechs weiteren Singles: Freunde und Cousins, die genauso irrelevant und einsam sind wie ich. Die Gespräche kann man sich schon vorstellen: Kommst du über die Braut oder über den Bräutigam? Was machst du beruflich? Wohnst du in Madrid? Ist es immer so schön hier im Januar? Was ist denn mit deinem Auge passiert? Ich bemühe mich, Interesse an ihren Geschichten zu zeigen, aber leider haben die alle so langweilige Leben wie ich selbst. Der Unterschied ist, dass mir das bewusst ist und ich so dezent bin, mein jämmerliches Leben für mich zu behalten.

Das schlimmste Gesprächsthema kommt mit der Vorspeise auf, als ein Typ mit Halbglatze, ein Cousin von Germán, auf die Idee kommt zu fragen:

»Habt ihr Haustiere?«

»Ich habe eine Katze«, sagt Loreto und sieht dabei mich an, als wäre ich die Katze, was bei den übrigen Anwesenden etwas Verwirrung stiftet.

»Wie schön!«, sagt eine Frau, die ich nicht einordnen kann. »Ich liebe Katzen!«

Und dann folgt eine halbstündige Unterhaltung über Katzen. Rassen, Fell, Tierärzte, Wunden und Ekzeme. Ein Albtraum. Loreto genießt es natürlich in vollen Zügen. Das weiß ich, weil sie mir von Zeit zu Zeit ein extrafieses Lächeln zuwirft und fröhlich mit den Wimpern klimpert, so als würde sie »fick dich ins Knie« im Morsecode sagen.

Kurz vor dem Nachtisch begibt sich das Brautpaar auf die traditionelle Wanderschaft von Tisch zu Tisch.

»Alles gut bei euch?«, fragt Sara.

»Alles prima!«, ruft Loreto.

»Alles bestens«, sagt die mir unbekannte Frau.

Ich sage nichts. Sara sieht mich prüfend an, ich lächle, sie lächelt zurück und geht einen Tisch weiter.

Was ist eine Hochzeit? Nun: betrunkene Erwachsene, aufgedrehte Kinder, viel zu laute, schlechte Musik. Dazu kommen stickige Luft, gestresste Kellner, Jugendliche, die ihre Hormonschübe nicht unter Kontrolle haben, ein lustloser Fotograf, heulende Menschen, eine Oma, die das Bewusstsein verliert, ein Depp, der nicht aufhört »küssen, küssen« zu schreien, und noch ein Depp, der meint, er könne gut singen.

Ich frage mich, was das mit Liebe zu tun hat. Neben mir sitzt eine verschwitzte und betrunkene Loreto, die über die Lymphknoten ihrer Katze referiert, während eine Kinderbande versucht, eine Ente zu ermorden, die ihnen nicht mal gehört.

»Hört mal alle her!«

Das ist Germán, der mit einer Gabel an ein Glas schlägt. Es dauert eine ganze Weile, bis zweihundert und ein Mensch still sind.

»Danke«, sagt er, als es endlich so weit ist. »Wie einige von euch wissen, ist einer unserer besten Freunde und gleichzeitig Trauzeuge unserer Hochzeit Schriftsteller.«

Äh, was soll das denn?

Loreto dreht sich zu mir um: »Was kommt denn jetzt?«

»Keine Ahnung«, sage ich und merke, wie mir das Blut in die Wangen schießt.

»Vor ein paar Wochen haben wir ihn gebeten, etwas Schönes anlässlich unserer Hochzeit zu schreiben.« Lieber Gott, ich glaube nicht an dich, und ich weiß, dass ich viel gesündigt habe, aber ich wäre dir sehr dankbar, wenn du mich jetzt bitte von einem Blitz erschlagen lassen könntest. »Wir wissen, dass er das nicht getan hat, weil er ein schrecklicher Chaot ist« – allseits lautes Lachen – »aber wir würden uns trotzdem sehr über ein paar Worte von dir freuen, Dani.«

Germán sieht mich an und provoziert damit, dass zweihundert weitere Personen das ebenfalls tun. Es gibt kein Entkommen. Ich nehme einen Schluck Wasser und stehe auf. Die Nachwelt sieht mich an, und ich könnte schwören, dass sie eine Fratze zieht.

»Das ist eine …«, beginne ich.

»Lauter!«, schreit der Depp, der denkt, er könne singen.

Ich räuspere mich und versuche, die Stimme zu heben.

»Ich sagte, dass das eine Falle ist.« Gelächter. »Es stimmt, dass die beiden mich gebeten haben, etwas zu schreiben, aber … Na ja, ich war in letzter Zeit ziemlich beschäftigt damit, mich von meiner Freundin zu trennen.« Noch mehr Gelächter. Okay, kein schlechter Start. »Was kann ich sagen über Sara und Germán? Sie sind zwei fabelhafte Menschen. Ich liebe sie sehr. Wir essen jede Woche zusammen, manchmal zweimal, obwohl so, wie die Dinge stehen … Ich meine die Lohnentwicklung. Wir gehen nicht immer aus zum Essen, wollte ich sagen. Wir sind ja schließlich keine Großverdiener.« Vereinzeltes Stirnrunzeln. Loreto bedeckt ihr Gesicht mit einer Hand. »Was ich meine, ist …«

Und da bleibe ich stecken und habe nicht die geringste Ahnung, was ich noch sagen kann. Nach ein paar Sekunden fangen einige Leute an zu tuscheln, andere warten mit offenen Mündern, was kommt. Nur eine Person lächelt ganz offen. Und das ist Sara.

Ach, scheiß drauf, denke ich.

»Ich habe Sara in der Uni kennengelernt.« Abrupte Stille. »Wir waren anderthalb Jahre lang ein Paar. Ich glaube, dass sie ziemlich glücklich war zu der Zeit. Ich war es zumindest. Je älter ich werde, desto mehr glaube ich sogar, dass es die besten Jahre meines Lebens waren. Aber dann ist sie mit einem anderen ins Bett gegangen, einem ganz komischen Typen, und das hat mich echt aus den Latschen gehauen. Es war streng genommen keine Untreue, denn wir hatten so einen Pakt, wisst ihr, jeder durfte schlafen, mit wem er wollte, aber das Problem war, dass ich nie mit irgendjemand anderem schlafen wollte. Ich war ja verliebt in Sara. Vielleicht war es keine wahre Liebe, aber es war schon ziemlich nah dran. Fastliebe. Und das Ding ist, dass ich seither Beziehungsschwierigkeiten habe. Ich habe nicht eine einzige längere Beziehung gehabt, noch nie. Immer endet es in einer Katastrophe, ich weiß gar nicht, warum. Das ist wirklich tragisch. Und nicht, dass ich Sara die Schuld daran geben würde, obwohl es klar ist, dass mir die Sache damals irgendein Trauma beschert hat. Na ja, also, was ich sagen will, ist, dass ich mich sehr für euch freue, ihr beiden. Ich hoffe, dass ihr sehr glücklich seid.«

Ich hebe mein Wasserglas, aber niemand tut es mir gleich. Zweihundert Personen starren mich komplett ausdruckslos an. Ich glaube, sie wissen nicht, wie sie reagieren sollen. Eventuell waren sie nicht auf eine so starke Dosis Aufrichtigkeit vorbereitet – die Leute ziehen in der Regel einen temperierten Zynismus der nackten Wahrheit vor. Und dann, als ich gerade im Erdboden versinken will, höre ich eine laute Stimme, die ruft:

»Prost!«

Es ist Sara, die mich mit erhobenem Glas anlächelt.

Eine Stunde später erfahre ich, dass Saras Eltern sich erkundigt haben, ob ich Medikamente bekäme, und ihrer Tochter dringend empfohlen haben, den Kontakt zu mir abzubrechen. Germán sagt, er habe sich höchstpersönlich bemüßigt gefühlt, ihnen zu erläutern, dass ich gerade durch eine schwierige Phase ginge, was quasi jegliches Verhalten rechtfertige.

»Aber hat es dir gefallen?«

»Na ja«, sagt Germán. »Ich denke, man muss dich kennen, um den Auftritt goutieren zu können.«

»Was soll das denn heißen?«

»Dass – na ja, du warst eben sehr authentisch, so wie du halt bist.«

»Und das ist schlecht?«

»Kommt drauf an.«

»Worauf?«

»Darauf, ob man Leute wie dich gut findet.«

Und wie es scheint, findet die Mehrheit der Gäste Leute wie mich nicht gut. Im Grunde habe ich mich in den Running Gag der Party verwandelt. Sogar der Stadtrat hat gefragt, wer ich denn sei und wie meine Krankheit heiße. Wenn ich ehrlich bin, ärgert mich die Situation ein bisschen. Was ist denn falsch daran, ab und zu mal Dinge zu sagen, die man auch so meint? Man verbringt doch das halbe Leben mit Lügen: den Chef lügt man an, die Ehefrau lügt man an, die Kinder, die Eltern, alle belügen alle, warum nicht einfach mal ehrlich sein bei einer besonderen Gelegenheit? Zum Beispiel deinen besten Freunden gegenüber. Zum Beispiel am Tag ihrer Hochzeit.

»Glückwunsch«, sagt Loreto zu mir. »Diese Hochzeit wird erinnert werden als das Fest, bei dem ein Verrückter gestand, mit der Braut geschlafen und ein Trauma davongetragen zu haben.«

»Du hast dir nur Details rausgepickt, das war nicht die Message. Hat das denn niemand verstanden?«

»Nein, Dani, niemand versteht dich. Alle sind Idioten außer dir.«

Ich muss ja nicht betonen, dass ihre Stimme vor Ironie nur so trieft. Ich bin kurz davor, etwas sehr Aufrichtiges zu antworten, als Loreto sich umdreht und weggeht, ohne mir auch nur die Chance auf eine Erwiderung zu geben. Ich stehe mitten im Garten, und die Leute glotzen mich an, als wäre ich eine Attraktion.

Vielleicht sollte ich lieber gehen. Ich überlege das ernsthaft, aber es wäre schrecklich, die falsche Entscheidung zu treffen und es ewig zu bereuen. Es ist immerhin die Hochzeit von Sara und Germán. Die einzigen Menschen, die mich zu verstehen scheinen, heiraten gerade, ich werde mir die Mühe machen müssen, jetzt nicht an mich zu denken.

Ich schnappe mir ein Glas Sekt und suche mir ein geschützteres Eckchen im Garten, wo ich mich neben einem Baum ins kalte Gras setze. Die Musik klingt nur schwach herüber, und nicht mal die Kinder kommen auf ihrer Entenjagd bis hierher. Ich nehme die Sonnenbrille ab, weil es hinter den Ohren schon wehtut, und genieße die letzten Sonnenstrahlen.

»Hey! Ich suche dich schon seit einer Stunde.«

Ich schrecke schreiend auf, so tief hatte ich geschlafen. Sara steht in ihrem Rollstuhl direkt vor mir.

»Oh. Ich war …« Meiner Zunge fällt es schwer, sich zu artikulieren. Ich räuspere mich. »Ich bin wohl ein bisschen eingenickt.«

Es ist dunkel geworden, es ist schweinekalt, und die Band spielt Liebeslieder.

»Wie lange sitzt du hier schon?«

»Äh, weiß nicht.« Ich gucke auf die Uhr. »Drei Stunden. Puh. Seit drei Stunden sitze ich hier.«

Als ich aufstehe und mich strecke, knacken ein paar Knochen. Wirbel, nehme ich an.

»Warum bist du nicht bei deinem Ehemann?«, frage ich.

»Ich habe drei Wochen an seiner Seite vor mir«, sagt sie in Hinblick auf die Flitterwochen (eine USA-Rundreise von New York bis Kalifornien). »Was wirst du bloß machen ohne uns, einen ganzen Monat lang?«

»Ich weiß nicht. Irgendwas wird mir schon einfallen.«

»Hauptsache, du verkriechst dich nicht zu Hause.«

»Hm«, mache ich, und es klingt ein bisschen bitter, sodass Sara sich freut, als ich anfüge: »Ich tue, was ich kann.«

Ich werfe einen Blick in den Garten und sehe, dass bestimmt schon die Hälfte der Gäste gegangen ist. Die übrigen geben das klassische postapokalyptische Party-Schlussbild. Ich entdecke Loreto, die alleine an einem Tisch sitzt, mit Zottelfrisur und glasigem Blick.

Ich sehe Sara an. »Darf ich dich was fragen?«

»Na sicher«, sagt sie.

»Bin ich ein Arschloch?«

Sara guckt mich stumm an. Dann sagt sie: »Natürlich nicht.«

»Du hast gezögert.«

»Nein.«

»Doch, du musstest darüber nachdenken.«

»Ich habe nicht darüber nachgedacht, ob du ein Arschloch bist«, sagt sie, als wäre das völlig selbstverständlich. »Ich habe überlegt, warum du mich das wohl fragst.«

»Ach so.«

»Es hat mich nicht gestört, was du in deiner Rede gesagt hast.«

»Ja, ich weiß.«

»Ich fand es schön.«

»Es sollte ja auch schön sein.«

»Das war es. Danke.«

Wir sehen uns stumm an, so wie nur zwei Menschen sich ansehen können, die sich sehr gut kennen.

»Hilfst du mir, mich ins Gras zu setzen?«

»Dann wird dein Kleid aber dreckig.«

»Das macht nichts. Ich habe nicht vor, es noch mal zu tragen.«

»Man soll niemals nie sagen.«

»Hilfst du mir nun oder nicht?«

Ich fasse sie unter den Armen und setze sie vorsichtig auf den Boden, an den Baumstamm gelehnt. Dann setze ich mich im Schneidersitz neben sie.

»So«, sagt sie, als wir uns beide zurechtgeruckelt haben. »Was ist los mit dir?«

»Nichts ist los.«

»O. k.«

Eine Ente kommt vorsichtig angewatschelt und betrachtet uns neugierig. Ihr struppiges Gefieder lässt darauf schließen, dass sie auch keinen allzu entspannten Tag hatte.

»Ich glaube, ich habe die Mittdreißigerkrise.«

»Das hatten wir doch schon, diese Krise gibt es gar nicht.«

»Was meine Krise noch erbärmlicher erscheinen lässt.«

»Hat dein blaues Auge etwas damit zu tun?«

Ich habe Sara erzählt, dass ein Türsteher mir eine reingehauen hat, aber mein kleines Detektiv-Abenteuer und die Begegnung mit Monteis habe ich ihr verschwiegen.

»Ja«, sage ich. »Ich schätze, schon. Wenn auch nicht direkt. Ich habe einfach das Gefühl, dass ich etwas verpasse, verstehst du? Als stünde ich in der langsamsten Supermarktschlange ever. Alle kommen dran, bezahlen ihren Kram und leben ihr Leben, nur ich stehe mit meinem Wägelchen in der Schlange, die sich keinen Zentimeter bewegt.«

»Das ist aber keine sehr ausgefeilte Metapher.«

»Ist mir gerade eingefallen.«

»Und ich verstehe nicht, wofür der Einkaufswagen steht.«

»Ich meine das ernst.«

»Ich weiß«, sagt Sara lächelnd. Wir gucken in die Dunkelheit des Gartens. »Vielleicht brauchst du ein bisschen Veränderung?«

»Ich hab mir doch schon ein Fahrrad gekauft.«

»Nein, ich meine etwas Radikaleres.«

»Aber ich hasse Fahrräder! Was bitte könnte radikaler sein?«

»Vielleicht musst du mal mit Menschen arbeiten. Den ganzen Tag alleine zu Hause zu sitzen, das kann doch nicht gut sein. Ich weiß, dass es nicht leicht ist, aber du könntest dir einen normalen Job suchen und in deiner Freizeit schreiben.«

»Das hat Eva auch schon gesagt.«

»Und damit wären wir beim Kern des Problems angelangt.«

»Eva ist nicht der Kern des Problems«, sage ich. »Sie ist vielleicht der Auslöser, aber nicht der Kern.«

»Wenn du meinst.«

»Ich sage dir doch, dass ich in einer Krise stecke. Krisen setzen sich aus einer Vielfalt von Dingen zusammen. Ich weiß nicht mal mehr, was ich von mir selbst halten soll.«

»Na gut«, sagt Sara. »Sieh es mal positiv.«

»Und wie, bitte schön?«

»Ich glaube, das ist der Reifeprozess. Du wirst erwachsen.«

»Meinst du? Also ehrlich, wenn das so ist, war ich glücklicher, als ich noch unreif war.«

»Ja«, sagt Sara. »Da bist du nicht der Einzige.«

Kapitel 39

Einmal, als ich in der fünften Klasse war, bekamen wir die Aufgabe, eine Woche lang ein Tagebuch zu schreiben. Die Idee war simpel: Wir sollten zwei oder drei Absätze darüber aufschreiben, was wir am Tag so erlebt hatten, sieben Tage in Folge, und den Bericht dann mit in die Klasse bringen, um es den Mitschülern vorzulesen. Ich weiß nicht, welches pädagogische Interesse hinter so einer Übung steckt. Wahrscheinlich wollte unsere Lehrerin sich einfach mal einen Tag lang einen Lenz machen, während wir Kinder uns gegenseitig aus unseren Tagebüchern vorlasen und auslachten. Das ist immerhin einfacher, als zehnjährigen Monstern zu erklären, warum ein gewisser Garcilaso de la Vega sie interessieren sollte.

Für mich erwies sich diese Hausaufgabe als traumatisch. Ich war nie besonders diszipliniert. Wahrscheinlich habe ich deshalb auch Journalismus studiert, nie als Journalist gearbeitet und mir eine Tätigkeit gesucht, die man nicht mal in einem Wort benennen kann. (»Ich schreibe Biografien, die Firmengeschenke sind« sind schon mal sechs Worte, und selbst dann fragt jeder noch nach, was mich zu einer noch ausführlicheren Antwort zwingt.) Meine mangelnde Disziplin hat mir jedoch nie größere Probleme bereitet, weil ich sie immer mit einer Fähigkeit wettmachen konnte, die ich *Die Strategie des letzten Augenblicks* nenne. Ich glaube seit jeher fest daran, dass die beste und einzig vernünftige Art zu leben ist, die lästigen Pflichten in den kleinstmöglichen Zeitraum zu quetschen. Und Achtung, das hat nichts mit Faulheit zu tun, da ich nur die wirklich lästigen Aufgaben aufschiebe, die kein normaler Mensch gerne erledigt.

Zum Beispiel: das Bad putzen. Den Computer aktualisieren. Eine Woche lang Tagebuch schreiben.

Ich habe das nicht einen Tag lang gemacht. Bis zum letzten. Da sah ich mich also plötzlich gezwungen, sieben Einträge auf einmal zu schreiben. Und ich hatte meine Bestimmung zu dem Zeitpunkt noch nicht gefunden; damals wartete ich noch darauf, von einer radioaktiven Spinne gebissen zu werden, um Banküberfälle vereiteln zu können.

Ich kann mich nicht erinnern, ob ich Angst hatte. Wahrscheinlicher ist, dass ich dem Ganzen überhaupt keine Bedeutung beimaß. Ich schrieb einfach ein Quatschtagebuch, und zwar ziemlich quatschig. Am Montag wurde ich von Aliens entführt, die einen von ihnen gegen mich austauschten, am Dienstag war es nicht ich, der zur Schule ging, sondern der Alien, am Mittwoch wurde ich freigelassen und ging wieder zur Schule (verriet aber nichts von meiner Entführung), am Donnerstag wurde ich Mitglied einer kriminellen Bande, am Freitag lernte ich schießen, am Samstag veranstalteten wir ein wildes Gemetzel auf feindlichem Gebiet, und am Sonntag ging ich mit meinen Eltern ins Kino. Der Eintrag von Sonntag war weniger spektakulär als die anderen und der einzige wahre.

Irgendwie kamen meine Klassenkameraden dahinter, dass ich mir das meiste ausgedacht hatte, und verfielen in lautes Gebrüll, noch bevor ich beim Gemetzel vom Samstag angekommen war. Meine Lehrerin war weniger entschieden, wie sie darauf reagieren sollte. Handelte es sich hier um ein kreatives, wenn auch wenig diszipliniertes Kind, oder um einen potenziellen Psychopathen? Anfang der Neunzigerjahre war die Theorie der multiplen Intelligenzen noch nicht bis in den Bildungssektor vorgedrungen, zumindest nicht in meinem

Viertel, sodass meine Klassenlehrerin sich entschloss, mich zum Direktor zu schicken: Pater Tadeo. An jenem Tag lernte ich, dass kriminelle Vereinigungen gotteslästerlich sind, weshalb Pater Tadeo meine Mutter anrief. Ich wurde nicht bestraft, weder von der Schule noch von meinen Eltern, aber mir wurde sehr nahegelegt, meine schulischen Aufsätze striktem Hyperrealismus zu unterwerfen. Dem leistete ich Folge, ohne jedoch *Die Strategie des letzten Augenblicks* aufzugeben, die auch im Erwachsenenalter noch bestens funktioniert.

All das kommt mir in den Sinn, weil ich gerade einen Blick in den Kalender geworfen habe und feststellen musste, dass die Monteis-Biografie in neun Tagen fällig ist. Jetzt fragen Sie mich nicht, was ich die letzten Monate gemacht habe. Ernsthaft angefangen habe ich jedenfalls noch nicht. Ich habe ein paar Notizen, die Interviews (allerdings noch nicht alle transkribiert) und tonnenweise Dokumentation, aber vom Buch selbst ist noch nicht eine Seite geschrieben. Jetzt nicht panisch werden. Ich suche mein ganzes Material zusammen, ordne es auf dem Schreibtisch (äußere Ordnung spiegelt innere Ordnung!) und verbringe die nächsten vier Stunden mit fieberhaftem Tippen, copy and paste von hier nach da, Einfügen von Interviewpassagen und Schreiben von Allgemeinplätzen. Alles fließt ohne Zwischenfälle, bis ich über eine Reportage von 1993 stolpere, die mich stutzen lässt: »Radiografie eines Selfmade-Man«.

> Der Wohnkomplex *Morgenröte* – so heißt es im zweiten Absatz – war sein erster Erfolg, mit dem er die Tore für seine späteren Großprojekte öffnete.

Ich wäre nicht darüber gestolpert, wenn es mir nicht seltsam erschiene, dass das Projekt in keinem weiteren Dokument erwähnt wird. Ich gebe bei Google »Wohnkomplex *Morgenröte*« ein. Hunderte von Einträgen, aber nichts, was für mich relevant wäre. Fotos, Wohnungsangebote, eine Facebook-Gruppe. Ich gucke mir ein paar Bilder an. Eine Gated Community für Betuchte: Einfamilienhäuser, Bäume, Pool und Security. Viel Haarfestiger, Perlenketten und BMW-Jeeps. Sogar einen Tennisplatz haben sie.

»Sein erster Erfolg«, heißt es in dem Artikel. Aber ist es dann nicht seltsam, dass nur ein einziges Lokalmagazin darüber berichtet hat? Es taucht nicht einmal in Monteis' Biografie auf der Firmenwebsite auf. Auch nicht in seinem Wikipedia-Eintrag. Und doch weiß ich augenblicklich, wie bedeutsam dieses Projekt ist. Die Zeitschrift hat Eva mir gegeben, damals, als wir uns zum Interview getroffen haben und sie zum ersten Mal meine Gedanken las.

»Das ist alles, was ich beitragen kann«, hatte sie gesagt, als sie sie mir gab.

Laut Google Maps liegt der Komplex einundvierzig Autominuten nördlich von Madrid. Der Marlowe in mir denkt: »Warum nicht vorbeifahren und ein paar Fragen stellen?« Die rationale Seite hält das für Quatsch, obwohl ich schon seit vier Stunden vor dem Computer sitze und mir ein Ausflug mit dem Fahrrad sicher guttun würde.

Ich verhandle das über einem Ananassaft mit mir selbst. Mal sehen. Bin ich so paranoid, dass ich verdächtige Ungereimtheiten entdecke, wo nichts weiter als irrelevante Zufälle sind? Vielleicht. Könnte ich das Buch schreiben und dieses Projekt einfach ignorieren? Aber sicher. Kann ich mich selbst davon überzeugen, dass dieser Komplex nichts mit besagtem Amador zu tun hat? Eventuell. Ach, Unsinn. Auf gar keinen Fall. Ich nehme einen letzten Schluck gezuckerten Saft, und damit besiegelt der Marlowe in mir seinen Triumph.

Ich verlasse die Stadt in Richtung Barcelona und fahre bald auf immer verlasseneren Nebenstraßen. Nach sechzig Minuten tut mir jeder einzelne meiner Knochen weh. Nach neunzig will ich das Handtuch werfen, befinde aber, dass es jetzt keinen Sinn mehr macht, also lege ich stattdessen eine kleine Rast ein und fahre weiter.

Alle Viertelstunde verifiziere ich auf dem Handy, dass ich in die richtige Richtung fahre. Außerdem mache ich nebenbei eine introspektive Selbsthilfeübung. Ich sage mir Sachen wie »Na los, ein bisschen noch!«, »Du schaffst das!« und »Auf geht's!«. Jetzt verstehe ich, wie George Leigh Mallory sich gefühlt haben muss, als er den Mount Everest bestieg.

Zwei Stunden und zwanzig Minuten nachdem ich von zu Hause losgefahren bin, stehe ich vor einem eleganten Schild, das die Abzweigung zum Wohnkomplex *Morgenröte* anzeigt. Ich möchte schreien vor Freude, aber der Gedanke an den Rückweg versetzt mir einen Dämpfer.

Ich gelange auf eine Straße, die mit ihrer ultramodernen Beleuchtung und ihren zurechtgestutzten Bäumchen schon ein wenig nach Geld riecht, nicht zu vergleichen mit der Wildnis, die mich die letzten Kilometer umgab. Den gesuchten Komplex kann ich ein paar Kilometer vor mir bereits erkennen. Besser gesagt: Man kann die vier Meter hohe Mauer, die den Komplex umfasst, erkennen. Sie nennen es Community, aber es sieht aus wie eine Festung.

»Kann ich Ihnen helfen?«

Vor mir steht ein Mann, der einen Zahnstocher zwischen den Lippen hat und eine Harke in der Hand hält. Er ist vielleicht knapp unter siebzig, vielleicht auch schon drüber. Jedenfalls zu alt, um diese riesige Grünfläche zu harken. Sein Gesicht ist so runzelig und knorrig, als hätte er bereits mehrere Leben hinter sich.

»Nein«, sage ich und nutze die Unterbrechung, um die Beine auszustrecken und ein bisschen Luft zu holen. »Ich mache nur einen« – schnauf – »Ausflug.«

»Geht es Ihnen gut?«

»Ja«, schnaufe ich. »Nur ein bisschen«, schnauf, »müde.«

»Wie sind Sie hierhergekommen?«

»Na, mit dem Rad.«

»Aber dieser Weg führt nirgendwohin.«

Wir drehen uns beide zur Mauer um.

»Kann man denn nicht durch die Anlage fahren?«

»Haben Sie eine Einladung eines Anwohners?«

»Nein.«

»Dann wird man Sie nicht passieren lassen. Aber, warum wollen Sie da auch rein?«

»Reine Neugier«, sage ich mit einem Schulterzucken.

Der Alte glaubt mir kein Wort, was mich nicht wundert. Er schiebt den Zahnstocher flink ein paarmal im Mund hin und her.

»Wie Sie meinen«, sagt er schließlich.

Dann setzt er seinen Weg fort, ohne sich zu verabschieden. Ich steige wieder aufs Rad und fahre geradewegs auf diese Mauer zu, die immer feindlicher wirkt, je näher ich komme. Und dann kann ich den Eingang ausmachen, mit einem Pförtnerhäuschen und einer Schranke, die gerade hochgeht, um einen tiefschwarzen BMW rauszulassen. Eine Minute später ist das Auto auf meiner Höhe. Im Wageninneren wirft mir eine Frau, die einer Plastikpuppe ähnlicher sieht als einem menschlichen Wesen, hinter einer überproportional großen Sonnenbrille einen Blick zu.

»Guten Tag«, sage ich zu dem geschlossenen Fenster.

Das Auto hält nicht an, aber ich kann spüren, dass die Frau mich über den Rückspiegel weiter beobachtet und sich vermutlich fragt, was so ein abgerissener Kerl so weit weg von irgendwelchen Sozialbauten und so nah an ihrer Schmuckschatulle macht.

Die letzten Pedaltritte bringen mich einer Ohnmacht nahe. Ich merke, dass ich kurz vor dem Zusammenbruch stehe, und frage mich ernsthaft, wie ich hierhergekommen bin, warum ich mir das antue, ob das wohl eine Art unbewusster Selbstzerstümmelung ist.

Ein uniformierter und bewaffneter Typ kommt aus dem Pförtnerhäuschen und stellt sich mitten auf die Straße. Er hat ein Handy in der Hand, als hätte er gerade erst aufgelegt. Bestimmt hat das Wesen aus dem BMW ihn alarmiert. *Achtung! Ein lumpiger Kerl nähert sich unserem Klunkerkasten!*

»Guten«, schnauf, »Abend!«

»'n Abend.«

Ich halte einige Meter vor ihm an, um nicht als Bedrohung wahrgenommen zu werden, obwohl ich mir kaum vorstellen kann, dass ich in diesem Zustand überhaupt bedrohlich wirken kann. Ich steige ab, lasse das Fahrrad fallen, krümme mich mit auf die Knie gestützten Händen nach vorn und atme schwer vor mich hin.

»Geht es Ihnen gut?«

Ich bedeute ihm mit einer Geste, dass ich noch einen Moment Verschnaufpause brauche.

»Soll ich Ihnen ein Glas Wasser holen?«

Ich schüttele den Kopf, denn jetzt gerade haben meine Lungen andere Prioritäten. Es dauert ein paar Sekunden, bevor ich sagen kann:

»Danke, geht schon.«

Der Pförtner nickt steif.

»Wäre es vielleicht möglich …«, frage ich, »sich drinnen mal umzusehen?«

»Ich fürchte, nein. Es ist eine private Anlage.«

Der Typ ist echt freundlich, obwohl er seine Cowboyattitüde nicht ablegt. Ich wette, er könnte einen Revolver sekundenschnell ziehen und eine Bohnendose aus zwanzig Fuß Entfernung treffen.

»Gibt es niemanden, mit dem ich mich mal unterhalten könnte?«

»Was wollen Sie denn?«

»Ich bin Journalist.«

»Im Ernst?«, er sieht erst mich und dann mein Fahrrad prüfend an.

»Ja, im Ernst«, sage ich leicht eingeschnappt. »Ich schreibe eine Reportage und habe ein paar Fragen.«

»Vielleicht kann ich Ihnen ja helfen.«

»Wissen Sie, wer diese Anlage gebaut hat?«

»Nein, keine Ahnung. Ich dachte, das wäre eine andere Sorte Fragen.«

»Aha«, sage ich und bemerke jetzt erst, dass der Cowboy höchstens fünfundzwanzig sein kann. »Und gibt es niemanden, der mir diese Sorte Fragen beantworten könnte?«

»Auf der Homepage steht die Telefonnummer des Verwalters. Ich darf Ihnen die nicht geben.«

Na super. Und dafür habe ich gerade eine olympische Strecke zurückgelegt?

»Alles klar«, sage ich. »Danke.«

Die Tragik besteht jetzt in dem Umstand, dass ich zwei Stunden vierzig von zu Hause entfernt bin und vermutlich nur zehn Pedaltritte vom Tod. Ich beschließe, bis zur Hauptstraße zu schieben und dann weiterzusehen. Ich könnte das Fahrrad ins Gebüsch schmeißen und trampen. Das habe ich zwar noch nie gemacht, aber heute ist bestimmt ein guter Tag für …

»Jetzt, wo ich drüber nachdenke«, sagt der Pförtner in meinem Rücken. »Amador weiß das bestimmt.«

Ein Schauer läuft mir den Rücken hinunter, im Ernst. Sogar die Müdigkeit ist auf einen Schlag wie weggeblasen.

»Was haben Sie gesagt?«

»Hier wohnt jemand, der das bestimmt weiß. Er heißt Amador, aber den Nachnamen weiß ich nicht.«

»Und könnte ich also reingehen, um mit ihm zu sprechen?« Jetzt bettele ich schon fast.

»Dafür müssen Sie gar nicht reingehen. Sie gehen einfach hier an der Mauer entlang, und dann sehen Sie seinen Wohnwagen schon. Sagen Sie ihm, dass ich Sie geschickt habe, dann ist das kein Problem.«

Ein Haufen Fragen kommt mir in den Sinn, aber ich schiebe sie alle weg.

»Super«, sage ich nur. »Tausend Dank.«

Der Pförtner zeigt erneut die Richtung an, und ich marschiere los, einen staubigen Pfad entlang.

Fünf Minuten später entdecke ich einen alten Wohnwagen, der ein paar Meter von der Mauer entfernt geparkt steht, fern von irgendeiner Straße und entsprechend geschützt vor neugierigen Blicken. Neben der Tür stehen ein kleiner Klapptisch und ein passender Plastikstuhl. Auf dem Tisch ein überquellender Aschenbecher, ein Kuli mit Bank-Logo und die Kreuzworträtselseite einer Zeitung. Das Rätsel ist beinahe komplett ausgefüllt.

»Hallo?«, rufe ich.

Keine Antwort.

Ich klopfe an die Tür. »Hallo?«

Den Türgriff fasse ich sicherheitshalber nicht an – auf ein zweites blaues Auge kann ich gut verzichten. Ich setze mich in den Stuhl und hole mein Handy raus, allerdings habe ich keinen Empfang, weshalb ich mich gezwungen sehe, die Langeweile ganz klassisch auszuhalten, indem ich umhergucke und irgendwelchen Kram denke. So hat man doch früher gewartet. So warten auch heute noch die alten Leute. Woran die wohl denken? Was die wohl im Kopf haben Stunde um Stunde ohne etwas zu lesen, ohne Katzenvideos oder Affenspiele?

Da ich mich auf dem Land befinde (es gibt Bäume und Felder, also kann man das wohl Land nennen), fange ich an zu pfeifen. Heraus kommt ein altes Volkslied, keine Ahnung, warum, und sofort stoppe ich beschämt. Zum Ausgleich pfeife ich *Raindrops keep falling on my head*, das mir für einen Typen meines Alters und Backgrounds passender erscheint.

Das Pfeifen beschäftigt mich ein paar Minuten lang, aber dann fangen die Lippen an wehzutun. Ich schiele auf das Kreuzworträtsel. *Ankunft* mit zehn Buchstaben, Anfang mit *Er*. Ich nehme den Stift und schreibe *Erscheinen*.

»Was machen Sie denn da?«

Ich erschrecke mich so doll, dass der Stift mir in weitem Bogen aus der Hand fliegt. Es ist der Alte mit dem knorrigen Gesicht und dem Zahnstocher, der aus unerklärlichen Gründen völlig lautlos neben mir aufgetaucht ist.

»Was Sie da machen.«

»Ich warte auf den Besitzer des Campingwagens.«

»Das ist kein Campingwagen, sondern ein Wohnwagen. Und das ist mein Kreuzworträtsel.«

»Dann sind Sie Amador?«

»Wer will das wissen?«

Ich stehe auf und strecke ihm die Hand entgegen.

»Daniel Durán.«

Er guckt auf meine Hand, macht aber keine Anstalten, sie zu schütteln, also ergänze ich:

»Ich bin ein Freund von Eva.«

Amador öffnet die Augen sehr weit und holt den Zahnstocher aus dem Mund.

»Ist ihr was passiert?«, fragt er panisch.

»Nein!«, sage ich schnell. »Nein, Eva geht es gut.«

»Ah«, sagt er und steckt den Zahnstocher wieder zwischen die Lippen. »Dann bist du wohl der Schriftsteller.«

Und jetzt bin ich natürlich verwirrt.

»Woher wissen Sie das?«

»Wir Gärtner wissen immer Bescheid«, sagt er, sammelt den Kugelschreiber vom Boden auf und legt ihn wieder auf den Tisch.

»Tatsächlich.«

»Rauchst du?«

Ich verneine. Er holt eine Zigarette aus der Hemdtasche

und steckt sie sich an. Dabei schaut er mir prüfend ins Gesicht.

»Eva hat mir gesagt, dass du vielleicht mal vorbeikommen würdest.«

»Sie hat mir einen Hinweis gegeben.«

»Die Zeitschrift, ja, ja, ich weiß.« Amador lächelt und sagt: »Kaffee wirst du doch wohl trinken?«

Ich folge ihm ins Innere des Wohnwagens, der so winzig ist wie jeder Wohnwagen, nur etwas bunter eingerichtet. Oberflächliche Inventur: zwei Pfannen, zwei Gläser, zwei Becher, eine alte Kaffeekanne, ein winziger tragbarer Fernseher, eine Heckenschere, ein Spaten, zwei Säcke Dünger, ein Fernglas und ein Tischchen für zwei schlanke Personen. Alles sehr ordentlich und sehr gebraucht.

»Mach es dir bequem.«

Ich lehne am Tisch, während Amador die Aluminiumkanne mit Wasser füllt.

»Es ist sehr lange her, dass ich darüber gesprochen habe«, sagt er. »Wenn ich zu sehr abschweife, musst du Alarm schlagen.«

»Dass Sie worüber gesprochen haben?«

Amador dreht sich mit der Kanne in der Hand zu mir um.

»Na, worüber wohl? Über Eduardo Monteis.«

Kapitel 40

»Vor vierzig Jahren lebte ich da drüben, ziemlich in der Mitte der heutigen Wohnanlage. Meine Frau und ich hatten ein kleines Haus. Wir hatten es selbst entworfen – nichts Aufregendes, aber es war unser ganzer Stolz.

Ich arbeitete auf dem Bau, also habe ich mit ein paar Freunden das Haus gebaut. Es war nicht das einzige, ein paar verstreute standen noch herum – kein wirkliches Dorf, aber doch fast. Wir kannten und mochten uns.

Eduardo und seine Frau Noelia wohnten sehr nah bei uns. Wir wurden bald Freunde. Eduardo arbeitete im Immobiliensektor, er war Makler. Und sehr ehrgeizig. Nicht, dass es schlecht wäre, Ehrgeiz zu haben. Jedem das seine. Ich selbst hatte nie große Ziele. Ich bin zufrieden mit einem Kreuzworträtsel und einer Zigarette.

Manchmal aßen wir zu viert zu Abend, bei uns oder bei ihnen, und dann tranken wir Männer noch ein Gläschen, und er erzählte mir von seinen Plänen. Denn er hatte große Pläne. Er dachte, wenn seine inkompetenten Chefs so großes Geld machen konnten, dann konnte er das schon lange. Er hielt sich für schlauer als sie, und offenbar war er das auch.

Aurora, meine Frau, mochte Noelia sehr. An ihrer Schwangerschaft nahmen wir viel Anteil, die war nicht einfach. Es gab Komplikationen, und sie hätte das Baby fast verloren. Aber zum Glück ging alles gut. Und dann kam Eva.

Wir selbst konnten keine Kinder bekommen, also haben

wir sie quasi adoptiert. Wir sahen sie jeden Tag, oder fast jeden, und wir kümmerten uns um sie, als Noelia krank wurde. Sie hatte Krebs, das weißt du, oder? Kehlkopfkrebs, sehr aggressiv. Sie lebte mit der Diagnose nur noch sieben Monate. Eva war damals vier Jahre alt. Es war furchtbar für sie. Furchtbar.

Eduardo ist danach nicht wieder auf die Beine gekommen. Manche fangen an zu trinken, er stürzte sich in die Arbeit. Er lebte quasi im Büro. Er investierte all sein Geld in ein Grundstück und verkaufte es für das Doppelte. Dann kaufte er ein anderes und verkaufte es für das Fünffache. Er verdiente sehr, sehr viel Geld in sehr kurzer Zeit. Und er wollte, dass man es sah: neues Auto, neue Kleidung, alles neu.

Wir besuchten einander immer weniger. Aurora fühlte sich nicht mehr wohl mit ihm, und ich konnte das verstehen. Er sprach nur noch über Geld. Wenn wir nach seiner Tochter fragten, die wir gar nicht mehr zu Gesicht bekamen, sagte er nur: gut, gut, der geht's gut, und fing gleich wieder von seinem vielen Geld an. Er stellte ein Kindermädchen als Mutterersatz ein. Das hat Eva ihm nie verziehen.

Eines Tages rief er an und sagte, er würde nach Madrid ziehen und wolle sich verabschieden. Er kam mit Eva zusammen vorbei, aber nicht um sich zu verabschieden. Er kam, um unser Haus zu kaufen. Ich konnte es nicht glauben.

›Aber Eduardo, was soll das? Wir verkaufen doch nicht unser Haus‹, sagte ich ihm.

Er meinte, das sei ein Superdeal für uns, wir sollten nicht dumm sein, wir könnten sehr viel Geld dafür bekommen. Aber darum ging es uns nicht. Wir waren glücklich dort und wollten nicht weg. Eduardo konnte das nicht verstehen.

Ich dachte, das wäre das Ende der Geschichte, aber so war es nicht. Einen Monat später rief er uns an, und wir trafen uns erneut. Dieses Mal bot er uns noch mehr Geld an als beim ersten Mal, sehr viel, und meine Frau wurde sehr böse. Und dann, genau ein Jahr nachdem Eduardo nach Madrid gezogen war, tauchte ein Typ von der Gemeinde auf, ein Beamter, der behauptete, unser Haus stünde illegal auf dem Grundstück. So ein Zufall, nicht wahr? Ich zeigte ihm alle Papiere, Baugenehmigung und so weiter, und sagte ihm, dass wir seit Jahren da lebten und Strom und Wasser zahlten. Wie bitte sollte das Haus illegal sein? Aber er blieb eisern und bestand darauf, dass das Haus abgerissen werden müsse.«

»Und was war mit den übrigen Nachbarn?«, frage ich. »Sie sagten doch, da hätten noch mehr Leute gewohnt.«

»Die hatte Eduardo inzwischen alle gekauft. Nur wir waren noch da.«

»Also war der Typ von der Gemeinde geschmiert?«

»Aber sicher! Geld regelt alles in diesem Land.«

»Und, haben Sie dann verkauft?«

»Nein. Wir haben nicht verkauft. Eine Woche nach dem Besuch des Beamten wurde bei meiner Frau Lymphknotenkrebs festgestellt. Der Scheißkrebs, schon wieder. In einem Jahr hat er sie dahingerafft. Ein schreckliches Jahr, das schlimmste meines Lebens. Und in all dieser Zeit musste ich noch die Anrufe und Besuche der Gemeinde ertragen. Es kamen Anwälte, um mir zu drohen. Sie sagten, dass ich alles verlieren würde, wenn ich nicht freiwillig ginge. Niemand erwähnte jemals Eduardo, aber ich wusste, dass er dahintersteckte. Eines Tages rief ich ihn an und sagte: ›Eduardo, Aurora liegt im Sterben. Bitte lass uns in Ruhe.‹«

»Und er?«

»Er hat sich dumm gestellt, aber die Gängelei hörte auf. Es kam keiner mehr, kein Anwalt und kein Beamter. Bis zur Beerdigung hörte ich nichts mehr von Eduardo. Er kam mit Eva. Gott, was hat die Kleine geweint! Sie hatte ihre Mutter verloren und jetzt auch noch Aurora.« Er zündet sich mit dem Stummel seiner Zigarette eine neue an und nimmt einen tiefen Zug. »Ich war am Ende. Einen Monat nach Auroras Tod standen die Beamten wieder auf der Matte. Ich hatte keine Kraft mehr, und nach und nach klopften sie mich weich. Sie gaben nicht nach, bis sie mich aus meinem eigenen Haus vertrieben hatten. Ich bekam noch Geld dafür, schon, aber viel weniger, als Eduardo mir angeboten hatte. Der Arsch rächte sich.

Später kaufte ich den Wohnwagen und stellte ihn neben meinem Haus ab. Als die Bauarbeiten für die Anlage begannen, vertrieben sie mich Stück für Stück, bis ich hier landete, wo ich heute noch stehe. Hier geht es mir gut. Niemand stört mich.«

»Seit fünfundzwanzig Jahren leben Sie hier?«

»Sechsundzwanzig. Mit der Baumpflege in der Anlage verdiene ich mir etwas dazu. Die Anwohner zahlen das. Aus Mitleid, das weiß ich, ist mir aber egal.«

»Kennen die Ihre Geschichte?«

»Nein, glaube nicht. Ich bin einfach der Alte, der schon immer da war.«

Dann verstummt er. Ich sehe ihn an, und er guckt in seine Kaffeetasse.

»Warum haben Sie mir das alles erzählt?«, frage ich.

Amador trinkt einen Schluck Kaffee und sieht mich an.

»Eva hat mir erzählt, was für ein Buch du schreibst. Sie meinte, du hättest vor, nur Gutes zu berichten.«

»So einfach ist das nicht«, sage ich gekränkt. »Das ist ein Firmengeschenk und … kein richtiges Buch.«

»Ach so.«

Plötzlich ertönt ein Prasseln über unseren Köpfen, erst leicht, dann immer stärker.

»Dein Fahrrad wird nass«, sagt Amador mit einem Blick aus dem Fenster.

»Ach, egal. Ich werd es eh wegschmeißen.«

»Warum das denn?«

»Ich hasse Fahrräder.«

»Im Ernst?«

»Ja. Ich habe es in einem Moment der Verwirrung gekauft. Wollen Sie es haben?«

»Wenn du es mir hierlassen willst …«

»Sehr gerne. Ich tausche es gegen Ihre Geschichte und den Kaffee.«

Amador bedankt sich mit einem Nicken und einem Lächeln.

»Ich bringe dich zum Tor, da kann man dir ein Taxi rufen.«

Er öffnet einen Schrank voller Krimskrams und holt einen Regenschirm heraus.

»Sehen Sie Eva oft?«, frage ich.

Er lächelt. »Fast jede Woche. Die Bücher bringt sie mir immer mit. Bringt welche und nimmt die alten wieder mit, sie sorgt gut für mich. Und das Fernglas hat sie mir auch geschenkt.«

Das heißt, sie kam hierher, als sie mit mir zusammen war. Wenn sie sagte, dass sie beschäftigt sei, einen Nachmittag für sich brauche, dann war sie hier.

Kapitel 41

Es klingelt sechsmal, bevor der Anrufbeantworter anspringt.

»Eva, hi, ruf mich doch mal bitte zurück. Ich war bei Amador, vielleicht hat er es dir schon erzählt. Ich würde gerne mit dir über … Ach, ruf mich doch bitte einfach zurück.«

Das ist die dritte Nachricht, die ich ihr in drei Tagen hinterlasse, alle vierundzwanzig Stunden eine. Bisher scheint das nicht die effektivste Methode, aber ich gebe nicht auf. Mein Plan ist, weiter anzurufen und Nachrichten zu hinterlassen, bis sie endlich nachgibt und zurückruft. Nicht besonders einfallsreich, ich weiß.

Und alles nur, um ihr zu sagen: »Du hast gewonnen. Du hattest recht. Dein Vater ist ein riesiges Arschloch, einer von denen, die die Welt zu einem noch unangenehmeren Ort als nötig machen.«

Dann werden ihr, vor lauter Erleichterung, dass ich es endlich kapiert habe, die Tränen kommen, und ich werde ihr gestehen, dass ich jetzt ein neuer und weniger idiotischer Dani bin, und sie wird sich gezwungen sehen, mir zu verzeihen. Dann haben wir wilden, hemmungslosen Sex auf dem Sofa und einen simultanen Orgasmus (also, insgesamt zwei Orgasmen).

Leider scheint mir diese Aussicht mit jedem Tag, der verstreicht, weniger wahrscheinlich. Ich weiß, ich sollte sie vergessen und mein Leben leben. Aber das zu sagen ist viel leichter, als es zu tun. Ich stehe auf, dusche, trinke einen Kaffee und sage mir: O. k., ich werde dieses (Kraftausdruckspause, denn der neue Dani will weniger Schimpfwörter benutzen) Buch beenden, abgeben und diesen (Pause) Eduardo Monteis aus meinem Gedächtnis verbannen. Dann werde ich einen neuen Auftrag akquirieren und ein neues Buch über jemanden anfangen, der noch ein bisschen langweiliger ist als der Herr Monteis und der vor allem keine interessante, schöne und liebenswerte Tochter hat. Einige Jahre werden ins Land gehen, und eines Samstags werde ich der Versuchung nachgeben, mir so eine Dating-App aufs Telefon zu ziehen. Ich werde mich mit der Erstbesten treffen, die bereit ist, ein paar Drinks mit mir zu nehmen, wir gehen essen, schlafen miteinander, eines führt zum anderen, und schwupps habe ich zwei Kinder und teile mir eine Hypothek mit dieser Person, die mir nicht einmal besonders gut gefällt, aber die eben online war an besagtem Samstag. Ich werde das mein Leben lang ahnen, aber mir nicht einmal selbst eingestehen, bis ich siebzig bin und mein erster Enkel seinen Uniabschluss feiert. Und an dem Tag bevor wir zu der Feier aufbrechen, sehe ich in den Spiegel und erkenne, dass ich mein Leben verbockt habe. Ich lasse es Revue passieren, um zu verstehen, wann ich die falsche Weiche gestellt habe, aber dann begreife ich, dass es eigentlich keine Weichen gibt im Leben. Die Tragödien garen eher nach und nach, so wie ein Steak (weder die Naturwissenschaften noch die Philosophie sind der Frage beigekommen, wann ein Steak aufhört, roh zu sein, und anfängt, leicht durch zu sein). Also werde ich meinen schicksten Anzug anziehen und aus dem Fenster springen, nur um meinem arroganten Enkel die Abschlussfeier zu versauen.

Ich nehme das Telefon zur Hand und rufe Sara an, die beim vierten Klingeln abhebt.

»Dani«, flüstert sie erfreut.

»Hey«, sage ich und bin den Tränen nahe. Ganz schön lange her, dass jemand sich so darüber gefreut hat, meine Stimme zu hören.

»Ist alles in Ordnung?«, fragt sie leise.

»Ja«, sage ich. »Warum flüsterst du?«

»Es ist vier Uhr morgens.«

Oh. An die Zeitverschiebung hatte ich gar nicht gedacht.

»Scheiße«, sage ich. »Tut mir leid, das habe ich total vergessen – soll ich später wieder anrufen?«

»Nein, alles gut«, gähnt sie. »Ich wollte eh mit dir sprechen. Wie läuft alles so?«

»Gut.«

»Ist dir sehr langweilig?«

»Nein. Das Buch ist bald fertig. Gestern war ich auf Exkursion.«

»Auf Exkursion?«, fragt sie ungläubig.

»Ja. Ich habe mir das Fahrrad geschnappt und bin sehr weit gefahren. Fast drei Stunden.«

Kurze Stille. Dann:

»Dani, geht es dir gut?«

»Aber ja doch, sicher.«

»Wirklich?«

»Wie geht's Germán?«, frage ich, um das Thema zu wechseln. Zum Glück funktioniert es.

»Der liegt hier und schläft wie ein Stein. Nee, warte mal, er hat ein Auge geöffnet. Ich glaube, ich soll dich grüßen.«

»Geht es euch gut?«

»Ja, es ist wundervoll. Ich werde dich überhäufen mit Fotos. Hast du das eine gekriegt, dass ich dir per WhatsApp geschickt habe?«

»Ja.« Germán und sie auf der Kühlerhaube eines rosa Cadillacs mitten in der Wüste.

Sara gähnt erneut.

»Ich ruf dich später noch mal an, o. k.?«, sage ich.

»Wie du meinst«, sagt sie. *Das wäre nett*, übersetze ich im Geiste.

»O. k.«

»Dani.«

»Jep.«

»Hast du eigentlich wegen was Bestimmtem angerufen?«

»Nein«, sage ich, was halbwegs wahr ist. »Ich war nur ein bisschen einsam«, schiebe ich dann nach, in einem unerwarteten und sicherlich etwas bedauernswerten Anfall von Ehrlichkeit. Kein Körnchen Ironie, kein Funken Stolz.

Sara überfordert so viel strukturierte Emotion offenbar auch komplett. Sie ist das nicht gewöhnt von mir, ich kann es ihr nicht übel nehmen.

»Ich vermisse dich auch, Dani«, sagt sie dann zärtlich. Ich frage mich, ob Germán bewusst ist, was er für ein Glück hat. »Ich rufe dich an, wenn ich aufgestanden bin, o. k.?«

»Ach, das musst du nicht.«

»Möchte ich aber.«

»O. k.«

»Hab dich lieb.«

»Bis später«, sage ich.

Als ich aufgelegt habe, merke ich, dass ich ebenfalls die ganze Zeit geflüstert habe. Bestimmt schockiert es mich deshalb so, dass es plötzlich wieder kurz nach zehn am Vormittag ist, draußen ein wildes Hupkonzert veranstaltet wird und mein Nachbar von unten die Lautstärke seines Fernsehers auf Anschlag gedreht hat. Nichts davon passt zu meiner Stimmung, aber, wie jeder weiß (außer den Irren und den Kindern), ist der Wirklichkeit unser Gemütszustand leider herzlich egal.

Ich mache mir noch einen Kaffee, setze mich an den PC, öffne ein Word-Dokument und fange an, diesmal wirklich, das (Pause) Buch zu schreiben.

Eduardo Monteis wurde am 21. 08. 1945 in Ferrol geboren.

So fängt es an, denn so fangen Menschenleben an. Mit der Geburt zu irgendeinem Zeitpunkt an irgendeinem Ort. Danach wird alles kompliziert.

Aber erstaunlicherweise habe ich heute so einen Tag, an dem die Wörter mir einfach von den Fingern fließen. Satz für Satz, Seite für Seite geht es voran, ohne innere Widerstände oder Zweifel an dem, was ich da tue. Eine Idee folgt auf die nächste, ich bin total im Flow.

Vor lauter Konzentration vergesse ich sogar zu essen. Ich trinke lediglich literweise Kaffee. Mir eine Suppe warm zu machen könnte diesen wertvollen Gedankenfluss schließlich stören. Um 16:07 Uhr klingelt das Telefon. Es ist Sara, aber ich gehe nicht ran. Als es aufhört zu klingeln, schalte ich das Telefon aus und tippe weiter bis exakt 20:47 Uhr. Ich mache einen Absatz, und als ich den nächsten beginnen will, merke ich, dass ich keine Ahnung habe, wie. Ich halte es noch fünf Minuten vor dem Bildschirm aus, dann gebe ich auf. Mehr kann ich nicht erwarten, es war ein verdammt produktiver Arbeitstag. Mir brennen die Augen, und der Nacken schmerzt, aber es hat sich gelohnt: Bestimmt ein Fünftel des Buches steht in einer ziemlich ordentlichen Rohfassung.

Bisher konnte ich die ganze moralische Scheiße meines Protagonisten hübsch hinter Metaphern, Ellipsen und dreisten Lügen verstecken. Die Wohnanlage *Morgenröte* wird nur ganz am Rande erwähnt. Natürlich keine Spur von Amador im Buch, und von Eva wird nur das Geburtsdatum erwähnt. Danach verschwindet sie.

Ich kann es nicht leugnen: Die (sprichwörtliche) Befriedigung aufgrund gut gemachter Arbeit ähnelt plötzlich der Scham. Aber wer schämt sich nicht hin und wieder für das, was er tut? Wer kann von sich behaupten, stolz zu sein auf alle Entscheidungen, die er in seinem Berufsleben getroffen hat? Ich meine, wir reden hier ja über Arbeit.

Zum Glück haben viele Millionen Jahre der Evolution

unser Hirn bereits auf diese Art moralischen Konflikt vorbereitet, sodass wir geneigt sind, uns immer auf das Positive zu konzentrieren. Zum Beispiel: dass dieser Mist meine Rechnungen bezahlt.

Ich schalte das Telefon wieder ein und sehe, dass Sara dreimal angerufen hat. Dann scrolle ich im Adressbuch zu P runter und bestelle bei der Pizzeria meines Vertrauens eine Vier-Jahreszeiten und ein Bier.

Zwanzig Minuten später steht ein schlaksiger Jugendlicher mit der Pizza vor meiner Tür.

»Macht sieben Euro fünfundneunzig«, krächzt er.

Ich gebe ihm zehn Euro und sage ihm, dass er den Rest behalten kann, und er bedankt sich so lahm, als hätte er sowieso schon zu viel Knete und würde nur Pizza ausfahren, weil ohne Ziel im Jaguar spazieren zu fahren ihm auf die Dauer zu langweilig ist. Am liebsten würde ich mein Trinkgeld zurückfordern.

Die Jugend ist wirklich eine Tragödie. Noch schlimmer als die Kindheit. Das Letzte, was ich wollte, wäre, noch mal von vorne anzufangen. Noch mal Windeln vollscheißen, Zähne kriegen, Lesen und Schreiben lernen, Pickel und Schamhaare kriegen, bescheuerte Hausaufgaben machen und dann die Hormonschleuder, noch mal die Welt als Feind betrachten und dich für den außergewöhnlichsten Menschen überhaupt halten. Nein danke! Wenn ich einen Wunsch frei hätte, würde ich sehr bescheiden um gute Unterhaltung bitten. So einfallslos sind meine Fantasien.

Ich schalte den Fernseher ein, damit es nicht zu deprimierend wird, alleine zu Hause eine Fertigpizza zu essen. So will es das 21. Jahrhundert: Pizza und Fernsehen gehören zusammen konsumiert. Schön, mal für eine Weile auf der Höhe meiner Zeit zu sein.

Kanal 1: Die Frau eines Fußballspielers (oder Exfrau, verstehe ich nicht ganz) wurde bei einem Event in dem gleichen Kleid gesichtet, das die Königin erst kürzlich bei irgendetwas trug, was offenbar ein Riesenskandal ist.
Kanal 2: Ein katalanischer Schriftsteller, der sich für wichtiger hält, als er wirklich ist, spricht in einem Bahnhof mit einem Mann. Er sagt, seine Charaktere werden »aus seinem Fleisch« geboren.
Kanal 3: Ein ziemlich lustiger Typ interviewt eine Schauspielerin. Sie erzählt von einem Regisseur, den ich nicht kenne, und nennt ihn viermal in einer Minute »Genie«. Nein, sogar fünfmal.
Kanal 4: Alfred Hitchcocks *Vertigo – Aus dem Reich der Toten*. Es gibt doch noch Hoffnung.

Ich rutsche mit dem Hintern in Richtung Sofakante und stopfe Pizza in mich hinein. Auf dem Bildschirm bespitzelt ein schüchterner Detektiv, fabelhaft gespielt von James Stewart, Kim Nowak in einem Museum. Er sieht ihr Gesicht nicht, nur den Rücken, den Nacken und das hellblonde Haar. Keine Ahnung, wie oft ich den Film schon gesehen habe. Stewart weiß es noch nicht, aber sein Leben wird sehr bald komplett aus den Fugen geraten wegen dieser Frau, die er nie wirklich kennenlernen wird.

Es heißt, Hitchcock sei ein Frauenfeind gewesen, aber seine weiblichen Charaktere sind alle wunderbar. Man kann den Blick nicht von ihnen nehmen, so wie James Stewart in diesem Film, und man durchdringt sie nie komplett. Wie ein Bild von Pollock oder Kandinsky. Ich glaube, so hat Hitchcock die Frauen gesehen, wie abstrakte Gemälde.

James Stewart: Finden Sie nicht, dass es Verschwendung ist, wenn wir beide …
Kim Nowak: Getrennt herumfahren?

James Stewart: Mhm.

Kim Nowak: Einer allein fährt manchmal ohne Ziel herum, zwei zusammen haben meistens ein Ziel.

Im Film leidet Kim Nowak an Melancholie (so nennt das ihr Ehemann, um sie nicht als verrückt zu bezeichnen), und ihr Mann engagiert den pensionierten Polizisten James Stewart, ihr durch die Straßen von San Francisco zu folgen. Und genau das tut er gerade, als mein Telefon klingelt. *Mama*, verrät das Display. Ich schlucke das Stück Pizza herunter, das ich im Mund habe, und sage:

»Hallo, Mama.«

Weinen am anderen Ende der Leitung.

»Mama?«

Sie antwortet nicht, sondern weint einfach nur weiter.

Mein Puls fährt in die Höhe. »Mama, was ist los?«

»Es ist dein Vater«, sagt sie, und mehr braucht es nicht, damit alle schlimmen Dinge der Welt sich vor meinem inneren Auge versammeln. Das Leben ist so scheiße, denke ich, so unvorhersehbar. Die schlimmsten Dinge erwischen dich in Boxershorts oder mit einem Stück Pizza im Mund.

»Was?«, sage ich, zu mehr bin ich gar nicht mehr fähig.

»Er ist ausgezogen«, sagt meine Mutter unter Tränen. Ich atme auf.

»Mensch, Mama, hast du mich erschreckt! Ich dachte, es wäre etwas passiert.«

»Dein Vater hat mich verlassen!«, schreit sie.

»Aber was sagst du denn da? Wie sollte er dich verlassen abends um zehn?«

Schon klar, dass dieser Satz komplett sinnentleert ist, aber genau so sehen meine Gedanken aus.

»Er hat das Haus vor drei Stunden verlassen und ist nicht wiedergekommen. Wir haben gestritten und … Kannst du bitte kommen?«

Meine Antwort ist kategorisch:

»Jein.«

»Ja oder nein?«

Ja, natürlich kann ich kommen, aber ich brauche zwanzig Minuten. Ich sage ihr, dass sie mich anrufen soll, falls mein Vater in der Zwischenzeit auftaucht.

»Ach«, sagt meine Mutter zum Abschied.

Ich lasse die halbe Pizza und den halben Film zurück. Der arme James Stewart, er weiß überhaupt nicht, was ihn erwartet. Ich ziehe irgendetwas an und gehe runter, um mir ein Taxi zu rufen. Toll finde ich das nicht gerade, in letzter Zeit gehen all meine Ersparnisse für Taxifahrten drauf – aber die Öffentlichen sind auch keine Lösung, wenn die eigene Mutter kurz vor dem Nervenzusammenbruch steht. Ich brauche achtzehn Minuten, bis sie mir in Schürze und mit vom Weinen geschwollenem Gesicht die Tür öffnet.

»Ach, Kind«, sagt sie und klammert sich an mich, bevor ich auch nur die Tür hinter mir schließen kann.

»Was ist denn passiert?«

Sie erzählt es mir auf dem Weg in die Küche, wo sie eine dampfende Tasse Lindenblütentee auf dem Tisch stehen hat.

»Ich habe ihn zur Rede gestellt«, sagt sie. »Ich wollte wissen, wo er morgens hingeht. Er sagte das Gleiche wie immer, dass er spazieren geht. Aber ich habe ihm nicht geglaubt und ihn noch mal gefragt, und dann habe ich gesagt, er soll mir die Wahrheit sagen oder ich lasse mich scheiden.«

»Wie, du lässt dich scheiden?«

»Ach, was weiß denn ich«, sagt sie und bricht erneut in Tränen aus. Ich setze mich auf den Stuhl neben sie und streichle ihr über den Rücken.

»Hat er sein Handy mitgenommen?«

»Ach, das nimmt er doch nie mit. Ich weiß gar nicht, wofür er es überhaupt hat.«

Okay. Was tut man, wenn der Vater von zu Hause abhaut?

Das ist nichts, worauf ich vorbereitet wäre. Spontan fallen mir drei Möglichkeiten ein:

Option 1: Ich tue so, als sei nichts passiert, gehe zurück nach Hause und vergrabe den Kopf unterm Kissen. Wenn ich Glück habe, ist morgen alles vorbei.

Option 2: Ich bleibe bei meiner Mutter, trinke Tee mit ihr und warte ab, bis mein Vater wiederkommt. Wenn ich Pech habe, dauert das die halbe Nacht.

Option 3:

»Ich gehe ihn suchen.«

Das ist eine etwas absurde Entscheidung, denn Madrid ist nicht gerade eine kleine Stadt, aber etwas sagt mir, dass mein Vater nicht sehr weit gegangen ist.

»Aber wo denn?«, fragt meine Mutter.

»Ich weiß nicht. Im Viertel, in der Gegend.«

»Zu Fuß?«

»Weiß ich noch nicht, Mama, ich gehe runter und überlege es mir.«

Meine Mutter fängt wieder an zu weinen, jetzt wird der Kummer auch noch durch meinen brüsken Tonfall verstärkt.

»Mama«, sage ich beruhigend. »Ich habe mein Handy dabei.« Und ich zeige es ihr, als wüsste meine Mutter nicht, was ein Mobiltelefon ist. »Wenn Papa wiederkommt, rufst du mich an, o. k.?«

»Oh, mein Gott. Das ist so schrecklich.«

»Mama. Jetzt hör mir mal zu. Wenn Papa wiederkommt, ruf mich an, o. k.?«

»Ja, mach ich.«

Ich drücke ihr einen Kuss auf die Wange, und die Tränen meiner Mutter brennen auf meinen Lippen. Während ich die Treppen runterlaufe, frage ich mich, wo ich anfangen soll. Wo würde ich denn hingehen, wenn ich eines Abends Türen knallend das Haus verlassen würde, das zwei Drittel meines Lebens meine Heimat war?

Wir befinden uns am Monatsende in einem Land an der Peripherie Europas, und das merkt man auf der Straße. Kein Mensch ist unterwegs. Die Kellner schauen gelangweilt fern, und alle Taxen sind unbesetzt. Ich durchkämme als Erstes den Park um die Ecke, wo mein Vater sich an sonnigen Tagen manchmal mit einem Band der Enzyklopädie auf eine Bank setzt. Aber da sind nur ein paar Penner und ein paar Jogger. Dann laufe ich die umliegenden Straßen ab, also das, was meine Mutter als ihr Viertel bezeichnet. Ich komme an der Bäckerei und an der Apotheke vorbei, beide geschlossen, und stecke einen Kopf in die Kneipe, in der mein Vater sehr selten ein Glas Wein oder einen Cortado trinkt. Aber da ist nur Andrés, der Besitzer, der mich mit einem Fragezeichen im Gesicht anguckt.

Seit Jahren war ich nicht mehr um diese Uhrzeit in der Gegend. Eigentlich seit meiner Jugend, als ich beim Nachhausekommen zu verheimlichen versuchte, dass ich getrunken hatte (hat selten geklappt).

Die Jugend ist doch eine Tragödie, denke ich zum zweiten Mal an diesem Abend. Den Eindruck hatte ich damals schon, aber ich finde es mehr und mehr, je weiter sie entfernt liegt.

Das Handy verrät mir, dass es zwanzig nach elf ist. Meine Güte. Zwanzig nach elf, und mein Vater, quasi ein Greis, ist irgendwo hier draußen verloren. Wo ist der bloß hin? Am Ende plant er doch gerade mit seiner Liebhaberin die Scheidung von meiner Mutter.

Nicht auszudenken, was eine Scheidung mit meiner Mutter anstellen würde. Um Gottes willen. Wahrscheinlich würde sie anfangen, irgendwelche Salsaschuppen zu besuchen, und mit irgendeinem zahnlosen Alten anzubandeln. Hilfe, das will ich mir nicht mal ausmalen. Eltern sollten einfach nicht mit anderen Leuten anbandeln, erst recht nicht, wenn …

Hey. Warte mal.

Ist er das?

Tatsächlich, das ist er.

»Papa?«

Er sitzt auf einer Parkbank. Allein. Überrascht dreht er sich zu mir um.

»Daniel! Was machst du denn hier?«

»Was ich hier mache? Was, zum Henker, ist los mit dir? Mama hat mich angerufen, sie ist ganz außer sich!«

Ich habe noch nie zuvor so mit meinem Vater gesprochen. Ich meine, mit Strenge in der Stimme. Das mag nichtig erscheinen, aber das ist es absolut nicht. Um ehrlich zu sein, habe ich beinahe das Gefühl, dass diese autoritäre Ansprache an meinen Vater einen Meilenstein in meinem Leben markiert. Ich bin kein Kind, das mit seinem Vater spricht. Ich bin ein Erwachsener, der mit einem anderen Erwachsenen spricht.

»Verzeihung«, sagt er und senkt den Blick.

»Mensch, Papa, ich such dich seit einer halben Stunde. Was machst du denn hier?«

Seine Antwort beschränkt sich auf ein Seufzen. Ich bin ziemlich sicher, dass ich ihn noch nie seufzen gehört habe, also erschreckt mich das ein bisschen. Mein Vater ist vielleicht noch verlorener als ich, und das will etwas heißen. Ich gucke ihn eine Weile lang an, aber er sagt nichts. Also setze ich mich neben ihn auf die Bank.

»Was ist los, Papa?«, frage ich. Und diese schlichte Frage bestätigt, dass etwas zwischen uns sich unumkehrbar verändert hat. Es ist erstaunlich, wie ein paar Worte in der richtigen Reihenfolge und im richtigen Tonfall jemanden kopfüber in eine neue Lebensphase katapultieren können.

»Erinnerst du dich daran?«, fragt er und zeigt auf das Geschäft vor uns, einen Supermarkt.

»Was meinst du?«

»Weißt du nicht mehr, was hier früher war?«

Gott, natürlich. Wie konnte mir das entgehen?

»Dein Hemdengeschäft«, sage ich. »Hier kommst du morgens immer her?«

Mein Vater nickt, ohne mich anzusehen. »Die Leute denken, es hätte immer schon Hemden gegeben. Aber das stimmt nicht. Das Hemd ist erst Ende des 19. Jahrhunderts entstanden. Gerade erst.«

»Und was machst du hier jeden Morgen?«

Er zuckt mit den Schultern. »Irgendetwas muss ich ja machen. Ich komme gerne hierher. Ich habe vierzig Jahre hier verbracht.«

»Aber warum hast du es Mama nicht einfach gesagt? Sie macht sich solche Sorgen.«

»Sie denkt, dass ich eine Geliebte habe.«

»Ja, ich weiß.«

»Deine Mutter hat keine Ahnung.«

»Weil du nicht mit ihr redest. Sag es ihr doch einfach.«

»Das ist meine Sache«, sagt er brüsk.

»Nein, Papa, das ist nicht nur deine Sache. Mama sitzt in diesem Moment zu Hause und ist krank vor Sorge.«

Mein Vater dreht sich zu mir um und guckt mich mit hilfloser Miene an. Vielleicht verdaut er die Worte »krank vor Sorge«. Dann guckt er wieder zum Supermarkt.

»Da war der Eingang«, zeigt er mir. Es gab ein winziges Schaufenster, erinnerst du dich? Mit einer Schaufensterpuppe und ganz vielen bunten Hemden. Und daneben war die Bar von Miguel. Erinnerst du dich an Miguel?«

»Ich erinnere mich an die Bar. Manchmal hast du mir da einen Kakao spendiert.«

»Stimmt.« Er lächelt. »Der Besitzer hieß Miguel. Er ist vor fünf Jahren gestorben.« Und dann hört er auf zu lächeln. »Meine Freunde sterben, Dani. Alle, die ich kenne, sterben nach und nach.«

»Komm, Papa«, sage ich und drücke sein Knie mit einer

Hand. Er sieht mich aus feuchten Augen an. »Mama wartet schon auf uns.«

Er nickt und trocknet sich die Tränen mit dem Mantelärmel.

»Ja«, sagt er. »Gehen wir nach Hause.« Und dann tätschelt er liebevoll meine Hand.

Wir gehen langsam und ohne zu sprechen, und zum ersten Mal in meinem Leben habe ich das Gefühl, dass mein Vater auf mich angewiesen ist. Wer weiß, vielleicht war es das, was mir zum Erwachsensein noch fehlte.

Kapitel 42

Kurzer Abriss meines bisherigen Tages:

Ich bin um sechs Uhr aufgestanden, weil ich es vor lauter Nervosität nicht mehr im Bett ausgehalten habe. Frühstück mit einem Milchkaffee und gebuttertem Toast. Dann habe ich ein bisschen Radio gehört, die Nachrichten und die Hälfte eines Interviews mit dem Minister für irgendwas. Dann habe ich dreimal überprüft, ob dem Buch keine Seiten fehlen und ob auch alles in der richtigen Reihenfolge ist (alles korrekt, dreimal). Ich verließ das Haus, fragte mich, ob ich die Heizung ausgemacht hatte, ging wieder hoch, um festzustellen, dass ich sie ausgemacht hatte, nahm die U-Bahn und lief anschließend zwölf Minuten bis zu Monteis' Firmensitz, wo ich mich nunmehr in der Empfangshalle befinde.

So gewöhnlich der Tag für mehr als sieben Milliarden Menschen sein mag, so exotisch ist er für mich. Heute gebe ich das bekloppte Buch ab, und ich freue mich so, es endlich hinter mir zu haben. Ich bin nervös und schlecht gelaunt, zwei Gefühle, die seit meiner frühesten Kindheit oft Hand in Hand gehen. Vor mir auf dem Tisch liegen fünf Exemplare der neuesten Ausgabe von *Zement und Kristall* (*Spezial Glastüren!*, heißt es da mit Ausrufezeichen, als würden die Leute seit Jahren auf genau dieses Spezial warten). Ich wische mir die schweißnassen Hände an der Jeans ab. Es ist nicht warm, mit der Temperatur in der Empfangshalle ist alles bestens, es ist meine innere Temperatur, die etwas runtergeregelt gehörte.

Das seltsame Gefühl hat direkt um 6:00 Uhr eingesetzt, zusammen mit einem Betrunkenen, der vor meinem Fenster gesungen hat. Ich dachte: »Okay, heute ist der große Tag«, und lag da, Gesicht zur Decke und das Ticktack des Weckers im Hirn. Während der nächsten Minuten habe ich in meinem Kopf die wichtigsten Ereignisse meiner letzten Monate Revue passieren lassen, angefangen bei dem Moment, in dem ich diesen Auftrag annahm, der kein normaler Auftrag werden sollte. Narratologisch betrachtet ist das erdrückend kanonisch: In diesem Gebäude fing alles an, und hier wird es zum Ende kommen. Das nennt man eine *zirkuläre Struktur*. Sobald ich diese einhundertvierundzwanzig Seiten in Times New Roman, Schriftgröße 13, gedruckt und auf USB-Stick, abgegeben habe, setze ich den Schlusspunkt unter dieses Kapitel meines Lebens.

Fertig mit Eduardo Monteis. Fertig mit Eva.

Wir Menschen brauchen Höhepunkte. Sie helfen uns, ein Leben zu strukturieren, das per se chaotisch ist. Deshalb nehmen wir Geburtstage, Weihnachten, Silvester, Hochzeiten und Taufen, Abschlussfeiern und Abschiede, Scheidungen und Geburten so wichtig. Wir brauchen Absätze in unserem Leben, Momente, in denen wir innehalten und Luft holen können. Momente, in denen wir uns umsehen können, zurückblicken und dann nach vorne und uns sagen können: Okay, weiter geht's (oder nicht und hops aus dem Fenster, das muss jeder selbst wissen).

An so einem Punkt bin ich gerade. Mitten im Absatz, kurz vor dem Seitenwechsel. Natürlich gibt es eine Alternative, die gibt es immer. In meinem Fall bestünde diese Option B darin, eine Panikattacke zu erleiden, die mich diese Empfangshalle rennend verlassen ließe. Die Sekretärin würde Portabella anrufen: »Er ist einfach weggerannt, wie ein Verrückter!« Portabella würde eine Augenbraue heben und mich anrufen: »Señor Durán, was ist denn jetzt los? Lourdes (hypothetischer Name der Sekretärin) sagt, Sie sind einfach abgehauen?«

»Ja«, würde ich schnaufend antworten. »Weil ich das Buch nicht abgeben werde.«

»Warum das denn?«, würde er sicherlich irritiert fragen.

»Weil Ihr Chef ein echtes Arschloch ist. Und ich dachte, das sei mir scheißegal, ist es aber doch nicht. Denn Eva, die Tochter von Eduardo Monteis, hat mir die Augen geöffnet.«

»Aber was reden Sie denn da?«, würde Portabella fragen, die erstaunte Lourdes neben sich.

»Dass ich nicht mehr mitmache bei dem Scheiß. Ich will mein Geld nicht damit verdienen, das Gewissen von Leuten wie Monteis reinzuwaschen.«

Dann würde ich auflegen oder das Telefon in einen Mülleimer schmeißen und würde weiter die Gran Vía entlangrennen und mich zu Geigenmusik und hellen Stimmen zwischen den Menschen verlieren. Alles überaus befreiend und kathartisch.

Aber das werde ich natürlich nicht machen. Aus vielerlei Gründen. Zum einen, weil ich das Geld brauche. Und mir so eine Szene überhaupt nicht leisten kann, wenn ich noch weiter Geld verdienen will mit ähnlichen Aufträgen. Das würde sich ja sofort herumsprechen unter potenziellen Auftraggebern. Niemand will eine Biografie voller Skrupel. Wenn etwas wichtig ist in diesem Metier, dann, dass Firmengeschenke keine Reue enthalten.

»Señor Durán ...«

Die hochnäsige blonde Sekretärin lächelt mich an und zuckt nicht mit der Wimper, als ich sage:

»Hallo.« Ich will sie schon Lourdes nennen, aber ich kann mich gerade noch beherrschen, obwohl der Name wirklich perfekt zu ihr passt.

»Wenn Sie mir bitte folgen würden.«

»Aber sicher.«

Ich stehe auf und folge ihr durch das riesige Büro. Kennen Sie diese Filme, in denen der Gefangene wie in Zeitlupe durch den langen Gang zum elektrischen Stuhl geht? Genauso fühle ich mich jetzt. Wie in Zeitlupe. Die Beschäftigten sehen mich an, wie sie mich auch vor sechs Monaten angesehen haben, die Frage, wer ich wohl bin, steht ihnen ins Gesicht geschrieben. Ich gucke einfach unfokussiert geradeaus und versuche, nicht daran zu denken, dass meine Chancen, Eva wiederzusehen, gegen null gehen, wenn ich erst dieses Buch abgegeben habe. Ich will nicht daran denken, tue es aber natürlich trotzdem. Die Wirklichkeit fliegt in Zeitlupe an mir vorbei, und ich frage mich: Will ich Eva wiedersehen? Also: Bin ich verliebt in sie? Und: Was mache ich bloß mit meinem Leben?

In *Streiten lernen* sagt Dr. John Michaels, wenn man in einem großen Dilemma steckt, das einem den Schlaf raubt, solle man sich auf eine einzige Frage konzentrieren. Egal, wie komplex das Problem ist. Die Frage, die man sich stellen soll, lautet: »Ist es das wert?«

Ich bin mir ziemlich sicher, dass dieser John Michaels ein sehr unangenehmer Mensch ist. Bestimmt ist er ein stinkreicher Kerl mit Haarimplantation und einem Dutzend Schönheits-OPs, die seine bekloppten Bücher finanzieren. Aber damit hat er wohl recht.

Ist es das wert? Will ich für ein paar Euro mehr auf meinem Konto die Möglichkeit, Eva wiederzusehen, für immer verlieren?

Ich bleibe abrupt stehen, und die Welt um mich herum nimmt wieder normale Geschwindigkeit an. Die Frau, die aussieht wie eine Lourdes, dreht sich mit ihrem Plastiklächeln zu mir um und fragt:

»Alles in Ordnung?«

Ich weiß nicht, warum sie das fragt, aber ich nehme an, dass es damit zusammenhängt, dass meine Hände schwitzen und die Haut über meiner Oberlippe jetzt auch und dass meine

Schläfen pochen und dass sie vielleicht denkt, dass ich mein ganzes Leben ruiniere, als ich sage:

»Nein.«

Mehr nicht. Nein. Nur dieses mächtige kleine Wörtchen (in seiner Kraft einzig vergleichbar mit *Ja*).

Die Sekretärin versteht gar nichts, was wiederum sehr verständlich ist. Sie hebt ihre absurd schmalen Augenbrauen und stammelt wie eine verwirrte Betty Boop:

»Wie bitte?«

»Ich sagte, nein.« Ich schlucke, hole Luft, einige Leute in dem Großraumbüro starren mich unverhohlen an, was für eine Sensationslust, und ich präzisiere: »Ich werde das nicht tun.«

Das Lächeln der Sekretärin beginnt zu bröckeln.

»Wie bitte?«

»Ich werde dieses Buch nicht abgeben.«

Wenn das Leben ein anständiger Ort wäre, würde an diesem Punkt ein Angestellter aufstehen und einen einsamen Applaus initiieren, in den dann noch ein Angestellter und noch einer einfallen würde, bis am Ende das gesamte Großraumbüro sich zu Standing Ovations für meinen Mut erhoben hätte. Natürlich passiert so etwas hier nicht. Kein Schwein versteht, was mit mir los ist (wobei sie bemerken dürften, dass ich unnatürlich stark schwitze).

»Sagen Sie dem Herrn Portabella, dass ich den Auftrag nicht ausführen werde.«

Sehen Sie das schwache Licht dahinten? Das ist meine Zukunft.

»Aber ich dachte …« Lourdes räuspert sich, richtet sich auf und knipst ihr Lächeln wieder an – sie ist eine gute Sekretärin. »Entschuldigen Sie, aber ich dachte, Sie seien gekommen, um das Buch abzugeben.«

»Ja«, sage ich. »Ich bin gekommen, um es abzugeben, und ich habe es hier in der Tasche, aber …«

»Alles in Ordnung?«

Lourdes, die Angestellten und ich drehen uns zu dem Fragenden um.

»Alles in Ordnung?«, fragt Portabella noch einmal von der Tür seines Büros aus.

»Der Herr Durán sagt, er wird den Auftrag nicht ausführen«, sagt die Sekretärin aufgeregt.

Portabella blinzelt zweimal, geradeso, als könnte Blinzeln das Verständnis für komplexe Sachverhalte steigern.

»Wie jetzt?«

Und dann kommt er auf uns zu, weiße Hemdsärmel hochgekrempelt, jung, aber professionell; freundlich, aber gnadenlos. Ich muss hier raus.

»Richtig«, sage ich. »Ich kündige.«

»Wollten Sie nicht das Buch vorbeibringen?«

»Doch.« Ich tätschele meine Tasche. »Aber ich behalte es lieber.«

»Warum das denn?« Er macht eine Miene kompletter Verständnislosigkeit.

»Das ist eine lange Geschichte.«

»Wollen Sie mich verarschen?«

Schluss mit lustig. Portabella ist kurz davor, den knochenbrecherischen Geschäftsmann freizulassen, der sicher in ihm schlummert und der ihm dieses außergewöhnlich hässliche Büro verschafft hat. Das Beste wäre jetzt wohl, irgendeinen Quatsch zu ergänzen (ich muss noch was korrigieren, meine Tante ist gestorben, mein Hund hat Gastritis) und schnell zu verschwinden. Ehre ist ja sehr ehrenwert, aber ich habe schließlich einen Vertrag mit diesen Leuten unterschrieben. Und man baut sicher kein Immobilienimperium auf, wenn man lax ist mit vertragsbrüchigen Geschäftspartnern. Sie werden mich verklagen und genauso quälen wie seinerzeit Amador. Und genau der Gedanke bringt mich auf eine Idee.

»Ich habe sehr hässliche Dinge über Ihren Chef in Erfahrung gebracht«, sage ich mit lauter Stimme. »Dinge, die ich nicht unbeachtet lassen kann.«

»Wovon, zum Teufel, reden Sie?«

»Vom Wohnkomplex *Morgenröte*. Sehr hässliche Geschichte.« Ich warte ab, ob er dazu etwas sagen will, aber er verzieht keine Miene, also ergänze ich: »Das ist alles hier dokumentiert«, und klopfe auf meine Tasche.

»Soll das eine Drohung sein?«

Ich könnte schwören, dass ich vor Schreck ein paar Zentimeter schrumpfe, aber aus irgendeinem Grund, der wahrscheinlich mit unserer Vergangenheit als Jäger und Sammler zu tun hat, halte ich seinem Blick stand. Eine Sekunde, zwei, drei, vier. Eine Ewigkeit. Und dann, als ich kurz davor bin, mich auf dem Boden zusammenzurollen und wimmernd darum zu bitten, dass mich irgendjemand nach Hause trägt, sage ich:

»Ja. Das soll eine Drohung sein.« Die Angestellten fangen an zu tuscheln. »Also vergessen wir den Vertrag besser. Wir vergessen die Abmachung, die wir hatten, oder« – ich schlucke – »ich mache öffentlich, was ich hier aufgeschrieben habe, und Sie kriegen ein gewaltiges PR-Problem.«

Mein primitives Ich spricht strategische Drohungen aus! Ich kann es selbst kaum glauben. Und trotzdem scheint es zu funktionieren. Portabella sieht mich mit gerunzelter Stirn und geballten Fäusten an und sagt sehr trocken:

»Sie gehen jetzt besser.«

Dann dreht er sich um, geht zurück in sein Büro und schließt die Tür mit einem Knallen, das in der gesamten Etage widerhallt.

Die Geschäftigkeit der Angestellten erhöht sich hektisch. Wahrscheinlich habe ich gerade einen Einschnitt in der Firmengeschichte ausgelöst. In fünf, zehn, zwanzig Jahren wird man noch von diesem Typen reden, der irgendetwas wusste und damit im Angesicht seines Schweißes eines Tages hereinkam und den PR-Manager bedrohte.

Ich sage:
»Gut.«
Und füge hinzu:
»Du musst mich nicht hinausbegleiten, Lourdes.«
»Ich heiße Ana.«
»Aber Lourdes passt viel besser zu dir.«
Tja, Philip Marlowe, von mir kannst du noch was lernen.
Natürlich ist das alles nur Pose. In Wahrheit schlackern mir die Knie, als ich den Aufzug betrete und auf die Null drücke, und sie schlackern immer noch, als ich das Gebäude verlasse. Aber dann vollbringt das Wetter ein Meisterstück: Die eiskalte Luft von Madrid schlägt mir erbarmungslos entgegen und rückt die Sachen zurecht. Manchmal hat die Kälte diese Kraft. Plötzlich fühle ich mich leichter. Freier. Glücklicher.
»Taxi!«
Aber das Taxi ist schon besetzt, also laufe ich die Gran Vía hinab (oder hinauf?), um ein anderes anzuhalten. Ein paar Minuten später werde ich fündig. Die Fahrerin ist eine Zwanzigjährige mit einer Haarfarbe irgendwo zwischen Rosa und Violett (Lila?). Sie sieht mich durch den Rückspiegel an und kaut mit offenem Mund ein Kaugummi, das ganze Taxi stinkt nach chemischer Erdbeere.
»Hallo«, sagt sie, und im Radio läuft Nirvana (»The man who sold the world«, *Unplugged in New York* 1994). »Wo soll's hingehen?«
Am liebsten würde ich sagen: In die Zukunft, aber zum Glück bleibt mir noch ein kleines bisschen Selbstkontrolle. Ich nenne ihr die Adresse von Evas Kita.
»Na, dann«, murmelt sie, während sie die Adresse in ihr Navi eingibt. »O. k., ich hab's. Irgendeine Vorliebe?«
»Wofür?«
»Für den Weg.«
»Nein. Was das Navi empfiehlt.«

»Ach, so einer bist du«, antwortet sie geheimnisvoll. »Kein Problem.«

Es ist zwanzig vor neun am Morgen, und der Großteil meiner drei Millionen Mitbürger ist auf dem Weg zur Arbeit oder zur Arbeitssuche.

»Stört dich die Musik?«, fragt mich der lila Nacken.

Ich sage Nein.

»Cool. Magst du Nirvana? Das ist doch deine Zeit, oder nicht?«

Ich mache *hm* und gucke weiter aus dem Fenster.

»Ich finde sie richtig cool. Dabei war ich erst fünf, als Kurt sich den Schädel weggepustet hat, also habe ich natürlich noch nicht mal etwas davon mitgekriegt, aber mein Bruder, der so in deinem Alter sein dürfte …«

Und so plappert sie weiter von Kurt (keine Ahnung, warum sie ihn beim Vornamen nennt, als hätte sie ihn persönlich gekannt), ihrer Generation (total ätzend) und den aktuellen Musikbands (ebenfalls ätzend). Ich mache *hm, hm* zu allem und versuche, ihre Stimme auszublenden. Falls meine Einsilbigkeit sie verletzt, lässt sie es sich nicht anmerken, sie redet ohne Unterlass weiter.

Ich muss mir kein inneres Bild ausdenken, ich brauche bloß aus dem Fenster zu schauen und all die Leute zu betrachten, die gerade aufgestanden sind, mit ihren Kopfhörern und elektronischen und gedruckten Büchern. Einzelne Menschen und Paare, Kinder, die hinter Erwachsenen hergezerrt werden, und Erwachsene, die hinter Kindern hergezerrt werden, Leute, die hinter einem Bus herrennen oder zur U-Bahn-Station, weil sie heute ein Meeting haben, das ihnen superwichtig erscheint, an das sie aber schon nächste Woche keinen Gedanken mehr verschwenden werden.

»Geht es dir gut?«

Die Frage ist aufrüttelnd genug, um meine Aufmerksamkeit zurück auf die Taxifahrerin zu lenken.

»Ja«, sage ich. »Warum?«

»Du hast so …« – sie sucht das richtige Wort und kaut dabei konzentriert auf ihrem Kaugummi herum – »vor dich hin gebrabbelt.«

»Gebrabbelt?«

»Ja.«

»Ich habe gebrabbelt?«

»Ja, so ein bisschen.«

»Was habe ich denn gesagt?«

»Weiß ich nicht. Nichts Bestimmtes, glaube ich, du hast nur so Geräusche gemacht. So« – und sie brabbelt ein bisschen. »So ungefähr. Wenn es dir nicht gut geht, kann ich anhalten, obwohl es echt nicht mehr weit ist.«

»Nein, fahr bitte weiter.«

»Einmal hatte ein Mann eine Panikattacke bei mir hinten drin. Der wäre mir fast aus dem fahrenden Wagen gesprungen. Ich hab mich tierisch erschrocken, mitten auf der Hauptstraße! Stell dir das mal vor. Ich: ›Nicht aussteigen!‹ Und er: ›Eine Tüte, eine Tüte!‹ Und weißt du, wofür er die wollte?«

»Keine Ahnung.«

»Zum Atmen. Er hat sich die Tüte so vor's Gesicht gehalten, weißt du, und dann fiu, fiu, fiu. Ein Drama. So viele fertige Leute, ich sag's dir. Hast du nicht manchmal das Gefühl, dass irgendwie alle ein bisschen durchgeknallt sind?«

»Doch, manchmal schon.«

»Ich eigentlich ständig. Das liegt an diesem Job. Im Taxi triffst du auf ziemlich viele verrückte Leute. Echt komische Freaks. Die, die normal aussehen, sind die Schlimmsten, weil du es von denen nicht erwartest. Aber dann denke ich: ›Wahrscheinlich finden die mich auch total komisch.‹ Also alle sind verrückt, oder keiner ist es.«

»Kann sein.«

»Was denkst du?«

»Hier ist es.«

»Was?«

»Ich steige hier aus.«

Die Straße ist voller Autos, die in zweiter und dritter Reihe geparkt sind; totales Verkehrschaos. Die Mütter (und auch ein paar Väter) sind voll beladen mit ihren Kindern und deren Rucksäcken und Büchern, als wäre ihnen die Wirklichkeit ein bisschen zu groß. Einige hupen, eine Mutter schreit einen Lieferanten an, und der Lieferant antwortet mit einer Geste, die nicht ganz jugendfrei ist. Großstadtleben in all seiner Pracht.

Ich bezahle die lila Taxifahrerin mit einem Zehneuroschein, und sie gibt mir das Rückgeld raus und sagt:

»Dann bis irgendwann vielleicht.«

Hoffentlich nicht, denke ich, und sage:

»Ja.«

Ich steige mit pochendem Herzen aus. Dann denke ich aus irgendeinem Grund, dass dies ein echt ungünstiger Moment wäre herauszufinden, dass ich ein Herzleiden habe. Man weiß ja, dass diese Krankheiten einen hinterrücks überfallen. Stellen Sie sich vor, wie lächerlich das wäre, wenn ich gerade jetzt, mitten im emotionalen *Crescendo*, so kurz vor Ende der Geschichte, sterben würde.

Ein Dutzend Erzeuger tummeln sich mit ihrem Nachwuchs vor der Kita. Eva sehe ich nicht. Knackarsch schon; er begrüßt die Eltern und hat gleichzeitig ein Auge auf die Kinder, die schon drinnen sind. Er sieht mich schon von Weitem, und ich grüße ihn aus der Distanz und lächle. Er erwidert weder das Winken noch das Lächeln. Eingebildeter Blödmann.

»Hallo«, sage ich, als ich bei der Tür angekommen bin.

»Ich hab zu tun«, antwortet er knapp.

Die Mütter sehen mich witternd an, alarmiert durch den unfreundlichen Ton ihres knackigen Sexsymbols.

»Ich muss Eva sehen«, sage ich.

»Ja?«

Der Ton seiner Stimme birgt einen gewissen Spott, auch wenn Knackarsch kein bisschen lächelt.

»Ja«, sage ich. »Ist sie da?«

»Eva hatte am Freitag ihren letzten Arbeitstag bei uns.«

Ohne Einladung mischt sich eine Mutter in unser Gespräch ein: »Das ist so was von schade, sie war wirklich ganz toll mit den Kleinen.«

Und eine weitere Mutter bestätigt die Huldigung: »Wirklich sehr, sehr schade. Mein Sohn vermisst sie schon schrecklich!«

»Wie jetzt – sie hat gekündigt?«, frage ich Knackarsch.

»Richtig.«

»Warum?«

Knackarsch begrüßt eine weitere Mutter und sagt zu mir: »Ich habe zu tun.«

Na, super. Und was soll ich jetzt machen? Ich könnte natürlich anrufen, aber ich weiß ja schon, dass sie nicht drangehen wird. Und selbst wenn sie drangehen würde, wir würden uns nicht verstehen, weil wir uns am Telefon nie verstehen. Ich kann einfach nicht telefonieren. Telefone sind dafür da, sich zu verabreden oder eine Verspätung anzukündigen, aber nicht, um sich wichtige Sachen zu sagen.

Ich werde von einer plötzlichen Beklemmung befallen. Ich sehe Knackarsch an und sage im ernsthaftesten Tonfall, der mir über die Lippen kommt:

»Iker.« Er sieht mich an. Ich sehe ihn an. Ich mache eine kleine Pause, und dann sage ich: »Ich bin kein schlechter Typ.«

Meine Ehrlichkeit ist so pathetisch, dass sie Knackarsch etwas aus dem Konzept bringt. Ich warte keine Antwort ab – was gibt es darauf schon zu antworten –, sondern drehe mich um und gehe los, irgendwohin. Nirgendwohin. Ich bin erst ein paar Meter weit gekommen, als ich ihn rufen höre:

»Sie will nach Rom!«

Es dauert einen Moment, bis diese Information bei mir ankommt, so exzentrisch finde ich sie, aber dann sehe ich plötzlich ganz klar Audrey Hepburn und Gregory Peck auf einer Vespa vor mir.

»Wann?«, frage ich.

»Heute.«

»Heute?«

»Heute Vormittag.«

Wow. Ich habe hundert Fragen, angefangen bei den metaphysischen (Warum?) bis zu den allerpraktischsten (Um wie viel Uhr?), aber ich stelle keine einzige, denn, als mein Kopf sortiert genug dafür ist, ist Knackarsch schon in der Kita verschwunden. Das Letzte, was ich noch von ihm sehe, ist sein perfekter Arsch in seiner Levi's 511 slim fit.

Auf der Straße herrscht immer noch das Hupkonzert, und das Taxi mit der lila Fahrerin ist auch noch da. Ich renne, um es zu erreichen, bevor es aus dem sich auflösenden Autoknäuel verschwindet, und reiße die Tür auf.

»Hey«, sagt sie. »Wie cool, dass du zurück bist.«

»Ja … gleichfalls.«

»Und wohin jetzt?«

Ich gebe ihr Evas Adresse und ergänze: »Sehr schnell, bitte.«

»Und warum so eilig?«

Jetzt gib einfach Gas, denke ich, aber es wäre sehr dumm, das zu sagen. Motivierte Leute sind effizienter, und ich glaube, ich weiß, wie ich diese Frau motivieren kann.

»Ich bin verliebt in eine Frau, die gerade nach Rom abhauen will.«

Sie dreht sich um und sieht mich an.

»Echt jetzt?«

»Ja, echt.«

»Wow. Wie kommt das denn?«

»Ich habe etwas sehr Dummes gemacht.«

»Was denn?«

»Ich habe etwas über sie geschrieben, was ihr nicht gefallen hat.«

»Du schreibst?«

»Ja.«

»Echt jetzt? So richtig für Geld, bist du Schriftsteller?«

»Ja.«

Sie mustert mich, und ein Schwall künstlichen Erdbeerdufts schlägt mir entgegen.

»Wirst du auch über mich schreiben?«

»Wenn du jetzt schnell losfährst.«

»Deal.«

Und sie beschleunigt sehr schnell.

»Ich heiße Vanessa.«

»Verstanden.«

»Schreibst du dir das nicht auf?«

»Das muss ich nicht, ich habe ein gutes Gedächtnis.«

In nur fünf Sekunden bricht Vanessa mit dem lila Haar ungefähr zwanzig Verkehrsregeln.

»Und warum Rom? Will sie mit einem anderen durchbrennen?«

Ich schnalle mich an. »Nein. Also, ich glaube nicht. Warum, glaubst du das?«

»Keine Ahnung. Meistens ist das doch so, oder nicht? Man lernt einen anderen kennen und *fly away*. Mir ist das auch schon mal passiert. Sie hieß Silvia. Aber das sollst du nicht aufschreiben, o. k.? Dann denken die Leute noch, dass ich lesbisch bin, und das stimmt gar nicht. Ich hatte bloß eine experimentelle Phase.«

Das Taxi fliegt an Bussen und Autos vorbei, als wäre das ein Videospiel und nicht echter Stadtverkehr.

»Also«, fährt Vanessa fort. »Ich meine ja nicht, dass sie dich betrogen hat, keine Panik. Vielleicht hat sie gar niemanden kennengelernt und will nur einen Städtetrip machen.« Sie dreht sich um und guckt mich aufmunternd an.

»Guck nach vorne!«

»Hey, alles gut, alles unter Kontrolle.«

Und wenn sie recht hat? Wenn Eva jemanden kennengelernt hat? Oder vielleicht schon längst kannte! Vielleicht gibt es sogar einen italienischen Ex, einen Paolo oder Michelangelo? Hat sie mir mal von irgendeinem Italiener erzählt?

Oh, mein Gott. Wie bin ich nur in diese Situation geraten? Jetzt bin ich dieser alberne Typ, der in romantischen Komödien immer der Frau hinterherrennt, die ihm bereits mehrfach sehr deutlich gesagt hat, dass es zwecklos ist.

Wir biegen in Evas Straße ein, und ich sehe ein Taxi, ein anderes Taxi, genau vor ihrer Haustür stehen. Ich denke, das kann ja wohl nicht wahr sein, aber doch: Eva kommt genau in diesem Moment mit zwei Koffern in der Hand aus dem Haus. *Deus ex machina*.

»Das ist sie!«, schreie ich, und Vanessa mit den lila Haaren hält mit quietschenden Bremsen an und stellt den Wagen mitten auf der Straße quer.

Eva macht einen kleinen Hüpfer vor Schreck. Beinahe stolpert sie und fällt hin, aber dann kann sie sich gerade noch halten. Der andere Taxifahrer, ein Mann mit Baskenmütze, steigt aus und staucht Vanessa mit den lila Haaren zusammen.

Sie dreht sich zu mir um und sagt: »Geh und kümmere dich um deinen Kram. Ich kümmere mich um den Alten.«

Ich bin ein bisschen benommen vor lauter Adrenalin und brauche einen Moment, um zu schalten. Zuerst versuche ich auszusteigen, ohne mich abzuschnallen, was mich beinahe stranguliert. Als ich endlich ausgestiegen bin, guckt Eva mich an, als wäre ich ein mythologisches Tier, ein Einhorn oder ein, was weiß ich, ein Greif vielleicht. Aber ich lasse ihr keine Zeit, sich länger zu wundern.

»Ehrlich?«, frage ich. »Nach Rom?«

Sie sieht wunderschön aus. Sie trägt diese ollen Jeans, die

sie immer anzieht, wenn sie nicht weiß, was sie anziehen soll, und einen dicken, grob gestrickten Wollpulli.

Sie stammelt etwas vor sich hin, meine direkte Frage hat sie jedenfalls nicht erwartet. Das gibt mir einen kleinen Vorteil für das anstehende Gespräch. Sie sagt »ich«, dann »äh«, dann »also« und dann:

»Woher weißt du das?«

»Kn… Iker hat es mir erzählt.«

»Ich habe ihm extra gesagt, dass er es dir nicht erzählen soll.«

»Ich musste es fast aus ihm herausprügeln.«

»Was machst du hier?«

»Was denkst du denn? Er hat gesagt, du fährst heute! Was soll das, warum Rom?«

»Weil ich es möchte.«

»Aber warum? Was ist denn in Rom, oder wer?«

»Römer.«

»Ja. Natürlich. Ich meine: Ist da vielleicht irgendein spezieller Römer?«

»Nein, Dani, ach …« Sie seufzt und sieht mir in die Augen, und dann ergänzt sie: »Mein Gott, du verstehst echt gar nichts.«

»Natürlich verstehe ich das! Nein, o. k., ich verstehe es nicht! Was muss ich denn verstehen?«

»Ich brauche einfach mal … einen Tapetenwechsel.«

»Ach, komm! Das ist nun echt mal eine richtig abgedroschene Phrase.«

»Na und?«

»Abgedroschene Phrasen sind für Leute, die sich nicht origineller ausdrücken können.«

»Boah, du bist unausstehlich.« Sie nimmt ihre Koffer und will losgehen, aber ich stelle mich zwischen sie und das Taxi.

»Nein, warte, bitte lass uns reden.«

»Was willst du denn noch? Du machst mich ganz kirre!« Mehrere Passanten drehen sich zu uns um.

»Ich mache dich kirre? Du machst mich kirre! Ich habe gerade deinetwegen meine Karriere geschmissen!«

»Welche Karriere?«

»Sehr witzig. Ich komme gerade aus der Firma deines Vaters.« Sie verengt die Augen und sieht mich böse an. »Was? Er ist dein Vater, o. k., du kannst ihn noch so sehr hassen, er bleibt trotzdem dein …«

»Ist ja gut. Erzähl weiter.«

»Ich habe denen gesagt, dass ich das Buch nicht abgeben werde.«

Ich glaube, dass ihr Blick etwas weicher wird, aber beschwören würde ich es nicht. Es war eine beinahe unmerkliche Bewegung, eine Augenbraue hat sich ein bisschen gesenkt, aber vielleicht verwechsle ich auch nur mein Wunschdenken mit der Realität.

»Warum?«, fragt sie.

»Warum was?«

»Warum hast du das Buch nicht abgegeben?«

»Weil …« Sei jetzt ehrlich, Dani. »Ich weiß es nicht.«

Gelogen!

»Aha«, sagt Eva.

»Nein. Warte. Natürlich weiß ich es. Es ist, weil … du recht hattest. Dieser Job ist echt abstoßend. Und unethisch. Dein Vater ist ein widerlicher Kerl, und ich habe für die Bösen gearbeitet. Du hattest recht, o. k.? Bist du jetzt zufrieden?«

»Nein, ich bin nicht zufrieden.« Und sie sieht auch gar nicht so aus.

»Schau mal.« Ich hole das Manuskript aus meiner Tasche und gebe es ihr. »Für dich.«

Eva sieht den Stapel Papier an und weicht einen Schritt zurück, gerade so, als könnte er radioaktiv sein.

»Was soll ich denn damit?«

»Was immer du willst. Es ist mir egal. Lies es oder verbrenn es oder benutz es als Schmierpapier, es ist mir egal.«

»Ich will das noch nicht mal anfassen.«

»Okay. Gut. Weißt du was? Dann weg mit dem Scheiß.«

Und mit der theatralischsten Geste meines Lebens werfe ich das Papier in die Luft. Leider ist das Resultat etwas anders als erwartet. In meiner Vorstellung sollte ein leichter Windstoß die Blätter forttragen und in alle Himmelsrichtungen verstreuen. Allerdings ist es komplett windstill, und alle hundertvierundzwanzig Blätter fallen einfach auf Evas Kopf.

»Was machst du denn?«

»Verzeihung, ich …« Ich will ihr über den Kopf streichen, aber sie schiebt mich weg.

»Bist du total bescheuert, oder was?«

»Hör mal«, sage ich.

»Nein, ich hab keine Lust mehr, dir zuzuhören. Ich habe tausend Nachrichten von dir, und mein Flug geht in anderthalb Stunden.«

»Du hast gesagt, ich soll mit Amador sprechen, und das habe ich gemacht.«

»Ja, und?«

»Ich habe das für dich getan, siehst du das denn nicht? Und ich habe meinen Job für dich aufgegeben und … Schau mal, ich will dir etwas sagen. Eines, o. k.? Ein Letztes.«

Eva seufzt noch einmal. »Was?«

»Die Suppe.«

»Welche Suppe?«

»Ich liebe Suppe, wie du weißt.«

»Ja, und?«

»Und trotzdem kaufe ich aus irgendeinem Grund nur Tütensuppe. Ein Liter Wasser dazu, und fertig ist das suppenähnliche Getränk. Und vielleicht klingt das sehr schwachsinnig, aber neulich, nachdem ich dir eine von diesen ganzen Nachrichten hinterlassen hatte, habe ich gedacht: ›Ich bin fünfunddreißig, warum habe ich eigentlich nicht gelernt, Suppe zu kochen?‹ Ich meine, wenn ich sie doch so gerne esse, wäre es nicht einleuchtend, sie selbst zuzubereiten?«

»Bist du hierhergekommen, um über Suppe zu reden?«

»Natürlich nicht, das ist ja nur eine Metapher. Oder eigentlich eine Synekdoche, aber das ist egal, da unterscheidet eh kein Mensch.«

»Dani, im Ernst …«

»Ich liebe dich.«

Ich wünschte, ich könnte behaupten, dass ich das in der männlichsten aller Tonlagen sage, aber in Wirklichkeit kommt es mehr wie ein krächzendes Hauchen heraus. Eva sieht mich mit offenem Mund an. Ob sie mich überhaupt gehört hat?

»Ich liebe dich«, wiederhole ich.

»Ja. Ich hab's gehört«, sagt sie und sieht sehr verwirrt aus.

»Ich habe dir das nie gesagt.«

»Nein, das hast du nie.«

»Daher das mit der Suppe, es war eine Art …«

»Synekdoche, hab ich kapiert.«

Im letzten Kapitel von *Liebe für Egozentriker* bringt Doktor Daniel Durán seinen Lesern bei, auf offener Straße ihre Liebe zu gestehen, die drei Schreckensworte zu sagen, die wir immer runterschlucken, die wir unser Leben lang zu vermeiden versuchen, um unserem Überlebensinstinkt zu folgen.

Ich will nicht lügen, es ist wirklich kein Kinderspiel, aber ich habe es getan: Ich habe auf offener Straße meine Liebe gestanden, die drei Schreckensworte gesagt, die wir immer runterschlucken, und unser Leben lang zu vermeiden versuchen, um unserem Überlebensinstinkt zu folgen. Mein Herz rast, und kalter Schweiß verklebt das schlichte Hemd eines Mannes, der sich selbst akzeptiert hat. Aber dann, der Blick von Eva. Dieser Blick, den ich schon beinahe vergessen hatte, mit dem sie mich damals im Schloss angeguckt hat, und auch bei mir zu Hause mit einem Fado im Hintergrund. Derselbe Blick, mit dem sie geantwortet hat, als ich sie fragte:

»Was glaubst du, wie viele Momente wie diesen das Leben bereithält?«

Dieser Blick hat mich hierherkommen lassen, und wer weiß, wo er mich noch überall hinlockt.

»Und was, wenn ich dir nicht glaube?«, fragt Eva nach einer quälend langen und intensiven Stille.

»Dann wirst du es für den Rest deines Lebens bereuen. Nicht in den nächsten Tagen. Vielleicht auch nicht in den nächsten Monaten. Aber eines Tages, wenn du fünfzig bist, wachst du auf, guckst Paolo an und merkst, dass du einen schrecklichen Fehler gemacht hast. Dann rufst du mich an, um mich wiederzutreffen, aber ich werde nicht rangehen, weil mein Tutor bei den Anonymen Alkoholikern mir empfohlen hat, das Band zu meiner Vergangenheit zu kappen.«

Eva lächelt und sagt: »Es gibt keinen Paolo.«

»Michelangelo?«

»Auch nicht.«

»Mehr italienische Namen kenne ich nicht.«

»Da ist überhaupt kein Italiener.«

»Das beruhigt mich. Und jetzt?«

Eva guckt zu Boden und dann in den Himmel. Sie holt tief Luft und stößt sie langsam aus. Als ich schon glaube, dass alles vorbei ist, packt sie das Revers meiner Jacke, zieht mich zu sich heran und gibt mir einen Kuss auf den Mund, sehr viel langsamer und wärmer als irgendetwas, an das ich mich erinnern kann. Dann rückt sie ein Stück ab, nimmt ihre Koffer und sagt:

»Jetzt fahre ich nach Rom.«

Kapitel 43

Leonardo da Vinci war vielleicht das größte Universalgenie der Geschichte. Er war Maler, Architekt, Wissenschaftler, Philosoph, Ingenieur, Stadtplaner, Musiker und Dichter. Er hat *Die Verkündigung*, *Mona Lisa* und *Das Abendmahl* gemalt. Er entwarf den ersten Helikopter, den ersten Taucheranzug und das erste U-Boot. Er hat Abhandlungen über Anatomie und Mathematik veröffentlicht, eine Brücke gezeichnet und sogar eine ganze Stadt. Und wie würdigt unsere Kultur einen solch überragend kreativen Geist? Indem sie einen Flughafen nach ihm benennt. Aeroporto Internazionale Leonardo da Vinci. Und das Schlimmste ist, dass niemand diesen Namen benutzt. Man kennt den Flughafen bloß als Rom-Fiumicino. Und das ist, wo ich gerade stehe.

Man darf mir gratulieren: Heute werde ich siebenunddreißig Jahre alt. Mein Amüsement an diesem besonderen Tag besteht bislang darin, seit einer Stunde vor dem Ankunftsterminal zu warten. Zuerst ist mir das linke Bein eingeschlafen, dann das rechte, und jetzt spüre ich keines von beiden mehr. Zum Glück zeigen die Monitore an, dass der Flug aus Madrid vor fünfzehn Minuten gelandet ist, also kann es nicht mehr lange dauern.

Derweil fasse ich kurz zusammen, was in den letzten anderthalb Jahren passiert ist:

1. Ich bin nach Rom gezogen.
2. Mit Eva.
3. Wir leben in einem absurd winzigen Apartment im Viertel Trastevere, das von den Touristenführern einhellig als einer der schönsten Orte auf dem Planeten gepriesen wird.
4. Eva gibt Spanischunterricht für Italiener im Instituto Cervantes und ist glücklich damit (sie hat einen Schüler, der Paolo heißt, was mich etwas nervös macht).
5. Ich habe meinen Führerschein gemacht und bislang noch niemanden überfahren.
6. Seit fünf Monaten schreibe ich an meinem ersten Roman. Er heißt *Dies ist keine Liebesgeschichte* und ist ziemlich autobiografisch. Eva und Sara und Germán und Loreto kommen darin vor, es ist nur alles etwas übertrieben dargestellt.

Zu meinem Zusammenleben mit Eva (was in der Tat mein erstes Zusammenleben mit einer Frau außer meiner Mutter ist) kann ich nur sagen, dass es sehr einfach ist. Weder sehr leidenschaftlich noch sehr dramatisch. Es stimmt, dass ich nicht mehr die gleichen Gefühlsergüsse wie zu Beginn unserer Beziehung erlebe. Das merkte ich an einem gewöhnlichen Mittwochabend um zwanzig nach neun nach einem albernen Streit darüber, ob wir nun zu Hause essen sollten (das wollte Eva) oder im Restaurant (das wollte ich). Ich weiß nicht, warum wir zu schreien anfingen, aber Eva sagte, ich solle doch alleine gehen, und ich verließ Türen knallend das Haus.

Im Treppenhaus dachte ich:

Und wenn am Ende meine Geschichte mit Eva nur auf einer fixen Idee fußt? Das ist natürlich keine schöne Vorstellung. Ich bin in Rom. Ich habe mein Leben hinter mir gelassen und meine Comfort Zone *verlassen, um mich in dem einzigen Land niederzu-*

lassen, wo die Leute noch mehr rumschreien als in Spanien. Was machen denn die Abenteurer, wenn sie auf dem Gipfel angekommen sind?

George Leigh Mallory ist nie auf dem Gipfel des Everest angekommen. Er ist im Jahr 1924 achttausend Meter über dem Meeresspiegel verschwunden, und man hörte erst wieder von ihm, als eine US-amerikanische Expedition 1999 seine vereiste Leiche fand. *Vielleicht*, dachte ich, als ich die Treppe runterging, *liegt der Reiz des Abenteuers ja auch gerade im Scheitern*. Aber ich war erfolgreich, ich habe mein Abenteuer vollbracht, und jetzt streite ich mich mit Eva, nur, weil wir uns nicht einig sind, ob wir zu Hause ein Sandwich oder im Restaurant um die Ecke ein Steak essen wollen.

Wir versöhnten uns noch am selben Abend, aber diese Überlegungen schlugen mir noch tagelang aufs Gemüt. Bis ich entschied, alles aufzuschreiben. Ich recherchierte ein bisschen im Internet und entdeckte etwas Erstaunliches, was seltsamerweise kaum jemand weiß.

Und zwar: In den Siebzigern veröffentlichte eine Psychologin namens Dorothy Tennov ein Buch über Liebe und Limerenz. Vielleicht kommt Ihnen der zweite Begriff sehr unbekannt vor, was kein Wunder wäre, da ihn kaum jemand kennt. Bis zur Veröffentlichung von Tennovs Buch kannte ihn absolut niemand, denn sie hat ihn sich selbst ausgedacht, um eine Pathologie zu beschreiben, die sie entdeckt hatte: ein obsessiv-kompulsives Durcheinander, das durch Verliebtheit ausgelöst wird.

Von Anbeginn der Menschheit bis in die Siebzigerjahre betrachtete man die Liebe als reines und nobles Gefühl. Tennov, die wahrscheinlich ein fettes Trauma hatte, hat Tausende von Menschen befragt, die sich als verliebt bezeichneten. Sie analysierte die Ergebnisse und kam zu dem Schluss, dass die Liebe ab einem gewissen Punkt zur Geisteskrankheit wird.

Das Krankheitsbild weist die folgenden Merkmale auf:

- Angst vor Zurückweisung
- Unsicherheit
- nervöses Stottern
- Schweißausbrüche
- Zittern

Diese These war total revolutionär, auch kulturell gesehen. Mit einem Mal war *Romeo und Julia* keine romantische Tragödie mehr, sondern eine klinische Fallstudie: die Geschichte zweier Jugendlicher, die Angstzustände und selbstzerstörerische Tendenzen aufwiesen. Wenn Romeo und Julia heute verliebt wären, würden ihre Eltern sie mit Psychopharmaka vollstopfen und uns brächte man um einen unsterblichen Klassiker.

Zum Glück ist die Limerenz heilbar. Und das Heilmittel heißt Zusammenleben. Es ist kein Fall von Liebestollheit bekannt, der die alltägliche Auseinandersetzung überlebt hätte. Kein Herzrasen, das nach einer gemeinsamen Steuererklärung andauern würde, und kein nervöses Stottern, das noch bei der Gütertrennung anhält.

Aber das ist kein Problem, im Gegenteil. Das Zusammenleben tötet die Liebe nicht, es macht sie nur chronisch. Es stärkt sie und stabilisiert sie und macht sie sichtbar.

Als Sara und Germán durch die Tür kommen, füllen sich meine Augen mit Tränen. Nicht doll; gerade genug, um zu merken, dass ich weine, aber so wenig, dass ich mir unbemerkt die Tränen wegwischen kann. Das muss das Alter sein. Niemand sagt es einem, aber je älter man wird, desto weniger hat man seine Tränendrüsen unter Kontrolle.

»Herzlichen Glückwunsch!«, ruft Sara freudestrahlend.

Wir umarmen uns eine ganze Weile lang, und dann umarme ich Germán, der sagt: »Es ist einfach nicht das Gleiche ohne dich.«

Wobei *es* Madrid sein kann, aber ich stelle mir lieber vor, dass es etwas noch Größeres und Abstrakteres ist.

Ich fahre sie mit dem Auto nach Hause, was sehr exotisch ist. Und außerdem superstressig. Sie hören nicht auf, mir reinzureden – »Vorfahrt achten« oder »Achtung, rot«. Die Fahrt dauert eine halbe Stunde, und wir fragen uns gegenseitig über alles Mögliche aus: unsere Eltern, Geschwister, Freunde und Bekannten. Das Updaten ist anstrengend und, absurd wie das Leben ist, halten wir uns wesentlich länger bei den Banalitäten auf als beim Wesentlichen.

»Hast du schon gehört, dass das Schaukelrestaurant geschlossen hat?«, fragt Sara mich.

»Nein! Echt? So ein Glück.«

»Der neueste Trend ist jetzt Sand«, sagt Germán. »Es gibt Dutzende Strandrestaurants. Man muss barfuß sein und kann im Liegen essen, wenn man will. Ich würde liebend gerne mal mit dir im Liegen essen gehen.«

Sara erzählt mir, dass Loreto, Achtung, einen professionellen Schachspieler geheiratet hat.

»Ich wusste noch nicht einmal, dass man professionell Schach spielen kann.«

»Du wirst es nicht glauben«, sagt Sara. »Loreto hat eine Doku über Hochbegabte gesehen. Und ein paar von den Sachen, die dort berichtet wurden, kamen ihr bekannt vor: Konzentrationsschwierigkeiten, Hyperaktivität, solche Sachen. Also machte sie einen Test und hat beinahe die Höchstpunktzahl erreicht.«

»Loreto ist hochbegabt?«

»Absolut.«

Ich kann nicht lange darüber nachdenken, weil ich am Steuer sitze und mich darauf konzentrieren muss, uns nicht umzubringen, aber diese Nachricht verblüfft mich doch sehr.

»Jedenfalls ist sie zu einem Verein gegangen«, fährt Sara fort, »weil es Vereine für Hochbegabte gibt, und da hat sie Tomás getroffen.«

»Den Schachspieler«, ergänzt Germán.

»Und ist er schlau?«, frage ich. »Ich meine, Schach ist doch nichts als ein Spiel. So wie Mensch-ärgere-dich-nicht, nur besser vermarktet.«

»Der Typ ist promovierter Mathematiker, Physiker und Philosoph«, sagt Germán. »Und außerdem echt nett.«

»Na gut«, sage ich. »Das Wichtigste ist ja, dass Loreto glücklich ist.«

»Das ist sie«, bestätigt Sara. »Und sie lässt dich herzlich grüßen.«

Eva wartet mit einem typisch italienischen Essen auf uns (also einer Pizza, die sie unterwegs gekauft hat) und mit einem Kuchen, auf dem zwei Kerzen in Form einer Drei und einer Sieben thronen.

Die Wohnungsbesichtigung dauert keine Minute, weil wir auf nur fünfzig Quadratmetern wohnen. Dafür haben wir eine Terrasse, die selbst noch mal fünfzig Quadratmeter misst, voller Blumen und Bäume – Eva hat ihren grünen Daumen entdeckt. *Il giardino* nennen wir es, und dort machen wir es uns zum Essen gemütlich.

»Auf uns«, sagt Sara.

Und dem habe ich absolut nichts hinzuzufügen.

Das Essen ist eine Abfolge von Erinnerungen, die vom Gedächtnis deformiert wurden. Es ist erstaunlich, wie sehr die Dinge sich verbessern, wenn man sie vermisst. Wir erinnern unsere Madrider Tage, unsere Essen und Spaziergänge, und alles sieht wunderbar aus von hier und jetzt aus. Germán fragt uns, ob wir planen, zurück nach Madrid zu ziehen, und Eva und ich antworten unisono:

»Im Augenblick nicht.«

»Wir haben Neuigkeiten«, platzt Sara plötzlich heraus.

Und mehr braucht sie eigentlich gar nicht zu sagen, denn ihr Lächeln verrät schon alles. Eva springt beinahe über den Tisch, um sie zu umarmen. Ich brauche wie immer etwas länger, bis ich reagiere. Ich bin lieber vorsichtig, nicht, dass ich schon wieder heulen muss. Nach den üblichen Fragen (in welchem Monat? Junge oder Mädchen? ist alles gut?) bittet Sara mich, der Patenonkel zu sein, denn:

»Uns fällt einfach niemand Besseres ein.«

Eva guckt mich stolz und gerührt an.

»Okay«, sage ich. »Was muss ich machen?«

»Ganz einfach«, antwortet Germán. »Wenn Sara und ich bei einem Flugzeugunglück sterben, musst du dich um das Kind kümmern.«

»O. k.« Ich nicke. »Kann ich machen.«

Das erfordert natürlich ein erneutes Anstoßen. Wir heben alle unsere Lambruscogläser auf diesen neuen Erdenbürger, der in siebeneinhalb Monaten zur Welt kommen wird. Das Wunder des Lebens. Ein Haufen Zellen, die im Körper meiner besten Freundin zu Werke gehen werden, und eines Tages kann ich dem Ergebnis in die Augen sehen und ihm sagen: Ich war mal in deine Mutter verliebt. Oder vielleicht sage ich es ihm auch nicht, mal sehen. Ich hab ja noch ein bisschen Zeit, es mir zu überlegen.

Die nächsten Stunden sind voller Anekdoten und Erinnerungen, die immer verschwommener werden. Wir werden ein bisschen rührselig, denn darum geht es nun mal auch. Wir reden über Leute, die wir aus den Augen verloren haben und von denen wir nie wieder gehört haben. Über Dinge, die wir gemacht haben, und über Dinge, die wir nie geschafft haben. Wir trinken sehr viel Wein, und plötzlich ist es, als hätte sich gar nichts verändert, als wären wir alle gemeinsam in Madrid, als würden manche Dinge einfach ewig währen. Das ist ein wunderschönes Gefühl.

Um Mitternacht klappe ich für die beiden das Schlafsofa im Wohnzimmer aus, und wir wünschen einander eine gute Nacht. Morgen fahren wir zum Kolosseum, da muss man fit sein, verkatertes Sightseeing macht in unserem Alter einfach keinen Spaß mehr. Als ich ins Bett gehe, gibt Eva mir einen Kuss.

»Du wirst ein fabelhafter Patenonkel sein«, flüstert sie.

»Ach, ich werde das Kind bestimmt total verwöhnen.«

»Das glaube ich auch.«

»Willst du eins?«, frage ich sie.

»Ein was?«

»Ein Kind.«

Das war jetzt kein spontaner Gedanke von mir. Die Idee spukt schon seit einer Weile in meinem Kopf herum und wartet auf einen passenden Kontext, um ausgesprochen zu werden. Einen Kontext wie diesen hier.

»Ein Kind?«, fragt Eva, die entgegen aller Voraussicht nicht besonders überrascht wirkt.

Ich nicke, und sie versinkt in nachdenkliches Schweigen.

»Du kannst kein Vater sein«, sagt sie schließlich.

»Warum das denn nicht?«

»Du müsstest mit den Vätern von anderen Kindern Zeit verbringen.«

»Ja, und?«

»Das könntest du nicht. Das wären ganz normale Leute, mit normalem Geschmack und normalen Jobs. Sie würden Syntaxfehler beim Sprechen machen und seltsame Anglizismen benutzen.«

»Meinst du wirklich?«

»Ja. Du würdest sie hassen, und am Ende müsste ich zu allen Kindergeburtstagen und Elternabenden gehen.«

»Ach, daher weht der Wind«, flüstere ich und gebe mich nachdenklich. »Ja, du hast wohl recht. Und wenn wir uns lieber einen Hund anschaffen?«

Eva lächelt. »Hm, ich weiß nicht. Die Wohnung ist wirklich klein.«

»Dann doch lieber ein Kind.«

Ich sehe sie an, und sie sieht mich an. Wir lächeln beide.

»Ich denke darüber nach«, sagt sie.

»Wie lange?«

»Schreib du erst mal deinen Roman fertig.«

»Ich bin ja schon bei der Hälfte.«

»Schreib ihn fertig, und dann reden wir weiter.« Sie küsst mich noch einmal. »Alles Gute zum Geburtstag, Liebster.«

Dann dreht sie sich um, und ich gucke zur Zimmerdecke.

Ich bin siebenunddreißig Jahre alt. Seit dreizehntausendfünfhundertundfünf Tagen lebe ich auf diesem Planeten. Wenn alles gut geht, alle meine Organe mitspielen und mir kein Baum auf den Kopf fällt, bleiben mir vielleicht weitere fünfzehntausend.

Ich weiß nicht, ob das Leben irgendeinen Sinn ergibt. Ich habe nicht einmal eine leise Ahnung. Worum geht es denn hier? Ums Glücklichsein, Kinderkriegen, darum, die Erde zu einem etwas besseren Ort zu machen? Das ist alles ehrenhaft, aber kann das der Sinn des Lebens sein? Ich habe Schwierigkeiten, mir das vorzustellen.

Noch immer werde ich manchmal unruhig. Dann denke ich: Ich werfe mein Leben zum Fenster hinaus, ich sollte mir einen vernünftigen Job suchen oder etwas Ernsthaftes studieren. Ich könnte nach Somalia gehen und helfen, reisen, Leute kennenlernen. Wie viele kenne ich schon von den mehr als sieben Milliarden Erdenbürgern, vielleicht ein paar Hundert? Die Krise dauert meistens circa eine Stunde an, und immer kommt sie am Abend. Aber wenn ich am nächsten Morgen aufstehe, gewinnt immer die Routine. Dann denke ich: Ja, ich könnte dieses und jenes tun, aber ich muss jetzt erst mal das Kapitel beenden oder die Miete zahlen oder die Glühbirne im Bad wechseln. Irgendwas ist immer.

Ich lebe mit der Unsicherheit, wie alle anderen auch. Es geht voran, schon, aber wohin? Ich habe keine Ahnung. Meine einzigen Gewissheiten befinden sich in dieser Wohnung. Eva, meine Freunde und ich selbst.

Das ist nicht viel.

Aber mir ist es viel wert.